世界文学语境下
莫言小说英译研究

华 静 著

中国书籍出版社

图书在版编目 (CIP) 数据

世界文学语境下莫言小说英译研究 / 华静著 . -- 北京 : 中国书籍出版社 , 2021.9
ISBN 978-7-5068-8739-7

Ⅰ . ①世… Ⅱ . ①华… Ⅲ . ①莫言 – 小说 – 英语 – 文学翻译 – 研究 Ⅳ . ① I207.42 ② H315.9

中国版本图书馆 CIP 数据核字（2021）第 202575 号

世界文学语境下莫言小说英译研究

华 静 著

图书策划	武 斌
责任编辑	盛 洁
责任印制	孙马飞 马 芝
封面设计	静心苑
出版发行	中国书籍出版社
地 址	北京市丰台区三路居路 97 号（邮编：100073）
电 话	（010）52257143（总编室）（010）52257140（发行部）
电子邮箱	eo@chinabp.com.cn
经 销	全国新华书店
印 厂	河北省三河市顺兴印务有限公司
开 本	710 毫米 ×1000 毫米 1/16
字 数	273 千字
印 张	17.75
版 次	2022 年 7 月第 1 版
印 次	2022 年 7 月第 1 次印刷
书 号	ISBN 978-7-5068-8739-7
定 价	84.00 元

版权所有 翻印必究

前　言

　　世界文学是民族文学的折射,是从翻译中获益的作品,也是一种全球的阅读模式。中国作家莫言于2012年荣获诺贝尔文学奖,其作品被译成多种语言文字,逐渐进入西方读者的阅读视野且在西方文学界内获得了认可。莫言小说从民族文学逐渐进入世界文学范畴,在这一过程中,翻译起到了重要的推动作用。本书以莫言三部代表作《红高粱家族》《丰乳肥臀》以及《檀香刑》及其英译本为研究对象,主要探讨了以下问题:莫言小说本身的文学性特征,包括民族性与世界性因素,以及这些因素在翻译中的可译性;莫言小说经由翻译在西方文学场域中世界文学化过程中译者与作者各自惯习以及资本所起的作用。以布迪厄的"场域""惯习""资本"这三个社会学概念为理论框架,具体探讨了国内文学场域以及西方翻译文学场域中各个行为者的惯习的形成及其带着各自的象征资本在场域的作用下的相互影响;莫言小说中民族性与世界性因素在英译过程中的具体体现。

　　本书首先对于文学的世界性与民族性,以及世界文学等概念进行了梳理和阐释,由大卫·达姆罗什关于世界文学的三个维度引出翻译在民族文学成为世界文学中所起到的媒介推动作用。然后详细分析了莫言小说主题、叙事及语言方面的民族性与世界性特征,认为莫言小说主题民族性主要表现为民间性、历史性以及乡土性,其世界性表现为人类性、生命意识以及宗教意识;其小说创作民族性表现在民间艺术形式与传统故事讲述方式，而其小说创作世界性则体现在对西方现代派文学创作手法的借鉴，包括狂欢化荒诞叙事、复调多声部叙事、蒙太奇时空结构；其小说语言民族性特征体现为民间戏曲、俗语谚语及方言的使用，以及莫言个人极具个性化的反常规搭配与比喻。在西方翻译文学场域中考察莫言小说世界文学化过程时，本书主要观点为：西方文学诗学规范与西方翻译文学场域中翻译规范对译者惯习的形成产生影响，译者对原作文化态度也会影响译者的选材惯习与翻译策略，西方翻译文学场域中重要的行动者出版社编辑的评价标准以及西方读者的阅读习惯同样也会影响译者惯习的形成。而身处场域中的行动者由于所具有的文化身份和地位等会带有一定的象征资本，这些资本对于西方翻译场域中原作者与译者不断累积变化，无形中助推着原作者与译者在场域中进行博弈。

　　本书通过对莫言小说民族性与世界性因素在三部作品英译的具体体现的研究分析发现，葛浩文对于莫言三部小说中具有民族文化意义的小说中人物的人名、称谓等基本上都采用了音译策略，即异化翻译，保留了原作独特的中国风情，译作在这个方面体现了强烈的"异质性"，然而在整体叙事结构以及细节描写及人物内心独白及评述性议论的处理上，三部译作体现了不同的翻译特点，对于原作在突出民族性与世界性主题方面的细节描写或独白，译者大多采用了保留原文内容，但在行文语言上使用了最地道的英文表达方式，在译者认为是重复、啰嗦或冒犯性质的独白或细节描写上，葛浩文作了删减或改译的处理。但2012年出版的《檀香刑》英译本与前两部相比，其所做的删减部分比例明显减少，英译内容几乎与原作等量。而在叙事结构上，《檀香刑》英译本也完全遵从了原文的结构而未做任何调整，对于这一翻译策略的变化，本书从西方翻译文学场域、读者阅读习惯、原作者地位等多个因素进行了分析，认为西方翻译文学场域受到中国综合实力增长的影响，因而中国文学作品在西方译介明显增多，而西方读者由于对中国更加了解而接受度更高，因此逐渐具有了"异化"翻译的读者基础，而莫言诺奖的获得使得其文化象征资本增强，其作品被置于经典的位置，因而译作最大程度上展现了原作的内容结构与风格。

　　本书结合了文学、比较文学、社会学以及翻译研究多个学科，具有跨学科研究意义。首先，本研究对于往往忽视文学作品作为文学的特性的翻译研究是有效的补充，使得翻译研究具有文学研究的特性。其次，本研究运用比较文学视野中世界文学概念引出翻译的重要媒介作用，并将译者的惯习、译本的场域以及译者自身的文化资本、社会资本纳入翻译研究的范围，将翻译视为一种社会活动，不再局限于对翻译文本本身的研究，而是把目光投射到译作在新的文化语境中的传播与接受，拓展了翻译研究视野。本书研究对象的选择上具有历时性，以莫言三部不同时期代表作品及其英译作为研究对象，从三部作品写作与翻译时间的差异来考察译者在不同阶段以及原作者不同象征资本影响下翻译策略的变化，对葛浩文译者研究具有补充意义。本书关注英译本中的叙事策略变化，从叙事结构、衔接、连贯、逻辑发展等方面进行多层次研究，使得文学翻译研究兼顾了篇章与词句，为翻译研究拓展了新的视角。

由于作者水平所限，书中难免存在一些不足和疏漏之处，敬请广大读者批评指正。

作　者
2021 年 8 月

目 录

第1章 绪 论 ·· 1
  1.1 研究背景 ·· 1
  1.2 研究内容及对象 ·· 10
  1.3 研究思路与方法 ·· 14
  1.4 本书框架 ··· 16

第2章 文献综述及概念阐释 ····································· 18
  2.1 国内外相关研究综述 ······································· 18
  2.2 文学作品的民族性与世界性因素 ························· 31
  2.3 世界文学与民族文学 ······································ 38

第3章 莫言小说民族性与世界性因素及其可译性 ············ 44
  3.1 莫言小说民族性因素——异质性 ························· 45
  3.2 莫言小说世界性因素——普适性 ························· 59
  3.3 莫言小说可译性 ·· 68
  3.4 小结 ··· 76

第4章 影响和推动莫言小说世界文学化的各种因素 ········· 78
  4.1 社会学视角下的文学翻译场域及其构成因素 ············ 79
  4.2 莫言小说在中西方文学场域中世界文学化的推动因素 ··· 84

4.3　小结：翻译促成莫言小说世界文学声誉 …………… 120

第5章　莫言小说民族性与世界性因素英译 …………… 122
　　5.1　莫言小说民族性因素英译处理与体现 …………… 123
　　5.2　莫言小说世界性因素英译处理与体现 …………… 175
　　5.3　莫言小说三部作品英译策略特征 …………… 192
　　5.4　莫言小说三部作品英译策略变化影响因素 …………… 196
　　5.5　莫言小说三部英译作品形象建构 …………… 203
　　5.6　小结 …………… 204

第6章　世界文学语境下莫言小说读者接受 …………… 206
　　6.1　世界文学语境下莫言小说读者接受评价 …………… 207
　　6.2　世界文学语境下莫言小说英译评价 …………… 215
　　6.3　小结 …………… 219

第7章　结　论 …………… 221
　　7.1　本研究的回顾 …………… 221
　　7.2　本研究意义 …………… 224
　　7.3　本研究局限与改进空间 …………… 225

附　录 …………… 227

参考文献 …………… 264

第1章 绪　论

1.1　研究背景

在当今全球化时代语境下，中国文学（文化）与世界文学（文化）交流越来越密切，且其迫切性不言而喻，中国文学（文化）"走出去"已提升到国家文化战略的高度。然而，在当今"把中国介绍给世界"的需求下，作为文化载体之一的文学，尤其是中国当代文学的世界化进程却始终举步维艰，中国文学对外交流和传播严重"入超"，"文化赤字"巨大。相比西方文学作品译介到中国的庞大数量及其在中国文学组成的"翻译文学"分支，中国现当代文学在西方的译介一直处于边缘地位。对于当今中外文学交流的状况，作家刘震云认为"中国文学还没有走向世界，但是世界文学却已经走向中国了"[①]。20世纪80年代以来，中国文学如何在世界格局中呈现民族性与世界性，成为中国本土作家文学创作与研究领域广为关注的话题之一。2012年莫言因其作品展现了民族性与世界性之间的复杂交融荣获诺贝尔文学奖，因而吸引了西方对中国文学的关注，莫言小说作品从民族文学跨越国家与民族跻身于世界文学之列，为中国当代文学在西方成功交流与传播带来了新的契机。

---

① 文学翻译亟须扭转"贸易逆差"。

1.1.1 中国文学对外交流传播窘境

近年来，中国经济政治地位上升，有了提升"中国文化"地位的诉求，需要"把中国介绍给世界"。中国外文局副局长、中国译协副会长黄友义先生指出："随着中国'走出去'战略的逐步深入，中译外的重要性、迫切性比以往任何时候都更加突出。"① 文学，尤其是小说，作为文化载体之一，能够较好地反映当代中国人的社会生活，包括精神生活和物质生活，能够起到"把中国介绍给世界"的作用。为了很好地将中国文学推出国门进行对外交流，国家有关部门从 20 世纪 50 年代开始就致力于中国文学"走出去"，创办了一系列的对外文学杂志以及组织出版发行中国文学翻译系列丛书，如 1950 年代创办对外文学杂志《中国文学》，近年创办了《人民文学》英文版《路灯》（2011 年创刊），80 年代出版对外发行的系列丛书"熊猫丛书"，90 年代组织大规模中国学术典籍"大中华文库"的对外翻译，2004 年发起"中国图书对外推广计划"，启动"经典中国出版工程"、2009 年"中国文化著作翻译出版工程"、2010 年"中国当代文学百部精品对外译介工程"、"中国文学海外传播工程"等②。这一系列的项目工程都体现了中国文化（文学）对外交流的强烈意愿，然而，这些中国文学对外传播努力的效果却不尽人意。中国作协副主席陈建功说："改革开放以来，中国文学最著名的译丛'熊猫丛书'虽然走出了国门，但其中很多种书其实在我国的驻外机构里沉睡。"③ 2001 年《中国文学》停刊，"熊猫丛书"停止发行，《大中华文库》的许多英译本或其他语种译本在国外市场上销售寥寥，大多在海外高校图书馆，无人借阅，或者在海外孔子学院，其读者大部分仍是国内读者。因此，国家所推出的这些举措并没有很好地使得中国文学"走出去"。谢天振在"从莫言获奖看中国文学如何走出去"研讨会上的讲话也承认了这种情况，认为近些年为推进中国文学"走出去"所

---

① http://www.tac-online.org.cn/ch/tran/2011-09/30/content_4519365.htm.
② 鲍晓英. "中学西传"之译介模式研究——以寒山诗在美国的成功译介为例 [J]. 外国语，2014，37（1）：65-71.
③ 吴越. 如何叫醒沉睡的"熊猫" [N]. 文汇报，2009-11-23.

做的努力一直没有达到预期的效果[1]。作家王安忆也承认了中国文学在世界的边缘地位,她认为中国文学在世界范围内并没有被很好地接受:她说:"去国外旅行的时候,我经常会逛书店,很少能看到中国文学作品的踪影,即使有也是被搁在一个不起眼的地方。由此我了解到中国文学的真实处境——尽管有那么多年的力推,但西方读者对中国文学的兴趣仍然是少而又少。"[2]中国"70后"作家徐则臣在美国爱荷华大学演讲时提及中国文学在西方的现状,认为西方读者"了解中国文学的依然很少",美国和欧洲的一些书店中国文学书仅有三五本而已;"这个世界对中国文学了解得并不多"[3]。西方国家尤其是美国对于外国翻译作品本来就没有持欢迎的态度,翻译文学作品的前景在美国不容乐观。马丁·阿诺德曾经在《纽约时报》上撰文写道,"外国作品的译本在美国的销售,总体来说,就好像是一个几乎罄尽的剃须膏罐子,只剩那么一点点空气和几个泡泡"[4]。葛浩文2014年4月在华东师大"镜中之镜:中国当代文学及其译介研讨会"上表示,"虽然中国现在是世界瞩目的焦点所在,但绝对不可以因此就断定外国读者当然会要喜欢中国文学。"实际上,"近十多年来,中国小说在美国英国等英语世界不是特别受欢迎,出版社不太愿意出版中文小说的翻译,即使出版了也甚少做促销活动。"[5]

如今中国经济飞速发展,但在世界文学的版图上,中国文学的边缘化地位并没有得到根本的改变。中国文学对外交流传播为何如此步履艰难?中国文学为何在西方不受欢迎?这其中原因复杂,王宁认为最主要的原因是由于"长期以来的东方主义思维模式、翻译的衰弱甚至缺席以

---

[1] 谢天振.中国文学"走出去":亟须跨越认识误区,2012年12月13日苏州"从莫言获奖看中国文学如何走出去"研讨会讲话,2012年12月24日,来源:文学报 http://news.xinhuanet.com/book/2012-12/24/c_124136897_2.htm.
[2] http://www.gmw.cn/xueshu/2014-04-25/content_11144075.htm.
[3] http://www.gmw.cn/xueshu/2014-04-25/content_11144075.htm.
[4] 葛浩文.从翻译视角看中国文学在美国的传播[N].中国社会科学报,2010-2-23.
[5] http://history.sina.com.cn/cul/zl/2014-04-23/105389105.shtml.

及西方的文学市场的疲软"①。或者也可以从小说质量与翻译质量这两个因素说起。其一,中国文学在西方读者看来发展不稳定,小说整体质量不高。英国汉学家蓝诗玲曾撰文详述了西方读者眼中的中国当代文学,她认为长久以来西方读者们"普遍认为中国文学就是枯燥的政治说教",因此,中国大陆小说对于西方读者而言几乎等同于"社会主义现实主义",背负着"中国的宣传教育资料"的名声。就此,蓝诗玲总结了中国当代小说缺陷在于"缺少文学价值,很难吸引读者,因此可以毫无顾虑地不予重视"②。蓝诗玲的描述和分析传达了中国文学在海外几近无声的尴尬现实。莫言在一次访谈中谈及中国新文学在域外接受问题时,也承认80年代初期汉学家认为当时中国文学并非真正文学的看法。他说,"中国新时期文学在海外的介绍和翻译有个曲折的过程。'文革'以前,主要侧重在社会主义阵营的介绍,苏联、波兰、保加利亚、捷克斯洛伐克等东欧国家,还有越南、朝鲜这几个亚洲的社会主义国家。80年代初期,西方的汉学家大多数认为中国当时没有什么文学,即便是粉碎'四人帮'以后的文学,还是带着浓重的为政治服务的痕迹,还不是那种真正意义上的文学。这时候西方的汉学家对中国文学的翻译实际上是满足西方想了解中国社会的需要,当时(80年代)'伤痕文学'在西方的译介使一些西方人士重新认识中国的社会主义……而这个时期的文学只能成为西方认识中国社会的素材,还不是作为文学来接受。他们(西方)想以文学作品作为一种了解中国当代社会发生变化的媒介。这个时期一批作品被翻译过去……这个文学行为中包含了很浓重的社会政治的背景"③。莫言认为西方汉学家真正开始承认中国有了真正意义上的文学是从80年代末期或中期开始。其二,中国当代文学对外译介的翻译质量不高,数量欠缺与不足。译介出去的中国当代文学作品非常有限,而且有限的译本翻译质量不高,英国汉学家蓝诗玲曾用"糟糕""索然无味"来评价某些"熊猫丛书"的翻译质量④,瑞典汉学家马悦然也曾提到"北

---

① 王宁."后理论时代"的文学与文化研究[M].北京:北京大学出版社,2009:156.
② Julia Lovell. Great Leap Forward[N]. *The Guardian*, Jun.11, 2005.
③ 莫言.莫言对话新录[M].北京:文化艺术出版社,2012:133.
④ Julia Lovell. Great Leap Forward[N]. *The Guardian*, Jun.11, 2005.

京外文出版社翻译的中国作品简直是谋杀中国文学,坏得令人反胃"①。这样的中国文学译本自然不能引起西方读者的阅读兴趣。据莫言介绍,其作品最早被翻译是在1987年,《枯河》等短篇小说译成英文登载在北京外文局的《中国文学》。但"这本刊物在西方影响很小,进入不了西方的读者圈子,有可能进入西方的某些大学里,进入了解汉语、想学汉语的人的圈子里",影响小的原因主要在于"这个外文杂志翻译的质量较差,它聘请的专家水平有限……所以我觉得外文局对外翻译中国当代文学作品的成绩平平。"②

1.1.2 莫言获诺奖引发对翻译的重视

2012年,莫言因其小说"将魔幻现实主义与民间故事、历史与当代社会融合在一起"而被授予诺贝尔文学奖,这引起了文学界、翻译界以及读者大众的广泛关注与讨论。而且以其作品为代表的中国文学走向世界以及中国文学作品的翻译问题成为关注焦点。美国《世界日报》2012年12月11日称,尽管中国文学的受关注程度日益提升,但是中文作品的译本在美国、欧洲等西方国家仍然不常见,莫言获得诺奖将有助于推动中国文学走向世界。法国欧洲时报网的评论称,"莫言终结中国社会的'诺奖焦渴',很大程度上是得益于作品翻译的出色,是东西方文化交流日渐通畅的佐证。"③日本著名作家大江健三郎认为莫言获奖体现了中国当代作家及中国当代文学的成就获得了世界的关注④。

自始颁发至今100多年间,诺贝尔奖一直被认为是人类科学、文学和社会活动中的最高奖励,而作家们也视摘取诺贝尔文学奖为自己事业发展的顶峰。范武邱在2010年详细地从文化差异、语言障碍、文学生态环境、理想主义倾向、政治侵扰和欧洲中心等各个层面探讨了中国作家为何无缘诺贝尔文学奖,并认为在这些因素当中,语言是最大障

---

① 范武邱.解读中国文学的诺贝尔奖语言瓶颈[J].学术界,2010(06):134-139+286.
② 莫言.莫言对话新录[M].北京:文化艺术出版社,2012:133.
③ http://www.chinadaily.com.cn/hqgj/jryw/2012-12-11/content_7737536.html.
④ http://www.people.com.cn/GB/paper68/872/116807.html.

碍①。在文中，他多次引用了诺贝尔文学奖评委马悦然对于中国文学面对的语言障碍问题的评论。马悦然认为亚洲的作家如果要角逐诺贝尔文学奖，翻译是至关重要的。马悦然提出对于中国或者日本、印度的作家作品不仅要翻，而且要翻得很好。因为如果这些国家的作家作品不翻译成外文，比如英文、法文、德文、西班牙文，他们在国外就很可能没有读者。他还强调了翻译的质量，认为如果译文不好，国外读者就会认为原文也不好。然而，事实情况是，亚洲国家文学作品很少被译成瑞典文，2005年至2007年间，74%的英文作品、2%的德语作品得以翻译成瑞典文，但亚洲和非洲国家的作品被译成瑞典文的总共只有不到1%。②诺贝尔文学奖的十八位评审除了母语瑞典文之外，基本都懂英、法、德三种文字。也有评审会东欧语言、西班牙文、意大利文，或者中文。但是语言的障碍仍然没有因此解决。诺贝尔奖的评审们阅读时所能依赖的，仍然是翻译成英语、法语和德语的作品。因此，这些译本质量的好坏对于评审评判结果影响很大，可以说好的翻译家对于原作品的译介与推动起着至关重要的作用。日本作家村上春树的中文译者林少华就曾说："翻译可以成全一个作家，也可以毁掉一个作家。"③

在莫言获诺贝尔文学奖之前，其作品已经被翻译成十几种不同国家的语言，在法、美、日、英、意、德、越南等多个国家出版，而莫言也因此成为中国最具有世界性知名度的当代作家之一。德国汉学家顾彬认为，英译莫言十几部小说译者葛浩文（Howard Goldblatt）和翻译莫言三部主要作品的瑞典语译者陈安娜，应该是莫言获诺奖的重要因素。顾彬认为"在中国有许多（比莫言）更好的作家，他们不那么著名，是因为他们没有被翻译成英文，也没有葛浩文这样一位杰出的美国翻译家"。而瑞典译者陈安娜正是因为"读了葛浩文的英文翻译《红高粱》，非常喜欢"，才开始翻译莫言的作品④。对于如果莫言的作品不是由葛浩文和

---

① 范武邱.解读中国文学的诺贝尔奖语言瓶颈[J].学术界，2010（06）：134-139+286.
② 同上。
③ 范武邱.解读中国文学的诺贝尔奖语言瓶颈[J].学术界，2010（06）：134-139+286.
④ http://book.ifeng.com/yeneizixun/detail_2012_10/23/18505123_0.shtml.

陈安娜翻译的话，莫言能否获诺贝尔文学奖，王宁也持怀疑态度，他认为如果可能，也肯定要晚很多年，因为现在英译者葛浩文的翻译"不仅在相当程度上用英语重新讲述了莫言的故事，而且还提升了原作的语言水平，使其具有美感而能打动读者。"①

  汉语的文学表达有不同于其他文学的独特性。汉语属于表意性强的"深度语言"，而英语则是表音性强的"浅度语言"，基于这样迥异的语言特点以及社会历史经济原因，西方人学汉语且懂汉语的相对较少。而且对欧美人来讲，中国的语言和文化几乎就是一个无法进入的封闭结构，非常难以理解和掌握。汉语文学中有许多只可意会、不可言传的幽隐、微妙、丰富的"意思"和"意味"，难以让外国人心领神会，因而他们很难深刻地理解中国文学，因此对汉语文学的翻译传播不够。而且，许多作家的写作充满地域特色，给翻译带来极大的困难，中国当代作家贾平凹曾表示深有感触，他认为中国文学"走出去"最大的问题是"翻不出来"。而中国文学要走向世界，中国当代文学作品要征服外国读者，关键还是要靠翻译。许钧也认为语言问题与翻译问题是阻碍中国当代文学对外交流传播的重要因素，他指出，"过去西方作家获奖，几乎很少有人去谈翻译的重要性，如美国、法国作家获奖，没有人去谈译者，也很少有人提起翻译问题。但凡东方作家获奖，如在莫言之前获诺贝尔文学奖的日本作家川端康成、大江健三郎，也包括这次莫言获奖，翻译的问题引起了学界的普遍关注，译者受到了重视……我觉得存在一个更深层次的原因……我们的语言远不是主流语言，所以中国文学作品要想在世界范围内被阅读，被世界文坛所认可，必然牵涉翻译的问题，尤其是其英译、法译的问题。实际上，语言的问题直接影响到汉语文学的传播。"②葛浩文 2014 年 7 月在《文学报》发表文章谈中国文学走出去，认为中国文学走出去需要两个要素的合力，其中之一是作家与其作品；第二个要素就是翻译③。葛浩文认为准备"走出去"的作家与其作品需

---

① 王宁. 翻译与文化的重新定位 [J]. 中国翻译，2013（02）：5-11+127.
② 许方，许钧. 翻译与创作——许钧教授谈莫言获奖及其作品的翻译 [J]. 小说论坛，2013（02）：1-9.
③ [美] 葛浩文. 中国文学如何走出去？[N]. 林丽君译. 文学报，2014-7-3.

具有自己创作上的独特性,而在"走出去"过程中,翻译则是必不可少的"媒介"。

1.1.3 莫言小说的独特性与争议性

莫言的作品在版权输出上位居中国作家第一①。在获得诺奖之前,他的大部分长篇小说被翻译成外文。葛浩文英译中国现当代作品有 40 部之多②,作品经他翻译的中国现当代作家有 30 多位,包括苏童、毕飞宇、贾平凹等。除了苏童的作品译了四部之外,对于其他作家的作品,葛浩文仅仅选择一两部作品进行翻译,大多数仅仅选择一部作家代表作。然而,葛浩文对于莫言小说作品,每部都选择来翻译。尤其是 2000 年以来,莫言的长篇小说陆续英译出版:2000 年《酒国》、2004 年《丰乳肥臀》、2008 年《生死疲劳》、2010 年《变》、2012 年《四十一炮》、2012 年《檀香刑》、2015 年《蛙》。除长篇小说外,莫言短篇小说集《师傅越来越幽默》也在 2003 年得以出版。葛浩文对莫言小说作品如此全面的译介表现了译者对莫言作品的情有独钟,葛浩文曾说"……莫言,我们都认识好多年了,我认为他写的东西不会不好,绝对不会,所以他的新作我都会看。"③那么,莫言小说作品具有一种什么样的独特的魅力从而吸引葛浩文一而再再而三地进行翻译呢?

在当今中国众多的汉语写作者当中,莫言被认为是一个有争议的作家,具有与众不同的独特"声音"。他的"声音"与王朔"胡同串子"的京腔不同,与苏童、叶兆言等人的清雅柔曼的江南话也迥然相异,也不像马原硬朗有力而雄辩的东北腔,更不像格非、孙甘露等人那样使用一套带欧化倾向的现代知识分子的语言,张闳评价说莫言的"声音"听上去就像是一位农民在说话④。除了"声音"独特之外,莫言还以个性鲜明的创作突起于当代文坛。他作品中体现着超常的感觉,具有特异的话

---

① 舒晋瑜.中国文学走出去,贡献什么样的作品[N].人民日报海外版,2013-02-26.
② 见附录 6,葛浩文英译中国现当代作家作品.
③ 季进.我译故我在——葛浩文访谈录[J].当代作家评论,2009(06):45-56.
④ 张闳.莫言小说的基本主题与文体特征[J].当代作家评论,1999(05):58-64.

语体系和象喻系统，作品以农村经验为背景，展现了作者极致的审丑、历史与现实交替穿梭、民间传说与经验世界的拼接，这种奇异的创作模式给当代文坛带来了一种自然、野性的冲击。由于当时处在当代文学思潮嬗变时刻，莫言尝试着用不同的语言方式与叙事方法，塑造出不同性格的人物。自20世纪80年代至今，莫言的创作生命力在寻求突破与变化过程中源源不断。其小说与中国当代文学很多理念都相关联，其小说性质常常被批评界冠以多种称谓，如寻根文学、战争文学、先锋文学、家族小说、心理现实主义、新历史主义、魔幻现实主义等。而对于莫言小说评价，批评界似乎呈现出两种完全相对立的立场观点，褒贬不一。考虑到莫言的出身及其所受的教育，赞誉者认为莫言是一个文学"天才"，他们认为莫言具有超人的文学直觉和文学想象力，这种文学直觉与想象力体现在他异乎寻常的生命感觉、狂欢化的语言、先锋化的叙事还有魔幻化的故事讲述上；而贬毁者则认为他的语言泥沙俱下而且毫无节制，叙事视角跳动不定，因此让人费解，魔幻化故事由于明显带有模仿拉美"爆炸文学"的痕迹，而完全没有在中国存在的土壤[1]。对于这样毁誉参半的评价，莫言自己也非常清楚，"我从1985年发表中篇小说《透明的红萝卜》登上文坛，一直到今年发表长篇小说《生死疲劳》，二十多年来，对我的创作，一直存在着激烈的争议，赞扬者认为我开辟了中国文学新的时代，批评者认为我的作品里展示了残酷，暴露了丑恶，缺少美好和理想……"[2]

对于莫言作品的争议在其获诺奖之后依然存在，对于他为何获奖，国内学界众说纷纭，有学者评价莫言获奖是因为他是中国作家中最符合西方文学标准的人，因为他按照西方人的思路创作，也有人认为他获奖是因为作品中所塑造的形象符合西方人对中国人的想象，满足了西方人俯视东方文学心理。杨扬认为，莫言获奖主要是因为其作品的中国特色，是因为莫言的作品深刻植根于传统文化，而且又具有广泛的国际视野。但是评论家李建军在接受媒体采访时却对此提出质疑。他指出，"国

---

[1] 付艳霞.莫言的小说世界[M].北京：中国文史出版社，2012：3.
[2] 莫言.饥饿与孤独是我创作的财富[M].莫言讲演新篇.北京：文化艺术出版社，2012：134.

际视野是真，传统文化可能有点牵强。什么是中国的传统文学呢？中国的传统文学讲究含蓄、内敛、精美和婉约。莫言的作品可不这么写，他用得最多的是魔幻、夸张，内容上有时也会涉及血腥和暴力。这一套都是西方文学的路子。"①对于莫言为何获得国际关注，张清华认为是其小说中体现的"国际性视野"与"本土经验"。他说："作家国际性视野的获得与本土意识的增强是相辅相成的，正是中国作家逐渐获得'国际性视野'的时候，他们的本土意识才逐渐增强起来，在表达本土经验方面才有了一些起色和成功；反过来，也正是他们渐渐学会了表达'本土经验'之时，也才获得了一些国际性的关注和承认……"张清华曾询问过很多西方学者们最喜欢的中国作家是谁，大多数西方学者包括许多德国学者在内，都回答说喜欢余华和莫言，因为他们认为，"余华小说所表达的与他们西方人的经验最接近；而莫言小说最富有中国文化的属性和含量。"②

从以上如此不一致的评论观点可以看出，莫言及其作品极具争议性，莫言小说创作在语言上张扬独特的个性化特征，在主题与题材上具有对传统文学的继承与对西方文学的借鉴，其创作中的民族性与世界性的融合，使得其作品以及作品在全球阅读的文化现象成为本书研究对象。

1.2 研究内容及对象

1.2.1 研究内容

由于莫言小说作品的独特价值以及其获诺奖后引发的对翻译的关注，本书将主要聚焦探讨以下两方面问题：一是莫言小说作品本身的特性，包括民族性与世界性及其可译性；二是莫言小说作品的英译及其在西方文学场域中世界文学化过程，探讨小说民族性与世界性在英译中的

---

① http://news.163.com/12/1012/12/8DK90O6N00014AEE.html.
② 张清华，关于文学性与中国经验的问题——从德国汉学家顾彬说开去[J]. 文艺争鸣，2007（10）：1-3.

体现以及莫言小说英译的世界文学化过程中各个影响因素及推动因素。香港学者张南峰曾批评中国的翻译研究过于强调实用性，他认为中国传统的翻译研究范围不宽，传统的翻译研究只关注文本，而不太关心文本以外的因素。本研究将结合文本与文本外研究，以莫言不同时期创作的三部代表作以及葛浩文英译本为研究对象，研究莫言小说民族性与世界性因素在文本英译中的具体体现，并考察莫言小说作为民族文学如何在西方文学场域经过翻译超越民族、超越地域从而进入全球阅读领域，成为世界文学一部分。本书拟解决以下问题：莫言小说的民族性和地方性特色具体表现在什么方面？这些特色在翻译中会遭遇哪些接受问题？翻译过程中对原著做了哪些改变（尤其是富于特色的地方），如何改变？为什么会进行这样的改变（或删除）？原著经改变后，民族、地方特色和风格发生了哪些变化？其具有民族性和世界性的内容是否被美国化、英语化？原著的民族性和世界性因素是否保存下来？这样的译本建构了莫言小说什么形象？为何能被西方读者接受并获得诺贝尔文学奖？

1.2.2 研究对象

葛浩文英译了莫言 11 部小说，本书选取了莫言早期成名作品《红高粱家族》，具有中国"百年孤独"之称的长篇小说代表作《丰乳肥臀》，以及莫言声称"大踏步撤退"的作品《檀香刑》进行研究。这三部作品创作时间分别对应了作者创作初期、中期与后期，其英译本的翻译出版也分别对应了葛浩文译者翻译生涯的中期与后期。《红高粱家族》是葛浩文翻译的第一部莫言小说作品，《丰乳肥臀》是葛浩文力推帮助莫言获得诺贝尔文学奖的重要作品，而《檀香刑》的英译本的出版则正是在 2012 年莫言获得诺奖之后。原作者在这三部小说中表现出了不同的语言创作风格，而英译者葛浩文因为受到译语文化场域中各个因素影响在译作中也展现出了相异的翻译策略（表 1-1）。

表1-1　莫言三部小说不同语种出版时间

中文原作	法语	英语	德语	日语	韩语	越南语
《红高粱》1986年	1990年	1993年	1993年	1989年	2008年	—
《丰乳肥臀》1996年	2004年	2004年	—	1999年	—	2002年
《檀香刑》2001年	2006年	2012年	2009年	2003年	2003年	2004年

1.2.2.1《红高粱家族》中文本及英译本

莫言中篇小说《红高粱》最早发表于1986年3月《人民文学》第3期。后与《高粱酒》《狗道》《高粱殡》等一起结成长篇《红高粱家族》，首版于1987年5月由解放军文艺出版社出版，其英译本于1993年由印第安纳大学出版社出版。从国内国外影响来看，《红高粱家族》可以说是莫言小说最成功、影响最大的作品，是莫言所有小说中外译语种最多的一部，其对外翻译的语种包括英文、法文、德文、日文、意大利文、瑞典文、希伯来文、西班牙文、挪威文、韩文、荷兰文等。1993年《红高粱家族》英译本由英国伦敦的Heinemann公司和美国纽约的Viking公司同时出版，被称为"近年英译中国文学的一大盛事"。而且在《红高粱家族》英译本出版后不断有书评发表，《纽约时报》的书评人Wiborn Hampton评论称，"莫言那些'土匪种'的角色和加入了神话架构的'高密东北乡'从此上了世界文学的版图。"葛浩文英译中国当代小说作品中，《红高粱家族》英译本在读者群中（大众读者、学者等层面的文学圈）最有影响，在莫言所有英译小说中销量最大，从初版至今一直再版。《红高粱家族》在文学界以及影视界的成功使其成为莫言标识性作品，是莫言的代名词，而莫言也因"《红高粱家族》的作者"而为西方读者熟知，可以说"《红高粱家族》的作者"是莫言在海外的名片。

1.2.2.2《丰乳肥臀》中文本及英译本

作为莫言长篇小说篇幅最饱满的代表作，《丰乳肥臀》是莫言早期创作的一座高峰。作品最早于1995年分期刊发于云南《大家》杂志第5期与第6期，1997年获"首届大家·红河文学奖"，其英译本于2004

年由纽约 Arcade 出版社出版。小说由于题名比较直白，在国内出版时引起了很大争议。诺贝尔颁奖词称《丰乳肥臀》是莫言最著名的小说。小说《丰乳肥臀》历史社会背景宏大，跨越了中国半个世纪的发展历程，包括抗日战争、内战、饥荒、"文革"、改革开放。作者在对波澜壮阔的历史的描绘中，塑造了一位孕育了九个孩子的母亲，叙写了母亲以及所带领的众多儿女组成的庞大家族在 20 世纪中国社会动荡不安的历史进程中的遭遇。小说书写了人类不可克服的弱点以及病态人格导致的悲惨命运，被评论界认为"具有触及灵魂深处的力度"。莫言本人对《丰乳肥臀》的评价是他"最沉重的作品"，认为，"你（读者）可以不看我所有的作品，但你如果要了解我，应该看我的《丰乳肥臀》。"[①] 法国汉学家杜莱特称《丰乳肥臀》是一部宏大的史诗般的小说，足可以和托尔斯泰、巴尔扎克和马尔克斯的作品媲美。诺贝尔文学奖评委会主席佩尔·韦斯伯格也盛赞《丰乳肥臀》，认为，莫言作品的水平都很高，难分高下，但《丰乳肥臀》更让我着迷，跟我以前读的所有小说都不同。在我作为文学院院士的 16 年里，没有人能像他的作品那样打动我。

1.2.2.3《檀香刑》中文本及英译本

《檀香刑》最早于 2001 年作家出版社出版，是莫言潜心五年创作出的一部长篇力作，之后多家出版社纷纷再版，共有 13 个不同版本，其英译本于 2012 年美国俄克拉荷马大学出版社出版。《檀香刑》既借鉴了西方小说技术又继承了中国古典小说传统，是莫言具有独特风格的一部作品，被誉为当代中国文学中"真正民族化的小说"。小说背景为清朝末年，当时德国人在山东修建胶济铁路，袁世凯镇压义和团，八国联军攻陷北京，故事讲述了孙眉娘与其亲爹孙丙、干爹钱丁、公爹赵甲、丈夫小甲之间的恩怨情仇及其生生死死，描写了在山东"高密东北乡"所发生的反殖民抗争以及其中的血腥酷刑和一段缠绵悱恻的感人爱情。《檀香刑》在中国台湾获得《联合报》读书人年度"十大好书奖"（2001 年），在国内获得首届"鼎钧文学奖"（2003 年），入围第六届"茅盾文学奖"。

---

① 莫言，王尧. 从《红高粱》到《檀香刑》[J]. 当代作家评论，2002（01）：8-20.

《红高粱家族》《丰乳肥臀》与《檀香刑》三部小说构建了莫言完整的小说创作脉络与发展走势，《红高粱家族》初步奠定了莫言作家的地位，用慷慨激昂的调子和别有韵味的爱情吸引了文坛的视线，从而声名远播；《丰乳肥臀》是莫言最长的长篇小说，是莫言小说创作的一个顶峰，其作品折射了百年历史，反映了一个家族在动荡历史年代的种种见闻，其中个体化的民间历史与正史书写展开了一场对话和互证；《檀香刑》用猫腔的野性和火车的蛮横、用越轨的爱情和残酷的刑罚再一次捕捉了文坛的注意力，在隐喻性的国家机器与民间自发力量的蒙昧间找到了结合点，使其在评论界倍受赞誉。这三部小说都体现了作者始终如一的对历史的关注和"以小说代史"的创作意图。

1.3 研究思路与方法

本研究以诺贝尔文学奖得主莫言的三部作品《红高粱家族》《丰乳肥臀》《檀香刑》及其英译本为研究对象，从文学的民族性与世界性因素出发，考察莫言小说作品中所体现的民族性与世界性因素的具体体现，并分析其民族性与世界性因素在英译过程中的具体体现。本研究还从大卫·达姆罗什世界文学概念的流通、阅读与翻译三个维度出发，运用翻译社会学的理论，将原作者与译者的惯习、原作与译作分别所处的文学场域以及原作者与译者所携带的象征资本、文化资本纳入翻译研究的范围，重点考察翻译在莫言小说作品从民族文学转向世界文学过程中的推动作用。由于本研究所选取的莫言三部小说英译本出版时间分别间隔10年，在此期间，原作者与译者文化象征资本及其在各自的文学场域中所处的地位发生变化，随之译者对原作的本身具有的民族性与世界性因素的英译处理策略上也发生了变化，本研究将结合中国文学在西方翻译文学场域中地位的变化，详细分析英译者在三部作品具体的翻译策略的变化特征及其背后的原因。

本研究将强调个体主观特性与客观世界的联系，运用布迪厄社会学的三个主要概念，即场域、资本和惯习来分析处于作品生产过程中的原作者以及译作生产过程中的译者带着各自的不同资本在场域的作用影响下形成不同的惯习以及各自的惯习反过来对场域的影响。莫言作品中体现的民族性与世界性特点是莫言创作的特有惯习，而这些惯习的形成又离不开莫言创作时期国内文学场域的影响。莫言小说英译者葛浩文对于莫言小说的英译也有独特的翻译惯习，而这种惯习的形成与他所处的翻译场域中各个因素紧密相关。莫言小说因翻译而步入西方读者的视野，成为世界文学的一部分，在这一世界文学化的过程中，原作者与译者互相增加象征资本，在文学与翻译场域中获得最高的荣誉——诺贝尔文学奖。因此，本研究将翻译研究纳入社会学考察之中，使翻译研究的主观主义与客观主义结合起来。研究虽仍然考察原文与译本对比，但并不仅仅止于考察译文对原文做了哪些增删改变，而是进一步探究考察译本与原作相比产生的变异及其背后的原因，即将译者或原作者主观特性与客观社会场域联系加以分析。由于本研究对象为汉语小说英译，相比美国强势文化场域，汉译英作品在西方虽然在学界获得一些关注，但并未如20世纪80年代西方翻译文学那样对中国的文学创作乃至文化产生深远的影响，因而，本研究以文本研究为主，文本外研究为辅，避开了译介学研究中所关注的翻译文学对译入国文学的影响的探讨。韦努蒂在《翻译研究与世界文学》一文中也曾强调文本细读与粗读相结合的翻译研究方法，认为"要想理解翻译在产生世界文学过程中的作用，我们就既要审查译本对原文文本进行的解读，同时也要审查各种翻译模式在接受文化中所产生出来的文学经典范式……我们在进行这种审查的同时还必须对翻译作品进行远距离的粗读和近距离的细读，从而探索经典范式与解读之间的关系。"[①] 苏珊·巴斯勒特认为"比较文学和翻译研究都不应看作是学科，它们都是研究文学的方法，是相互受益的阅读文学的方法。"[②] 因此，本研究将结合比较文学与翻译研究，来共同研究文学及其翻译，使翻译研究带有文学研究的特性。

---

① [美] 劳伦斯·韦努蒂. 翻译研究与世界文学 [M]. 王文华, 译. 世界文学理论读本. 北京：北京大学出版社, 2013: 211.
② 苏珊·巴斯勒特. 21世纪比较文学反思 [J]. 黄德先, 译. 中国比较文学, 2008 (04): 1-9.

本研究将运用文献研究法，仔细阅读有关文学翻译以及文学民族性与世界性各种文献，研究翻译社会学理论的基本理论和发展趋势，深入理解相关研究的成果与不足，寻找突破点；研究莫言小说英译现状和代表译论，比较文学与世界文学，多元系统论和翻译学等多学科对莫言小说英译的借鉴作用，研究莫言小说民族性与世界性英译过程中的影响、体现与接受。也将运用分析归纳法，通过仔细阅读莫言小说三部作品原文及其英译本，仔细比对其中民族性与世界性因素的英译处理，尝试分析其英译惯习。另外，试图从作者、译者的访谈、讲座、评论等材料中归纳出影响其英译策略的原因和规律。本研究将运用定性研究方法，由于论述过程中将涉及多个概念，如民族性、世界性以及世界文学等，文章将对各概念进行定性研究，以探讨其合适意义。

1.4　本书框架

本书探讨莫言小说中民族性与世界性因素及其经由翻译而被世界文学化的过程，书中以莫言小说三部代表作及其英译本为研究对象，结合文本内研究与文本外研究，首先在文本内仔细考察了莫言小说中民族性与世界性因素的表现及其可译性，然后从社会学视角研究文本外促进莫言小说全球阅读的因素，包括影响作者惯习与译者惯习形成的原因，最后考察了具体译本中民族性与世界性的体现及其在读者中的接受情况。全书共分七章。

第1章：绪论。介绍了本书的研究背景、研究对象、研究意义、研究方法、内容创新之处以及构成。主要介绍了中国文学与西方文学交流不平衡现象以及莫言荣获2012年诺贝尔文学奖引发的对翻译的关注为研究缘起。

第2章：文献综述及概念阐释。主要对国内中国文化"走出去"以及莫言小说研究及其英译研究状况进行了归纳梳理，指出目前研究不足之处。对文学的民族性与世界性、世界文学等概念进行了阐释，分析了翻译在民族文学成为世界文学过程中所起的作用和意义，为后文阐述莫言小说从民族文学步入世界文学阅读场域厘清概念。

第3章：莫言小说中的民族性与世界性及其可译性。具体阐述了莫言小说构成其文学要素的本质特征，揭示出其作品中因受到中国传统文学与西方现代主义文学影响所体现的主题与创作手法方面的强烈的民族性特征与世界性特征，进而分析了这些因素的可译性，以及为何具有可译性，从而分析莫言小说作品潜在的能够为世界读者所接受理解和认同的最本质因素。

第4章：影响和推动莫言小说世界文学化的各种因素。主要从社会学视角阐释中国文学场域中原作家文化象征资本与西方翻译文学场域中译者的文化象征资本在推动莫言小说进入西方（美国）文学翻译场域过程中的相互作用与影响。从文学场域与文学翻译场域构成要素如译者、作者、出版社、编辑、读者、评论家等文本外因素互相交织的作用与影响，来阐释翻译在推动莫言小说世界文学化及其在西方传播的推介作用。

第5章：莫言小说民族性与世界性因素英译。详细分析探讨了莫言小说英译者葛浩文在英译过程中所表现出来的惯习，以及对原作三部作品民族性与世界性因素在英译过程中的处理，分析了译者三部作品英译策略特征及策略变化特征并探讨其策略变化原因。

第6章：世界文学语境下莫言小说读者接受。本章从不同读者类型出发，将读者依据其阅读目的与专业知识背景大致归为大众读者与学界读者两大类，然后依据美国亚马逊购书网站上读者评论为依据分析大众读者对莫言小说英译本的接受情况，而以发表在美国主流学术刊物以及主流报纸上的学者、文学研究者、评论家的书评等为依据分析学界读者对莫言小说英译本的接受状况。

第7章：结论。总结了本研究发现与结果，回顾了本研究的主要内容、研究方法以及意义，指出本研究的局限性并对后续研究进行了展望。

第 2 章　文献综述及概念阐释

2.1　国内外相关研究综述

2.1.1 中国文学"走出去"研究综述

截至2021年5月10日,以"中国文学走出去"为检索词,检索项为"主题",在CNKI中国知网上检索文献,包括期刊论文硕博论文会议论文,共561篇,其中期刊论文331篇,博士论文26篇,硕士论文44篇,其余160篇。而截至2015年3月7日,检索结果为159条,其中期刊论文55篇,博士论文11篇,硕士论文22篇。从1994年至2009年,每年仅有1篇研究文章发表,而从2009年之后,尤其是2013年与2014年这两年探讨"中国文学走出去"研究文献明显增多,2014年24篇,2013年23篇。研究数量在2016年到2017年达到顶峰,随后略有下降。

根据中国知网可视化数据库显示,这一类"中国文学走出去"研究大致思路相近,基本上是对现有的中国文学对外交流的现状进行分析,指出问题,并就中国文学对外译介模式提出建议与设想,论文差异在于有的研究是以宏观政策导向为主,有的研究涉及对外译介成功的案例,如莫言小说英译传播、《赵氏孤儿》对外传播以及寒山诗在美国的译介传播等。这类期刊论文研究成果多发表在《中国翻译》《中国比较文学》《解放军外国语学院学报》《现代语文》《西安外国语大学学报》等翻译及语言学重要期刊上。如谢天振《中国文学走出去：问题与实质》，《中国比较文学》2014，01；耿强《中国文学走出去政府译介模式效果探讨——以"熊猫丛书"为个案》，《中国比较文学》2014，01；王志勤，谢天振《中国文学文化走出去：问题与反思》，《学术月刊》，2013，02；高方，许钧《现状、问题与建议——关于中国文学走出去的思考》，《中国翻译》2010，06；胡安江《中国文学"走出去"之译者模式及翻译策略研究——以美国汉学家葛浩文为例》，《中国翻译》2010，06；李平，黄慧《中国文学走出去——汉籍英译模式探究》，《现代语文》，2013，11；张莉《中国文学"走出去"与文化接受——以〈赵氏孤儿〉三个译本为例》，《中州学刊》2013，11；马会娟《解读〈国际文学翻译形势报告〉——兼谈中国文学走出去》，《西安外国语大学学报》2014，02等。马会娟[1]依据美国文学翻译家协会会刊《翻译评论》（Translation Review）副刊Annotated Books Received（1981—2011）近三十年来刊载的中国文学英译书目分析了中国现当代文学在英语世界的翻译研究状况，探讨了中国现当代文学在英语国家的翻译现状及存在的问题，提出了中国文学英译在英语世界的翻译模式。谢天振[2]在文章中回顾了国家机构在中国文学外译方面做出的努力，指出了学术界乃至翻译界对"中国文学如何走出去"问题上存在的严重误区，认为他们把这个问题归结为一个简单的翻译问题，而没有看到译入与译出这两个翻译行为之间的重要区别，文章探讨了由莫言作品外译所引发的四个方面问题，即译者、作者对译者态度、出版社以及作品本身的可译性问题，这些问题很值得深思，切中中译外的要害。另外，谢天振还提出了中西文化交流中存在"语言差"和"时间差"的问题，认为应该正视这些差异，树立正确的指导思想。由于期刊论文篇幅限制，谢天振提及的"谁来译""作者对译者态度""谁出版"以及"作品本身的可译性"没有能够得到具体

---

[1] 马会娟.解读《国际文学翻译形势报告》——兼谈中国文学走出去[J].西安外国语大学学报，2014（02）：112-115.
[2] 谢天振.中国文学走出去：问题与实质[J].中国比较文学，2014（01）：1-10.

细致的阐述，但为本研究的展开提供了很好的思路。在提及莫言作品本身的可译性时，谢天振认为："有的中国作家也能代表中国创作的特点，作品的乡土气息很浓，但是经过翻译以后，它的味道就失去了。而莫言的作品在翻译以后，其浓郁的乡土气息还是能够传递出去的。"[①]这样的判断有些道理，但谢天振教授并未加以具体细致阐明，因此，本书将对此观点进行深入细致的研究，以探讨莫言作品的"浓郁的乡土气息"是如何传递出去的。

除学界专家发表观点看法之外，对于中国文学"走出去"，青年博士生学者也开始了翔实的联系具体文本案例的研究。以"中国文学'走出去'"为题的博士论文主要有上海外国语大学鲍晓英（2014）《中国文学"走出去"译介模式研究——以莫言英译作品美国译介为例》、郑晔（2012）《国家机构赞助下中国文学的对外译介——以英文版〈中国文学〉（1951—2000）为个案》与耿强（2010）《文学译介与中国文学"走向世界"——"熊猫丛书"英译中国文学研究》。耿强与郑晔均为谢天振教授博士生，其研究主要学术观点与谢天振教授主张相一致，但佐以翔实的资料分析。鲍晓英[②]以莫言小说葛浩文英译在美国译介为例提出了中国文学"走出去"译介模式框架，从传播学角度探讨了包括"译介主体""译介内容""译介途径""译介受众""译介效果"五大要素的译介模式，对中国翻译文学的译介主体、内容、途径、受众和效果进行了深入研究，并提出了以非官方学术机构为平台和桥梁，中外合作译介为主体模式。由于该论文主要以传播学为理论框架，研究作品英译传播的整个过程，重点以对莫言英译作品不同类型受众的问卷调查，以及莫言作品世界图书馆馆藏量、莫言英译作品发行量、美国主流媒体莫言提及率等数据为分析对象，对译介途径、译介受众与译介效果做了详细的分析阐述，因而对于译介内容部分阐述不甚具体。而本研究将以译介内容莫言小说为主要阐述对象，结合译介过程中的某些影响因素进行研究，并不涉及整体的中国文学对外译介的模式问题，在侧重点上将与鲍

---

① 王志勤，谢天振.中国文学文化走出去：问题与反思[J].学术月刊，2013（02）：21-27.
② 鲍晓英.中国文学"走出去"译介模式研究——以莫言英译作品美国译介为例[D].上海：上海外国语大学，2014.

晓英研究有所不同。郑晔[①]博士论文《国家机构赞助下中国文学的对外译介——以英文版〈中国文学〉(1951—2000)为个案》,以《中国文学》杂志为研究对象,探讨了在国家赞助之下中国文学走出去的状况。该论文认为由于近代以后中国文化在世界上传播力和影响力下降,导致长期以来文化产品输入与输出严重不平衡,该论文"中国文学走出去"并非只涉及语言翻译问题,它受源语国家和译语国家外交关系、意识形态、诗学及翻译规范的制约,并受赞助人、专业人士、翻译政策、读者期待、发行渠道等多种因素的影响和制约。因而"中国文学'走出去'"是一项任重而道远的事业。耿强[②]博士论文《文学译介与中国文学"走向世界"——"熊猫丛书"英译中国文学研究》(2010)探讨主动外译的翻译模式,该论文以"熊猫丛书"为个案,认为"熊猫丛书"的译介实践为"文学交流、文学影响和文学传播"行为,而并非简单的文字或文学翻译活动,因此单纯从语言翻译的角度来考虑不能根本解决中国文学对外译介效果不佳的问题。郑晔与耿强论文观点与谢天振观点一致,都认为通过翻译将中国文学推向世界从本质上而言是文学译介,而语言翻译过程并不是整个文学译介过程的全部,还应该包括选择什么来译的问题,即"译什么"以及之后的译本如何流传、阅读与阐释的问题,即译介过程与译介受众及效果问题。

对于"中国文学走出去"这个题目,其他学者也做了探讨,所述观点有近似之处。所关注的是中国文学文化小说的对外译介传播,从宏观上研究译介模式与译介数量及接受状况,并在政策上予以建议,但是这类研究主要是从事文本外的研究,而没有从学术角度关注原作与译作文本本身的特征。本研究将结合文本外因素与文本内特征进行文学翻译研究。

[①] 郑晔.国家机构赞助下中国文学的对外译介——以英文版《中国文学》(1951—2000)为个案[D].上海:上海外国语大学,2012.
[②] 耿强.文学译介与中国文学"走向世界"——"熊猫丛书"英译中国文学研究[D].上海:上海外国语大学,2010.

2.1.2 莫言小说研究综述

对于莫言小说，国内研究众多，截至 2021 年 5 月 10 日，CNKI 知网上检索关键词"莫言小说"，检索项"主题"，检索结果有 2992 篇期刊论文，899 篇博硕士论文，其中博士论文 186 篇。

截至 2015 年 3 月 7 日，篇名为"莫言小说"共有 554 篇文献资料。其中核心期刊为 104 篇，CSSCI 为 50 篇，文章多发表在以下学术期刊：《名作欣赏》（27 篇）、《当代作家评论》（19 篇）、《当代文坛》（11 篇）、《小说评论》（9 篇）、《文艺争鸣》（9 篇）、《语文建设》（8 篇）、《时代文学》（7 篇）、《沈阳师范大学学报》（社会科学版）（7 篇）、《求索》（6 篇）、《齐鲁学刊》（6 篇）、《江苏师范大学学报》（哲学社会科学版）（5 篇）。这些期刊论文基本上为文学研究，从作品的创作主题、审美意识、创作手法、语言特色等比较传统的研究视角来解读莫言的作品，另外新的研究视角涉及影响研究、比较研究、叙事学研究，探讨西方文学对于莫言小说创作的影响，比较莫言与福克纳等人的创作特征，以及莫言小说叙事结构特点等。国内对莫言文学创作的研究、评论性学术专著也数量庞大，颇具代表性的研究成果为：张志忠的《莫言论》（中国社会科学出版社，1990 年），贺立华、杨守森等的《怪才莫言》（花山文艺出版社，1992 年）以及叶开的《莫言评传》（河南文艺出版社，2008 年），付艳霞的《莫言的小说世界》（中国文史出版社，2012 年），朱宾忠的《跨越时空的对话——福克纳与莫言比较研究》（武汉大学出版社，2006 年）。由于对于莫言及其作品的研究成果丰富，且许多论文具有很高的学术价值，山东大学出版社、山东文艺出版社以及天津人民出版社都相继出版了莫言小说研究论文的研究资料集，分别为山东大学出版社 1992 年出版的《莫言研究资料》（贺立华、杨守森编），天津人民出版社 2005 年出版的《莫言资料研究》（杨扬编）以及山东文艺出版社 2006 年出版的《莫言研究资料》（孔范今、施战军编）。莫言研究资料所收集论文多从莫言作品中主题内涵、艺术创新、人物形象、文化传统、语言特色、民间立场等角度对莫言的文学世界进行解读和探索。孔范今、施战军编的《莫言研究资料》中收录了一系列莫言生平与创作自述，有些为莫言演讲，如在苏州大学"小说家讲坛"上的讲演——"文学创作的民间资源"，有些是莫言发表在文学刊物上关于自己文学创作观点的说明，有些是莫言与他人的访谈，如与王尧的访谈"从《红高粱》到《檀香刑》"。2012年莫言获得诺贝尔文学奖，更是掀起了一阵"莫言热"，山东大学马龙、贺立华作为总主编在2013年推出了一套《莫言研究书系》，其中包括《莫言研究三十年》《大哥说莫言》《莫言弟子说莫言》《乡亲好友说莫言》《莫言研究硕博论文选编》《海外莫言研究》六本论文集或文集。

从这些已发表的期刊论文和硕博论文以及莫言研究资料论文集与专著来看，关于莫言小说的文学研究大致分为五类：

第一类是对莫言小说的创作研究。主要研究莫言生活经历对其创作的影响以及作品的审美诗学特征。对于莫言小说创作总的想象力特征以及小说创作对中国传统文学的继承以及其小说创作的特征和意义做了详细阐述。张清华[①]在《选择与回归——论莫言小说的传统艺术精神》一文中认为莫言小说作品中体现出来的对于中国古典审美传统的吸收，包括古典艺术手法和技巧，使作品闪烁出了灿烂的东方艺术精神。张学军[②]阐述了莫言小说对西方现代主义文学的借鉴、模仿与突破，主要从福克纳与马尔克斯对莫言的影响出发，分析了莫言小说受西方现代主义文学影响的叙述人"我"的设置，叙事时间的不断变化，丰富的想象与敏锐感觉的介入，以及审丑的艺术表现特征。王春林[③]在《莫言小说创作与中国文学传统》中以莫言小说《檀香刑》《蛙》《生死疲劳》为例，分析了莫言在小说中体现的对于中国古典文学与现代文学传统的自觉传承。这类研究也成为很多中国现当代文学专业青年博士学者的选题，如山东大学宁明博士论文《论莫言的自由创作》（2011），吉林大学杨枫博士论文"民间中国的发现与建构——莫言小说创作综论"（2009），华东师范大学廖增湖博士论文《沸腾的土地——莫言论》（2004）以及吉林大

[①] 张清华.选择与回归——论莫言小说的传统艺术精神[J].山东师大学报（社会科学版），1991（02）：62-68.
[②] 张学军.莫言小说与西方现代主义文学[J].齐鲁学刊，1992（04）：24-30.
[③] 王春林.莫言小说创作与中国文学传统[J].山西大学学报（哲学社会科学版），2013（01）：66-70.

学刘广远博士论文《莫言的文学世界》(2010)。这些博士论文从莫言生平、童年经历、生活环境、所受的教育等结合莫言小说具体作品分析了莫言小说创作特征及其创作特征产生的原因。

第二类是对莫言小说作品主题的研究。此类研究就莫言作品中所展现的各种主题如民间、历史、生命意识等结合作品文本进行了阐述。张闳[①]对于莫言小说中的主题进行了概况,包括农民化特征、原始生命力、酒神精神等。并对莫言"乡土文学"特性进行了阐释,区分了莫言"乡土文学"之不同于其他作家之处,张闳还提及了莫言小说中故乡。如李茂民[②]对于莫言小说中的情爱及其文化内涵进行了阐释,周景雷[③]对于莫言小说中红色的色彩意象与历史性主题进行了研究,王春林从莫言小说的世界性角度精神层面与形式上归纳分析了莫言作品中的普世性主题特征与西方创作手法特征[④]。这一类研究以张清华、王德威、陈思和的研究为代表。陈思和在其《中国现当代文学》专著中专门论及莫言作品的民间性特征。

第三类是对于莫言小说中意象及人物形象研究。这类研究关注小说中独特的艺术感觉和文学意象,对莫言作品中的苦难主题、农民形象和女性形象进行了深刻的剖析。李洁非[⑤]在《莫言小说里的"恶心"》一文中对于莫言早期的作品如《球状闪电》《爆炸》《复仇记》中丑陋"恶心"的人物意象进行了分析,认为莫言小说中的"恶心"感是一种生活、认识以及一种心理痛感,是人的兽性的真实体现,验证了莫言"人有狗性,狗有人性"的说法。宁明[⑥]在《莫言小说中的"'自由'人物谱"》一文中,对于莫言小说《红高粱》中的余占鳌,《丰乳肥臀》中的司马库,《檀香刑》中的孙丙,以及《生死疲劳》中的蓝脸这四个主人公所体现的自由

---

① 张闳.莫言小说的基本主题与文体特征[J].当代作家评论,1999(05):58-64.
② 李茂民.莫言小说的情爱模式及其文化内涵[J].理论与创作,2003(04):57-61.
③ 周景雷.红色冲动与历史还原——对莫言小说的一次局部考察[J].当代文坛,2003(01):66-67.
④ 王春林.莫言小说的世界性[J].名作欣赏,2013(01):137-141.
⑤ 李洁非.莫言小说里的"恶心"[J].当代作家评论,1988(05):70-74.
⑥ 宁明.莫言小说中的"'自由'人物谱"[J].求索,2012(06):75-77.

精神进行了分析，认为作品中这种"自由"表现既受到中国历史上"匪文化"的影响也具有西方"自由精神"的特点。朱永富[1]对《红高粱家族》《丰乳肥臀》《檀香刑》中余占鳌、司马库以及孙丙的英雄形象进行了分析。

第四类是对莫言小说的叙事结构与语言的研究[2]。这类研究主要关注莫言天马行空的、脱离常规变异语言特征以及叙述手法的形成与转变。朱向前[3]在《天马行空——莫言小说艺术评点》一文中对莫言小说中所透露出的狂放与豪迈的"天马行空"的叙事艺术做了详细分析，莫言建构了"立体时空小说"，将同时发生在不同空间的事情分几条线索同时推进叙述，这种结构的复杂性体现了题旨的多义性。宁明[4]在《世界文学视阈下莫言创作特色研究》一文中全面分析了莫言小说，认为莫言小说既承续了传统文学的叙事风格，又运用了现代、后现代叙事技巧，形成了现实与虚幻相结合的特征。赵奎英[5]在《规范偏离与莫言小说语言风格的生成》一文中概况了莫言在其小说中所采用的语言偏离形式，并对其中的"语法偏离""方言偏离"和"语域偏离"使用方式及其效果进行了分析，并认为莫言的这种偏离规范的语言方式形成了自己独树一帜的具有讽刺幽默、狂欢颠覆的诗化语言风格。而青年学者的博士论文包括山东大学付艳霞[6]的《莫言的小说世界》，其中提出了莫言小说叙事语言的拟演讲特征，以及苏州大学南志刚[7]的《叙述的狂欢与审美的变异》，从莫言小说中叙事的多角度复调、狂欢化叙事来阐述莫言小说审美上的变异。

第五类是对莫言与其他作家比较研究。这方面的平行比较研究更多

---

[1] 朱永富.论莫言小说的叙事策略与审美风格——以《红高粱家族》《丰乳肥臀》《檀香刑》中英雄形象为中心的考察[J].甘肃社会科学，2013（02）：50-53.
[2] 张运峰.从艺术语言学视角看莫言小说语言的变异[J].西安社会科学，2009（05）：181-182.
[3] 朱向前.天马行空——莫言小说艺术评点[J].小说评论，1986（02）：50-54.
[4] 宁明.世界文学视阈下莫言创作特色研究[J].甘肃社会科学，2013（06）：173-176.
[5] 赵奎英.规范偏离与莫言小说语言风格的生成[J].山东师范大学学报（人文社会科学版），2013（06）：16-25.
[6] 付艳霞.莫言的小说世界[D].济南：山东大学，2007.
[7] 南志刚.叙述的狂欢与审美的变异[D].苏州：苏州大学，2005.

地集中在莫言与马尔克斯、莫言与福克纳的文学故乡比较，以及莫言与沈从文的乡土文学比较，莫言与张炜的民间意识的比较等。如 M. 托马斯·英奇在《莫言和福克纳：影响和汇合》一文中对莫言与福克纳在创作精神上的相似性进行了比较，但认为莫言写作"不是简单地效法，而是极力开拓自己的写作路子"。托马斯·英奇认为，莫言没有照搬福克纳的写作内容与技巧，而是受到福克纳启示之后，在创作中体现出了对传统的讲故事方法的挑战和改变的自觉精神，以及通过叙述关于某个特定地区的故事反映全人类的普遍性问题的能力[1]。另有朱宾忠博士论文《跨越时空的对话——福克纳与莫言比较研究》，主要对莫言与福克纳的创作历程和文艺思想，以及二者作品中对于恶的审视、扭曲的家庭关系等主题、人物形象和创作特色等方面进行了梳理比较[2]。

以上这些对于莫言和莫言作品的研究比较全面系统、深入细致，既包括内部的文学创作研究，还有外部影响或比较研究。但仍然表现出某些不足：首先是研究视角方面比较单一，当前已有的莫言研究大多从现当代文学视角出发，从文本上分析莫言的写作特色，因此便忽视了其文学作品作为世界文学框架中的中国文学独特的一面。其次，莫言小说创作中的世界性与现代性因素没有得到足够重视。莫言的文学是西方现代派文学与中国传统文学相结合的产物，莫言是受到 20 世纪 80 年代西方翻译文学思潮影响极深的作家，其与世界文学渊源深厚，然而莫言小说创作中所带有的世界性、现代性因素常常被忽略。诚然，如陈思和先生所提出的，莫言的民间写作使得其中国式写作本身带有世界性意义，是中国文学作为世界文学的一部分而独立存在的，然而中国文学评论家在强烈关注莫言传统写作的同时，显然对其世界性因素的观照还远远不够。而且，最重要的是，从英译本的角度对莫言作品文学性的研究相当匮乏。

---

[1] [美] M. 托马斯·英奇. 比较研究：莫言与福克纳 [J]. 金衡山编写. 当代作家评论，2001（02）：13-14.
[2] 朱宾忠. 跨越时空的对话——福克纳与莫言比较研究 [D]. 武汉：武汉大学，2006.

2.1.3 莫言小说英译研究综述

相比数目众多的莫言小说文学研究，莫言小说英译研究比较有限。截至 2021 年 5 月 10 日，以"莫言+英译"为主题，检索期刊论文 73 篇，学位论文 37 篇，其中博士论文 5 篇，硕士论文 32 篇。由此可见学术界对于莫言小说英译并未引起足够重视，尽管在莫言获得诺贝尔文学奖之后，研究明显增多，但也仅仅限于十来篇而已。而 2015 年 3 月 7 日在 CNKI 中国知网上运用高级检索，检索"主题"关键词"莫言小说"并含"翻译"，匹配"精确"共检索文献 95 条，包括期刊、会议论文以及硕博论文。其中按照年份 2014 年 41 条，2013 年 39 条，占所有研究中 84%，可见莫言获诺奖之后确实引发了对其作品翻译研究的关注。所有文献当中，期刊论文 49 条，2014 年 24 篇，2013 年 23 篇，其中核心期刊仅为 5 篇，发表在外语类刊物 1 篇，从研究语种上看，1 篇研究莫言小说在越南的传播，1 篇荷语研究，其他均为英文翻译研究。检索关键词"莫言英译"，并含"英译"，检索项"主题"共检索到 22 篇期刊论文，期刊文章中 3 篇于 2011 年发表，其余 19 篇在 2013 年之后发表，其中 2013 年 10 篇，2014 年 9 篇，论文发表刊物多为一般刊物，核心期刊仅为 3 篇。19 篇硕博士论文，其中博士论文 3 篇。以莫言小说英译为研究对象，主要研究葛浩文翻译 1 篇，为 2013 年上海外国语大学王璐《忠实与叛逆：葛浩文文学翻译研究》，以葛浩文译作为研究对象的 2 篇，为 2009 年南开大学吕敏宏《手中放飞的风筝——葛浩文翻译叙事研究》以及 2013 年山东大学鄢佳《布尔迪厄社会学视角下的译者葛浩文翻译惯习研究》，以莫言小说英译为例，研究中国文学对外译介模式 1 篇，为上海外国语大学鲍晓英的《中国文学走出去译介模式研究——以莫言小说英译为例》。

对于莫言小说英译的研究，类型比较集中，大致可分为以下两大类：

第一类是从某一个翻译理论视角研究莫言具体作品的翻译技巧。这类文章多以某种理论为指导对莫言某个作品的英译本进行微观上的研究。从理论视角来看，主要从翻译补偿策略、译者主体性、改写理论、归化异化、生态翻译、关联理论以及前景化角度切入，探讨翻译中体现的中西文化差异性问题，如文化负载词的翻译、文化误译现象、翻译的主体性研究等；或者以某个译本为分析对象，通过英汉语言对比，探讨翻译的语言转换技巧；或者以个别译例为具体分析案例，来支撑佐证某一翻译理论对翻译的阐释用途，如关联理论的解释力、翻译即改写、意识形态与赞助人对翻译的影响等相关理论。总的来说，研究视角较为狭窄局限，缺乏从宏观上对莫言作品英译的综合把握。这一类研究从时间上看，多集中在2013年之后，即莫言获2012年诺贝尔文学奖之后，而从研究对象看，莫言中长篇小说作品《红高粱》《丰乳肥臀》《檀香刑》《生死疲劳》《变》《酒国》《天堂蒜薹之歌》《蛙》《师傅越来越幽默》都有涉及。但一般大多集中在《红高粱家族》《生死疲劳》《丰乳肥臀》《酒国》；从研究方法看，多为就这一部作品的翻译方法从生态翻译学、改写理论以及文学翻译补偿理论等翻译理论视角切入，研究普遍缺乏深度，多简单重复。期刊论文发表质量不高，多为一般刊物，发表在翻译及外语类重要期刊上的只有寥寥几篇，分别为侯羽、刘泽权、刘鼎甲三人合作发表在《外语与外语教学》2014年第2期上的《基于语料库的葛浩文译者风格分析——以莫言小说英译本为例》，以及邵璐发表在《当代外语研究》2014年第2期上的《莫言小说英译中的信息凸显》，发表在《外语教学》2013年第2期上的《莫言〈生死疲劳〉英译中隐义明示法的运用：翻译文体学视角》，发表在《语言与翻译》2013年第3期上的《翻译阅读模式研究——莫言〈生死疲劳〉英译解读》，发表在《中译外研究》2013年第1期上的《从诺奖看中国当代文学外译——以莫言小说英译为例》。邵璐的这四篇文章均以《生死疲劳》为例，探讨葛浩文译本中叙事策略相比较原文有何不同与变化，此研究将文学叙事学引入翻译研究，对于本书的研究具有极大的启发意义。

  第二类是研究莫言作品在国外的译介以及莫言作品在海外传播。这一类研究一般最终会涉及中国文学对外译介的问题，以及海外学者对莫言小说作品研究的视角。如宁明在《莫言海外研究述评》一文中详尽地概述了海外研究者对莫言作品学术研究的问题与视角，并指出了海外学者与国内学者对莫言作品解读的不同之处[①]。缪建维在《莫言小说英译

---

① 宁明.莫言海外研究述评[J].东岳论丛，2012（06）：50-54.

研究述评》一文中对国内莫言作品英译的研究内容与方法进行了分类整理，归纳认为目前国内莫言英译研究主要为英译本的接受研究与作品的文本研究[①]。就莫言作品在海外译介与接受研究而言，这一方面的研究目前尚不成系统，所涉及的有：姜智芹在其专著《中国新时期文学在国外的传播与研究》中重点探讨了中国新时期以来的文学在西方世界的传播、影响与接受情况，既对宏观传播历程进行了梳理，也对莫言、余华、苏童、贾平凹、王安忆等作家进行个案研究，分析了中国新时期文学走出去现状并提出建议；刘江凯在其专著《认同与"延异"：中国当代文学的海外接受》中探讨了本土性、民族性的世界写作，莫言的海外传播与接受，对莫言在海外出版状况进行了整理，梳理了海外有代表性的英语研究成果，分析莫言海外传播的原因[②]；邵璐在《中国比较文学》上发表的论文《莫言小说英译研究》中，通过分析西方国家英语和境外华语期刊、报纸中关于莫言小说的评论文章，简要概括了莫言在国际上的影响力，并总结了在西方受欢迎的文学作品类型，重点探讨了莫言作品倍受关注的原因[③]。这篇论文长处在于分析依据为英语及境外期刊评论文章，数据来源新颖，但对于莫言作品所受关注原因未能深入探析，因此给本书的研究留下了拓展的空间。

从以上莫言英译研究主要主题来看，对于莫言小说英译者葛浩文教授研究为主要研究对象。检索关键词"葛浩文翻译"，至2021年5月10日共检索学术期刊462篇，博士论文6篇，硕士论文386篇。而截至2015年3月7日则总共检索24篇，以葛浩文翻译为题的博士论文3篇。

以葛浩文翻译为题的博士论文为2013年山东大学鄢佳的博士论文《布尔迪厄社会学视角下的译者葛浩文翻译惯习研究》；2012年上海外国语大学王璐的博士论文《忠实与叛逆：葛浩文文学翻译研究》；2010年南开大学吕敏宏的博士论文《手中放飞的风筝——葛浩文小说翻译叙事研究》。与葛浩文翻译相关核心期刊论文2篇，一篇为邵璐发

[①] 缪建维.莫言小说英译研究述评[J].芒种，2013（05）：57-58.
[②] 刘江凯.认同与"延异"：中国当代文学的海外接受[M].北京：北京大学出版社，2012：40-55.
[③] 邵璐.莫言小说英译研究[J].中国比较文学，2011（01）：45-56.

表在《中国翻译》上的《莫言英译者葛浩文翻译中的"忠实"与"伪忠实"》,讨论葛浩文翻译中存在的"忠实"与"伪忠实"现象①,另一篇为文军(2007)等在《外语教学》上总体概述了葛浩文翻译观。对葛浩文翻译研究中涉及莫言小说《红高粱家族》翻译研究的共2篇,而对于葛浩文翻译的其他作家作品的研究较多,最多的是研究葛浩文英译姜戎的小说《狼图腾》。这些对于葛浩文翻译的研究基本上是以译本和原文本为中心,从传统的语言转换角度,来探讨其翻译的忠实与否,或对葛浩文先生的翻译观及其翻译技巧从总体上进行概述,或者以葛浩文英译的某部小说为依据,探讨东西方文化差异下的文化翻译问题,或者从英汉语言对比的角度,以葛浩文英译本与原作文本进行英汉语言对比,探讨汉英翻译的转换技巧与机制。这类研究往往忽视了对于影响翻译策略选择的原语与译语文化场域内各个因素的探讨。

2.1.4 莫言小说英译研究不足之处

通过以上文献综述,可以看出,目前对于莫言小说研究与莫言小说英译研究极为不平衡,由此更加显示出莫言小说英译研究的价值。而在对中国当代文学外译研究过程中,国内学术界更关心的是中国当代文学在海外的译介传播,如数量及接受状况,而对译作研究的较少,或很少从学术的角度予以关注。这一点可以从中国文学走出去研究的范围之广(600多篇)、程度之深(发表于核心期刊数目)与专家关注度之高(如谢天振、季进、黄友义等)可以看出。

赵毅衡曾诙谐地评价葛浩文英译本的功用,认为葛浩文的英译本,往往被其他语言的翻译者用来作"参考"。因为"西方的汉学家,英文还是比中文好读,尤其是文学作品。至少两相对照,省了翻中文字典(一项很耗时间的劳作)。葛浩文为全世界的译本垫了底,却毫无报酬,因为凡是有点自尊的出版社,绝不会承认从英文转译中国小说"。而在国内,对于葛浩文的翻译一直以来并未给予太多关注,而仅仅最近几年以

---

① 邵璐.莫言英译者葛浩文翻译中的"忠实"与"伪忠实"[J].中国翻译,2013(03):62-67.

来，葛浩文的翻译作品才开始慢慢受到译界学者们的青睐，并对在西方文学界引起轰动的作品如姜戎的《狼图腾》、莫言的《生死疲劳》等作品从葛浩文翻译风格、思想和技巧等方面出发，对其翻译活动进行了研究。但是从研究的广度与深度来讲，这些研究还远远不够。

现有的莫言小说英译研究往往忽视了译作研究，尤其是对于译作所传递的原文的文学特点及形象的研究甚少。本研究将从莫言作品本身的民族性和世界性特征入手，考察其原文本本身的"中国元素"以及世界共通的主题，可读性与可译性，进一步探讨其文学特征中突出的表现即民族性与世界性特征，以及这两个特征在文本中的具体的语言与主题的体现是如何在英译过程中得以处理的。

鉴于以往的研究仅限于零散地找出一些个案，因而很难对译文做出公正的评价。本研究将通过对三部不同时期的莫言代表性作品的原文及译文进行仔细的文本细读，考察其译者葛浩文到底在何种程度上对原文保持了忠实，又在哪些地方修改了原文，译文如何传递或修改了作品原文的主题，其译本在西方英译世界流通传播的外部环境，追根溯源地探寻莫言作品在西方具有深刻影响并为诺贝尔文学奖评委所接触从而接受的原因,并因此试图探索出中国当代文学在西方成功译介与传播的模式。

2.2 文学作品的民族性与世界性因素

2.2.1 文学作品的民族性因素

黑格尔认为，每种艺术品都属于它的时代和民族，都各有特殊环境，并且依存于特殊的历史和其他的观念和目的[①]。文学作品也属于特殊的艺术品，属于它产生的那个时代、地域与民族，因而具有独特的民族性。民族性是一个民族区别于其他民族的特性，在生活方式、文化习俗、性格气质、语言特色等方面表现出来。别林斯基曾说："无论如何，

---

① 杨明琪，杨乐.生活感受的张力场：一种新的文学观阐释[M].西安：陕西人民出版社，2008：160.

在任何意义上，文学都是民族意识、民族精神的花朵和果实。"① 俄罗斯作家赫尔岑赞赏歌德"不论在希腊风格的《伊菲格尼亚》中，还是在东方风格的《西东诗集》中，都是一个德国人"②。由此可以看出作家和作品所带有的自己民族的独特个性。文学的民族性与人的民族性相联系，它是指一定文学所具有的民族特色与性质。正如赫尔岑所说："诗人艺术家在他们的真正的作品中总是充满民族性的。不管他创作了什么，不管在他的作品中目的和思想是什么，不管他有意无意，他总得表现出民族性的一些自然因素。"③ 文学的民族性在作品集中表现在题材与写作手法上，本民族作家作品中所描写与叙述的是本民族生活题材，比如本民族历史事件、山川地貌、民族生活、风土人情、人物形象等方面，作品中还会体现本民族思维方式、审美趣味、民族惯用的表现方式等。比如，同为历史上农民起义的题材作品，中国施耐庵《水浒传》以北宋末年梁山泊农民起义为题材，而俄国普希金的《上尉的女儿》和意大利伏尼契的《牛虻》则分别以俄国普加乔夫领导的农民起义和意大利亚平宁山区的农民起义为题材，这些不同民族的作品中所描写的历史状况、起义背景、起义者的性格特征等均具有各自民族的特征。而就写作手法而言，《水浒传》句子简练，长于以形传神的白描和故事性，而《牛虻》则多用长句，长于心理描写④。除了作品中描述的客体（题材）方面的民族性外，文学民族性还体现在作家本人的民族性上，因为作家生活在一定的民族之中，受民族文化的熏染，从性格到审美情趣、艺术习惯、思维方式等必然带有民族性。这样，具有民族性的作家反映带有民族特性的社会生活，作品必然具有民族性。其中，作家的民族性起着决定性因素，因为在创作过程中，客观的社会生活题材要通过作家主观心灵的感受、把握和过滤，作家的心灵是民族的，经它过滤的题材、主题等必然染上

---

① [俄]别林斯基.别林斯基论文学[M].梁真,译.上海：新文艺出版社，1958：73.
② [俄]赫尔岑.赫尔岑论文学[M].辛未艾,译.上海：上海文艺出版社，1962：27.
③ 同②.
④ 杨明琪,杨乐.生活感受的张力场：一种新的文学观阐释[M].西安：陕西人民出版社，2008：161.

民族性色彩[①]。由此说来，中国文学作品中典型的民族性特征表现在内容与主题上，将刻画出中国传统文化特色、民族风格，描绘出中国社会独有的自然环境、生活在中国这片地域上的人们的独特的性格特征以及反映出中华民族的历史文化。另外，文学作品的民族性还体现在作品的文章结构、文学体裁、语言运用和艺术手法等写作技巧上。一般来说，每个民族在长期的社会生活过程中，会逐渐形成符合本民族欣赏习惯和审美要求的某种艺术形式。比如说，中国传统文学在刻画人物方面善于通过行动来表现性格，用个性化的语言突出人物性格，有白描和写意两大表现手法，从美学原则来看，中国传统文学体现出朴素、含蓄与神韵美等特征。

2.2.2 文学作品的世界性因素

文学的"民族性""世界性"是在近代各民族文化、文学大交流的背景下出现的概念。罗曼·罗兰1893年初在日记中写道："……透过千变万化的形式，不断地揭示人的一致性，这是艺术和科学的主要目的"[②]。在《约翰·克利斯朵夫》出版之后，罗曼·罗兰收到许多信，说从他的小说《约翰·克利斯朵夫》主人公身上认识了自己，发信人大都是欧洲人和美洲人（包括北美和南美），然而也有一些是中国人、日本人和印度人。罗曼·罗兰认为这正是人类一致性的证明。"他们当然给'他'（约翰·克利斯朵夫）穿上了自己的衣服，"罗曼·罗兰补充说，不过他认为这是细枝末节，无关宏旨，因为服装尽管不同，血肉却是相连的。因此，"文学的世界性"可以指在民族的文学与文化交往日益频繁的时代，某个民族、某个国家的文学需要获得世界其他地方的民族和国家的认可与赞许所要求的品格，是在某种审美层次上，世界各民族对某一民族文学作品的认同，是从内容到形式上所达到的共识或共鸣。因此，可以说文学的民族性，只有在具备世界性的前提下，才能超越民族的特殊性而

---

① 杨明琪，杨乐. 生活感受的张力场：一种新的文学观阐释[M]. 西安：陕西人民出版社，2008：162.
② [法]雅克·鲁斯. 罗曼·罗兰和东西方问题[M]. 罗梵，译. 比较文学译文集. 北京：北京大学出版社，1982：156-167.

上升为共同性，为他者文化的读者所阅读并理解，体现出特性与共性、变异与汇通的统一，达成沟通与情感的共鸣①。本书所界定的"世界性"主要指文学作品中被各民族认可的共同品格特性，并将之与西方文学特征联系起来，在主题上归纳为"人类性"等。"人类性"可指人类在衣、食、性等方面的自然需求在内的本性，是指各个民族都相似的精神特性，如奥勃洛摩夫所体现的"惰性"、奥赛罗所表现出的"忌妒"、哈姆雷特表现出的"犹豫"以及阿Q的所谓精神胜利法等，以及西方文学中推崇的人道主义观念。在文学艺术表现形式上主要指西方文学作品中"现代派"特征。莫言认为优秀的文学作品"应该站在全人类的立场上，应该具有普世的价值"，这就是世界性在主题上的具体体现。关于普世价值，需要澄清的是，一般意义上，普世价值指的是人类创造的、千百年来经过沉淀扬弃而升华的、全世界普遍适用的、造福于人类社会的、最好的一种价值理念体系②。但是从现在公众所普遍认可的普世价值内涵来看，它的基本来源依然是西方文化，与作为西方文化主流价值观的基督教文化有着内在紧密的联系。从这个意义上可以说普世价值包括天赋人权、人生而自由以及民主权利等诸如此类的一些基本价值理念。

文学作品的世界性除了表现在作品主题上的普世意义之外，还表现在其创作技巧、手法上的东西方互相借鉴吸收，从而具有能被其他民族接受的普遍意义。东西方文学作品创作方法、创作技巧和手法之间的互相学习和借鉴促使作家在文学创作上探索创新与突破。比如中国当代作家受西方现代派写作手法的影响，魔幻现实主义、象征主义、意识流等西方现代派创作技法为中国当代文学所借鉴吸收，使得中国当代文学在手法上具有了能够被西方读者所识别和认可的世界性意义。而西方也正在从中国诗歌创作中吸取有益成分，比如意象派诗人庞德、洛威尔等受到自己所翻译的中国古诗的影响，而在创作诗歌时试图从中国古诗中发掘诗歌结构新的可能性③。

---

① 蒯舒.文学的民族性与世界性[J].语文教学与研究，2013（25）：69-70.
② 王春林.莫言小说的世界性[J].名作欣赏，2013（03）：137-142.
③ 闻慧.谈文学的民族性与世界性[J].北京社会科学，1990（01）：68-74.

2.2.3 文学作品中民族性与世界性关系

别林斯基曾说:"只有那种既是民族性的同时又是一般人类的文学,才是真正民族性的;只有那种既是一般人类的同时又是民族性的文学,才是真正人类的。一个没有了另外一个就不应该,也不可能存在。"① 可以说,文学作品中民族性与世界性相互依存,如果没有民族性,文学作品便失去其独特性因而也不会为其他民族所吸引,而如果没有世界性,其他民族读者将会因没有共鸣而失去阅读的兴趣,因而也就无法流传开来。越是具有独特民族性的文学作品,对于其他民族、其他国家的读者来说,越能够从中了解其文学作品中的这个民族所具有的独特的地理环境、风俗习惯、道德观念、历史传统、心理特征以及语言形式等,也就越能满足这些读者的文学欣赏审美需要。在这个意义上,中国的唐诗、古希腊古罗马的神话、印度泰戈尔的诗、英国莎士比亚的戏剧以及俄国普希金的诗等,因为能够跨越地域与时间为各国各族人民喜爱、阅读、传诵,尽管这类文学作品自身的民族性特色鲜明,然而在艺术审美与价值取向上却体现了普世的世界性意义。简而言之,文学的个性即是其民族性,而其共性即是其世界性。文学的民族性与世界性是个性与共性、特殊性与普遍性的辩证关系。

2.2.4 中国现当代文学中的民族性与世界性因素

中国当代文学日益具有其世界性因素。"中国文学的世界性因素"这一命题由陈思和提出,陈认为中国文学的发展已经被纳入了世界格局,成为世界体系中的一个单元,因此中国文学所具有的独特性构成其世界性因素。陈思和认为中国文学与世界的关系并非完全被动接受而是在其自身的运动中形成某些特有的审美意识,从而以独特面貌加入世界文化的行列。不管其余外来文化是否存在着直接的影响关系,这种独特的审美意识丰富了世界文化的内容。② 陈思和先生所提出的"中国文学的世

---

① 别林斯基.别林斯基论文学[M].梁真,译.上海:新文艺出版社,1958:86.
② 陈思和.20世纪中外文学关系研究中的"世界性因素"的几点思考[J].中国比较文学,2001(01):10-41.

界性因素"是将中国文学与其他国家的文学放在对等的地位,共同建构起"世界"文学①。他认为,"如果这个世界把华文写作排除在它的原创领域外,仅仅把它视为西方文学的接受者和派生物,那只能说明这个世界文学本身不完整与不合法。"②在这一点上,本书需要澄清的是,陈思和所认为的"中国文学的世界性因素"在本书看来是指中国文学中"民族性"与"世界性"相结合的特征。陈思和先生为了突出"中国文学"与其他国文学同等的地位,而将中国文学中受西方文学影响借鉴与传统文学继承的相结合总体界定为世界性因素,并认为,在中国文学现代化过程中,西方文学对于中国文学的影响并非是消极被动的,而是中国作家(以及翻译家)具有能动阐释意识的主观接受,是经过了翻译家和作家本人的创造性转化,因此这种影响实际上已经被"归化"为中国文化和文学的一部分,从而中国文学创作在与中国古典文学传统结合过程中,产生了一种既带有西方影响同时更带有本土特色的新的文学语言。陈思和先生所强调的作家本人主动的创造性接受正是其民族性因素的体现,虽然中国文学所受到的外来影响无可否认,虽然某些中国当代文学作品所使用的语言带有明显的"欧化"或"西化"痕迹,但这种具有本土特色的新的文学语言以及这种语言所描写的内容或讲述的故事是发生在中国的民族土壤中,因而是具有自己的民族特色的,因此本书认为这是"世界性"因素与"民族性"因素的融合与平衡。借用高玉的观点,也可以说,中国现代文学的民族性并不具有纯粹性,而是一个复杂的组合,是结合了"传统""现代""中国""世界""本土""西方"等内容的整体呈现③。具体表现在中国现当代文学是既与中国古代文学有联系,也与西方文学有联系的一种文学,但它并不同于中国古代文学,也不同于西方文学。中国文学的世界性与民族性构成了中国现当代文学的一种张力,即民族性先于世界性,民族性因为开放而具有世界性,民族性同时也因为独立而具有世界性。或者可以说,中国现当代文学既有世界文学范围

---

① 陈思和.中国文学中的世界性因素[M].上海:复旦大学出版社,2011:107.
② 陈思和.中国文学中的世界性因素[M].上海:复旦大学出版社,2011:217-228.
③ 高玉.论中国现代文学的民族性[J].广东社会科学,2004(03):128-135.

的现代性的同质性，更有特定民族、特定时空的异质性。因此，中国现当代文学具有普遍主义的现代性与种族主义的民族性在20世纪中国这一特定时空相遇而孕育的独特个性。[①] 陈思和认为，20世纪中国文学的特征之一就是被纳入世界文化格局，其文学思潮不能不带有世界性的因素；研究中国文学和中国现代作家，也不能不考虑其与世界的关系。从这个意义上说，"世界性因素"正是20世纪中国文学的主要特点[②]。

中国当代文学的民族性因素在外来文学艺术的启示下得以激发出来，当时受到20世纪80年代翻译文学影响的中国作家唤醒了自身所具有的"乡土根性的艺术灵感"[③]，开启了对《百年孤独》魔幻现实主义表现手法的借鉴，以及对民间神秘文化资源的开掘，于是，中国民风乡俗、历史神话和民间传说被大量挖掘与呈现，中国作家笔下构建出一个个充满鲜丽浓郁的地域品格和民族特色的"神秘中国"。20世纪90年代，"民间"逐渐成为中国文学民族性的独特体现，成为中国作家的文化与精神土壤。大多数作家开始关注"中国传统农村的村落文化"和"现代经济社会的世俗文化"，其创作对民间世界"采取了尊重的平等对话而不是霸权态度，使这些文学创作中充满了民间的意味"[④]。中国现当代文学可以说是中国古典文学与西方现代文学的结合体，体现了民族性与世界性的统一。

---

① 朱德发，贾振勇.现代的民族性与民族的现代性——论中国现代文学的价值规范[J].福建论坛，2000（04）：9-11.
② 陈思和.20世纪中外文学关系研究中的"世界性因素"的几点思考[J].中国比较文学，2001（01）：8-40.
③ 陈思和.民间的还原——"文革"后文学史某种走向的解释[J].文艺争鸣，1994（01）.
④ 陈思和.民间的还原——"文革"后文学史某种走向的解释[J].文艺争鸣，1994（01）：53-61.

2.3 世界文学与民族文学

中国与世界文学概念有着密切的关系，当初歌德提出"世界文学"构想是因为阅读中国文学而引发的思考，而自 19 世纪末以来，世界文学在中国文学的现代化进程中起到了极大的推进作用。几乎所有中国主要作家都或多或少地受益于世界文学，而且相当一部分作家的文学创作是从翻译了世界文学作品之后才开始的。莫言在法兰克福书展开幕式上的演讲中也曾提到世界文学问题，他举例称享誉世界的歌德的作品《少年维特之烦恼》与曹雪芹的《红楼梦》虽是两部形态完全不同的小说，但都是世界文学的经典，因为这两部作品中洋溢着反抗封建统治，追求个性自由的精神是相通的。"世界文学"这一概念究竟该如何理解，是如莫言所理解的作品能表现的人类精神的共同特征还是另有所指？"世界文学"这一概念内涵是否随着当今文化全球化而扩大？

2.3.1 世界文学概念

"世界文学"的概念最早来自 1827 年歌德与其秘书爱克曼的谈话。当时歌德看了《风月好逑传》——一部"中国传奇"，于是便引发了他对世界文学概念的思考[①]。歌德认为"诗是人类的共同财产"。他说，"中国人在思想、行为和情感方面几乎和我们一样，使我们很快就感到他们是我们的同类人，只是在他们那里一切都比我们这里更明朗、更纯洁，也更合乎道德。在他们那里，一切都是可以理解的，平易近人的，没有强烈的情欲和动荡的诗兴，和我写的《赫尔曼与窦绿苔》以及英国理查逊写的小说有很多类似的地方。"[②]歌德认为，"本国文学现在已意义甚

[①] [德]歌德.歌德论世界文学[M].范大汕，译.世界文学理论读本.北京：北京大学出版社，2013：3.
[②] 牛运清，丛新强，姜智芹.民族性·世界性：中国当代文学专题研究[M].济南：山东大学出版社，2010：2.

微，世界文学的时代即将来临。"①这是最早的"世界文学"概念，即文学超越本国范围，而转向环视本国周围的外族情况来求"异"。马克思、恩格斯也提出了"世界文学"的概念，他们在《共产党宣言》中指出："资产阶级，由于开拓了世界市场，使一切国家的生产和消费都成为世界性的了……过去那种地方的和民族的自给自足和闭关自守状态，被各民族的各方面的互相往来和各方面的互相依赖代替了……各民族的精神产品成了公共的财产。民族的片面性和局限性日益成为不可能，于是由许多种民族的和地方的文学形成了一种世界文学。"②马克思和恩格斯所提出的"世界文学"概念表现了各民族精神产品的相互往来与相互依赖，强调了其共同拥有的性质。

对于"世界文学"具体所指为哪些文学，许多学者对此有不同见解，有学者认为"世界文学"是世界各民族文学的总和，包含人类有史以来出现的具有世界意义的以及不朽价值的所有伟大作品，是根据一定标准选择和收集的世界各国文学作品集。王宁则认为世界文学不应该仅仅是世界各民族/国别文学的简单相加，应该用相对客观公认的标准来判断一部文学作品是否属于世界文学。而这个标准应该包括四个原则，即这部文学作品"是否把握了特定的时代精神；其影响力是否超越了本民族或本语言的界限；是否收入后来的研究者编选的文学经典选集；是否能够进入大学课堂成为教科书"③。王宁对于"世界文学"的界定仍然是个静态的概念，是"根据一定标准选择和收集的世界各国文学作品集"，也就是被公认的经典之作。当今文化全球化的加速使得"世界文学"的观念更为复杂。大卫·达姆罗什在《什么是世界文学》一书中探讨了世界文学在全球化语境下的含义，他认为世界文学并非是一个无限的难以掌控的一系列经典之作，而是一种流通和阅读模式，是在翻译中获

---

① [德]歌德.歌德论世界文学[M].范大汕，译.世界文学理论读本.北京：北京大学出版社，2013：3.
② 刘洪涛，张珂.全球化时代的世界文学理论热点问题评析[J].清华大学学报（哲学社会版），2014（06）：133-142.
③ 王宁."后理论时代"的文学与文化研究[M].北京：北京大学出版社，2009：243.

益的写作①。他提出了一个涉及世界、文本和读者的三重定义：世界文学是一种流通模式，是对民族文学的简略折射；世界文学是从翻译中获益的作品；世界文学并非一套固定的经典，而是一种阅读模式，是一种跨越时空与世界交流的方式②。简而言之，这三个方面就是流通、翻译和阅读。（World literature is not an infinite, ungraspable canon of works but rather a mode of circulation and reading, and is writing that gains in translation.）大卫·达姆罗什在《什么是世界文学》中以一部被埋没了三千年之久的史诗《吉尔伽美什》为考察个案，研究了这部从瓦砾中挖掘出来的史诗是如何经过翻译流通而成为世界文学的。在被广泛阅读与被研究的过程中，在地下埋没了数千年的文本因翻译流通而传到世界各地，因此从历史史料变成了文学文本，大卫·达姆罗什由此认为这是最早的具有世界文学性质的作品。同样，中国古代的《寒山诗》进入世界文学流通阅读领域，正是得益于美国汉学家对其的译介与研究，而同时代许多在中国本土被认为更有艺术价值与美学思想的诗歌作品或者文学作品却并未纳入世界文学之列。因此可以说，翻译、全球阅读与流通在使一部作品成为世界文学的过程中起到巨大作用。而本书中"世界文学"概念以达姆罗什的动态界定为依据，考察莫言小说是如何通过翻译与流通成为世界文学的。

2.3.2 民族文学概念

孟昭毅认为，"民族文学主要指在多民族国家中保持着自己独特的民族文化传统，并遵循共同的美学标准、反映本民族文化心理结构、用民族语言文字创作的具有本民族特质的书面与口头作品。"③这些民族文学作品尽管各不相同，千姿百态，但一经形成，便具有了本民族文学的继承关系和文化传统，会遵循在本民族文学的长期历史发展过程中逐渐

---

① Damrosch, David. *What is World Literature*? [M] Princeton and Oxford: Princeton University Press, 2003, P281.
② Damrosch, David. *What is World Literature*? [M] Princeton and Oxford: Princeton University Press, 2003, P281.
③ 孟昭毅. 从民族文学走向世界文学 [J]. 中国比较文学, 2012（04）: 22-30.

形成的文艺观点、艺术方法、艺术形式和艺术风格,从而体现共同的民族特色。在本书中,"民族文学"概念并不涉及多民族国家中少数民族文学作品,而主要是指与"世界文学"相对应的"国别文学"作品,但是因为国家文学或国别文学在比较文学研究中主要是指出于在国家意识和国家利益上人为划分成的文学,大多出于政治性和地域性的考虑,因此便与在自然状态下形成的民族文学不同,因为许多民族文学,即使是在多民族国家,也是由一种统一的语言作为统一的国语进行创作的文学。鉴于此,孟昭毅认为,"在比较文学领域里多谈民族文学比多谈国家文学显得概念更精准,界定更科学,也更符合比较文学的研究实际与学理规范。"① 因而,在本书中将莫言小说作品进入世界文学流通之前作为"民族文学"代表来论述。

2.3.3 翻译——"民族文学"成为"世界文学"的媒介

歌德在提出"世界文学"概念时大赞了中国文学,但"世界文学"提出之初,仍带有西方中心主义视角,而"世界文学"也几乎是欧洲文学的同义词。仅仅是到了19世纪中后期,由于世界各国政治经济的加强,文学交流开始日益频繁,文学也逐渐开始突破在本国发展的趋势,走向文学的世界化。然而,这种文学的世界化仍然是以欧美文学为中心。比较文学研究中法国学派的影响研究体现了法国文学对他者文学影响的骄傲,而美国学派的平行研究重点依然是西方文学。直至二战结束后,或说殖民统治结束后,东方文学才开始进入世界文学视野。大卫·达姆罗什在《后经典、超经典时代的世界文学》一文中也谈到了欧洲中心主义现象,他举例称,"1956年《诺顿世纪文学名著选》第一版出版,内容囊括了世界上七十三位作家的作品……但是,这些作家中,没有一位是女性,而且他们清一色地都是"西方文学传统"中的作家……直到1990年代早期,诺顿文学选集的关注焦点依然是欧洲和北美"②。法国比

---

① 孟昭毅.从民族文学走向世界文学[J].中国比较文学,2012(04):22-30.
② [美]大卫·达姆罗什.后经典、超经典时代的世界文学[M].[美]大卫·达姆罗什著;刘洪涛,尹星主编.世界文学理论读本.北京:北京大学出版社,2013:159.

较文学家布吕奈尔曾指明比较文学最终的目标即世界文学,他认为如果要实现真正的"比较文学",就不能以"欧洲精神"占统治地位。因为比较文学应该是"一种世界主义的、自由主义的、慷慨大学的精神,是否定一切排他主义及孤立主义的精神"①。

歌德以及布吕奈尔所提的"世界文学"概念,体现了一种超越民族局限的国际情怀。但怎样的文学作品才是具有国际化特质和更具世界性意义的?是达到了国际化的艺术水平还是具有本民族独特的文学经验?民族文学如何才能够成为世界文学?任何文学首先都是民族文学,带有本民族的风格、气质和地域特征,但并非所有的民族文学都能成为世界文学。就其作品本身来看,凡是伟大的世界文学作品,一定是那些表达了人类普遍价值而又带有自己民族风格的作品,是差异性与普遍性的统一。但除了原作本身特质之外,民族文学成为世界文学还需要一个重要的外因——翻译。韦努蒂在《翻译研究与世界文学》一文中指出,"没有翻译,世界文学就无法进行概念界定。"他认为,"在世界大部分地区,在大多数历史时期,只有一小部分读者能够理解两三种语言,因此,从读者的角度看,所谓世界文学与其说是原文作者创作出来的作品,还不如说是翻译过来的作品——这些译本将外文文本翻译为读者所处的某一群体所使用的语言,通常是标准地方语或者多语状况下的主流语言。因此,翻译促成了文学文本的国际接受。"②在今天全球化语境下,随着欧洲中心主义和西方中心主义的解体和东方文学的崛起,翻译在重建世界文学格局的过程中起着非常重要的作用。正是通过翻译的中介,世界文学在不同的民族才有了不同的版本,从而消解了所谓单一的"世界文学"的神话。翻译不仅跨越了语言和民族的界限,同时也跨越了文学和文化传统的界限③。按照本雅明的看法,正是翻译才赋予文学原作以"持续的"生命或一种"来世"生命,而没有翻译的中介,原作也许只能在某个特

---

① 布吕奈尔.什么是比较文学[J].葛雷,张连奎,译.北京:北京大学出版社,1989:17.
② [美]劳伦斯.韦努蒂.翻译研究与世界文学[M].[美]大卫·达姆罗什著;刘洪涛,尹星主编.世界文学理论读本.北京:北京大学出版社,2013:203.
③ 王宁."后理论时代"的文学和文化研究[M].北京:北京大学出版社,2009:239.

定的文学和文化传统中死亡或永远地"被边缘化"[①]。达姆罗什与本雅明有着类似观点，他认为，"一部文学作品成为世界文学须通过翻译这一中介，才能在另外的国家和民族的语言中具有持久的生命力和鲜活的影响力。"[②] 达姆罗什认为翻译能使作品跨越多种界限，是使作品成为世界文学的有效途径，而世界文学正是从翻译中获益。他还指出，文学作品如果在翻译中失落某些东西，那就只能存留在本民族文化语境中。相反，如果作品能从翻译中获益，则能成为世界文学。达姆罗什在《世界文学是跨文化理解之桥》一文中，再次论及了翻译在民族作品成为世界文学中所起的积极推动作用。达姆罗什认为，世界上大多数文学作品都不能在本国之外找到读者，因此世界文学的标准仍然是关于文本选择性的标准，而在本国之外已经获得有效生命力的作品将被包括在世界文学的范围之内。达姆罗什还以诺贝尔文学奖获得者奥尔罕·帕慕克为例，认为其作品的多种语言译本在国外的销售量远超出其原语版本在土耳其的销售量。因此，我们可以说，世界文学是由能够在翻译中获得生命力的作品所构成的。

---

① 王宁."世界文学"与翻译[J].文艺研究，2009（03）：23-31.
② [美]大卫达姆罗什.世界文学是跨文化理解之桥[J].李庆本，译.山东社会科学，2012（03）：34-43.

第 3 章 莫言小说民族性与世界性因素及其可译性

卢卡契指出:"一种具有世界影响的作品对别国来说,往往一方面是外来的,一方面又是土生土长的。"[①]2012年莫言获诺贝尔文学奖时,瑞典文学院在颁奖词中称莫言作品是融合了民间故事、历史与当代社会的魔幻现实主义。这种融合恰恰体现了莫言小说作品中的民族性与世界性因素的相互平衡与影响。莫言的小说创作在很大程度上接受了来自于包括拉美的"魔幻现实主义"的现代主义影响,而其小说作品中民族性因素也恰恰是他受到西方文学影响而激发的,比如以故乡为文学生态王国,便是从福克纳和加西亚·马尔克斯作品中受到的启发,而其世界性因素比如说魔幻现实主义创作手法,却又正是他继承中国传统民间志怪小说(如《聊斋志异》)的创作手法。在写作主题与思想上,莫言小说描写的内容植根于自己的故乡和民族,但在思想内涵上却超越了民族、国家的界限,将人类共同关注的主题写入作品。莫言作品中社会性与文学性、民族性与世界性、地域性与普适性的有机结合得到了另一个不同文化世界人们的认可。在莫言身上,西方读者能够看到马尔克斯、拉伯雷、福克纳、狄更斯等西方人熟知的大师,他们对莫言所呈现和运用的

---

① 查明建.从互文性角度重新审视20世纪中外文学关系——兼论影响研究[J].中国比较文学,2000(02):33-49.

他们所熟悉的文学因素和文学传统的方式感到意外，因此有法国媒体认为莫言是一个无法被归类的作家①，因为他不能被中国文学系统的标准所规定，也无法完全为西方的文学概念所描述。鉴于莫言小说中国与西方，传统与现代，民族性与世界性因素的相互交织融合，而其作品中某些突出风格特点可能兼具民族性特征与世界性特征，为了论述方便，在作品写作手法上，本书将明显受西方文学现代派影响的方面归为世界性因素，而受民间传统影响的归为民族性因素；在主题上，将具有本民族地域生活特征的归为民族性因素，具有普世意义的思想特征归为世界性因素。在这一点上与陈思和所提出的中国文学的"世界性因素"在内涵上有较大差异。

3.1 莫言小说民族性因素——异质性

莫言的小说具有鲜明的中国特色，王宁称，"莫言的成功很大程度上在于，他恰到好处地把中国人所面临的一些基本问题放在一个广阔的世界语境下来探讨，而这也正是世人所共同关心的问题。"②莫言小说在主题上既叙写历史又描绘当下现实中国，在叙事风格上承续了中国传统文学的志怪戏曲等叙事风格，又运用了现代、后现代的一些叙事技巧，将现实与虚幻完美结合，构成了自己独特的"幻觉现实主义"的高密东北乡"文学共和国"。

3.1.1 莫言小说创作主题民族性因素

莫言小说"很好地将魔幻现实主义与民间故事、历史与当代社会融合在一起"③。其小说创作所体现的民间性、乡土性与历史特征构成了其小说创作主题的突出的民族性因素。

---

① 杭零.莫言作品在法国译介传播[J].东方翻译，2012（06）：9-13.
② 王宁.世界主义、世界文学以及中国文学的世界性[J].中国比较文学，2014（01）：11-26.
③ 见附录1：2012莫言获诺贝尔文学奖颁奖词.

3.1.1.1 民间

汪曾祺曾说:"文学史上有条规律,凡是一种文学形式衰退了的时候,挽救它的只有两种东西:一是民间的东西,一是外来的东西。"[①]莫言创作始于20世纪80年代,当时正值"为政治"的文学形式衰退之时,许多作家开始寻求外来的艺术形式用以挽救本国的文学。而莫言却意识到一个作家总是学习和借鉴西方艺术形式和技巧是不行的,应该从民间、从民族文化里吸取营养,创作出有中国气派的作品[②]。莫言承认故乡与其文学有着密不可分的关系,从小耳濡目染故乡高密泥塑、剪纸、扑灰年画、茂腔等民间文化元素,其成长过程中浸淫着这些民间艺术、民间文化元素。因此当他开始进行文学创作的时候,这些民间文化元素就不可避免地被写进他的小说,影响或决定了其作品的艺术风格[③]。莫言代表作《红高粱》扎根于高密东北乡的民族土壤,吸收了民间文化的生命元气,打破了以往"文以载道"的文学创作模式,以其独特的具有生命力的特征有力解构了传统的审美精神与审美方式,建立了一个生机勃勃的民间世界。莫言的写作题材与民间大地、民间生活息息相关,作品中包含着民间的生活方式和已积淀为客观存在的民间精神。以《红高粱》系列为核心,莫言创作了一大批小说,缔造了一个以高密东北乡为故土的文学共和国。从最初的《红高粱》到后来的《檀香刑》,莫言不断地开掘与探索民族文化资源。由此,莫言将此前"寻根文学"中狭隘的民间文化上升到了一种民间精神。莫言小说中的民间精神崇尚强悍、粗朴的原始生命本能,渲染残酷凌迟与原始性爱的"野性"。其小说内在精神上坚守中国民间文化价值的立场,民间原始生命力的浑然冲动与混成的自然生命形态凝聚成中华民族喷薄的热力。尤其在《檀香刑》中,"民间渊源首次被有意识地作为从西方话语的大格局寻求超越和突破的手段加以运用:民间戏曲、说唱,既被移植到小说的语言风格中,也构成和

---

① 莫言.影响的焦虑[M].莫言讲演新篇.北京:文化艺术出版社,2010:327.
② 孔范今,施战军主编.莫言研究资料[M].济南:山东文艺出版社,2012:50.
③ 杨鸥.莫言——不倦的探索者[N].人民日报(海外版),2012-10-13.

参与了小说人物的精神世界"①。莫言小说作品中体现的民间特性还表现在莫言"作为老百姓写作"的写作态度和立场上，即用民间的眼光去观察。莫言在《作为老百姓写作》演讲一文中提出民间写作就是"作为老百姓写作"而不是"为老百姓写作"②。他认为，"所谓的民间写作，就是要求你丢掉你知识分子立场，你要用老百姓的思维来思维。否则你写出来的民间就是粉刷过的民间，就是伪民间。"在《檀香刑》中，莫言用民间立场进行道德价值判断，在地方性书写中批判中华官方传统文化的凶残与暴虐，叹息中国民间生命意志的淳朴、坚韧和蒙昧。

3.1.1.2 乡土

莫言作品中的"乡土"特性与鲁迅、赵树理、沈从文等"乡土作家"具有不同的意蕴。鲁迅在其乡土作品中常常运用西化的小说模式来描写中国乡土生活气息，主要表达了他对于当时中国国民性的批判。而赵树理、沈从文所描写的农村是相对于其他生活领域而言，他们所关心的是乡间在外观上和一般生活形式上区别于其他生活领域的特色，并具有较为浓重的"乡恋"色彩。郜元宝归纳了现代乡土文学的四个阶段③。他认为，第一阶段是鲁迅为代表的由故园迁居城市的新型知识分子浪漫而感伤的乡愁，第二阶段是沈从文为代表的农业文明神话，第三阶段是四十年代解放区以赵树理为代表的政治意识形态和民间生活方式的杂糅，这个阶段中还包括冯德英乃至高晓声、古华、贾平凹等，第四阶段是莫言为代表，没有五四的感伤和浪漫，也没有用农业文明对抗现代技术，更无意用政治意识形态去渗透乡村风俗，有的只是对中国乡村的略显阴郁的转述。莫言的《红高粱家族》《丰乳肥臀》显现了莫言作为农民身份的写作立场以及其笔下的真实的民间的"农民世界"。莫言所开拓的高密东北乡成为他作品中实实在在的"地球上最美丽最丑陋、最超

---

① 叶淑媛，程金城.新时期文学民族性建构之反思[J].陕西师范大学学报（哲学社会科学版），2011（05）：94-101.
② 莫言.影响的焦虑[M].莫言讲演新篇.北京：文化艺术出版社，2010：329.
③ 郜元宝.莫言——乡村知识阴郁的转述者[M].林建法，徐连源主编.中国当代作家面面观——灵魂与灵魂的对话.杭州：浙江文艺出版社，2004：335.

脱最世俗、最圣洁最龌龊、最英雄好汉最王八蛋、最能喝酒最能爱的地方①"。正如诺贝尔颁奖词中所说，"莫言生动地向我们展示了一个被人遗忘的农民世界，虽然无情但又充满了愉悦的无私。每一个瞬间都那么精彩。作者知晓手工艺、冶炼技术、建筑、挖沟开渠、放牧和游击队的技巧并且知道如何描述。"②莫言小说作品中展示的"农民世界"是其民族性因素的主要特征之一。莫言评价自己小说特色为"土"，认为"土是我走向世界的一个重要原因"。尽管莫言作品的"土"是其民族性特色，但莫言作品达到了一种人的普遍性存在的高度，这种中国的农村的故事使得莫言的作品超越了一般"乡土文学"的狭隘性和局限性，而具有人性的普遍意义。正如英国作家托马斯·哈代笔下描写的英格兰南部的"威塞克斯"，美国作家福克纳描绘的美国南部约克纳帕塔法县，以及拉美作家加西亚·马尔克斯所描绘的拉美小镇马孔多一样，莫言笔下的高密东北乡所出现的人和事通过作家的艺术化的加工和叙述描写，传达了带普遍性的人性内容和人类生存状况，作家们将一般的乡情描写转化为对人的"生存"的领悟和发现。在这个意义上，莫言作品的"土"既是其"民族性"体现，也是其"世界性"体现。

3.1.1.3 历史

莫言小说从历史和社会的视角，用现实和梦幻的融合创造了一个令人联想的感观世界③。其小说主要英译者葛浩文认为与同时代的作家相比，莫言更有"历史感"，而且对于不同的历史题材，无论是太平天国还是"文革"，莫言拿捏的角度最为得心应手。曾经发生在高密的真实的历史事件，如 20 世纪初的孙文抗德（《檀香刑》）、抗日战争时期的孙家口伏击战（《红高粱》）、抗战后刘连仁流落日本北海道十三年（《丰乳肥臀》）、解放战争时期高密的三次解放、土改、"文革"、计划生育等在其作品中都一一展现。《红高粱》《丰乳肥臀》与《檀香刑》以中国近现代史上发生的主要社会历史战争事件为背景，义和团运动，军阀时

---

① 莫言.红高粱家族[M].北京：当代世界出版社，2004：2.
② 见附录 1：2012 瑞典文学院诺贝尔文学奖颁奖词.
③ 见附录 1：2012 年诺贝尔文学奖授奖词.

期，抗日战争，国共内战，"文化大革命"等，作品通过对家族发展的叙述，切入到中国历史深处，反思了民族最为敏感的诸多主题。莫言比较推崇老百姓口头相传的历史，认为中国很多所谓的正史都是史官修正的，经不起历史的推敲①。莫言的历史想象在所有小说作品中完整勾勒，遵循了历史发展的时间顺序，以《檀香刑》《红高粱》《丰乳肥臀》为例，1900年，八国联军入侵，刽子手赵甲按袁世凯要求对"暴民"孙丙执行最残酷的刑罚"檀香刑",(《檀香刑》)；1939年（古历）8月，"我爷爷"土匪余占鳌率领乡亲伏击日本鬼子（《红高粱》)；《丰乳肥臀》以1937年日本鬼子入侵开篇，故事叙述主要集中在1937年之后，当中穿插了发生在1900年以后的回忆章节，上官鲁氏与其八个女儿一个儿子的故事发展延续到1990年前后。因为《丰乳肥臀》这部作品中的历史含量，以及它纯粹民间的历史立场，张清华将它看作是新历史主义的"总结性作品"，张清华认为，"如果说先锋历史小说是在努力逃避历史的正面，而试图去它的角落里寻找碎片的话，莫言却是在毫不退缩地面对并试图还原历史的核心部分。"②《丰乳肥臀》中完整的历史过程是通过"母亲"走过的一个世纪的生命历程来建构的。莫言用这一寓言的形象，完整地见证了这个世纪的血色历史。而《檀香刑》则写出了中国近代史上黑暗的一段，即一百多年前的义和团运动，作品中的暴力，既代表了20世纪的现实，也是对历史过程的一种暗喻。莫言的历史书写有其独特的个性，在他眼中历史就是传奇。他认为历史上许多大名鼎鼎的人，其实也是一般老百姓一样的人，而这些人的英雄事迹，完全是由于人们在代代相传的口头讲述过程中不断地添油加醋的结果。而且他非常赞同某些美国评论家将《红高粱家族》理解是一部民间传奇小说，认为"真是说到我的心坎里去了"③。在《丰乳肥臀》中，莫言自述道，"通过对这个家族的命运和对高密东北乡这个我虚构的地方的描写，表达了我的历史观念。我认为小说家笔下的历史是来自民间的传奇化了的历史，这是象征

---

① http://sh.eastday.com/qtmt/20080815/u1a463989.html.
② 张清华.莫言与新历史主义文学思潮——以《红高粱家族》《丰乳肥臀》《檀香刑》为例[J].海南师范大学学报（社会科学版），2005，18（02）：35-42.
③ 莫言.美国演讲两篇——福克纳大叔，你好吗？[J].小说界，2000（05）：167.

的历史而不是真实的历史。这是打上了我的个性烙印的历史而不是教科书中的历史,但我认为这样的历史才更加逼近历史的真实。因为我站在了超越阶级的高度,用同情和悲悯的眼光来关注历史进程中的人和人的命运。"① 莫言对历史重新审视、思考,其作品中的历史观念是小说家笔下的历史,是民间的历史,是用民间精神与民间英雄来重新解读的历史,莫言以来自百姓、来自民间的历史,用"高密东北乡"展现了中国百年近现代史。

3.1.1.4 传统

莫言小说创作题材的民族性还表现在其对传统文学继承上。作家汪曾祺曾说:"中国是一个魔幻小说大国,从六朝志怪到《聊斋》,乃至《夜雨秋灯录》,真是浩如烟海,可资改造的材料是很多的。"② 中国的小说发展起源于古代神话传说,当中经历了五个发展阶段:六朝志怪、唐代传奇、宋元话本、明清章回体小说以及"五四"现代小说。从题材类型上又可分为志怪小说、传奇小说、话本小说、章回小说、神话小说、社会小说、历史小说、科学小说和侦探小说。而莫言小说从题材内容上包容了志怪、传奇、社会、侦探等小说,可见传统文学对其的影响。莫言故乡山东高密所处的齐地文化源远流长,蒲松龄小说《聊斋志异》就是浪漫不羁、怪力乱神的文化的结晶。受到蒲松龄小说中自由奔放的女性形象的启发,莫言塑造了《红高粱》中"我奶奶"敢爱敢恨的文学形象。童年时期莫言四爷爷以及村里老人常常讲述鬼怪妖狐、历史传奇、战争英雄等各种民间故事,而这些故事也在日后成了莫言小说的素材。这些渗透了中国民间生存哲学、价值观以及独特美学的中国文学传统,在莫言的笔下以世界文学界所熟知的"魔幻现实主义"表达出来,使异域读者对遥远的中国文化都有了更深入的认知和理解③。由于认为"文学应

---

① 莫言. 我的丰乳肥臀[M]. 海口:南海出版公司,2002:231.
② 汪曾祺. 拾石子儿(代序)[M]. 汪曾祺(中国当代作家选集丛书). 北京:人民文学出版社,1992:7.
③ 刘意. 从莫言获奖谈跨文化传播的符号塑造与路径选择[J]. 中国报业,2012(20):33-34.

使人类感到自己的无知、软弱"，因此"文学中应该有人类知识永远不能理解的另一种生活，这生活由若干不可思议的现象构成"。莫言在自己小说作品中也描绘了奇异的魔幻现象，他认为对于这一点"拉丁美洲的马尔克斯早就意识到了"，所以他成功了，而中国作家却不能步马尔克斯的后尘，但是"向老祖父蒲松龄学点神魔却是可以的也是可能的"①。关于这一点，王德威评论称："从早期《透明的红萝卜》中的少年叙述，到晚近《丰乳肥臀》中恋乳狂患者告白，莫言的人物一再显示新中国子民面目千变万化……他（她）们不只饱含七情六欲，而且嬉笑怒骂，无所不为。究其极，他（她）们相互碰撞、变形、遁世投胎、借尸还魂，这些人物的行径当然体现魔幻现实的特征，而古中国传奇志怪的影响，又何尝须臾稍离。"②在这里，王德威明确指出了莫言天马行空般的艺术想象力一方面来源于西方现代主义文学的影响，另一方面则与中国文学传统的影响也存在紧密联系。

3.1.2 莫言小说语言民族性因素

莫言的小说语言并不是对某个文学范式的简单模仿，而是受到古今中外文学传统影响并打上个人烙印的语言③。但其作品语言风格在创作期间有阶段性变化，20世纪80年代，受西方现代主义文学传统影响，其语言感觉化色彩浓厚，出现了很多粗鄙、杂糅的语言。到了创作后期，其小说语言趋于平实、凝练，明显地体现出中国古典和现代文学的影响。2012年诺贝尔颁奖词称，"莫言是个诗人，他扯下程式化的宣传画，使个人从茫茫无名大众中突出出来。他用嘲笑和讽刺的笔触，攻击历史和谬误以及贫乏和政治虚伪。他有技巧地揭露了人类最阴暗的一面，在不经意间给象征赋予了形象。"④诺贝尔奖评委从莫言作品中看出了莫言小说中的嘲笑、讽刺与象征。除此之外，莫言还善于运用极度活跃异常

---

① 孔范今，施战军主编.莫言研究资料[M].济南：山东文艺出版社，2012：29.
② 王德威.当代小说二十家[M].北京：三联书店，2006：224.
③ 宁明.莫言文学语言与中国当代小说的文学流变[J].求索，2013（06）：169-171.
④ 见附录1：2012瑞典文学院诺贝尔文学奖颁奖词.

的比喻，体现了他个性化的写作特点。弗吉尼亚大学中国文学教授罗福林（Charles Laughlin）认为，莫言的小说有着下流、粗俗的表达方式，这让故事的农村背景更加令人信服[1]。上海文艺出版社副总编辑曹元勇对于莫言小说民间性语言特征感叹不已，他说，"阅读莫言的作品，一种类似民间说唱文学的鲜亮节奏和音响效果会强烈地冲击读者的内在听觉，使你生出仿佛不是在阅读，而是在倾听的惊奇感受。他那色彩浓烈的语言文字洋溢着源自民间语言的夸张、幽默和勃勃生机，无处不体现出一个平民知识分子的视角和观点。"[2] 莫言对影响自己语言风格的因素曾进行过剖析，他对自己小说创作语言所受的影响归纳为四个方面。第一是"红色经典"的影响，包括"文革"期间所流行的"毛文体"，准确地说是"'文革'文体"，也可以叫"红卫兵文体"[3]。莫言认为这是一种"耀武扬威、色厉内荏的纸老虎语言"，而且这种语言在汉语里特别突出，"文革"期间尤其是将这种华而不实的文体极端放大，但莫言仍然承认自己受到了这种"文革"语言的潜在影响。第二是民间说唱文学，也就是民间口头文学。第三部分是外国作家的影响，其实是翻译家的语言的影响。第四部分是古典文学的影响。尤其是元曲的语言，莫言曾迷恋元曲那种一韵到底的语言气势[4]。由此可以总结出，莫言小说语言民族性特点更为突出，主要源自民间与农村，包括民间戏曲、民间谚语俗语，其语言修辞特点体现了他语言运用到极致的个性化超常规变异特征，同时也具有因受到翻译家语言影响的欧化句式特点。

3.1.2.1 民族性语言修辞特点——排比铺陈象征

莫言小说语言受元曲、民间口头文学与"红色经典"文体的影响，使其语言呈现气势磅礴的排比与夸张句式，具有一泻千里的气势。作品中有大段酣畅的内心独白，情绪饱满，富有煽动效应，这种融合了生命感觉的语言更加贴切地表达了莫言真实的内心世界，演变成宣泄倾吐的

---

[1] http://book.sina.com.cn/cul/c/2012-10-12/1118345047.shtml.
[2] 曹元勇. 莫言：把谦卑作为观察世界的方式 [N]. 解放日报，2012-10-25.
[3] 莫言，王尧. 从《红高粱》到《檀香刑》[J]. 当代作家评论，2002（01）：10-22.
[4] 同上。

狂言痴语,滔滔不绝而难以自控。在《红高粱家族》中为了表现"我奶奶"勇敢追求爱情、追求自由,莫言在叙述中加入大量的评论文字以及"我奶奶"大段的内心对白,这一点在"我奶奶"临死前向老天质问尤为突出,对白运用气势磅礴的排比句式将"我奶奶"桀骜不驯、不向命运屈服的精神展现得淋漓尽致。而在《丰乳肥臀》中为了体现主人公上官金童的恋乳症,作者不惜笔墨地详细描绘各种乳房意象。莫言在作品中还采用了大胆的夸张,通过新意的构思和风格鲜明的语言表现出具有象征意义的历史和现实。在莫言小说中,绚丽的色彩被演绎得魔幻而弦目,透过色彩,读者能够阅读到文本的深层意蕴。平淡的场景被大量红色、绿色等色彩充填,构建了一个绚烂夺目的色彩海洋和意象群落。比如红色在莫言的小说里传达着特殊的含义,《红高粱家族》中一望无际的红色高粱地象征了豪迈的"酒神精神",显示出中华民族抗击外来侵略者那高涨的民族气节、壮烈的英雄氛围和顽强的生命力。莫言小说作品中每一种颜色都被用来指向某种特定的情调与意绪,从而更有力地表达了小说的主题。

3.1.2.2 民族性语言俗语特点——谚语与俗语

莫言在其作品中各种谚语、顺口溜之类运用自如。这些民间谚语、歇后语是莫言童年时期在农村听惯了的最熟悉的声音,是伴随他成长的一种精神氛围,最早开启了他对这个世界的感知。"有福之人,不用忙;无福之人,瞎慌张""有枣无枣打三竿,死马当成活马医""顺着杆子往上爬"等在莫言小说中运用广泛。比如《丰乳肥臀》中,上官吕氏对上官鲁氏说:"菩萨显灵,天主保佑,没有儿子,你一辈子都是奴;有了儿子,你立马就是主。"上官鲁氏对自己姑父于大巴掌说:"不看僧面看佛面,不看鱼面看水面。""积德行善往往不得好死,杀人放火反而升官发财。"上官念弟对五姐夫说"俗话说:'秤杆不离秤砣,老汉不离老婆'。"鲁立人说:"种瓜者得瓜,种豆者得豆,种下了蒺藜就不要怕扎手。""老岳母,不要操这些闲心啦。"哑巴愤怒地再次吼出那个清楚字眼:"脱!"狗急了跳墙,猫急了上树,兔子急了咬人,哑巴急了说话。这些语言,无论是人物对话还是作者的叙述评论，都活脱脱再现了说话者的洒脱的神态与身份，恰当地体现了浓厚的乡村谚语与俗语特征。

3.1.2.3 民族性语言戏曲特点——猫腔

莫言小说创作中后期逐渐从对西方文学的借鉴回归到民族本土性上，反映在其写作语言上，极大地借鉴了民间戏曲的语言特点。小说《檀香刑》是莫言"大踏步撤退"之作，莫言又一次实现自己创作上的"飞跃"，有意识地改变诡异狂怪的风格，在西方现代派文学技巧借用方面有所减弱，而是增强了传统民间文学和创作技巧的运用。小说作品《檀香刑》其题材来源于"猫腔"（原本为茂腔，是流传于高密一带的地方小戏），莫言在整体叙述上采用了戏剧语言，叙事过程中插入"猫腔"戏文、韵文、道白和旁白，使文本始终贯穿着戏剧化的音韵和节奏。莫言在《檀香刑》里刻意寻求那种"比较纯粹的中国风格"，选择"猫腔"戏剧语言来尝试真正的母语写作，"猫腔"戏曲来自民间，其戏剧特点显示出了一种欢腾、暴烈、原始的力量之美。《檀香刑》在语言和文本结构上模拟民间猫腔剧的文化形态，并在中国式的戏剧性、传奇性的情节中进行不无偏颇又典型化了的民间立场的历史叙述[①]。小说《檀香刑》中的戏剧语言充满了各种声音，如赵甲狂言、眉娘浪语、钱丁恨声等等，这种声音远不同于西方阳春白雪般描述的声音，这种语言基于中国说唱艺术与戏曲艺术语言，这种韵律来自汉语自身，是汉民族在数千年生存历史中逐渐形成并隐现于民间戏曲艺术中的。

3.1.2.4 个性化语言变异与新奇比喻意象

莫言作品语言极度彰显个性，他认为，"什么人的写作特别张扬自己鲜明的个性，就是真正的民间写作。"[②] 其小说语言中充满了反常规的语言搭配变异与新奇的比喻想象。莫言常常临时突兀地反常使用某些词语，而抛弃某些固定的日常特定用法，这些反常的失去理性意义的词语

[①] 叶淑媛，程金城. 新时期文学民族性建构之反思[J]. 陕西师范大学学报（哲学社会科学版），2011（05）：94-101.

[②] 孔范今，施战军主编. 莫言研究资料[M]. 济南：山东文艺出版社，2012：50.

却能把丰富情绪体验和形象有效地表达出来，充满了原生态神秘、潜意识等多种奇异感觉化的叙述，新鲜、醒目，避免了寻常的俗滥和呆板。莫言的小说语言极富创新，具有明显的变异特点[1]，比如《红高粱家族》中，"路西边高粱地里,有一个男子,亮开坑坑洼洼的嗓门……"以及"骡子驮着母子俩，在高粱夹峙下的土路上奔驰，骡子跑得前仰后合，父亲和奶奶被颠得上蹿下跳。"文学语言的根本是比喻，在莫言小说中处处是新奇的比喻。美国小说家约翰·厄普代克对此评论道，"这些活跃得有些异常的比喻，如果称不上伟大，也算得上是相当有野心的一种追求了。"[2]

3.1.2.5 个性化粗俗感官语言

莫言的小说语言缺乏一种锤炼和修养的质地感[3]，其小说人物语言充满了脏话、粗话、荤话、野话、调情话、骂人话等粗俗污秽的乡村用语，莫言作品中方言的使用给人物大量运用粗话、骂人话的场合，读莫言的小说，就像听地地道道的农民说话。粗俗语主要用来表示辱骂、愤怒、不满、鄙视和怨恨等强烈情绪。莫言小说中常用粗俗语主要与亲属称谓、动物等有关，辱骂语言中常常带有"王八""狗""娘""舅子"等。而对此粗俗语言，西方媒体也有所注意，比如约翰·厄普代克在《华尔街日报》曾发表评论说，"中国小说或许由于缺乏维多利亚全盛期的熏陶，没有学会端庄得体。因此，苏童和莫言兴高采烈地自由表现生理细节，其中往往伴随着性、出生、疾病及暴死。"[4]如《红高粱》中，罗汉大爷被日本兵暴打之后，"头顶上的血嘎痂像落水的河滩上沉淀下那层光滑的泥，又遭太阳曝晒，皱了边儿，裂了纹儿。"再如爷爷抗日小队战败之后对人员伤亡的描写："爷爷蹲下，拉着方七的胳膊往背上一拖，方七惨叫一声，父亲看到那团堵住方七伤口的高粱叶子掉了，一嘟噜白

---

① 张运峰.从艺术语言学视角看莫言小说语言的变异[J].西安社会科学，2009（05）：181-182.
② http://news.sina.com.cn/c/2012-10-12/140925345842.shtml.
③ 张运峰.从艺术语言学视角看莫言小说语言的变异[J].西安社会科学，2009（05）：181-182.
④ http://news.sina.com.cn/c/2012-10-12/140925345842.shtml.

花花的肠子，夹带着热乎乎的腥臭气，从伤口里蹿出来。"莫言就是用这看似轻描淡写的语言讲述着血腥的杀戮和战争的残酷。另外，莫言也用粗俗污秽骂人的语言揭示人物的底层身份，如《丰乳肥臀》中，为了突出为了一家生计卖身为妓的上官想弟沦为妓女之后的粗俗，在描写她面对批斗时，口出污言秽语，"老娘今日布施，倒贴免费侍候，让你们尝尝红婊子的滋味！怎么啦？都草鸡了？"

对于自己作品中存在的如此强烈的感性化语言，莫言曾经结合自己对创作的体验与认识，独创性地提出了"小说气味"观，他认为："小说中实际上存在着两种气味，或者说小说中的气味实际上有两种写法。一种是用写实的笔法，根据作家的生活经验，尤其是故乡的经验，赋予他描写的物体以气味，或者说是用气味来表现他要描写的物体。另一种写法就是借助于作家的想象力，给没有气味的物体以气味，给有气味的物体以别的气味"[1]。莫言作品中的脏话、粗话、荤话、野话、调情话、骂人话的乡村语言赋予了其小说特有的农村气味。

3.1.3 莫言小说叙事手段民族性因素

2012年诺贝尔文学奖评审委员会称其作品具有"幻觉现实主义"风格而非"魔幻现实主义"。诺贝尔奖评委马悦然认为，莫言的作品里充满《西游记》《聊斋志异》式的魔幻，虽然他受过福克纳和马尔克斯的影响，但讲故事的能力主要得益于中国民间文学的熏陶[2]。莫言在借鉴西方创作手法同时，一直在试图结合中国传统文化与民族精神。《檀香刑》代表了其小说创作"有意识地大踏步后退"，作品叙事中表现出越来越多的"中国元素"和"民族底色"。在经过早期大规模的借鉴并进行了选择性的继承之后，莫言的创作最终结合传统文学，形成了自己所特有的莫言小说叙事风格。在为西方读者似曾相识的创作背后，真正为他赢得读者认可的是他独特的语言风格、创新的叙事结构，以及那触动人心的故事。莫言曾坦言与福克纳、马尔克斯相比，蒲松龄对自己的

---

[1] 莫言. 莫言讲演新篇 [M]. 北京：文化艺术出版社，2010：329.
[2] http://www.chinadaily.com.cn/hqgj/jryw/2012-10-21/content_7297754.html.

影响更大，他更倾向于认为自己是在以蒲松龄为代表的中国志怪小说的文学和文化脉络里进行创作，上天入地的奇幻遐想，转世轮回的生命循环说，以兽喻人的陌生化，这些在莫言作品中仍然表现出一种"立足本土文化的原创性"，在叙事手段上表现出民间传统故事的叙事特征。

3.1.3.1 民间传统故事叙事

莫言被评论家王德威称为"当代大陆作家群中，最动人的'说故事者'"①。汉学家罗多弼曾说莫言是个很会讲故事的人②。莫言在诺贝尔文学奖颁奖典礼上的获奖感言就是以"讲故事的人"为题。莫言小说的讲故事的叙事模式带有古代书场说书的底本性质，只不过在故事的讲述过程中加入了现代技法。中国有非常漫长的古典文学传统，莫言自觉不自觉地在延续这些传统。中国古代志怪类小说从战国时期便存在，如战国时期《山海经》，两汉时期《列仙传》《神异经》，著六朝时期《博物志》，宋代《太平广记》，明代神魔小说作品盛行，如《封神传》《后西游记》《西游记》《剪灯新话》《剪灯余话》《三宝太监西洋记》《涉异志》《东游记上洞八仙传》《五显灵官大帝华光天王传》《北方真武玄天上帝出身志传》《西游记传》《续西游记》等，清代以蒲松龄《聊斋志异》为代表。这些志怪类小说以故事见长，如《聊斋志异》《西游记》。《西游记》在世界范围内比《红楼梦》更容易接受而且接受面也广很多，原因就是在于作品的故事性。而作为"讲故事的人"，莫言在作品中讲述了一个个妙趣横生的故事，夹杂着爱恨情仇的民间抗日故事，戏班班主勇猛抗德故事，家族在社会动荡、政权更迭时期的兴衰故事等。在讲述故事的过程中，莫言夸大了诉说的价值，消解了文学的精英文化立场，显化了文学隐含的意义，剥除了阐释的外壳，因此呈现出讲故事的原貌，使文学回归到自由言说、民间传统的场域，使其作品通俗化，因此，莫言小说作品也常常被人诟病为无深刻的思想内涵。传统话本小说中其通俗化表现在对历史题材口口相传的自由言说，这种自由言说的特

---

① 王德威.千言万语，何若莫言[J].读书，1999（03）：95-102.
② http://book.sina.com.cn/cul/c/2012-12-10/0030378823.shtml.

性不可避免作者添油加醋和移花接木的传奇性追求，在话本小说中历史就是传奇故事，莫言的小说世界中历史故事的讲述与话本小说的'广场效应'如出一辙①。莫言曾清晰阐明小说《檀香刑》回归传统叙事方式，认为在他早期作品中，一直是作为现代的说书人隐藏在文本背后，但从《檀香刑》这部小说开始，从后台跳到了前台。他说，"如果说我早期的作品是自言自语，目无读者，从这本书开始，我感觉到自己是站在一个广场上，面对着许多听众，绘声绘色地讲述。这是世界小说的传统，更是中国小说的传统。我也曾积极地向西方的现代派小说学习，也曾经玩弄过形形色色的叙事花样，但我最终回归了传统。"②

3.1.3.2 传统叙事结构

莫言小说的结构不仅仅是单纯的形式，有时候本身就是内容，因而对于长篇小说的结构总是精心设计。他说："长篇小说的结构，当然可以平铺直叙，这是一种颇为省事的写法……长篇小说的结构是长篇小说艺术的重要组成部分，是作家丰沛想象力的表现。好的结构，能够凸现故事的意义，也能够改变故事的单一意义。好的结构，可以超越故事，也可以解构故事。③"莫言小说早期与中期以借鉴西方叙事结构为主，作品中故意打乱时间顺序，用感觉写故事，用独特的视角来安排小说结构。但是莫言并不满足于仅仅模仿西方叙事结构，在其作品中不断地调整文体结构，从《红高粱家族》中复调结构、《天堂蒜薹之歌》的双线结构回归至《檀香刑》中的民间戏剧体以及《生死疲劳》中的章回体结构。《檀香刑》结构上以民间戏剧叙事格局"凤头""猪肚""豹尾"来安排，将中国传统小说结构化为自我结构，在章节的安排上和古代章回小说相呼应，使小说在外在形式上透出鲜明的民间色彩和浓厚的民族文化风格。

3.1.3.3 个性化多元叙事视角

莫言小说作品中运用多元化叙事视角，讲述故事时注重视角的变化，

---

① 张媛媛. 莫言的世界和世界的莫言 [D]. 苏州大学，2013：16.
② http://www.chinanews.com/cul/2012/12-08/4392599.shtml.
③ 莫言. 丰乳肥臀 [M]. 上海：上海文艺出版社，2009：序言 1.

叙事视角在第一人称、第二人称和第三人称之间根据需要自由转换，人称的变化就是视角的变化，这样全新的人称叙事视角便能制造出新的叙述天地。第一人称叙事和转述人的设置使莫言小说的叙述呈现了双重叙事和视角套视角的特征，并由此形成了框架式的叙述结构和叙述分层，这样便在多层文本空间中拓展了小说的时空界限。比如《红高粱》中的"我爷爷"的视角，就是人称与视角的结合，能够营造出复杂的叙述时空。莫言认为这种独特的"我爷爷""我奶奶"视角使《红高粱》成为一部具有创新意义的小说，因为一个视角的确立就能使一部小说水到渠成，否则就四平八稳、毫无新意，《红高粱》发表二十多年之后，莫言仍表示对《红高粱》比较满意的地方就是小说的叙述视角，因为过去的小说里有第一、第二和第三人称，而《红高粱》在当时的创新就是开篇以"我奶奶""我爷爷"这样既是第一人称又是全知的视角来进行叙述。这样一来，写到"我"的时候是第一人称，写到"我奶奶"，就站到了"我奶奶"的角度，她的所有的内心世界都可以很直接地表达出来，叙述起来非常方便。莫言认为这样的人称视角设置比简单的第一人称视角要丰富和开阔。这种创新实际上是来自于对西方文学现代派创作技巧的借鉴。

3.2 莫言小说世界性因素——普适性

莫言小说的世界性因素，可以从两个方面理解，一是世界（西方）文学对莫言创作主题的影响，二是世界（西方）文学对莫言创作手法的影响。在创作主题上，莫言自己认为作品中表现的普遍意义是使其走向世界，被全人类理解和接受的主要因素。他认为好的作家，"总是千方百计地使自己的作品具有更加广泛和普遍的意义，总是使自己的作品能够被更多的人接受和理解"[1]。这种作品所具有的普遍意义就是作品的世界性因素之一，是作品能够走向世界为其他国家读者所理解和接受的前提。莫言在作品中写的虽然只是他的故乡那块巴掌大小的地方以及那块巴掌大小的地方上的人和事，但是因为在他创作动笔之前就意识到自

---

[1] 杨守森，贺立华主编．莫言研究三十年[M]．济南：山东大学出版社，2013：8.

己所写的那块巴掌大的地方是世界的一个不可缺少的组成部分，在那块巴掌大小的地方上发生的事情是世界历史的一个片段，因此他的作品便具有了走向世界被全人类理解和接受的可能性。莫言的作品能够步入世界文学舞台与其中展现的对人类命运、生死、爱情等普世性主题的关注是分不开的。在创作手法上，中国的传统文学大多含蓄，而莫言在创作中广泛地借鉴了西方现代主义文学创作技巧，包括福克纳和马尔克斯、海明威、卡夫卡、结构主义、新感觉主义、意识流小说、弗洛伊德等。这一点可以从西方人对莫言作品的类比认同看出。莫言作品中的语言风格和叙事方式常被西方人认为具有狄更斯或拉伯雷的气质。葛浩文曾表示，"我一直喜欢粗俗、大胆、幽默的语言大师，比如狄更斯或拉伯雷。"[1] 葛浩文也曾提到，"当我阅读莫言的作品时，我时常会想到狄更斯，他们的作品都是围绕着一个鲜明的道义核心的鸿篇巨制，大胆、浓烈、意象化而又强有力……我被作品的语言、刻画人物的深度和作品呈现出的生命感所吸引"[2]。这种与西方文学相似的特性即构成了莫言作品中普适性或者世界性因素，莫言小说作品走向世界主要在于作品中普适性与世界性表现了人类共通的情感。

3.2.1 莫言小说创作主题世界性因素

诺贝尔颁奖词称，"他（莫言）很好地描绘了自然；他基本知晓所有与饥饿相关的事情；中国20世纪的疾苦从来都没有被如此直白地描写：英雄、情侣、虐待者、匪徒——特别是坚强的、不屈不挠的母亲们。他向我们展示了一个没有真理、常识或者同情的世界，这个世界中的人鲁莽、无助且可笑。"[3] 这个评价体现出莫言作品所刻画和描述的人类的共通性、普遍性与人类性。加西亚·马尔克斯《百年孤独》中独特的认识世界、认识人类的方式开阔了莫言的视野。这可以从他对马尔克斯的认同看出，"他（加西亚·马尔克斯）在用一颗悲怆的心灵，去寻找拉

---

[1] http://news.hsw.cn/system/2012/10/13/051498683.
[2] 同上.
[3] 见附录1:2012诺贝尔文学奖授奖词.

美迷失的温暖的精神家园。……他站在一个非常的高峰，充满同情地鸟瞰着纷纷攘攘的人类世界。"①莫言在其小说作品的描写主题上体现了具有世界性意义的人类性、生命哲学以及宗教意识。

3.2.1.1 人类性

莫言在其作品中体现了他站在人类的立场上进行写作的广阔的写作视角与高度，他的作品表现了一个有良心有抱负的作家为人类前途和命运的焦虑或担忧。莫言作品中体现了具有世界性意义的"人类性"主题，主要是指其表现了人类情感的共通性，具有人道、人文、人性等多重内涵。作品所描绘的是人类心灵复杂历程的真实状况，有关生命存在的本质，这样的作品能够让读者体验人性的痛苦和希望，能够激发读者去共同面对人类性的难题②。莫言在作品中描述了中国人民的生活、表现了中国的独特的文化和民族的风情，同时莫言小说也刻画了广泛意义上的人。《红高粱家族》以高密东北乡为背景，表现了中国乡村带有普遍性的人性以及特定环境下的人类生存状况。他以人类学的观点思考中国乡土社会，发现了农民文化的本质意义，以及农民文化与强悍生命力的内在关系。从人类学角度看，莫言在《红高粱家族》中表现了对于"种的退化"人类前途的担忧。《红高粱家族》中，"我爷爷"和"我奶奶"就像那"纯种的红高粱"，是高密东北乡传统精神和家族光荣的图腾象征，而"我"身上却表现出"种的退化"。《红高粱家族》中人类性主题还表现在作者对于小说中不同政治身份的人体现出超越国界、超越政治、超越阶级、一视同仁的同情，描写了人性中共存的善与恶。作者在作品中写被雷劈开的万人坑里无法分清谁是共产党、谁是国民党、谁是日本兵、谁是伪军、谁是老百姓，大家都是平等的人。而《丰乳肥臀》尽管书写的是高密东北乡的百年变迁史，却也凸显出了人类性的孤独与终极困境。

---

① 莫言.两座灼热的高炉——加西亚·马尔克斯和福克纳[M].杨守森，贺立华主编.莫言研究资料.济南：山东大学出版社，1992：420.
② 白杨，刘红英.民族性·世界性·人类性：莫言小说的核心质素与诗学启示[J].同济大学学报（社会科学版），2013（24）：105-109.

3.2.1.2 生命意识

莫言在作品中呈现了生命的原初状态,张扬了一种生命意识,体现了尼采的生命哲学。刘再复认为莫言和他的《红高粱》的出现是一次"生命的爆炸"①。莫言的作品,从《透明的红萝卜》到《红高粱》再到《丰乳肥臀》,都体现着生命和野性的呼唤。张清华认为,"如果说之前的审美判断一直是建立在道德哲学之上的话,《红高粱家族》则是第一次高扬起了生命哲学。"②《红高粱家族》最首要的一个观念变化是"生命哲学"作为审美基础所带来的美观升华,这使得它成为歌吟生命的诗篇。在《红高粱家族》中,"原始生命力"的主题首先以野生的"红高粱"意象而确立。"红高粱"蓬勃的野性和旺盛的生命力成为北方中国农民的生命力的象征,包含了深刻的关于生命力的寓意。另外,在《红高粱家族》中"生命哲学"赋予了莫言以高扬的"酒神精神",而这和他对"高粱酒"以及大碗喝酒的人物的描写正好神妙地契合起来。这种生命哲学和酒神精神与尼采的哲学相联系,莫言试图从民间文化、生命意志和酒神精神所构成的另一个一度被湮没的传统来重新发现和解释中国的历史与传统,而不是以道德和儒教作为历史的评判标准。在这样的生命意识中,莫言发现自然生命力的蓬勃张扬远胜于正统道德的训诫③。长篇小说《丰乳肥臀》中也体现了强大的性与生命力,单从书名中可以看出其生殖所表现的人类生命力的勃发象征。肥臀,象征着生产的繁衍不息;丰乳,象征着哺育的绵延不断④。《丰乳肥臀》描写了家族苦难,表达整个家族生命对于苦难的记忆,以及这个民族面对灾难和困境时的不屈不挠的生命力。莫言在《丰乳肥臀》中创造了一个代表人类不息的生命力和繁衍力的母亲。这部以母亲为主的上官家三代女性的家族苦难史诗,在历史的硝烟中讴歌了生命的本体意义。母亲是封建礼教的受害者和反抗者,她为了顺应封建传统(生育男丁)而被迫反抗了封建"妇道"。在经历一系列乱伦、被强暴、通奸、野合、杀公婆等不义之举之后,母亲仍然

---

① 刘再复.百年诺贝尔文学奖和中国作家的缺席[J].北京文学,1999(08).
② 张清华.《红高粱家族》与长篇小说的当代变革[J].南方文坛,2006(5):49-52.
③ 张清华.《红高粱家族》与长篇小说的当代变革[J].南方文坛,2006(5):49-52.
④ 郭小东.为什么是莫言[M].广州:花城出版社,2013:123.

以她坚韧的生命力养育着上官家的一群儿孙。通过缔造这个民间底层中生气勃发的母亲形象，莫言抒写了母亲苦难，表明了人们对生命的热爱与崇拜。而小说中母亲的女儿们，则代表了另一种生命力。她们大胆狂野、个性奔放，追求肉体和精神上的解放，她们热烈而原始地向往性爱，毫不掩饰自己对性爱的欲望。小说中母亲女儿们的行为不能以正统的社会规范和道德意识来评判，只能为民间所接受，从而成为文学艺术中新的审美对象。在此，西方思想中的人道主义、个性主义以及生命哲学得到了完美的体现。《丰乳肥臀》小说中的性爱成为上官家女儿们最为出彩的生命活动，她们的性爱行为，也就不是性的简单发泄，而是在奔放的情欲中健全人性，发现生命的力量与美好。这样，在莫言笔下，"性"成为了一种特定的生命状态的合理存在。莫言甚至把"性"定义为"原始生命强力"[①]。莫言这种对民间自由自在的原始生命力的张扬表明了他对生命意识的认同。

3.2.1.3 宗教意识

莫言的小说作品里不乏宗教元素，基督教精神如原罪、忏悔与救赎意识等以及基督教物质符号如教堂、十字架、圣母像等都在莫言作品显现，成为其作品的重要色调。由于其作品包含着基督教文化意识及精神资源，使得在西方基督教文化熏陶下的西方读者对其作品及其所体现的精神能够在心中引起共鸣。在精神层面，《丰乳肥臀》中母亲牺牲自我、平等博爱以及宽恕他人的形象体现了基督教精神的全部。而在物质层面，《丰乳肥臀》小说的开篇第一句"马洛亚牧师静静地躺在炕上，看到一道红光照耀在圣母玛利亚粉红色的乳房和她怀抱着的圣子肉嘟嘟的脸上"中牧师、圣母与圣子这些鲜明的基督教文化符号在西方读者中具有极大的认同感。在创作《丰乳肥臀》期间，莫言在家乡的一个仓库里闭门创作，大门不出，但提到中间去过两次村里的教堂。《丰乳肥臀》小说中的上官金童是牧师的儿子，最终也投向了上帝的怀抱。莫言把这部作品奉为"我的高密东北乡的'圣

---

① 郭小东. 为什么是莫言[M]. 广州：花城出版社，2013：127.

经'"。莫言认为人"就是要有一种自我忏悔、自我反省的意识,就是要拷问出罪恶背后的善良,就是要拷问出善良背后隐藏的罪恶。他人有罪,我也有罪"。基督教精神中的罪感意识也体现在莫言作品中。《圣经》可以说是西方的文学渊源,许多西方文学经典著作中都包含《圣经》故事原型,莫言在《丰乳肥臀》中也流露出《圣经》的一些痕迹,如作品中出现的马洛亚牧师在教堂讲道时提及的经文,均是从《圣经》中原文引用。莫言曾说:"我不是基督徒,但我对人类的前途满怀着忧虑,我盼望自己的灵魂能够得到救赎……我希望用自己的书表现出一种寻求救赎的意识、基督教的救赎意识与牺牲精神。"①另外,莫言的故乡高密东北乡是近代中国最早传播基督教的地方,莫言在小说中的关于基督教传播以及教堂、牧师等的描写也可以说是依据了故乡的历史。

3.2.2 莫言小说创作技法世界性因素

莫言小说早期和中期创作技法中世界性因素主要表现为其所借鉴的西方文学现代创作技法以及拉美魔幻现实主义元素特征。西方现代派文学小说技巧主要特征包括多重叙述视角的运用、意识流、怪诞与非逻辑、象征、艺术的抽象、对语言规范的必要突破、造成真实感和距离感的种种手段、结构和时间与空间的有机组合②。拉美魔幻现实主义作品中借用象征主义、超现实主义、表现主义、意识流等西方现代主义手法,打破时空界限,作品中多内心独白、夸张、荒诞、黑色幽默,独特之处在于拉美魔幻现实主义作品往往用丰富的想象、奇妙的构思,将夸张与写实、幻想与现实结合起来。而莫言以他神秘的"高密东北乡"为倚靠,在某些作品中用极端夸张的手法借助魔幻来表现现实,将虚幻境界与现实生活场景相结合,使小说现实与荒诞、叙述与象征、真实与隐喻相互交融。莫言小说世界性创作特征可以归为叙事上的狂欢与荒诞、复调多声部、视角的多元化、结构上的蒙太奇时空变换与语言上的杂糅特点。

---

① 黄幸平.莫言作品中的基督教意识[J].天风,2012(11):56-57.
② 高行健.现代小说技巧初探[M].广州:花城出版社,1981:74.

3.2.2.1 西方现代派文学狂欢化荒诞叙事

"狂欢"是巴赫金在狂欢理论中使用的概念,原本泛指狂欢节类型的民间仪式、节庆和游艺形式。巴赫金将这个概念应用于小说艺术批评中,他认为,"狂欢"是没有舞台,不分演员和观众的一种游艺。狂欢式的生活,是脱离了常轨的生活,在某种程度上是"翻了个的生活",是反面的生活①。根据"狂欢"的本义以及巴赫金的转义,小说文本的"狂欢化"可以指两层含义:一是小说中所描述的具有狂欢节日性质的狂欢场面。二是指小说中所描写的反常规的生活。在第一层含义上,莫言在其小说作品中描绘了众多民间狂欢场面,高粱地、河滩、草场、筵席、集市乃至刑场等地都在上演着民间农民世界的狂欢。比如在《红高粱家族》中癫狂的颠轿娶亲仪式,《高粱殡》中墨河水滩地上的人狗大战,《丰乳肥臀》中民间"雪集",《檀香刑》中的猫腔大集会,"叫花子节",等等。在第二层含义上,莫言在其作品中喜欢描写一些脱离了常规的生活事件,如《红高粱家族》中血腥的杀戮、荒诞的战争、疯狂的野合、神奇的死亡、隆重的殡葬等。《檀香刑》中极致的反常规的狂欢场面是孙丙被施以"檀香刑"的行刑过程。以乞丐们穿着五颜六色的服装,高声唱着猫腔在县衙门前经过,拉开了一场声势浩大的狂欢序幕。受刑者孙丙、行刑者赵甲以及众多围观者共同在刑场舞台上演出,而不分演员与观众。在此,莫言有意识地把刑场闹剧化与血腥狂欢化,呈现了一场精彩绝伦的演出狂欢。

3.2.2.2 西方现代派文学复调多声部叙事

复调取自音乐术语,是指由多个独立的声部按照一定方法结合在一起的多声部音乐。复调小说理论是由巴赫金提出的,复调小说最主要特征是指小说叙述的"多声部"。由于传统叙事艺术多是单声部的"独白"式叙述,在一定程度上束缚了创作主体的艺术思维,而莫言小说创作主体在叙述中常常是发出几种"声音",使其小说中充满了复调的多声部

---

① 巴赫金.陀思妥耶夫斯基诗学问题[M].白春仁,顾亚铃,译.北京:三联书店,1988:176.

音符,主要表现为多声部的"大型对白",是几种声音的同时"诉说"①。在《红高粱家族》中,莫言通过"我爷爷""我奶奶""父亲"三个不同叙事视角对"爷爷的历史""奶奶的历史""父亲的历史"进行交叉叙事,将过去、现在与将来穿插其中,在"多声部"的文本中,莫言塑造了"我爷爷"与"我奶奶"的复杂形象。在《丰乳肥臀》中,"母亲"上官鲁氏与儿子上官金童构成了类似于复调的叙事关系。"母亲"生活在她的历史时空之中,而上官金童从"母亲"的历史进入到了中国现代时空之中,将中国的"过去"和"现在"联系起来。"母亲"和上官金童的共同叙述构建了小说中高密东北乡近百年的历史沉浮。在《檀香刑》中,莫言从五个视角叙述故事的发展:赵甲"道白"、眉娘"诉说"、孙丙"说戏"、小甲"放歌"、知县"绝唱",复调的叙事使不同的人物代表各自的阶层发出不同的声音,反映出拥有不同话语权的阶层对孙丙抗德事件的不同理解。

3.2.2.3 西方现代派文学蒙太奇时空结构

莫言小说故事结构具有电影蒙太奇特点,这样的叙事结构使得莫言小说中人物能够自由地在过去和现在之间穿梭,调整小说叙事节奏,给读者的心理和情绪产生影响。传统小说结构重在情节和故事时空的一维性、逻辑性,在时间、空间上有一定的顺序,这样一维的时空对情节的发展必然会有所限制。莫言的小说在创作中突破了现实与虚幻、过去与现在的时空界限,通过不断变换的时间切入、打乱顺时性的叙述,使过去的故事与现实发生联系。叙述人的讲述也往往交叉重叠,从对过去的追忆延伸到对现在的描述。过去、现在、未来同时交织在叙述语境中。这种在传统小说写法上融入现代小说技法,莫言自己毫不避讳,坦言福克纳等西方现代派作家对他的时空颠倒叙事有极大影响和启示,他说,"它们(小说作品)在思想上和艺术手法上无疑都受到了外国文学的极大影响,其中对我影响最大的两部著作是加西亚·马尔克斯的《百年孤

---

① 刘广远.论莫言小说的复调叙事模式[J].沈阳师范大学学报(社会科学版),2007(03):49-51.

独》和福克纳的《喧哗与骚动》……它最初使我震惊的是那些颠倒时空秩序,交叉生命世界、极度渲染夸张的艺术手法。"①《红高粱家族》中叙述时空的多维化是其最鲜明特点,在叙事者"父亲"时空关系中,直接插入更早时空的"奶奶""爷爷"的见闻和心理,并辅以"我"的议论和抒情,形成了"现在"与"过去"的对话。事件的前后顺序被打乱,人物的心理回顾采用跳跃式闪回方式,使得外界环境的描写与人物的心理活动交叉错落,犹如电影中蒙太奇手法。

3.2.2.4 西方现代派文学狂欢化语言特点

王德威认为莫言的作品中有一种"Carnival"。由于这种"Carnival",一方面,莫言激发了民间活力,描述最理想的乌托邦和创造力的可能性;而另一方面,莫言以自己的嘲讽、欢笑的幽默对未实现的、理想中的乌托邦加以质疑②。王德威所说的"Carnival"实际是指文学创作中的"狂欢化","狂欢化"的文本形式包括戏谑的风格,粗野的语言,多重文本的混杂,多重主题的变奏,支离破碎的布局,怪诞离奇的情节等。拉伯雷的《巨人传》曾被贬为粗俗之作而被高雅的文学排斥在外。然而,巴赫金在西方狂欢节的意义中找到了拉伯雷的民间书写的意义,从而颠覆了等级的对立性,还原为丰富的、多义的、原生态的文学世界③,这种民间书写的意义是与官方话语相对立的"非官方性"。狂欢化写作将感觉夸张、变形,以杂糅多语体的语言方式呈现出来。莫言小说语言显示出了惊人的夸张、变形、戏仿能力,人物语言有的文言典雅,有的歪门邪道,有的恶俗不堪。如小说《檀香刑》中,村妇眉娘用的是纯粹的民间俚语和口语,知府大人钱丁则更多采用官方庙堂话语,猫腔班主孙丙则倾向于舞台化的戏剧对白,袁世凯则用了文白夹杂的语言,时而文雅时而粗俗,将骂人话、粗话嵌入到典雅、华美的标准语中。由于对各种

---

① 刘广远.论莫言小说的复调叙事模式[J].沈阳师范大学学报(社会科学版),2007(03):49-51.
② http://www.chinawriter.com.cn.
③ 何媛媛.莫言的世界和世界的莫言——世界文学语境下的莫言研究[D].苏州:苏州大学,2013.

方言语体土语的使用，莫言形成了他原生态的、狂欢化的语言风格。除了杂糅的语体，莫言小说狂欢化语言另一特征是"戏谑"，戏谑挑战了制度化生活的权威逻辑。莫言小说作品中粗俗的骂人话、色情的比喻以及对秽物的描写构建了制度化生活的反面。如《丰乳肥臀》中对云彩的色情化描写，《高粱酒》中往酒缸里撒尿，等等。这类物质主义的描写正是产生戏谑效果的基本手段。戏谑话语（如骂人话）将意义降落到肉体生命的最底部，而这个基底部，则恰恰是生命的起点和始源。[1] 如莫言在《丰乳肥臀》中描写"母亲"在"那头大姑姑家陪嫁过来的老骡子"的启示下走进教堂，而当时马洛亚牧师正诵读着《马太福音》中圣母玛利亚孕育耶稣的故事，因此"母亲"心灵受到极大触动，为自己的借种生子找到了灵魂的慰藉，如此亦庄亦谐的语言联系体现了莫言小说中戏谑与杂糅狂欢特点。

3.3 莫言小说可译性

王宁认为，如果一部作品被认为具有超民族性或国际意义而被决定翻译，这时应该可以预测这部小说作品的内在"可译性"（translatability）及其市场价值[2]。王宁所认为的"可译性"从哲学层面上指一部作品在另一种语言中是否具有"持续的"生命力[3]。一些本来仅具有民族/国别影响的文学作品经过翻译在世界文学旅行和流通的过程中产生世界性的知名度和影响，由此便在另一些文化语境中获得生命。而另外有些可译性不明显的作品由于不适应某些特定的文学接受土壤也许会在这样的旅行过程中失去其原来的意义和价值。

翻译理论家和研究者们一般从语言学和文化的层面来研究文本的可译性，认为人类语言在深层结构上存在普遍的共性，因此翻译就是超越

---

[1] 何媛媛. 莫言的世界和世界的莫言——世界文学语境下的莫言研究[D]. 苏州：苏州大学，2013.
[2] 王宁. "世界文学"与翻译[J]. 文艺研究，2009（03）：23-31.
[3] 同上.

两种语言之间外部的差异,将语言中的共性传达出来[①]。就文学作品而言,原作与译入语作品内部深层的共同原则的相似性将决定文学作品的可译性程度。关于文学作品的可译性,本雅明认为每个文学作品都有自己的"可译性",而作品是否可译包含两重含义:一是在整体的读者群里是否能找到适当的译者,二是这部作品的性质是否适合翻译。对于作品的性质是否适合翻译,本雅明认为,每种语言所表达或建构的应该是该民族社群的经验和价值观,尽管翻译尝试表达出与原著相同的经验,但用译入语所建构传达的,却只能是自己社群里已经存在的经验。翻译所彰显的是人类经验相近而不相等之处,相近能够启发同理心,而理解不相等,便容易接纳他者[②]。从这个意义上来看,作品的性质是否适合翻译或者说作品的"可译性"可理解为,作品是否表达了人类经验相近而不相等的特征。如果一部文学作品中相近却不相等的人类经验特征得以翻译传递出来,便有助于人们理解不同民族的文化,进而有助理解人类生存的总体经验,也有助人们同情及接纳他者。那么,这样的文学作品便具备很强的"可译性"而"呼唤着翻译"。

  谢天振也认为文学作品本身具有的可译性不是指作品翻译时的难易程度,而是指作品在翻译过程中其原有的风格、创作特征、原作特有的"滋味"的可传递性[③]。作品在译成外文后原作的风格、特征、"滋味"能否基本保留下来并被译入语读者所理解和接受。因此"文学作品的可译性"会涉及两个问题,一是原作风格的可传递性,二是原作对于译作读者而言的可接受性。有的作品以独特的语言风格见长,原作的风格韵味让中国读者印象深刻并颇为欣赏,但是如果经过翻译后,它的"风味"荡然无存,那么在译作读者中就不容易获得在中文语境中同样的接受效果。

---

① 苏艳.回望失落的精神家——神话原型视阈中的文学翻译研究[D].天津:南开大学,2009.
② 杨慧仪.呼唤翻译的文学:贾平凹小说《带灯》的可译性[J].当代作家评论,2013(05):164-169.
③ 谢天振.中国文学走出去:问题与实质[J],中国比较文学,2014(01):1-10.

3.3.1 莫言小说主题可译性

文学作品中博大的人文关怀被认为是神话消失以后的替代物[①]。世界经典文学作品如《荷马史诗》《哈姆雷特》《红楼梦》《尤利西斯》等因为带有神话——原型特质，以对人生中最基本、最重大问题如生、死、爱情等的思考从而体现出对全人类的初级关怀主题，这些作品以隐喻方式表现了人类最基本、最自然的欲望和情感，从而成为世界文学的经典，为不同文化语境下的读者所阅读欣赏。因此，以人类最基本、最自然的欲望和情感为主题的作品，具有超越时空的普遍性，也就具有更高的可译性，为不同文化语境下的读者所理解。而文学翻译史也表明，表现初级关怀主题的文学作品的译入语语种更丰富，在不同时代重译次数更多，从而拥有更加广大的读者群[②]，也就更加能够延续原作在译入语中的"来世的生命"。生、老、病、死是人类生活中的自然规律，这些必然成为文学作品的永恒主题与表现对象。死亡、孤独成为魔幻现实主义文学中一个普遍、显著而独特的文学母题。

莫言的小说展现了一个古老的、充满苦难的中国农村，在这样一块永恒的土地上，时间滤去了历史附着在农村生活的表面特征，而将这块土地上的生活还原为最为基本的形态：吃、喝、生育、性爱、暴力、死亡……[③]《红高粱家族》中火红的高粱地、高粱地里的野合、残酷的剥皮暴行与死亡；《丰乳肥臀》中母亲一而再，再而三的生育，几个女儿与各自恋人的情与爱、战争与饥荒带来的死亡；《檀香刑》中村妇孙眉娘和知府大人钱丁的婚外恋情，由于抗击德军，眉娘丈夫、公公、父亲、兄弟、情人的相继死亡。莫言小说中文学的永恒主题在这种人类原初的欲望中得到反映，因此会容易得到学者和普通读者的识别与认可，这使得莫言小说具有极强的可译性。正如吉田富夫所说："在日本，莫言作

[①] 苏艳.回望失落的精神家——神话原型视阈中的文学翻译研究[D].天津：南开大学，2009.
[②] 苏艳.回望失落的精神家——神话原型视阈中的文学翻译研究[D].天津：南开大学，2009.
[③] 张闳.莫言小说的基本主题与文体特征[J].当代作家评论，1999（05）：58-65.

品的读者可能很多都是在城市里长大的，不过莫言的作品追求的是人的内心的东西，反映了常常被掩盖的人的内心的欲望和追求，包括好的坏的都有，人的内心的东西还是共通的。"①莫言作品中由于其初级关怀特征反映了人类原初的欲望，因此其小说在主题上具有很大的可传递性，对于其他文化的读者而言也具有可接受性。

3.3.2 莫言小说结构可译性

小说的结构即指构成小说内容与形式之间的组织、联系，即情节与语言塑造人物故事的方式，主要涉及故事的构成及其呈现方式。由于小说属于叙事作品，是由基本的叙事单位组合而成，尽管在情节安排上中西文学会出现不同的偏好，比如西方后现代主义小说往往会"去情节化"与"去故事化"，但是基本的叙事构成单位仍然可以追溯至人类集体无意识的心理结构。这种无意识的心理结构使得文学作品具有了跨文化的共通性。因此，可以说任何复杂的叙事性文学作品在这个跨文化共通性的意义上都是可译的，区别在于可译性的程度不同。各国小说故事背后往往有着恒定的结构，其故事情节和内容可能在翻译传播过程中会因为各地风俗和观念形态差异而改变，但这些故事情节和内容背后的结构往往会保持不变，因为它反映了人类的精神共通性。比如说，《奥德赛》经过译介进入中国后，即使原著中奥德赛以及其他人物特征与中国文化有着天壤之别，但英雄蒙难、英雄抗争以及抗争胜利或遭遇毁灭这种情节安排模式在中国古典小说中比比皆是，中国读者读来完全没有陌生感。所以说，无论小说作品细节多么曲折，如果原作作品情节突出，其整体情节框架具有人类精神共通性，对于译入语的读者具有充分的可理解性，那么，这样的小说故事情节结构就具有很高的可译性，其故事也就容易在译文读者心中激起情感共鸣。②作家徐则臣在美国一所大学演讲时曾以《西游记》和《红楼梦》为例谈及由于中国文学作品本身的可译性所

---

① http://japan.people.com.cn/95917/206391/index.html.
② 苏艳. 回望精神的家园——神话原型视阈下文学翻译研究 [D]. 苏州：苏州大学，2009.

导致的读者接受性问题。他说:"《西游记》里的故事很好看,又是猴子又是妖怪,腾云驾雾打打杀杀,如果西方读者能看懂故事就基本上能看懂小说,而《红楼梦》却不能被西方读者所理解接受,虽然其作者曹雪芹更好地将中国人的精神和情感气质表达出来,在表达中国人的性格、情感以及世界观时隐秘而曲折,但是作品过于含蓄隐晦,每个人每件事都写得曲里拐弯,因而难以理解。"[①]这就是由作品叙事方面的差异所导致的可译性差异。一般来说,翻译能够传达文学解读的一些基本要素,如:情节、人物、对话、人称、叙事方式等,简而言之,文学的构架即结构容易传达[②]。莫言小说作品故事性强,叙事曲折,有新意。《洛杉矶时报》发表的一篇评论称喜欢《酒国》这部小说,虽然不能读懂所有的典故,甚至无法跟上跌宕起伏的情节,但认为仅仅是讲故事的那股劲儿就足以吸引我们读到故事的结局[③]。从中我们可以看出莫言作品中故事及其叙事构成应该可以很好地传递。

莫言在小说创作中突破了各种时空界限,自由地在现在与未来、现实与虚幻中游走,在故事的时间安排上打破了顺时性的叙述,不断地变化时间切入点,过去发生的故事与现实情况发生联系。叙述人的讲述方式呈现出一种交叉重叠的特征,而非线性发展,讲述人可以从对过去的追忆一直延伸到对现在的描述,抑或是对未来场景的畅想。过去、现在、未来三种时空同时交叠出现在同一个叙述人的语境中,因此带给读者以无尽的想象空间与审美可能性。小说在叙事效果上也因此得以丰富和立体化,作者于是可以举重若轻,甚至可以无节制地加入各种议论、说明、猜度和饶舌。莫言完全走出了"进化论时间美学"的藩篱,使"时间的顺序"不再是制约叙事的一个必要前提。莫言小说这种为增强艺术表现力而打破时空顺序和界限,具有后现代主义的特点,在文本意义上是反传统的。由于在时间方面,过去、现在、未来三种时空相互重叠,大量运用插叙、倒叙,故事的时空顺序便显得较为紊乱,读者阅读时容易迷

---

① 徐则臣.在美国爱荷华大学的演讲[J].语文教学与研究,2013(25):68-69.
② 杨守森,贺立华主编.莫言研究三十年[M].济南:山东大学出版社,2013:205.
③ 莫言获奖在中国引轰动媒体学者纷纷解读[N].环球时报,2012-10-12.

失方向，从而造成阅读障碍。而在空间方面，随着时间的前后交叉，事件发生的地点也随之变化，读者的思维于是便随着小说跳跃前行。这样的结构也给翻译带来一定的挑战，虽然西方现代派或后现代主义作品中意识流与时空跳跃是其主要艺术特点，但在翻译文本中，由于原语文化与译语文化的隔阂，西方读者对于英文翻译小说直接了解故事情节或了解原语国家文化的期待会大于对于写作技巧的欣赏。如果过于混乱的时空妨碍正常情节理解，读者也许会因此而放弃阅读。从这个方面来说，莫言小说结构可译性方面较弱，因此在英译时可能会面临译者的某些调整。

3.3.3 莫言小说意象可译性

莫言小说叙述不受拘束、天马行空，在这样的描述中，大量的感官意象奔涌而来，创造出一个色彩斑斓的感觉世界。这个斑斓的文学世界由绚丽的色彩和奇异的比喻构建而成。莫言小说中所描述的繁复的意象表现出了强烈、鲜明的色彩性，给人以浓烈的感官刺激，如《红高粱》中焦黄的太阳、血红的高粱以及短篇小说《枯河》中绿色的月亮、蓝色的眼泪等。除了绚丽的色彩，莫言小说中的意象体现了自然与文化意象的结合。其自然意象的物象来自于自然界，包括自然景观与动植物等，文化意象以人为中心，而自然物象则被深深地打上了人的烙印。在《红高粱家族》中，血红的高粱意象多次出现，这个自然意象结合了文化意象与小说立意直接相关，所代表的含义在不断反复中逐渐丰富，火红的纯种红高粱在小说中被赋予了强烈的历史色彩与人文气息，象征着高密东北乡人生生不息的生命，也是生命强力与不屈不挠的精神的象征，具有深层次的文化内涵。《檀香刑》中象征人性恶的各种刑罚，传递出深邃的历史与文化批判，承载了作家的人文关怀。那些描写细致极端的酷刑是小说中心意象，具有批判历史和现实的意义。在对中心意象的物象选取与意象塑造方面，莫言具有更多的文化反思意识，从而增强了小说的思想高度，而小说辅助意象的出现则使文本具有丰富性和生动性。

刘震云的小说《我不是潘金莲》标题中"潘金莲"这个人物具有很

高的互文性，这个人名不能仅仅以音译译出，因为这样一来西方读者对于标题之后隐藏的意义就不能理解，从而会感到不知所云。而且由于是能够揭示全文主题的关键意象，在翻译时不能不将其内涵明示出来。因此，在这个意义上，"潘金莲"这个文化意象可译性程度较低，对这个意象的了解需要读者对原语文化背景的掌握，因此，"潘金莲"的不可译性并非是语言上的问题，而是文化意象方面的不可译。葛浩文在英译时，将标题改译为"I Didn't Kill My Husband"。这样翻译舍弃了原文的意象，而将其隐含信息凸显。由此可以看出，作品内涵意义表现直接，不具备或较少具备互文性的作品，由于意义清晰或具有共通性而具有更高的可译性。莫言小说中互文性较少，较少引经据典地运用其他文学作品中的人物信息，另外，由于作品以故事性情节见长，因而作品显得比较直白，而且其文学意象往往具有普世价值，容易为异国读者理解接受。比如《丰乳肥臀》中象征着大地般丰沛的生殖力却饱受煎熬磨难的母亲意象，《红高粱家族》中大胆不屈、敢爱敢恨的民间英雄意象。这些意象表达的是亲情、爱情、勇敢、豪放、生命力等，而这些是全世界都能听懂和理解的语言。

　　哈佛大学东亚文明研究学者王德威认为，莫言的魔幻写作和他的想象力是吸引西方以及海外华人的最大原因。他说："不论他是个民间说话人的角色也好，或者是坚持了乡土文学的传统也罢，他的想象力，是最让人赞叹的。他在相对局限的创作环境中，通过杰出的想象力突破、逆转、解决。我们从中可以看到莫言那种民间智慧、农民性，还有求生存的本能。"①在莫言的想象世界里，他所创造的意象深深吸引着西方读者。

3.3.4 莫言小说语言可译性

　　姜智芹认为，作家在本国之外的声誉很明显会受到翻译的制约。而文学作品在翻译的过程中往往会丢失一些东西："本土的语言风格和节奏会减弱，而语言的内涵和外延、修辞方式、习惯表达、特殊的文化符

---

① http://www.chinawriter.com.cn.

号蕴含等都难以通过翻译传递出来，而这些又恰恰是一个作家独创性的标志。"[1]莫言小说语言具有非常明显的作家独创性的标志，即，个性化比喻、民间俗语口语与书面语相交织的杂糅语言特征，另外在修辞方面表现为不遗余力的铺排，其语言表达出了作者难以抑制的激情。一般来说，中国传统文论在论述语言修辞的时候总是主张适当控制，认为过分的藻饰会影响表达效果，进而影响作家道德形象的自我塑造，且十分强调"炼字""推敲"，历来的"言""意"之辩是以语言节约原则为基础的。[2]而莫言语言的"铺张浪费"则是对传统文论的一种反拨和背叛。莫言用这种喧腾的语言写小说，打破了当代文坛的审美习惯，放开了当代人的审美感觉和审美悟性，莫言小说语言经历过几个阶段变化，创作初期《春夜雨霏霏》语言节制简练，到后来的《红高粱家族》语言开始恣意奔放，而中期《丰乳肥臀》中语言出现毫无节制的、摧枯拉朽的抒情，在后期创作《檀香刑》之时，因语言被批评而文风有所收敛。由于莫言在不同时期作品中所体现出的语言表达特点，导致这三部作品在语言方面可译性也略显不同。考虑到英文简练、直接的语言表达方式，更加节制和收敛的语言应该具有更高的可译性。但是由于莫言小说以叙述故事为核心，其语言虽洋洋洒洒，但没有含义过于深厚而显得晦涩难懂之词，因此总体来说，莫言小说讲故事的特性让其语言具有相当高的可译性。

而莫言小说英译者葛浩文曾就语言本身是否难翻译发表过自己的看法，他在对自己翻译的几位中国作家的文字比较之后，认为虽然莫言作品语言中山东方言、土话很多，但与毕飞宇相比，由于没有微妙谨慎的用词，因此不太难翻译，他说："莫言的我翻译了6本，他会用很多土话，不太难翻译。苏童的也不难翻译，他写得细腻，但译文和原文很不一样。王朔的也不难翻译，他的北京话其实很好翻。毕飞宇的作品最难翻了，薄薄的一本书，里面都是很微妙、很谨慎的用词。姜戎比较像哲学学者，他的作品也比较好译。"[3]

---

[1] 杨守森，贺立华主编.莫言研究三十年[M].济南：山东大学出版社，2013：205.
[2] 付艳霞.莫言的小说世界[M].北京：中国文史出版社，2012：40.
[3] http://news.xinhuanet.com/book/2008-03/23/content_7841379.htm.

3.4 小结

张清华认为,"无论在任何时代,文学的'国际化'特质与世界性意义的获得,是靠了两种不同的途径:一是作品中所包含的超越种族和地域限制的'人类性'共同价值的含量;二是其包含的民族文化与本土经验的多少。"[①] 莫言小说被认为是人类共通性与本土经验相结合的杰出作品。莫言小说作品在创作技巧上呈现出明显的西方现代派手法,而在写作内容上,反映的是中国地域特征的民族精神、生活、气质等层面。即莫言的作品内在是民族的,而外在是世界的;内容是中国的,而形式是世界的。因此,当作品译成外文后,形式上很容易与西方本土文学的创作技法相契合,因此在这个意义上,莫言原作具有高度的可译性。莫言小说在世界性与民族性,普世性与异质性,西方价值与本土文化之间取得了微妙的平衡,其小说主题的普世性及创作手法上的世界性使得原文本身具有更高的可译性,因而降低了西方读者的阅读障碍,而主题与内容的本土文化的民族性与异质性因为迷人的异域风情而吸引读者阅读。西方的读者并不需要我们"用外语书写的他们的本国文学",我们介绍到国外的中国文学作品也应该是最具有"中国经验"的内容,作品带着中国文学的陌生感、民族性及其背后所蕴含的文化基因和审美方式,由此能让西方读者体会到中国文学独特的价值变迁、审美判断与诗学特征。中国文学作品独异的本土气质以及所散发出的迷人的异域特色,吸引着西方读者的阅读兴趣。作品中如果仅仅体现了民族文化的差异性,固然可以博得外国人的猎奇,但却无法赢得对方的尊敬,因为这种作品在无意中被放在了一个被注视的位置上了。因此,民族文学作品应该不仅仅包含差异性,也应该具有共同性,体现差异性与共同性的统一,这样的作品才能在跨文化交流中与其他世界文学具有平等的地位。莫言小说中所特有的民族性与世界性因素使其作品具有"可译性",其作品原

---

① 张清华. 关于文学性与中国经验的问题——从德国汉学教授顾彬的讲话说开去[J]. 文艺争鸣, 2007 (10): 1-3.

有的风格、创作特征、原作特有的"滋味"可以在翻译过程中传递出来并被译入语读者所理解和接受。一般来说通过译作阅读中国文学作品，原作的语言特色很难再现，而故事情节及文体结构上的特色则容易保留，而以民间立场善于讲述"残酷"故事的莫言，再加上他的文体创新，其作品的整体可译程度很高。莫言作品的可译性在于，其作品被翻译成外文后，"既接近西方社会的文学标准，又符合西方世界对中国文学的期待。"[1]

---

[1] 谢天振.中国文学走出去：问题与实质[J].中国比较文学，2014（01）：1-10.

第4章　影响和推动莫言小说世界文学化的各种因素

大卫·达姆罗什的"世界文学"动态概念包括超出其文化本源而流通的一切文学作品，达姆罗什认为，只有当作品在超出自己本国文化范围内流通，并积极存在于另一种文学体系里，这样的作品才具有作为世界文学的有效的生命[①]。莫言小说融入了西方现代思潮与技巧，具有世界性因素，其本土性写作有别于传统，表现出本土的变异特征，因而具有了世界的特征及样态，那么，莫言小说是否"积极存在于另一个文学体系"，是否具有作为世界文学"有效的生命"？这需要从其小说作品的翻译与流通过程中进一步考察。M.托马斯·英吉以西方人的眼光审视莫言及其文学，认为，"莫言以其独特的个人风格与审美原则，力图为中国文学在世界文学中寻找落脚点。葛浩文的译介增强了其在西方世界的影响力。"[②]莫言及其小说作品随着西方主流媒体的一系列的介绍以及国际文学大奖的获得逐渐步入西方人视野，在这个世界文学化过程中，翻译是主要媒介。因此，从这个意义上来说，民族文学成为世界文学的过程即为文学翻译转向翻译文学的过程，其中作者、译者、主流媒体、

[①] Damrosch, David. What is World Literature? [M]. Princeton and Oxford: Princeton University Press, 2003.
[②] [美]M.托马斯·英吉.西方视野下的莫言[J].胡椒成,译.长江学术,2014(01): 20-26.

学术评论界、出版社、读者等因素互相影响推动。作为民族文学走向世界文学的翻译活动具有跨语言跨文化的特征，这也说明翻译是一个由此及彼的关系概念，而布迪厄场域的概念提供了社会学的视角与方法来解读翻译活动中的种种关系和规则。本章将把莫言小说世界化阅读这一现象置于文学场域与翻译场域中考察，从社会学视角还原翻译在推动莫言作品从民族文学转向世界文学中所起的作用和影响。

4.1 社会学视角下的文学翻译场域及其构成因素

法国社会学家布迪厄有关场域、资本与惯习的几个概念有助于从社会学视角审视文学翻译。场域界定社会背景的结构，惯习与资本都在这个背景结构中运作。根据布迪厄的场域理论，整个社会是各自独立而又相互联系的众多场域的集合，在不同的场域中，各个参与者携带着一定的文化资本或社会资本，受到场域和惯习的作用，参与到场域的各种权力的争斗之中。因此，场域可能会因为各个机构代理人的地位的变化而发生变化[1]。

布迪厄的场域概念关注的是客观的社会结构，在这个场域结构中对于个人的行为产生的规则以及规则的形成因素就是惯习。场域中的参与者在社会互动之中逐渐形成一些不成文的规范（norms），行为者根据自己的思维方式采取某些有规律可循的行为，并将社会惯例内化在自己的思维和行为之中，这些行为继而又或多或少地影响他们所处的场域，因此形成思维和行为的惯习。这种惯习被场域塑造，又影响场域，并不断与场域互动，成为某个场域固有的必然属性在个体行动者身上的体现[2]。斯沃茨在布迪厄基础上将惯习归纳为是"一种理想的行为类型，即习惯化的、实践的、心照不宣的、倾向性的，同时又是结构化的行为

---

[1] Bourdieu, Pierre, and Loic J. D. Wacquant. An Invitation to Reflexive Sociology [M]. Chicago: University of Chicago Press, 1992.
[2] [法]皮埃尔·布迪厄，[美]华康德.实践与反思：反思社会学导引[M].李猛，李康，译.北京：中央编译出版社，1998：171-172.

类型"①。布迪厄的资本理论将资本分为三种形式：经济资本、文化资本与社会资本②。其中经济资本与金钱相关；文化资本与人们所获得的文化教育资源相关，文化资本可以表现在非物质层面，也可表现在物质层面。社会资本指的是个体在社会中的各种人际关系或者社会责任义务等③。文化资本与社会资本共同作用形成象征资本。布迪厄另外还用"知识场域"来指称文化符号的各种生产者，比如艺术家、作家以及学术界等争夺象征资本的各种机构、组织以及市场。在本章中，"文学场域"用来指称文学作品生产的各种生产者，包括作家、出版社、评论家、读者的场域，而"翻译场域"则用来指称文学译作生产的各种生产者，包括译者、译作编辑、译作出版社、译作评论家以及译作的读者。

4.1.1 文学场域与翻译场域

布迪厄认为，文学场域是一个力场（force-field），也是一个参与者试图转变或保持已有力量关系的竞技场。在这个文学场域中，每个参与者将之前争斗中获得的力量（即资本）用来制定某些规范或策略，而这些策略大致取决于参与者在权力争斗中的地位，也就是他所拥有的特定资本④。可以说，布迪厄的文学场域概念中包含了作为生产者的作家，而且也包括阅读大众、出版商、批评家、报纸、政府文化部门与教育系统等。这个文学场域具有相对的独立性，但有时又与其他领域相联系。比如文学场域中的行为者——作家们有时也需要考虑市场销量或者社会名声等文学场域以外的因素，而不能总是为了艺术而艺术。

翻译场域中译者、出版社编辑、读者、文艺评论家等人在翻译活动过程中形成了一种特定的关系网络。翻译场域中参与者或机构占据的位

---

① Swartz, David. Culture & Power: The Sociology of Pierre Bourdieu [M]. Chicago: University of Chicago Press, 1997, 290.
② Bourdieu, P. *The Forms of Capital*[M]. A. H. Halsey et al. (eds.). Education: Culture, Economy, and Society. Oxford & New York: Oxford University Press, 1997: 46-58.
③ 王悦晨. 从社会学角度看翻译现象：布迪厄社会学理论关键词解读[J]. 中国翻译, 2011 (01): 5-13.
④ Bourdieu, P. *In Other Words: Essays Toward a Reflexive Sociology*[M]. Mattew Adamson (trans.). Choses Dites, 1987. Standford: Standford University, 1990.

置是由他们所拥有的资本或权力决定的。古旺威克认为具体的翻译场域中（如评论者、译者、出版社等）各种因素和行为者运用翻译筹码，在权力的基础上运作于各种社会空间之中。译者在进入翻译场域时，不能仅仅只带有自身的惯习，需要利用各种形式的资本，进行斗争，以争夺更多的资本。因此，翻译实践活动可以看作是由译者带着惯习和各种资本，在权力场中争斗，从而形成翻译场域①。场域之间往往会相互借鉴与互动，中国五四时期以及20世经80年代出现的西方文学翻译高峰，对本国的现代文学创作与当代文学创作有着深远的影响，翻译场域与文学场域相互构建。

4.1.2 作者象征资本与译者象征资本

古旺威克认为，作者的象征资本主要是通过被认可（recognition）而获得，即，作者需要持续不停地在文学场域中发表新作从而获得认可。因此，当一部作品被推为经典之后，其作者的象征资本便随之确立且逐渐稳定起来②。而译者的象征资本则得益于发表于源社会（source society）的原作中所拥有的象征资本，通过获得原作所拥有的象征资本，译者作为行为者通过翻译来干预原作，进而将原作的译本投入到目标文学场域的接受与认可机制（mechanisms of recognition）中，由此反过来则能给予原作者及其作品在目标文学场域所获得的象征资本③。而在"翻译场域"中译者的资本可以是指译者良好的双语或多语语言功底、译者对相关领域的熟悉程度、译者的翻译经验等文化资本以及译者与学界的评论家的关系等社会资本，原作者及其作品的象征资本也能够成为译者的资本。而如果译者在翻译场域中积累了足够多的象征资本，译者

---

① 邵璐.翻译社会学的迷思——布迪厄场域理论释解[J].暨南学报（哲学社会科学版），2011：124-130.
② Gouanvic, Jean-Marc. A Bourdieusian Theory of Translation, or the Coincidence of Practical Instances: Field 'Habitus', Capital and 'Illusio'[J]. The Translator，2005，11（2）：147-166.
③ Gouanvic, Jean-Marc. A Bourdieusian Theory of Translation, or the Coincidence of Practical Instances: Field 'Habitus', Capital and 'Illusio'[J]. The Translator，2005，11（2）：147-166.

便具有在本场域内改变某些规则的权力。对于译者带着象征资本在场域中作用,王悦晨[①]曾仔细考察了中国翻译场域中原作者与译者的象征资本以及其象征资本给场域带来的影响。她认为,由于严复翻译的《天演论》等作品深刻影响了近代中国,这样严复依靠原作者和原作所带来的象征资本拥有了在翻译场域中的一定的权力话语,而他所提的"信达雅"翻译标准也被人们奉为圭臬。同样,法语翻译家傅雷的"神似论"以及钱钟书的"化境说"这种隐性的翻译规则,在20世纪的中国翻译场域中也构成了相当的影响力。由于傅雷与钱钟书两位在文学翻译或是文学场域中拥有极高的地位,使其在中国文学翻译或是中国文学场域的象征资本,升级或转化为他们在翻译场域之中的象征资本。

4.1.3 翻译场域中译者与作者地位关系

文学生产场(包括文学场域与翻译场域)是一个充满冲突与竞争的空间。为了维持和发展在场域中的地位,场域中参与者对话语权力的争夺主要体现在对象征资本的争夺之中,包括文化资本和社会资本。在翻译场域中,译者与作者由于负载着不同的象征资本而处于不同的地位,这种地位会因为资本的增加与减少而变化。译者与原作者也会因其自身的地位、社会关系等互相提升象征资本。比如某些翻译诺贝尔文学奖得主作品译者的地位,会因为原作者及其作品在目标文化中的影响力而得到提高。因此,在这个意义上可以说,拥有较高象征资本的原作者或原作可以给译者增加象征资本,而译者由于其名声也可以为原作者创造象征资本,这两者可以根据不同的情形互相转化。译者与作者不同的地位也会影响到具体的翻译策略,从社会学视角来看译者所采用的翻译策略,可以发现,翻译选材、翻译过程等都与场域中行为者的权力话语密切相关,原著在翻译过程中不断被改写,而译文与原文反映在遣词造句上的差别,实际上也是场域中不同权力话语在原语与译语不同的社会和文化背景下角逐的呈现。

---

① 王悦晨.从社会学角度看翻译现象:布迪厄社会学理论关键词解读[J].中国翻译,2011(01):5-13.

4.1.4 作者惯习与译者惯习

惯习是对场域规则的内化,场域规则在行为者身上会有所体现。作者惯习受制于其创作时期的文学场域规则,而反过来,作者的惯习也会因其在文学场域内的地位而影响文学场域的规则规范的形成与塑造。译者惯习来自于译者在进入翻译场域之后对规范的接受和遵循,从而形成了自身的思维习惯和行为规范,而这种惯习使他们在翻译活动之中构建了某种翻译规范,继而又加强了翻译场域中的规范的形成。译者惯习在宏观方面将影响对文本的选择,在微观方面将影响其翻译措辞、翻译策略等。微观方面的惯习受到翻译场域中的规范以及译者自身的地位影响,如果译者为资深译者则很可能会采用与传统模式有所不同的翻译策略,而如果是年轻译者,则可能更多地遵循传统翻译模式。而译者在宏观选择方面的惯习则更多受制于专业场域、权力场域等对译者的影响。虽然译者在翻译过程中所采用的翻译策略并非是译者明显意识到翻译场域中规范的存在而进行理性选择的结果,但仍会不由自主地受到自身惯习的影响。王悦晨考察了中国的翻译场域规范中对四字格偏爱的语言惯习,他认为这种语言惯习可从中国文学场域中找到依据,即,中国语言文化中对《诗经》的推崇。而这种文学场域中的规范影响了中国译者的惯习的形成,在中国外译汉的译作中所流行的四字格的翻译方法逐渐成为中国译者的惯习之一,反过来,中国译者对此翻译方法的推崇也强化了这种翻译规范[①]。另外,王悦晨还提出,对于作为双语或多语使用者的译者而言,译者对自己所跨越的两种文化和语言的态度、偏见等会帮助他形成一种"跨文化惯习"(intercutural habitus)[②]。这种惯习也会在微观上影响译者选择翻译策略,比如直译或意译,而在宏观上会影响文本选择的标准,比如是否选择符合或违背译语国价值观的文学作品。

---

① 王悦晨.从社会学角度看翻译现象:布迪厄社会学理论关键词解读[J].中国翻译,2011(01):5-13.
② 同上。

4.2 莫言小说在中西方文学场域中世界文学化的推动因素

达姆罗什为世界文学下了三重新的定义：世界文学是对各民族文学省略式的折射；世界文学是能够在翻译中得益的创作；世界文学不是一套固定文本的文典，而是一种阅读模式，是一种与我们的时空之外的世界进行超然交往的方式[①]。达姆罗什挑战了传统世界文学和国别文学研究中固定的经典（canon）概念，将经典视为交流与评估的结果，从而建构一个新的"超经典""反经典"和"影子经典"三元并置的互动模式[②]。按照这个新的世界文学标准，世界文学从固定文典变成了动态接受。从这个意义来看，莫言的小说可以说是中国民族文学省略式的折射，是在各种翻译中得益的创作，从而成为一种广泛的世界阅读模式。莫言是在世界范围内得到翻译最多的中国当代作家，其作品获得了众多读者的喜爱，很多作品被译成各种文字出版。据联合国教科文组织译文索引 Index Translationum 的不完全统计，莫言作品的译本达到 83 本。其中数量最多的是法译本，共 23 本。《红高粱家族》的翻译版本有 12 种，包括英文版、法文版、德文版、意大利文版、日文版、西班牙文版、瑞典文版、挪威文版、荷兰文版、韩文版、越南文版、希伯来文版；《丰乳肥臀》也被译为 11 种文字，包括英文、法文、日文、意大利文、荷兰文、韩文、越南文、西班牙文、波兰文、葡萄牙文、塞尔维亚文。《檀香刑》也被译为越南文、日文、意大利文、韩文、法文等版本。许多国家还出版过莫言的中短篇小说集和散文集。《红高粱家族》法语版最早于 1990 年出版，《透明的红萝卜》1993 年出版，而《红高粱》德语和英语版于 1993 年出版并多次再版。由于《丰乳肥臀》法译本在法国出

[①] Damrosch, David. What is World Literature? [M]. Princeton and Oxford: Princeton University Press, 2003.
[②] 张英进."阎连科与世界文学视野中的中国文学"讲座，2014 年 11 月上海外国语大学.

版以后，在读者中引起了很大的反响，莫言甚至因此受邀前往法国参加书展。在这期间，法国多家重要报刊媒体包括《世界报》《新观察家》《费加罗报》《人道报》《视点》等都对他做了采访或评论①。如此广泛的翻译以及主流媒体对作家本人的采访报道以及对作品的评论形成了莫言作品在国外的一个翻译场域，那么莫言小说如何从中国国内的文学场域中进入到西方的翻译场域，这其中作者与译者各自的惯习是如何形成，又是如何互相影响，译者与作者双方又各自带着何种文化资本在文学与翻译的场域中进行相互的推动与塑造？

4.2.1 莫言小说国内文学场域与莫言创作惯习形成

文学场域中的行为者主要包括作者、出版社、文学批评家、学者、媒体、读者等。以下将从莫言创作之初国内文学场域的文学规范影响以及评论家评论反应、读者反应、媒体报道、杂志登载情况等因素探讨莫言创作惯习的形成。

4.2.1.1 莫言小说国内文学场域

中国本土文学曾被赋予浓厚的政治色彩，"文以载道"的文学价值观反映出了中国文学的功利性和政治性功能。20世纪80年代初，出现了"伤痕文学""反思文学"以及"寻根文学"等文学现象，对"十年动乱"进行批判、揭露和反思，而在此之后，在改革开放大潮中又兴起了"改革文学"，宣扬倡导改革。然而，这些文学形式仍然具有文学政治化的功能，此时文学作品的主流仍然是从对时事的政治批判入手再返归政治宣传。莫言小说创作之初处于20世纪80年代，其《红高粱》最初出版于1987年，在国内文坛引起轰动。当时由于西方现代派文学开始大量译入，译介了包括象征主义、意识流、表现主义、超现实主义、存在主义、荒诞派、黑色幽默、新小说、魔幻现实主义等现代主义和后现代主义的众多思潮和流派的西方现代派文学作品。拉美魔幻现实主义

---

① http://cul.sohu.com/20061111/n246328745.shtml.

尤其对中国当代文学创作起到积极作用,程光炜[①]认为当代文学创作摆脱文化政治干扰的一个重要转折点是拉美魔幻现实主义在中国的译介和引入。因此,在当时的中国国内文学场中,形成了向外国文学学习的普遍风气,中国作家在向西方文学学习的过程中,中国文学也开始了现代转型,因此形成了与西方文学有着深刻联系的中国当代文学。在这样的文学场域中,其文学规范的形成深受西方文学的影响。深刻影响中国当代文学的西方文学传统可以说是当时的"主流文学传统",由于其扎根于深厚广泛的文化传统,积淀了深厚的文化声望,因此在世界文学场域中居于主导地位或者中心地位,而当时的中国文学可以说是属于从流文学(minor literatures),通常处于被主导和边缘的地位。在这样的情况下,处于从属地位的文学往往会通过将主流文学传统中的文本和作品翻译过来,引进自身作家先前没有使用过的文学形式和手法,将主流文学传统的声望转移过来,从而达到增加自身文学资源的目的。[②] 中国当代文学由于引进了西方文学中的文学形式和手法而将西方文学传统的声望转移过来,因此增加了自身的文学资本。在这样的文学场域之下,莫言的小说作品也因借鉴了西方文学传统而提升了自己的文学资本。

莫言的文学创作国内场域中评论家彰显了其艺术与审美特点,评论家的评论文章无论是褒还是贬都将作家推向文坛注意的焦点。莫言小说评论文章见于《世界文学》《译丛》《现代中国文学》《当代作家评论》等国内重要文学类学术刊物。从莫言创作至今三十年间,关于莫言的研究文章有千余篇,相关著作10余部,传记1本,硕士与博士学位论文150余部。对于《红高粱》系列小说的评论,20世纪80年代呈现出三种不同态度:一是肯定态度,认为《红高粱》具有创新性,代表了一种新的审美意识;二是否定态度,认为《红高粱》有溢恶倾向,让人不忍卒读;三是不置可否,既不褒也不贬,站在相对客观的角度。随着张艺谋改编电影《红高粱》在柏林电影节上的获奖,莫言声名鹊起,成为中

---

① 程光炜.魔幻化、本土化与民间资源——莫言与文学批评[J].当代作家评论,2006(06):11-22.
② [美]劳伦斯·韦努蒂.翻译研究与世界文学[M].[美]大卫·达姆罗什著;刘洪涛,尹星主编.世界文学理论读本.北京:北京大学出版社,2013:204.

国最有影响的当代作家之一。到了20世纪90年代《丰乳肥臀》创作之时，对其小说的争议到了极点，但《大家》刊物评委们却一致推选莫言的《丰乳肥臀》为首届"大家·红河文学奖"获得作品。当时的七位评委是徐怀中、汪曾祺、谢冕、李锐、苏童、王干、刘震云。对于这样一部注定要产生争议的作品，"大家·红河文学奖"的七个评委分别给出了赞同的评语①。徐怀中认为《丰乳肥臀》带给人黄河般的"冲击力和震撼力"，虽有泥沙，但却"是一道艺术想象的巨流"；汪曾祺认为《丰乳肥臀》是"莫言小说的突破，也是对中国当代文学的一次突破"；谢冕认为《丰乳肥臀》"在历史的纵深感、内容的涵括性，以及展现生活的丰富性方面，标志着莫言创作的新高度"；李锐认为"这部长篇小说是中国当代文学中的一部杰作"。苏童公开表示欣赏"此作所保持的莫言一贯的泥沙俱下的激情，"认为"这种激情中有金子的闪光，有对民族、人类、社会的宽阔的审视角度，尤其众多的女性形象所投注的母子之爱，这种爱经过变形、夸张，但仍然是有深度的，富有诗意的"。王干认为"《丰乳肥臀》以浑浊而堂皇的笔触展现了近百年来中国社会的历史进程，文风恣肆汪洋，时出规范，是部风格极端个性化的作品"。刘震云评价《丰乳肥臀》"是一部在浅直名称下的丰厚性作品，是莫言在文学情感与世界通道上极富总结性和伸展性的并富于大家气派的作品"。最后，这七位评委统一给出的评语是："《丰乳肥臀》是一部在浅直名称下的丰厚性作品，莫言以一贯的执着和激情叙述了近百年来中国社会的历史进程，深刻地表达了生命对苦难的记忆，具有深邃的历史纵深感。文风时出规范，情感诚挚严肃，是一部风格鲜明的优秀之作。小说篇名在一些读者中可能会引起歧义，但并不影响小说本身的内涵。"除了文学评论家之外，学术研究者对莫言的作品也是褒奖有加，黄发有评价"莫言的魅力还是源自于原创性，一个无法复制的作家才可能成为一个伟大的作家"[2]；雷达认为"莫言就是这样一位具有主体性，创新性，民间性，叛逆性的作家"[3]。作家同行中也不乏对莫言的研究与评论。毕飞宇认为

---

① 见附录4:1996年《大家》文学奖评委对《丰乳肥臀》的评论.
② 黄发有.莫言的启示[J].东岳论丛，2012，33（12）：15-20.
③ 雷达.莫言是个什么样的作家[J].百家评论，2012（01）：9-12.

莫言是让他茅塞顿开的两位作家之一（另一位是马原），他认为如果马原为中国的新小说提供了新语法，那么，莫言为中国小说提供的则是语言的对象，而且还认为，莫言所写正是自己想写的[①]。然而，在1996年，《丰乳肥臀》被授予首届"大家·红河文学奖"的同一年，《云南当代文学》刊出了强烈批驳之词，端木蕻良在看了《丰乳肥臀》之后，表示"有瞠目结舌之感"。李龙年认为批评莫言《丰乳肥臀》的文章"非常痛快"并且强烈提出"作家也要讲良心，讲政治！"柯原认为《大家》杂志为《丰乳肥臀》颁发大奖造成了"恶劣影响"，并建议"对《丰乳肥臀》的讨论和批评，要造成更大的声势，像'严打'一样，刹一刹这股歪风"。寒风批评《丰乳肥臀》"在过去早就是大毒草了"。夏川直言不讳地表示，"遗憾的是这位媚俗低下的作者竟是我们部队的专业作家"。陆宁对《丰乳肥臀》获奖大为吃惊，认为"我们的文人（且不说还是个军人）竟堕落到如此（包括政治上的堕落）地步"[②]。

　　莫言在众人的赞赏与争议中成为中国当代小说家的代表人物，在中国当代文学场中其文坛地位日益稳固，其写作规范也构成了中国当代文学规范特征之一。洪子诚[③]在《中国当代文学史》中对于莫言的小说开辟专门章节进行论述，认为莫言小说表现了"开放自己感觉的那种感性化风格，对当代小说过去的观念结构所形成的文体模式是一次冲击"。洪子诚[④]认为，20世纪90年代以来，莫言"奔涌的叙述方式有了朝着内敛、节制的方向演变"，但他仍在"不断推进其突破艺术成规的艺术探索，积极运用、转化民间资源以化腐朽为神奇"。如此形形色色、褒贬不一的评论将莫言推上舆论的顶峰。由于其作品在国内具有遭禁的经历，反而引起了国外文学界及翻译界的极大兴趣，因此更加造就了莫言在国内国外文学场中的声誉。

---

① 毕飞宇.找出故事里的高粱酒[J].钟山，2008（05）：12-14.
② 所有评论见附录4:1996年文坛对《丰乳肥臀》的评论.
③ 洪子诚.中国当代文学史[M].北京：北京大学出版社，2010：355.
④ 同上.

4.2.1.2 莫言小说民族性与世界性创作惯习形成

洪子诚在《中国当代文学史》中总结了中国当代小说艺术的探索过程中,作家们在叙事与语言方面分别受到西方文学与中国古代作品影响所形成的当时的文学创作规范。一些作家受到福克纳、加西亚·马尔克斯的启发,把对于生活情景、细节的真实描述,与幻想、象征、寓言的因素糅合,创造一种独特的艺术情境。叙事变换的技巧也在一些作品中得到模仿性的运用:以"现在时"和"过去现在时"的叙述来处理历史,在叙事者和故事人物,叙述时间和故事时间上构成复杂关系,以此来强化小说的叙述艺术。其次,小说语言或者向着平淡、节制、简洁的方向倾斜,或者直接融进文言词汇、句式,以丰富语言的内涵、表现力,增强小说语言的"柔韧性"①。在当时的文学创作规范之下,莫言小说创作受到规范影响形成自己的惯习同时也对规范的形成起到了很大的促进作用。莫言对于西方翻译文学的借鉴,使其作品具有了世界性特点,并激发了其民族性特征的释放。莫言受到拉美文学发展的启发,唤起了中国传统民间文学的神话传说资源。莫言曾很明确地阐明自己创作惯习形成的缘由,他认为,"一个作家对另一个作家的影响,是一个作家作品里的某种独特气质对另一个作家内心深处某种潜在气质的激活,或者说是唤醒……"②莫言读了十几页《百年孤独》之后,按捺不住内心的激动,拍案而起,因为他觉得马尔克斯小说里所表现的东西与表现方法跟自己内心积累日久的东西非常相似。他说:"他的作品里的那种东西,犹如一束强烈的光线,把我内心深处那片朦胧地带照亮了。当然也可以说,他的小说精神,彻底地摧毁了我旧有的小说观念"③。同时,莫言的写作惯习也深受自身经历影响。莫言曾说,"一个小说家的风格,他写什么,他怎样写,他什么样的语言写,他什么样的态度写,基本上是由他开始写作之前的生活决定的。"④莫言的农村生活背景经历决定了他的写作风格,莫言的"幻觉现实主义"起源于中国民间传统故事传说。莫言在辍

---

① 莫言.恐惧与希望——演讲创作集[M].深圳:海天出版社,2007:192.
② 同上.
③ 莫言.莫言讲演新篇[M].北京:文化艺术出版社,2010:329.
④ http://www.chinanews.com/cul/2012/12-08/4392599.shtml.

学离校之后开始了"用耳朵阅读"的漫长生涯。他的故乡二百多年前曾出了一个讲故事的伟大天才——蒲松龄,而他们村里的许多人都有讲故事的天分。据莫言回忆:"我在集体劳动的田间地头,在生产队的牛棚马厩,在我爷爷奶奶的热炕头上,甚至在摇摇晃晃地进行着的牛车上,聆听了许许多多神鬼故事、历史传奇、逸闻趣事,这些故事都与当地的自然环境、家庭历史紧密联系在一起,使我产生了强烈的现实感。"①但是,这些农村生活经验起初并没有让莫言意识到是文学创作的富矿,在20世纪80年代的思想解放和文学热潮当中,莫言从一个用耳朵聆听故事、用嘴巴讲述故事的孩子,开始尝试用笔来讲述故事。但最初的几篇作品,文学价值却不高。因为,当时的创作规范让莫言以为"文学就是写好人好事,就是写英雄模范"。在20世纪80年代后期,随着西方翻译文学的大量译介,莫言在读了福克纳的《喧哗与骚动》后大受启发,至于自己的写作语言,莫言也曾坦言受到当时语言环境影响,并且这种影响其实是身不由己的。他说:"你是一个五十年代写作的人,不可能不受到苏联文学的影响;你是一个'文革'期间写作的人,不可能不受到'四人帮'文艺思想的影响;你是一个八十年代开始写作的人,如果说没有受到过欧美、拉美文学的影响,那就是不诚实的表现。命令作家下去'体验生活,深入生活',好像不如此就无法写作了,结果也成为形式化的东西。这种强制性的、口号式的东西,形成了逆反心理。你让我下去,我偏不下去,我就要躲到书斋里闭门造车。你要我向老百姓学习语言,我偏要向外国作家学习语言。所以我说我们受外国文学的影响不是偶然的,而是时代的必然。"②

(1)民族性与世界性写作主题惯习形成

莫言在农村经历了各种社会"左倾"运动,包括"大跃进"、人民公社、大炼钢铁等,在这期间,莫言切身体会到与这些运动相伴而生的饥饿和精神荒芜。因此,莫言对于农村有着直接的了解,对于农村的记忆刻骨铭心,而他对农村农民有着深入血脉的真挚的感情。在这个意义上,莫言与农村在情感上、物质上有着不可隔绝的天然联系,可以说农

---

① 莫言.说说福克纳这个老头[J].当代作家评论,1992(05):63-65.
② 杨扬.莫言作品解读[M].上海:华东师范大学出版社,2012:83.

村生活是他创作的源泉[①]。莫言20岁之前的农村经历极大地形成了其今后选择农村主题的民族性特征。而20世纪80年代拉美小说《百年孤独》则帮助莫言确定了自己世界性的关注"人性"的写作主题。在《百年孤独》中,莫言看到了马尔克斯认识文化、民族的思维方式:"他在用一颗悲怆的心灵去寻找拉美迷失的温暖的精神家园。"[②]在理解《百年孤独》的过程中,莫言确立了一个属于自己的对人生、对民族、对历史的看法,也确立了自己的写"人"、写"人性"的写作风格,他的作品里面包括了对人生、对社会的关注,由此莫言认为真正的文学应该"既是民族的,也是属于全人类的;真正的文学具有自己独有的民族的特色、民族的风格、民族的气质,但它必然也应具有文学的共通性,从而才能够超越族群、国家的地理疆域"[③]。莫言曾在一次法兰克福书展的演讲中谈到文学的个性和共性,认为文学是个性与共享的统一。他说:"一个民族的文学有一个民族的文学的个性,这种个性将此国家、此民族的文学与彼国家、彼民族的文学区别开来。但这种文学之所以能突破国家、民族的障碍,被别的国家、民族的读者所接受,并引起情感的共鸣,就在于好的文学作品必然地描写了揭示了人类情感的共同奥秘,揭示了超越种族和国界的普世价值。"[④]

(2)个性化奇特感官意象惯习形成

莫言小说作品中往往形成独特的感官意象,声音、气味、色彩等都浮现于作品表面,创造出声、味、画相结合的冲击力。莫言曾说,"我用耳朵、鼻子、眼睛、身体来把握生活,来感受事物。储存在我脑海里的记忆,都是这样的有声音、有颜色、有气味、有形状的立体记忆,活生生的综合性形象。"[⑤]在感官意象中莫言尤以色彩意象见长,其写作与西方现代派浓彩油画有着高度契合,莫言曾承认由于当年看了很多凡高

[①] 莫言.两座灼热的高炉——加西亚·马尔克斯和福克纳[J].世界文学,1986(03):298-299.
[②] http://culture.ifeng.com/huodong/special/2012nuobeierwenxuejiang/content-3/detail_2012_10/11/18191206.
[③] 莫言.在法兰克福书展开幕式上的演讲[M]张清华.中国当代作家海外演讲.北京:北京大学出版社,2012:15.
[④] 莫言.我的文学经验[M].北京:文化艺术出版社,2016:65.
[⑤] 莫言.我的文学经验[M].北京:文化艺术出版社,2016:65.

的画,因此凡高画作当中那些强烈的色彩,扭曲的笔触,极其沉痛的氛围,使他深受启发。认为自己早期的小说里所出现的大片的色彩描写、感觉的变形及其强烈的个性化语言风格均是受到凡高和其他西方现代派画家的影响[①]。20世纪80年代中,莫言在军艺学习时,经常去图书馆翻阅画册。他回忆道,"我看凡高的画,燃烧的树,旋转的星空,看莫奈的睡莲什么的,带着很强烈的但说不清的感受,就回去写小说,写《透明的红萝卜》《红高粱》之类,就把画里的那种情绪,转移到语言中了。"[②]由此可见莫言的小说写作画面感、形象感的出现,与作家对绘画的参照无不有着密切的关系。他曾说:"我特别喜欢后印象主义凡高、高更的作品。凡高的作品极度痛苦、极度疯狂;相比之下,我更喜欢高更的东西,它有一种原始的神秘感。小说能达到这种境界才是高境界。我现在知道如何走向高更了。"[③]意象的原始神秘感就是莫言作品与凡高、高更绘画之间相似的精神纽带。

(3)个性化语言惯习形成

粗俗语言形成——莫言是农民出身,他一直认同自己农民的身份,以及作为老百姓写作的态度,他说,"我可能看起来像一作家,但在内心深处,我仍是一个农民。"陈思和曾指出尽管自己在雅文化与俗文化的对立中,并不鄙视俗文化中许多生命力的审美因素,但认为粗鄙不是美。他曾试图揭示出莫言创作心理上的粗鄙习性及其根源,认为在中国文化中,这种粗鄙的来源往往是反映了未经改造的封建农民文化的消极一面,在从农民出身的当代青年作家的创作中,这一点经常会不自觉地流露出来[④],这种粗鄙习性在莫言创作中的另一个表现就是语言的粗制滥造。但是他也认可了这种粗制滥造的语言如果与好的意象结合在一起,浑成一体,就会变成运用得有生气的语言。如红萝卜的意象与红高粱的意象等。弗吉尼亚大学中国文学教授罗福林(Charles A. Laughlin)也认为虽然莫言的小说有着下流、粗俗的表达方式,但这让故事的农村背

[①] 莫言.作为老百姓写作——访谈对话集[M].深圳:海天出版社,2007:217.
[②] 同上.
[③] 莫言.作为老百姓写作——访谈对话集[M].深圳:海天出版社,2007:253.
[④] 陈思和.历史与现实的二元对话——谈莫言的新作《玫瑰玫瑰香气扑鼻》[M].当代文学与文化批评书系,陈思和卷.北京:北京师范大学出版社,2012:202.

景更加令人信服①。

　　松散冗长语言形成——葛浩文认为"从整体上来看，当代（中国）作家写作松散、拖沓、粗糙，需要精细打磨"②，究其原因，葛浩文认为是由于中国作家长期以来遵循文艺服从政治的创作原则，另外由于文革十年影响，使得中国当代小说家目光狭隘，缺乏国际视野，在写作上普遍存在着创作技巧的欠缺。莫言小说中也不免出现松散、拖沓、粗糙的语言现象。莫言是一位高产的作家。20 世纪 80 年代初仅仅三年时间就写了一百多万字，之后作品一部比一部长，用他自己的话说，就是"必须抓紧时间写，要不就写不完了"。在这样急切的心态下，作品的重复和冗长也就在所难免了。尽管他的作品带给读者艺术情节的跌宕之美，但也难逃他自己设定的无形的模式。莫言在 2009 年版的《丰乳肥臀》中"捍卫长篇小说的尊严"这篇文章代序言表达了他自己创作长篇小说的体会，认为"长度、密度和难度，是长篇小说的标志，也是这伟大文体的尊严"③，甚至呼吁"长篇就是要长，不长算什么长篇？……长篇小说的密度，是指密集的事件，密集的人物，密集的思想。思想之潮汹涌澎湃，裹挟着事件、人物，排山倒海而来，让人目不暇接，不是那种用几句话就能说清的小说"④。"长篇小说的语言之难，当然是指具有鲜明个性的、陌生化的语言。但这陌生化的语言，应该是一种基本驯化的语言，不是故意地用方言土语制造阅读困难。""长篇小说不能为了迎合这个煽情的时代而牺牲自己应有的尊严。长篇小说不能为了适应某些读者而缩短自己的长度、减小自己的密度、降低自己的难度。""我就是要这么长，就是要这么密，就是要这么难，愿意看就看，不愿意看就不看。哪怕只剩下一个读者，我也要这样写。"⑤ 有研究者研究了莫言小说中的重复现象，认为其作品中有意象的重复、人物和情节的重复、氛围的重复、语言的重复和叙事的重复。莫言的童年记忆、魔幻与现实的融合以及莫言自身创作的困境等构成了莫言小说重复现象，而那些反美学的重

---

① http://book.sina.com.cn/cul/c/2012-10-12/1118345047.shtml.
② 葛浩文，林丽君. 中国文学如何走出去？[N]. 文学报，2014-7-3.
③ 莫言. 丰乳肥臀 [M]. 上海：上海文艺出版社，2009：序言 1.
④ 同上。
⑤ 同上。

复现象凸显了莫言疲惫的写作状态和努力突破自我的挣扎①。

4.2.2 莫言小说国外翻译场域与译者惯习形成

4.2.2.1 外来翻译文学在西方文学场域中的地位

汉译英文学作品在西方外来文学翻译场中通常鲜有地位，而且外来翻译文学在西方国家的多元文化文学场中所占据的地位是相当边缘化的，缺乏独立性。以色列文化学家伊塔玛·埃文·左哈认为，通常情况下，翻译文学处于本国文学系统的边缘地位，除非本国文学系统处于萌芽期，或处于大文学多元系统边缘，或是本国文学出现转折、危机或真空状态时，翻译文学会居于译入语文学多元系统的中心地位，成为创新力量，对译入语文学产生较大的影响②。在整个世界文学场域中，欧洲中心主义思想一直占主导地位，只有到了19世纪，由于世界各国在政治、经济、文化方面的加强，促进了日益频繁的文学交流，文学也就开始逐渐突破在本国缓慢发展以及小规模向外传播的趋势，开始逐渐走向文学的世界化③。文学的世界化以比较文学学科的建立为标志，而比较文学学科的建立仍然以欧美文学为中心，因此文学走向世界化经历了漫长的过程。法国学派的影响研究中深深透露出法国文学对他者文学影响的骄傲；美国学派的平行研究，其侧重点依然是西方文学，只有到二战结束后，比较文学或者说世界文学的研究才开始注意到东方文学的存在④，东方文学也才开始步入世界文学视野。由于东方文学一直被忽视的历史传统，现在西方文学场域中，来自东方的翻译文学仅能处于相当边缘的地位。来自弱势文化的汉译英作品如何进入西方文学场域，这关系到翻译文学场中的不同行动者（译者、作者、编辑、出版社等）对场域中位置的角逐。翻译场域中资本的数量与构成参与到经济运作与利益争夺之

---

① 雷健. 莫言小说中的重复现象研究 [D]. 杭州：浙江师范大学，2009.
② Itamar Even-Zohar. The Position of Translated Literature within the Literary Polysystem[J]. *Poetics Today*，1990（11）：45-51.
③ [法] 布吕奈尔等. 什么是比较文学 [C]. 葛雷，张连奎，译. 北京：北京大学出版社，1989：17.
④ 同上。

中，决定了行动者们在文学场中的地位。

4.2.2.2 莫言小说在国外翻译场域中的地位

莫言小说其译作场域的构成可以包括：收藏与传播莫言小说的各种机构，包括各类国家图书馆、公共图书馆和大学图书馆，各种书店，如实体书店和网络书店，以及莫言小说英译本的出版社，如纽约维京出版社，拱廊出版社，英国伦敦海鸥出版社等。象征资本生产者包括《纽约时报》《今日世界文学》《中国文学》等杂志及其编辑，以及相关评论家、汉学家等。这些杂志刊物上刊载的对于莫言译作的评论将推动莫言小说作品扩大阅读范围，有助于其从民族文学转化为世界文学。这也正如陶东风所言"只有当文学被媒介关注、成为公共事件甚至新闻事件之后，才会受到公众关注，才能摆脱所谓'边缘化'的命运"[①]。

在西方，尤其是英美文学界，一般而言，翻译文学在其本国文学中占据边缘位置。中国文学译作在西方文学场域中所占据位置尤为边缘化。其实，汉学在国际学术界的地位本身就是非常边缘，除了少数汉学家以外，在欧洲的很多大学都没有设置中国语言文学专业，而在美国也只有一些主要大学的东亚系开设了中国语言的课程。在这样的情况下，莫言小说译作相比其他中国文学作品而言，在西方翻译文学场域中却引起了极大的关注，占据了一席之地。在中国当代作家中，莫言是在世界范围内作品得到翻译最多的，其作品译本数量与翻译语种数量堪称中国当代小说作家之最。莫言的小说在获得诺贝尔文学奖前已经受到了西方学者及文学界的关注，荣获了不少的奖项。法国是莫言作品翻译最多的国家，《酒国》法译本在2001年获Laure Bataillon外国文学奖，在2004年中法文化年系列活动中，由于其作品法译本在读者中的影响，莫言成为"中国文学"沙龙的焦点人物，并受到法国多家媒体报刊的采访以及评论。同年，莫言还被授予"法兰西文化艺术骑士勋章"。莫言在法国成为阅读率最高的中国作家，在法国有一套完整的翻译、出版、发行及推销体系，形成了比较强势的莫言法语译本的场域。在瑞典，诺贝尔文学奖评

[①] 陶东风.博言天下[M].合肥：安徽文艺出版社，2012：334.

审马悦然先生在20多年前就开始关注莫言的作品，陈安娜在他的帮助下将莫言作品翻译成瑞典语。在美国，一些学术期刊和著名报刊对于中国当代文学发表书评介绍，给予莫言小说极大的关注与评价。2000年6月《今日世界文学》(World Literature Today)刊登了一系列对于莫言作品的评论文章，由此，莫言小说开始真正在国际上受到关注并开始享受赞誉。莫言作品英译者葛浩文更是大力地推介自己翻译的莫言的作品，在每一部莫言作品英译本出版发布之前，都会发表评论文章进行作品介绍。M.托马斯·英吉（M. Thomas Inge）和约翰·厄普代克（John Updike）等学者、作家在主流媒体如《今日世界文学》《纽约客》上发表过对莫言小说的文学评论文章。

美国出版界对于莫言作品很早就给出了很高评价，例如1989年《科克斯书评》形容《天堂蒜薹之歌》是"史诗性著作"，2004年《科克斯书评》称莫言的《丰乳肥臀》"反映了中国的过去和现实"。Translation Review的2005年第70期《中国文学》专刊发表了著名评论家卢普克尔（Christopher Lupker）对《丰乳肥臀》的评论，耶鲁大学史景迁（Jonathan Spence）在2008年5月4日《纽约时报》上发表了名为《重生》(Born Again)对《生死疲劳》的评论文章，穆尔（Steven Moore）在《华盛顿邮报》上发表了对《生死疲劳》的评论，葛浩文在2002年4月28日《华盛顿邮报》上发表了《写作生涯》(The Writing Life)，全雪莉（Shirley N. Quan）发表在2008年4月1日《图书馆杂志》(Library Journal)上对《生死疲劳》的评论。汉学家王德威是第二届"红楼梦奖：世界华文长篇小说奖"的决审委员会主席，他对莫言作品的大力推介也是推动莫言小说在美国传播的主要原因。

莫言作品声誉在国外文学界逐渐兴起，在海外书展上，莫言常受邀参加文学交流活动，发表演讲并接受当地媒体访问，而当地的报纸以及其他新闻媒体也会对莫言小说进行介绍或评论。一些具有世界影响力的知名报纸如《时代周刊》《泰晤士报》《纽约时报》《华盛顿邮报》等都曾发表过有关莫言小说的书评、报道或评论，对莫言及其小说创作给予了极大的认可与赞誉。这些评论文章有的从意识形态的角度肯定莫言的独特性，有的从叙事技巧和叙事角度肯定其创新性，有的称赞他的想象力丰富,有的欣赏他作品对人性的拷问。美国《出版者周刊》(*Publishers Weekly*)评论说:"中国要是有卡夫卡,他就是莫言。"2001年,在《今日世界文学》这份英美学界重量级文学评论期刊评选出的自1927年之后的40部世界顶尖文学名著中,莫言的《红高粱》入选成为榜上唯一的中文作品。

有学者就全球图书馆对莫言作品的馆藏数量进行了统计,发现莫言作品英译本馆藏数量最多,甚至超过了中文原语版本的馆藏数量,意味着其影响力超过了其他品种。其中《红高粱》英文版馆藏数最高,达到644所,其中美国602所,澳大利亚16所,加拿大11所,英国2所,以色列1所,日本1所,德国2所等。另外莫言的其他作品,如《生死疲劳》英文版有618所图书馆收藏,《天堂蒜薹之歌》英文版由504家收藏,《丰乳肥臀》英文版472家,《酒国》英文版398家,《师傅越来越幽默》英文版357家。馆藏数量位列前七的莫言作品的英文版出品均由美国维京出版社(New York:Viking)以及美国纽约阿卡德出版社(New York:Arcade Pub.)出版①。

表4-1 莫言作品收藏图书馆数量排名前15的品种②

排名	语种	书名	译者	出版社	出版时间	收藏图书馆数
1	英	《红高粱》	葛浩文	纽约:企鹅集团所属维京出版社(New York:Viking)	1993年	644
2		《生死疲劳》		纽约:拱廊出版社 New York:Arcade Pub.	2008年	618
3		《天堂蒜薹之歌》		纽约:企鹅集团所属维京出版社(New York:Viking)	1995年	504

---

① 何明星.莫言作品的世界影响地图——基于全球图书馆收藏数据的视角[J].中国出版,2012(21):12-17.
② 何明星.莫言作品的世界影响地图——基于全球图书馆收藏数据的视角[J].中国出版,2012(21):12-17.

排名	语种	书名	译者	出版社	出版时间	收藏图书馆数
4		《丰乳肥臀》		纽约：拱廊出版社 New York：Arcade Pub.	2004年	472
5		《酒国》			2000年	398
6		《师傅越来越幽默》			2001年	357
7		《红高粱家族》		纽约：企鹅图书（New York：Arcade Pub.）	1994/1993年	265
8	中	《生死疲劳》		北京：作家出版社	2006	146
9	英	《莫言短篇小说选》		香港地区：香港中文大学研究中心（Hong Kong：Research Centre for Translations, Chinese University of Hong Kong）	1991	130
10	中	《檀香刑》		上海：上海文艺出版社	2009	127
11		《变》		伦敦：纽约海鸥出版社（London：NewYork Seagull）	2010	101
12	英	《酒国》	葛浩文	伦敦：企鹅集团所属汉密尔顿出版社（London：Hamish Hamilton）	2000	77
13		《丰乳肥臀》		伦敦：梅休因出版社（London：Methuen）	2004	76
14		《师傅越来越幽默》			2001/2002	75
15		《天堂蒜薹之歌》		伦敦：企鹅集团所属汉密尔顿出版社（London：Hamish Hamilton）	1995	75

  图书馆的收藏可以从一个侧面反映出作品的价值，从表4-1全球藏馆数据可看出，莫言作品英文版本在世界大图书馆收藏最多，而这些图书馆多以大学图书馆及社区图书馆为主，由此可见，葛浩文的英译本为莫言赢得了广泛的世界影响，出版社及译者的文化资本对于莫言小说的推广密不可分。

  莫言作品在国外翻译文学场域中受到评论家、知名报刊、出版社、图书馆等各个行动者因素的关注，在各个因素合力促成下，莫言小说在国外翻译文学场域中占据了一席之地。

4.2.2.3 西方文学翻译场域对莫言小说英译者惯习形成的影响

译者的惯习来源于与翻译场域的互动,作为社会化个体的译者,其行为还受到译者个人的文化教育经历、对原作文化的态度、与出版商关系、译者自己在专业领域的身份等,场域中其他构成因素也会影响到译者惯习的形成。在包括译者、编辑、出版商、读者、市场等的翻译场域中,各个因素相互交织对译者的惯习产生影响。韦努蒂认为翻译是通过"借鉴"或自我认识的过程来塑造本土主体。译者在本土标准的促使下选择某个异域文本,然后通过特定的话语策略把这个标准规范写进文本中。然后,译文读者通过认出译文中的本土标准而认识了自己,于是异域文本便变得清晰易懂了[①]。那么,葛浩文在英译莫言小说过程中,其依照的本土标准是什么?这些本土标准在莫言小说英译本中体现了多少?

(1)西方文学与翻译规范对莫言小说英译者文本选择与翻译策略惯习影响

埃文-佐哈尔认为翻译作品在两个方面与目标语文学相关联,其一,源文本由目标文学所选定,选择的原则与目标文学的本土并行体系是相关的;其二,采取的特定的规范、行为和政策的方式取决于他们与其他本土并行体系的关系。这种关系并不仅仅局限于语言层次,还涉及所有选择层面[②]。劳伦斯·韦努蒂认为"翻译是一个不可避免的归化过程",在翻译过程中"异域文本被打上使本土特定群体易于理解的语言和文化价值的印记",因而译者常常"以本土方言和话语方式改写异域文本"[③]。西方主流文学在整个世界文学中占主导地位或者中心地位,积淀了深厚的文化声望,其形式广泛,手法多样,能够独立发展。因此一旦主流文学传统进行翻译的时候,它就会将自身文化传统赋予原文文本[④]。英美

---

① Lawrence Venuti, *The Scandals of Translation: Towards an Ethics of Difference*[M]. New York: Routledge, 1998, 67-81.
② 伊塔马·埃文-佐哈尔. 翻译文学在文学多元系统中的位置[M]. 新方向: 比较文学与世界文学读本. 北京: 北京大学出版社, 2010: 172.
③ Lawrence Venuti. *The Scandals of Translation: Towards an Ethics of Difference*[M]. New York: Routledge, 1998, 67-81.
④ [美]劳伦斯·韦努蒂. 翻译研究与世界文学[M]. [美]大卫·达姆罗什著; 刘洪涛, 尹星主编. 世界文学理论读本. 北京: 北京大学出版社, 2013: 204.

主流文学场域中的文学规范，也会影响翻译规范，进而影响译者的惯习。莫言小说英译者葛浩文认为，西方小说即 fiction 这个类型的作品经过长时期的演变到了 20 世纪基本定形，对于怎么写才算是好作品，有不成文的约定①。他盛赞加西尔·马尔克斯《百年孤独》中开头的第一句，相比之下，"中文小说很难找到这么脍炙人口的第一句……中国的小说一开始就是长篇大论介绍一个地方"②，葛浩文认为这样的中国小说开头可能可以吸引国内的读者，但对英文读者来说，会造成一个隔阂，让他们失去继续读下去的兴趣。很明显，由于西方文学规范的影响，葛浩文所选择翻译的作品一定具有明显的西方文学创作特征，深受西方现代派写作影响，能够在西方读者中引起共鸣，或者说能够让西方读者从译作中认出原有的本土规范。他认为"如果中国小说构思写作严谨又具国际性，相信绝对可以走出去的"③。在葛浩文翻译过程中，由于受到西方文学规范影响，西方文学传统将会不自觉地被赋予到译文文本中，使得译文也带有西方文学特性。另外，在西方文学传统影响下，大多数出版商、评论家和读者喜欢通顺、透明的译文，注重译文的可接受性，译文读起来流畅，让人以为译文就是"原文"。因此，为了实现这样的目的，如果译作译自弱势文化，译者往往会按西方的口味对原著进行"裁剪"或"包装"。中国文学在世界文学中显然属于弱势文化，按照西方翻译文学场域规范，莫言小说英译者在英译过程中也必然会遵循西方文学传统而"剪裁"或"包装"莫言小说。

（2）译者对原作文化的态度对译者选材惯习及翻译策略的影响

译者在一定的文化语境空间中会形成一定的文化立场，而译者所信奉的文化立场也会直接影响到翻译策略的选择。跨越两种文化的译者，在面对原语文化和目的语文化时可能采取不同的文化态度立场。如果译者的文化立场偏向于原语文化，那么他很可能会采取异化翻译策略，如果译者的文化立场偏向于译语文化，那么则会采取归化翻译策略。但是

---

① 葛浩文 2014 年 5 月在华东师范大学 "镜中之镜：中国当代文学及其译介" 研讨会上的发言．
② 同上．
③ 同上．

如果译者旨在沟通原语文化与目的语文化，则会采取折中的方式从而避免极端的异化和归化策略①。莫言小说英译者葛浩文对于文学有着超乎寻常的喜爱，他认为文学能陶冶性情、促进不同文化传统之间的相互了解，因此对于原作文化抱有积极的欣赏和学习的心态。葛浩文对于不同的文化有着强烈的好奇，能够积极地去感受文学作品中反映出的其他文化与本族文化的"异"与"同"。葛浩文对于中文语言以及翻译汉语作品有着强烈的热爱，愿意忠诚地为两族民众服务，翻译能够带给他一种满足感。葛浩文在接受《中国日报》记者采访时曾谦虚地表达了自己对翻译中国文学的热忱。"我喜欢读汉语，我喜欢用英语写作。我喜欢它的挑战性，歧义性，不确定性。我热爱创造性和忠实于原著之间的冲突，以及最终难免的妥协。当我遇到一本令人无比激动的著作，我就会全身心地投入翻译它的工作中。换句话说，我译故我在。"②葛浩文对于自己翻译中国文学的能力也非常自信，认为"这可能是世界上我唯一做得好的事"。他对于翻译具有天生的爱好，认为对他而言"翻译就像空气一样，没有翻译，就不能生活"③。在对中国文学以及翻译中国文学如此热爱的积极态度下，葛浩文在翻译中试图采取尽量保持原作的异质文化特征的策略。

葛浩文对于中国文学的翻译基本上以小说为主，译过一些散文，还有少量的诗歌。他在《我行我素：葛浩文与浩文葛》自我访谈中提及他的散文翻译经历，他翻译过的作品包括杨绛的《干校六记》，刘宾雁的演讲，朱自清的散文以及刘心武、萧红、闻一多和王蒙的散文杂文等。葛浩文认为翻译散文这个文类最难，也就是最难译好。因为他认为散文的语言一般而言比较洗练，风格简单明了，而且题材与当地的文化历史息息相关，这样的文类其语言风格与文化背景对于译者与读者来说是很大的挑战。因此，葛浩文认为不是每一个人都有能力翻译诗歌、小说、散文、戏剧等所有的文类，但他认为每位译者都有自己觉得比较擅长和顺手的翻译体裁和类别。而葛浩文出于对于文学的热爱，对西方文学传

---

① 鲍晓英.中国文学"走出去"译介模式分析[D].上海：上海外国语大学，2014.
② http://www.chinadaily.com.cn/hqgj/2008-03/12/content_6528946.htm.
③ 同上。

统的熟悉，以及对于不同文化文学作品中的"异"与"同"的理解，对于小说作品具有很高的鉴赏能力与翻译能力。他喜欢莫言的每部小说作品，对其作品能够从文学批评家的角度进行点评与评价，而且切中要害。在2009年诺曼奖提名演讲中他对莫言小说风格特色予以相当精辟的评论。他在推荐词中称："大多数好的小说家很难一贯保持作品的高水平，可莫言却是例外。他的每部小说都受到了普遍的赞扬，每部作品都展现了他非凡天赋的深度和宽度。他是多种创作风格和形式的大师，他的作品从寓言，到魔幻现实主义，到坚定的现实主义，以至后现代主义，等等。莫言描写的景象引人注目，他的故事使人着魔，他的人物形象极富吸引力。简言之，他是独一无二的。"①葛浩文对于陌生的文学领域充满了好奇心，由此他对厄普代克先生不太喜欢莫言的《丰乳肥臀》曾表示感到惋惜，认为厄普代克失去了一次开阔自己眼界的机会。

（3）编辑评价标准对译者选材与翻译策略惯习的影响

在西方翻译文学场域中，翻译文学作品从翻译到出版到阅读的过程中，编辑起到了一锤定音的作用。葛浩文在一次自我采访中谈及自己具体翻译作品的过程，对于有些作品，由于还没有找到出版社，他会先译一小部分，大概几十页左右，请出版社编辑看是否有可能出版，如果出版社编辑看后觉得感兴趣，那么他会继续翻译完成直至出版。但如果没有出版社有兴趣，那么这部译稿就只能搁置了。由此可见出版社编辑对于翻译作品的最终出版起着决定性影响。而对于出版社已经购买了英文版权的作品，葛浩文通常会同时进行两三部作品的翻译，在一部译稿送交出版社编辑手中后，接下来的好几个月里文字编辑会仔细阅读译稿，而葛浩文就在这段空档期间开始下一部作品的翻译。在编辑把稿子交还给他后，他会停下手上另一部作品的翻译而去完成编辑们修改过的稿子。在出版社编辑参与翻译过程的情况下，最终出版的译稿不可避免地带有编辑的评价标准影响。

在2014年4月华师大"镜中之镜"中国文学对外译介研讨会上的发言中，葛浩文对于自己译作的某些删改进行了澄清。由于许多中国读

---

① 参见附录葛浩文2009年诺曼奖提名演讲．

者,尤其是媒体总认为他对莫言小说翻译不够忠实,删减改动太大,葛浩文对此作了说明,他指出,有些译文有改动,很多情况下是由美国或英国出版社的编辑们所做的,由于这些英文文字编辑不懂中文,也不了解中国社会和文化,因此在编辑过程中,只能用他们自认为的唯一可用的准则——英文读起来顺不顺来判断一部译文优劣的标准。葛浩文在自我访谈中引用了翻译出版《狼图腾》时企鹅出版社编辑提出的删减原文三分之一的要求。他提到,由于《狼图腾》小说译文超过 50 万字,在他将译稿送给出版社后,收到了英国企鹅出版社编辑的回复,回复中说,"这部小说实在翻得太好了!特别是原著十分具有挑战性,你能把它翻译出来,而且翻得这么好,就更是令人折服。接下来我们要做的是,要让这部作品更容易被西方读者接受,为了达到这一目的,依我所见,主要是要做一些(很多)关键性的删减。……到底要删掉多少,我初步认为先删去三分之一左右。……小说有不少重复的短语、段落,甚至概念,不过这些应该很容易就可以撤去的。"① 在此,编辑为了"让这部作品更容易被西方读者接受",决定做一些删减而使英文读起来顺畅,这样的准则也是受西方翻译文学场域规范影响,即译文要通顺、透明。在西方翻译文学场域中,出版社编辑一般都一言九鼎,编辑作为文学场域中行动者之一拥有很大的话语权,很多时候作家也要听从编辑的建议。葛浩文曾指出,"世界闻名的作家大都有一个了不起的编辑帮他们成为伟大的作家。即使是写作才华很一般的,我们翻开小说,也常会看到作者感谢他/她的编辑的致语。"② 葛浩文还举例称很多名作家的编辑也都进行了大量的删减,比如曾经是海明威的编辑 Maxwell Perkins(柏金斯)曾建议 Thomas Wolfe(托马斯·沃尔夫)在他的第一部小说 *Look Homeward, Angel*《天使,望故乡》中删掉 9 万字③。葛浩文比较尊重编辑的权威,他认为,"一部作品从书写到出版到阅读的过程,最重要的配角就是编辑……出版社购买英文版权,我们(翻译和作者)就得听

---

① [美] 葛浩文. 我行我素: 葛浩文与浩文葛 [J]. 史国强, 译. 中国比较文学, 2014 (01): 37-50.
② http://history.sina.com.cn/cul/zl/2014-04-23/105389105.shtml.
③ [美] 葛浩文. 我行我素: 葛浩文与浩文葛 [J]. 史国强, 译. 中国比较文学, 2014 (01): 37-50.

他们的话。"① 在葛浩文看来,中国编辑没有发挥应该起到的作用,"与西方出版界截然不同的是,中国的编辑几乎没有任何权力或地位,顶多就是抓抓错别字罢了"②。

(4)西方读者阅读习惯对译者文本选择及翻译策略惯习的影响

文学作品的读者往往来自不同阶层,具有不同性别、不同经历、不同职业和不同的文化修养。对于译作读者而言,也是如此,由于译作读者阶层、性别、年龄、经历、职业以及文化修养的差异,他们对译作各有所好。西方读者阅读外国文学作品也是在西方文学脉络里用自己的语言阅读,因此会有自己的接受传统和阅读预期。莫言曾说:"你找人将当代文学作品翻译好,送到国外去卖,国外读者不见得买账。他们有他们的标准。"③ 一般而言,西方读者会用自己熟悉的习惯、工具去理解外国作家。如果外国作家能够引起他们的类比共鸣,比如狄更斯、福克纳、马尔克斯等他们较为熟悉的作家,他们就比较容易接受。因此,莫言作品与其他西方作家的相似性,成为葛浩文考虑其读者阅读习惯而选择莫言作品翻译的一个主要原因。除此之外,读者阅读类型习惯也是影响葛浩文选择翻译作品及其翻译策略的因素之一。从美国人喜欢的中国文学作品来看,葛浩文认为,在西方受欢迎的文学作品类型主要有:"一种是 sex(性爱)多一点的,第二种是 politics(政治)多一点的,还有一种是侦探小说。其他一些比较深刻的作品,就比较难卖得动"④。另外,葛浩文还认为美国读者对于当前的中国社会渴望了解,因此,相比起中国古典文学,"美国读者更注重眼前的、当代的、改革发展中的中国。除了看报纸上的报道,他们更希望了解文学家怎么看中国社会。另外,美国人对讽刺的、批评政府的、唱反调的作品特别感兴趣"⑤。依据以上美国读者的阅读习惯和标准,莫言作品主题以性与历史为主,有些

---

① [美]葛浩文.我行我素:葛浩文与浩文葛[J].史国强,译.中国比较文学,2014(01):37-50.
② 葛浩文 2014 年 5 月在华东师范大学"镜中之镜:中国当代文学及其译介"研讨会上的发言.
③ http://www.chinawriter.com.cn.
④ 季进,葛浩文.我译故我在——葛浩文访谈录[J].当代作家评论,2009(06):45-56.
⑤ [美]葛浩文.美国人喜欢唱反调的作品[J].新世纪周刊,2008(10):120-121.

作品涉及中国的政治体制并加以讽刺批判，完全符合西方读者的阅读预期，西方读者会以猎奇心态，从中国文学中猎取异域文化和管窥中国的政治特征。

（5）西方文学场域中图书市场对译者文本选择惯习的影响

威尔斯·哈桑认为，在全球化时代，非西方作家及其作品开始进入世界文学领域，但对这些作家作品是有选择性的，这种批评与学术领域对非西方文本的选择常常反映出权力与控制的新的范式①（The selective inclusion of non-Western texts in critical and pedagogical cadres often reveals new configurations of power and domination）葛浩文在选择译谁的书和不译谁的书方面，一个最大的标准就是一定要在西方能找到出版方，他认为"不能不考虑市场"。这一点从他的作品翻译过程中可以得以证明。比如他曾将梁晓声的《一个红卫兵的自白》，和一个台湾作家以萧红为主题写的长篇小说寄给了好几家出版社，但是没有出版社愿意在美国出版。葛浩文曾详细分析了在不同时期翻译文学作品的出版所受市场因素制约的情况，他指出，"在甄选待译之作时另一个重要考量就是市场。在我翻译生涯的早期，当时只有经典汉语文学作品的英译才会出版。英美大学出版社是这类作品的主要渠道。现当代小说英译在20世纪80年代开始出现（主要也是通过大学出版社）。虽然销量与批评家以及外国文学爱好者的接受远不匹配，但这却不是译者所关注的，因为大多译者有学术职位和稳定的薪水，除了为一家亚洲出版商工作的译者之外，全职译者并不存在。后来，商业出版社开始对中国的创作发生兴趣，译者虽然报酬偏低，但其工作日益得到认可，译者成了全球文学生产的重要贡献者。"②由于经济、政治，甚至思想等方面的原因，英译中国小说很难销售。译者耗费半年的时间翻译一部小说故事集，却仍然不能保证作品有一个皆大欢喜的结局，因此商业和学术出版商都要寻找卖座的

---

① Wail S. Hassan. World Literature in the Age of globalization: Reflections on an Anthology P.Bayapa Reddy （ed.）. Aspects of Contemporary World Literature. New Delhi: Stantic publishers & distributors LTD, 2008: 3.
② [美]葛浩文.作者与译者：交相发明又不无脆弱的关系——在常熟理工学院"东吴讲堂"上的讲演[J].孟祥春，洪庆福，译.东吴学术，2014（03）：32-38.

作品。

4.2.2.4 西方翻译场域中莫言小说英译者惯习

在西方翻译文学场域中，西方文学传统、翻译规范、翻译文学在本国文学中占据地位、译者个人对原作文化态度、出版社编辑的评价标准、读者阅读习惯以及西方图书市场等各个因素的影响，莫言小说英译者葛浩文在选择翻译文本以及如何翻译方面形成了以下惯习。

（1）文本选择

葛浩文对于文本选择非常重视，他认为确定选择介绍谁，翻译什么，何时介绍，何时翻译，对于中国当代文学作品进入西方文学主流，非常关键。葛浩文认为译者在文本选择中承担很大的责任。他说，"翻译最重要的任务是挑选，不是翻译。我要挑一个作品，一定是比较适合我的口味，我比较喜欢的。……美国一些书评家认为中国的文学有一个很普遍的问题，就是都是写黑暗的，矛盾的，人与人之间坏的，其实不是这样的，原因是大部分作品都是译者挑选的。这不是一个良好的现状，在这一点上我要负起责任来，可是我不能违背我自己的要求和原则。"[①] 而他自己的要求和原则很大程度上取决于个人偏好，包括内容、风格，甚至个人的直觉，包含了译者对原作文化的态度。尽管有时选择某部文学作品翻译实属偶然，因为会受到翻译场域中的各种因素影响，如作者、代理人、出版商、编辑等人会偶然提供翻译机会或提出翻译要求，但选择什么或拒绝什么最终仍然是出自译者自己的决定[②]。有学者认为葛浩文所选择翻译的中国文学作品具有明显基于个人喜好的倾向性，这些作品不能代表中国读者寻常阅读的作品。对于这一批评，葛浩文表示承认，并反问道："译者为何要花费数月之久翻译他个人不喜欢，或品质不高，或读者不应受其影响的东西？[③]" 葛浩文曾谈及自己选择作品翻译的条件，其一是他喜欢而且适合他译的；其二是要考虑作品翻译之后有没有

---

① http://news.xinhuanet.com/book/2008-03/23/content_7841379.htm.
② [美]葛浩文.作者与译者：交相发明又不无脆弱的关系——在常熟理工学院"东吴讲堂"上的讲演[J].孟祥春，洪庆福，译.东吴学术，2014（03）：32-38.
③ 同上。

市场与读者。因为在美国，如果一部书在规定时间内不能卖完，就要下架退回给出版社，或折价处理，甚至被烧掉，这种市场经济的运作模式无疑会影响到出版社对于译作市场的考虑①。葛浩文也曾经谈及有人批评他选择作品是以"黑暗""丑陋"为标准，他对此解释为是严格遵照了"市场原则"，"我看一个作品，哪怕中国人特喜欢，如果我觉得国外没有市场，我也不翻，我基本上还是以一个'洋人'的眼光来看"。葛浩文选择翻译最多的是莫言和苏童的小说，其小说彰显了中国社会和中国人性中的丑陋与恶习，如莫言的《檀香刑》和《酒国》，以及苏童的《米》等都表现了人性中的黑暗与邪恶，小说中不乏色欲与暴力场景的描写。葛浩文曾承认他本人基本认同"人性恶"的说法，这或许也是他选择翻译材料主题的一个依据标准，他曾对苏童小说做出评价，说他喜欢苏童的作品，尤其认为《米》写得特别好，"小说里一片黑，一个好人都没有，一点好事都没有，……他全部写 bad side，甚至把好的一面也压下去了"②，葛浩文认为苏童描写的坏人的内心世界非常丰富。

译者的翻译选材还会受到外界因素的影响，比如葛浩文曾经在访谈中回顾自己选择翻译材料的经历，认为自己最初在 70 年代翻译时，因为没有任何出版社或作家找人翻译，也没有代理人，因此就是自己选一本书看看，然后看完就放在那儿，完全是出于个人兴趣③，后来是出版社找他翻译。而山东大学鄢佳经过研究发现，在 1976—1990 年，葛浩文译者基于学术兴趣和政治因素进行译本选择，1991—2000 年则基于文学偏好和市场因素，而 2001—2010 年市场影响要多于其文学偏好④。葛浩文所译 40 余部中国现当代小说，体现他个人的喜好以及他所专注的文学领域居多，而葛浩文也曾非常自豪地宣称，他所翻译的中国文学的译本基本上能够代表了英语读者所能阅读到的中国小说与短篇小说的精华。

---

① 罗屿.中国好作家很多，但行销太可怜[J].新世纪周刊，2008（10）：120-121.
② http://culture.ifeng.com/wenxue/detail_2014_03/17/34833407_0.shtml.
③ 闫怡恂，葛浩文.对话葛浩文：翻译要先把母语搞好[M].葛浩文随笔.北京：现代出版社，2014：251.
④ 鄢佳.布迪厄社会学视角下葛浩文翻译惯习研究[D].济南：山东大学，2013.

（2）翻译规范

韦努蒂认为，"翻译本质上是一种本土化的实践过程。翻译过程中的每一个步骤，从选择原文文本开始，包括翻译过程中所采取的话语策略的形成，以及译文在另外一种不同语言和文化中的传播，都是通过译文文化环境中的价值、信仰以及观念来间接得到表达的。"①

关于翻译本质，葛浩文认为翻译是个重新写作的过程。他说："'完善'原作者作品的这种诱惑很难抗拒。就其本质而言，翻译在某种程度上是归化（domesticating）与现代化（modernizing）的一种努力，是真正的转换（transformation），这一点无可改变……只要我的翻译没有犯字词或者语句等更大的错误，我的责任就是要忠实地再造（reproduce）作者的意思（确切地说，是我个人对作者意思的阐释），而不一定是作者之所写。"② 从这里可看出，葛浩文一直在"归化"与"现代化"之间试图找到妥协与平衡，他对原作的"忠实"并不表现在译出"作者之所写"即字面上的意思，而在于"忠实"地再现作者的意思，也就是他对作者意思的理解与阐释。那么他对于作者意思的理解与阐释是否如韦努蒂所认为的那样展现了"译文文化环境中的价值、信仰以及观念"？

关于译作为谁而译，葛浩文认为作者是为中国人写作，而他是为外国人（读者）翻译。尽管译者具有多重责任，要对作者、文本以及读者负责，但他觉得"最重要的是要对得起读者，而不是作者"③。针对莫言所提出的认为作家写作时应该忘记译者，只有这样作品才能具有自己的风格、中国的风格，葛浩文认为作为中国作家，莫言可以这么说，因为他（中国作家）不是为译者或者外国读者而写作的……，但对于那些通过翻译而阅读作者作品的目标读者来说，译者显然是不能以牺牲译文的流畅地道，来尽可能地紧贴原文以取悦作者。作为译者，葛浩文认为，"作者既不为自己也不为译者而写，而是为他的读者而写。因此我们是为读

---

① [美]劳伦斯·韦努蒂.翻译研究与世界文学[M].[美]大卫·达姆罗什著；刘洪涛，尹星主编.世界文学理论读本.北京：北京大学出版社，2013：204.
② [美]葛浩文.作者与译者：交相发明又不无脆弱的关系——在常熟理工学院"东吴讲堂"上的讲演[J].孟祥春，洪庆福，译.东吴学术，2014（03）：32-38.
③ 同上.

者而译，为我们的读者。"①

关于翻译手段，葛浩文对某些典故双关语采用省略删减方式。在王朔《千万别把我当人》的英译本的"译者前言"中，葛浩文解释了为什么对有些典故不采用"注释或其他手段"，因为他认为那些晦涩的典故不影响小说之发展，也不增加阅读趣味，因此省译删译也无妨。在莫言《酒国》的英译本前言中，葛浩文也做了类似说明，"阐释所有的双关语和典故基本达不到目的，尤其是考虑到非汉语读者根本无法完全理解。"葛浩文反对在小说翻译中随意插入注解，他认为最好能将注释置于译序或文末尾注里，或者将需要注释的内容融入故事中，不能因注释而影响小说的可读性。在翻译毕飞宇《青衣》时，葛浩文在书末附上相关词汇中英对照表，对"旦""丑"等中国戏曲词汇及人物进行了解释说明。在2012年出版的莫言《檀香刑》英译本中，葛浩文在正文之前对作品中保留原中文发音而没有翻译的专有人名称谓等词进行了解释说明。在翻译的过程中，葛浩文尽量保证译文可读性，在努力保持原文原貌的基础上，尽各种可能的手段简化原文，从而增强译文的流畅性与可读性。

（3）翻译风格

鄢佳通过对葛浩文三个时期翻译特色研究发现，1990年前译者非常忠实原著，1990年之后译者对原著改写明显增多，但对于文化特色词的异化还是多于归化②。德国汉学家顾彬（Wolfgang Kubin）认为葛浩文在翻译时采用了一种非常巧妙的方式。因为他"不是逐字、逐句、逐段翻译，他翻的是一个整体"③。也就是说，葛浩文能够清楚地了解原文作者的弱点，在翻译之前把原文重新整理好，然后翻成英文，而且语言比原来的中文更好。葛浩文多年来一直都是这样做翻译……顾彬还认为，正是因为如此，很多中国作家的作品是从英文版本翻译成德文版，而不是从中文原版作品翻译成德文的。由于葛浩文的译法在很大程度上

---

① [美]葛浩文.作者与译者：交相发明又不无脆弱的关系——在常熟理工学院"东吴讲堂"上的讲演[J].孟祥春，洪庆福，译.东吴学术，2014（03）：32-38.
② 鄢佳.布迪厄社会学视角下葛浩文翻译惯习研究[D].济南：山东大学，2013.
③ http://news.163.com/12/1020/02/8E7QIKU00001121M.html.

美化了原来的中文,从而使其翻译的中国文学披上了当代英美文学的色彩。从以上可以看出葛浩文的翻译以"准确性""可读性"与"可接受性"为准则。这种在语言上"归化"的翻译风格与傅雷所提倡的"理想的译作仿佛是原作者的中文写作"如出一辙。

4.2.2.5 莫言小说译者惯习与作者惯习相互作用

葛浩文个人对文学的理解、对西方读者阅读习惯的了解等使他形成了自己独特的译作文本选择的惯习,这一惯习使他对莫言作品产生了特殊的偏好,他翻译了莫言所有长篇小说。葛浩文认为,莫言小说比起同时代的其他中国作家来说,更具有"历史感",认为莫言"不论是太平天国还是'文革'题材,拿捏历史角度最为得心应手"[①],他表示真心喜欢莫言的所有小说,其每一部小说都各有其绝妙之处,"《酒国》可能是我读过的中国小说中在创作手法方面最有想象力、最为丰富复杂的作品;《生死疲劳》堪称才华横溢的长篇寓言;《檀香刑》,正如作者所希望的,极富音乐之美。"[②] 波齐奥里教授认为译者对原作有一种"选择性共鸣"(elective affinity),即使他的译文不能尽原文之妙,他选择哪一部作品进行翻译,至少可以反映出他对这部作品的共鸣[③]。实际上,这种"选择性共鸣"正是反映了作者惯习与译者惯习的契合。国内学者也认为,如果译者"长期文化储备"与原作相符合,则往往有可能取得成功的理解与翻译,二者相符合的程度愈高,理解与翻译的效果就愈好[④]。这里也说明了译者惯习如果与作者惯习相符合,译者对于原作的理解就更准确,翻译效果就更好。正如傅雷选择翻译巴尔扎克、叶君健选择翻译安徒生、冰心选择翻译泰戈尔、朱生豪选择翻译莎士比亚、汝龙选择翻译契诃夫等。傅雷选择翻译巴尔扎克的作品,是因为巴尔扎克的《人间喜剧》这样的鸿篇巨制在形式和规模上都符合傅雷对伟大作品的要求,巴尔扎克的作品不论在文学的类别或流派方面,都是傅雷最擅长与乐于

---

① http://book.ifeng.com/yeneizixun/detail_2012_10/19/18378826_0.shtml.
② http://book.ifeng.com/yeneizixun/detail_2012_10/19/18378826_0.shtml.
③ [美]约瑟夫·T.肖.文学借鉴与比较文学研究[M].威宁,译.比较文学研究资料.北京:北京师范大学出版社,1984:33.
④ 杨武能,许钧.漫谈文学翻译主体[J].译林,2000(3):213-218.

选择的。傅雷曾表示他对同为现实主义大师的司汤达"似乎没有多大缘分",因此虽然人民文学出版社建议由他翻译《红与黑》,他也"一时不想接受";此外,他看了莫泊桑的长篇,也"觉得不对劲……看来不但怪腻的,简直有些讨厌"。傅雷的选择,正印证他自己的那番话:"有的人始终与我格格不入,那就不必勉强;有的人与我一见如故,甚至相见恨晚。"傅雷选择翻译巴尔扎克,就有"一见如故"的性质。傅雷曾对自己翻译巴尔扎克评论道:"我的经验,译巴尔扎克虽不注意原作风格,结果仍与巴尔扎克面目相去不远,只要笔锋常带情感,文章有气势,就可说尽了一大半巴氏的文体能事。"这说明,译者与作者在写作风格上相近,原作与译者性情气质相投,是傅雷一再选译巴尔扎克作品的重要原因,而傅雷理解与翻译巴氏的成功,正是译者"长期文化储备"与原作对译者条件要求相符合的结果。[①]杨武能认为译者与作者应该知己知彼,他说:"己者,本人的能力、爱好、气质和文风;彼者,有关原作者和原著的一切,诸如原作者的思想、生平,原著写作的时代、社会乃至作家个人生活的背景和产生的经验,原著的思想内涵和艺术风格,等等。"他认为只有知己知彼,才能选择适合自己翻译的作家和作品。而他本人在实践中也只译自己喜欢或正在研究的作家和作品,特别是与自己的气质和文风接近的作品。杨武能译歌德相当多,就是因为他研究歌德;他还译了海涅、黑塞等,就因为他喜欢他们的气质和风格。在杨武能多达十四五卷的译文中,除了几十首里尔克的诗歌,很难再找到其他现代派作家的作品,原因就是他既不欣赏他们,也害怕译不好他们[②]。

葛浩文深刻理解莫言及其作品特征,他认为《红高粱》开创了后毛泽东时代中国文学的新纪元。葛浩文赞赏莫言在《红高粱》之后的小说中"继续复活并重塑历史小说,频频呼应着爱德华·吉本关于'历史……几乎就是人类之罪行、愚蠢与灾难的记录'的观点[③]"。葛浩文在《丰

[①] 胡兆云.美学理论视野中的文学翻译研究[M].北京:中国书籍出版社,2013:67.
[②] 许钧等.文学翻译的理论与实践:翻译对话录[M].南京:译林出版社,2001:168-169.
[③] [美]葛浩文.作者与译者:交相发明又不无脆弱的关系[J].孟祥春,洪庆福,译.东吴学术,2014(03):32-38.

乳肥臀》英译本译者序中表达了对莫言创作的源泉有准确的理解,"事实上,莫言的所有小说都以其类似虚构的高密东北乡为场景。孩提时从祖父和亲戚处听来的故事为其丰富的想象添加了燃料,在一系列篇幅巨大、充满活力、综述富于争议的小说中找到了爆发点。"① 另外,对于莫言小说创作特征葛浩文也有精辟的评价:"这位小说家对官方历史与记录在案的'事实'不感兴趣,而是惯于运用民间信仰、奇异的动物意象及不同的想象性叙事技巧,和历史现实(国家和地方性的、官方和流行的)混为一体,创造出独特的文学,唯一令人满意的文学。"② 由此他认为这些作品具有吸引世界目光的主题和感人肺腑的意象,就很容易跨越国界而为国外读者所接受和理解,这也正是莫言小说吸引他翻译的原因。

4.2.3 莫言小说作者与译者资本及其在各自场域运作

场域内部行动者带着各自的资本在场域中运作获取不同的地位。翻译中资本可以涉及原作文化资本、原作者文化地位资本、译者文化身份、译者文化地位资本以及出版社地位资本等。翻译场域中译者的象征资本可以指其双语功底、对相关领域的熟悉程度、对翻译理论的把握以及过往的翻译经验,另外还包括原作者及其作品的文化资本与象征资本,比如原作者的声望地位等,译者有时会因原作者及其作品在目标文化中的影响力而地位得到提高。那么在莫言小说英译传播过程中,是原作者给译者增加了象征资本,还是译者为原作者创造了象征资本呢?

4.2.3.1 莫言小说原作者象征资本

象征资本包括行动者文化资本与社会资本,可以是场域中行动者所受到的教育和在自己场域所具有的地位及其享有的社会荣誉和声誉。虽然莫言学历教育只有小学毕业,但其凭"耳朵阅读"的经历以及后来鲁迅文学院进行学习的经历仍然带给他不尽的文学创作资本。作为中国当

---

① [美]葛浩文.莫言《丰乳肥臀》英译本译者序[J].吴耀宗,译.当代作家评论,2010(02):193-196.
② 同上。

代著名作家，莫言享有一系列荣誉，为香港公开大学荣誉文学博士，青岛科技大学、山东大学客座教授。莫言继《红高粱家族》之后巩固了其文坛地位，在文学界和读者中拥有了较高知名度，在 2012 年获诺贝尔文学奖之前，其作品在国内纷纷获奖引起轰动：1987 年《红高粱家族》获第四届全国中篇小说奖，1996 年《丰乳肥臀》获得大家·红河文学奖。随着莫言文学声誉的逐步形成，其作品开始进入更广阔的阅读范围，1988 年《白狗秋千架》获得台湾联合报文学奖，1988 年张艺谋改编的电影《红高粱家族》获第三十八届柏林电影节金熊奖，1989 年获布鲁塞尔国际电影节青年评委最佳影片奖，莫言开始因此而进入了西方文学界的视野。2000 年，莫言的《红高粱家族》在《亚洲周刊》评选的"20世纪中文小说 100 强"中名列第 18 位，2001 年《檀香刑》获台湾《联合报》读书人年度文学类最佳书奖、2002 年《檀香刑》获首届"鼎钧文学奖"，2001 年《白狗秋千架》获第二届冯牧文学奖，2001 年《酒国》（法文版）获法国儒尔·巴泰庸外国文学奖，2008 年《生死疲劳》获第二届"红楼梦奖"，2011 年《蛙》获第八届茅盾文学奖。此外，莫言还于 2004 年 4 月获"华语文学传媒大奖·年度杰出成就奖"，2004 年 3 月获法兰西文化艺术骑士勋章，2004 年 12 月获第三十届意大利诺尼诺国际文学奖，2006 年获得日本福冈亚洲文化奖，并曾位列第一届中国作家富豪榜第 20 位，中国作家实力榜第一位。可以看出，在葛浩文开始翻译莫言的时候，莫言在国内已经具备了相当的知名度，拥有一定的社会资本和象征资本，而随着这些奖项的获得，莫言在国际上声誉越来越广，因而翻译莫言作品的译者也越来越多，语种也随之增加，这样反过来又更加增进了莫言的象征资本。

表 4-2　莫言作品获奖情况表

年份	作品	奖项
1987	《红高粱家族》	第四届全国中篇小说奖
1996	《丰乳肥臀》	第一届大家·红河文学奖
2000	《红高粱系列》	《亚洲周刊》20 世纪中文小说 100 强第 18 名
2001		《今日世界文学》七十五年来全世界四十部杰出作品
2001		第二届冯牧文学奖

年份	作品	奖项
2003		第一届鼎钧双年文学奖
2004	《檀香刑》	法国法兰西文学与艺术骑士勋章
2004		第二届"华语文学传媒大奖·年度杰出成就奖"
2005		第三十届意大利诺尼诺国际文学奖
2005	《四十一炮》	第二届"华语文学传媒大奖·年度杰出成就奖"
2006		福冈亚洲文化奖
2008	《生死疲劳》	第二届"红楼梦奖"
2011	《蛙》	第八届茅盾文学奖

从以上莫言所获得的关注和奖项中可以看出，在20世纪80年代至90年代中期发表《丰乳肥臀》以前，莫言在国内文坛初次崭露头角，但并未引起广泛的国际影响。随着《丰乳肥臀》争议作品的获奖，以及《红高粱》电影在国际上的知名度，进入21世纪以来，莫言名声日益兴起，逐渐迈出国门，为更广泛的国际文学评论家和读者所熟知和认可。由此看来，莫言的象征资本在自己持续的创作中不断积累起来。

4.2.3.2 莫言小说英译者象征资本

莫言小说英译者葛浩文的多重文化身份使其具有极高的象征资本。文学杂志编辑评论家及中国文学研究者身份：在美国文学界享有很高地位，是多家文学杂志的编辑。葛浩文的这种文学批评家及编辑的身份极大地便利了其在海外学术研究领域、西方大众传媒中传播和拓展中国文学的影响，从而造成较大的社会效应。葛浩文在很多有影响的刊物上发表了大量有关中国文学的评论文章，主要发表于学术期刊如《现代中国文学》(Modern Chinese Literature)、《译丛》(Renditions)、《世界文学》(World Literature)、《今日世界文学》(World Literature Today)等，书评主要见于一些畅销报刊如《时代周刊》(TIME)、《泰晤士报》(Times)、《华盛顿邮报》(The Washington Post)等。葛浩文文学批评主要是针对中国现当代文学，他对中国现当代文学研究很有深度，早在1980年葛浩文就出版了第一部中文专著《漫谈中国新文学》。1981年，葛浩文独自撰写的"中国现代小说概论：1917—1949"一章收录发表于美国学者杨力宇和茅国权编辑的《中国近代小说》(*Modern Chinese Fiction*)中，文章详尽阐释了他对中国现当代文学的洞见。20世纪90年代，葛浩文编辑的"现代中国小说"丛书在夏威夷大学开始出版，展现了中国大陆及台湾包括1949年以前作家的作品。2014年在中国国内报刊如《中国社会科学报》上也发表了有关《中国文学走出去》《从翻译视角看中国文学在美国》等文章，文章犀利，直指现今中国当代文学作品的创作缺陷，说明葛浩文对于中国现当代文学历史与现状的洞悉与鉴赏力。这种文学研究学者的身份使他对于自己翻译的原文本具有审视评判的视角与能力，能够发现原文的不足与缺陷，并在翻译中将之"完善"。由于翻译一部文学作品，需要译者对作家乃至对另一种语言、文明有较为深入的理解与研究。可以说，研究是翻译的前提和指导，贯穿着翻译的全过程。因此，有学者认为译者应当是学者，因为学者型的译者，比较容易找到两种文明的契合点，从而缩小原语与目标语之间的距离，从而使自己的翻译接近'化'的最高境界。[①] 如此说来，葛浩文中国文学研究者的身份给他的英译带来极大便利，其译文因臻于'化'的最高境界而得到读者的广泛认可，与其夫人林丽君合译的朱天文小说《荒人手记》1999年获得了美国翻译协会年度奖，而他所译的贾平凹的小说《浮躁》获得了1989年度美孚飞马文学奖，翻译的姜戎的《狼图腾》获2007年度曼氏亚洲文学奖，所译的毕飞宇的小说《青衣》入选2008年英国《独立报》外国小说奖的复评名单。另外，由于文学评论家的身份，葛浩文多次担任美国翻译文学重要奖项的评委，在美国俄克拉荷马大学举办美国纽曼中国文学奖时，提名他所翻译的莫言最新作品《生死疲劳》。其重要奖项评委的资格即是他的象征资本，能够有资格提名推荐莫言的小说，如纽曼文学奖。莫言的作品在国际上受到很大关注与其密不可分。

葛浩文具有中国当代文学首席翻译家身份，无论在国内文学界还是西方汉学界，夏志清将其誉为"中国现当代文学首席翻译家"的名号可谓家喻户晓，其英译作品在英语世界中的认可度最高。葛浩文至今已翻

[①] 许钧等.文学翻译的理论与实践：翻译对话录[M].南京：译林出版社，2001：17.

译过近30位名家的40余部作品,其翻译书单如同一本中国当代作家的"名人录",其译品数量众多而且选择精细,翻译功力深厚且有很强的文学性。葛浩文每次推出一部新的译作,都能在主流报刊媒体上引起诸多关注、评论和赞誉。葛浩文先后获得美国文学翻译家协会"年度翻译奖"(National Translation Award)(2000)、"古根海姆基金"(Guggenheim Fellowship)(2009)、"中华图书特殊贡献奖"等荣誉;其译作多次获"曼氏亚洲文学奖"(Man Asian Literary Prize)、"纽曼华语文学奖"(Newman Prize for Chinese Literature)等奖项。

葛浩文具有西方汉学家及大学中文教授身份,他在美国大学里拥有中文和中国文学的教职。由于葛浩文语言天赋及其在台湾等地所受到的语言教育,其中文语言功底在西方学界可说是首屈一指,对于他的中文语言才能,他的博士生导师柳无忌曾评说道:"美国学者们讲说中国语言的能力,已比一般欧洲的学者为强,但能写作中文的人,依旧稀罕得尤如凤毛麟角。至于以若干篇中文著作,收成集子而出版的,除葛浩文外,更不易发现了。"西方汉学家的身份使得葛浩文能得心应手地与国际出版机构、新闻媒体及学术研究界沟通,因而可以在海外学术研究领域以及西方大众传媒中最大限度地拓展中国文学的影响。另外,除了作为汉学家的天然的语言与文化背景优势外,葛浩文作为中国文学教授的身份使得中国文学研究顺利进入西方大学讲堂,其中国文学译本可能因此得以载入西方的翻译文学史。美国一些大学出版社比如哥伦比亚大学出版社一直坚持出版中国文学的翻译书籍,虽然因为无钱做广告导致销售一般,但由于大学里教授中文或中国文学的教授需要用来作为教材,因此就可以持续将中国文学作品销售下去。据美国格林奈尔大学中国语言文学教授冯进介绍,目前在美国大学教授中国现当代文学,用的教材都是葛浩文翻译的[①]。而葛浩文的社会关系(与出版社的关系,与编辑的关系等)则是他的社会资本,葛浩文在推动莫言作品在西方尤其是美国传播中给莫言带来了翻译筹码。

由于葛浩文在汉学界和美国翻译界的地位和声望,为莫言小说在美

---

① http://www.confucianism.com.cn/html/A00030004/18252150.html.

国乃至欧美世界的推广，带来了社会资本和象征资本。葛浩文选择翻译了莫言十多部小说，分别为：*Red Sorghum*（《红高粱》），Viking, 1993. Penguin Modern Classic, 1994；*The Garlic Ballads*（《天堂蒜薹之歌》），Viking, 1995. Penguin Modern Classic, 1996；*The Republic of Wine*（《酒国》），Arcade Publishing (US) and Hamish Hamilton (UK)，2000；*Shifu, You'll Do Anything for a Laugh*（《师傅越来越幽默》），Arcade, 2001；*Big Breasts and Wide Hips*（《丰乳肥臀》），Arcade, 2004；*Life and Death Are Wearing Me Out*（《生死疲劳》），Arcade, 2008；*Change*（《变》），New York: Seagull Books, 2010；*Pow*（《四十一炮》），New York: Seagull Books, 2012；*Sandalwtod Death*（《檀香刑》），University of Oklahoma Press: Norman, 2013；*Frog*（《蛙》），2015。

4.2.3.3 莫言小说英译场域中译者与作者象征资本相互作用

译者特有的翻译风格与特色，在某种意义上可视为译者在文学场中位置的客观反映，也可看作是他们在翻译文学场中占位和争夺资本的策略与手段。由于不同读者群体接受倾向以及出版人或编辑社会地位不同，因此翻译中的重组和删减在所难免。葛浩文对于莫言小说的英译也是一种重写过程，体现了葛浩文所在的译语文化的诗学特征以及译作场域中编辑的权力，以及为读者服务的意识。葛浩文及编辑对于西方文学场域中诗学观念以及读者偏好深有了解，其出版的译作中不可避免地带有诗学改写的成分。但是，葛浩文的改写翻译行为却并未引起小说原作者强烈反对。葛浩文曾回顾自己初次接触莫言小说的情形，谈及在1987年，农民出身、主要依靠自学的解放军莫言是当时小有名气、具有巨大潜力的作家。也就在那一年莫言发表了五篇相关联的中篇小说，连缀成篇出版，取名为《红高粱家族》。而1989年，葛浩文刚转到科罗拉多大学，当时是一个无甚名气的中文教授，偶然之中遇到《红高粱家族》。读过之后，马上觉得此书应当译成英文出版。很快，葛浩文开始联系莫言准备翻译其作品,在1992年,维京出版社出版了其翻译的《红高粱》①。由于西方翻译文学场域中中国文学的弱势地位,以及莫言等中国作家不懂英文的背景,以及西方出版社编辑等的强势地位,尽管当时的葛浩文是一个"无甚名气的中文教授",而莫言已是"小有名气的作家",但对莫言而言,能有外国人尤其是美国人愿意翻译他的作品,自然很是乐意,因此,对于葛浩文对自己作品的删改,不仅没有反对意见,反而对译者说:"小说不再是我的了,它属于你。虽然有我的名字和版权,但它现在属于你。"对此,葛浩文也承认,因为"一般的作者英文并不好,他们都信任我。"②莫言还曾多次公开表示,葛浩文为自己的原著添加了光彩。虽然其中有些内容(如性描写)是原作中没有的,但正好弥补了自己在这方面的缺陷③。

在莫言获得诺贝尔文学奖后,葛浩文曾先后在沈阳师范大学(2013年)、常熟理工大学(2013年)以及上海外国语大学(2014年)发表了题为"作者与译者:一种不安、互惠互利,且偶尔脆弱的关系"的演讲。从此演讲标题中,我们可以看出葛浩文认为作者与译者互惠互利,即互相能够带给对方象征资本从而提高社会声望,互相增进在整个文学以及翻译文学场域中的地位。1999年度的诺贝尔文学奖得主德国小说家君特·格拉斯对译者尊敬有加,认为翻译家是"作家最好的读者","没有好的翻译家,他的作品便出不了国界,更别提什么诺贝尔文学奖"了④,因此君特·格拉斯在修订自己的作品时常常会考虑译者提出的问题和建议。莫言也是如此,在葛浩文翻译莫言作品《天堂蒜薹之歌》时,葛浩文觉得原文的结尾可能不合美国人的口味,太过悲观,便和作者莫言沟通,最终说服了莫言让其修改,从而小说的英文版本所呈现的是另一个结尾。在这个英译场域中当时译者的象征资本和社会资本强于原作者象征资本,在这个"争斗的场域"中,最终译者说服了作者进行

---

① [美]葛浩文.作者与译者:交相发明又不无脆弱的关系[J].孟祥春,洪庆福,译.东吴学术,2014(03):32-38.
② 同上.
③ 莫言.我在美国出版的三本书[J].小说界,2000(05):170-173.
④ 杨武能.与格拉斯一起翻译格拉斯[J].译林,2004(06):209-211.

更改。而另一方面，葛浩文是翻译莫言作品最多的英语译者，他翻译了莫言所有长篇小说，在葛浩文的中国文学译作中，莫言作品所占比例最高。而且在所有公开或私下采访交谈中，葛浩文对于莫言作品总是给予极高的评价。2009年3月，在于季进的一次访谈中，他给予了莫言极大的称赞，认为莫言写的东西不会不好，绝对不会，所以只要莫言有了新的作品他都会看。① 另外，葛浩文与出版商长期维持着良好的工作关系，其英文译本在西方世界拥有不错的销售业绩，英文版《红高粱》(*Red Sorghum*, *Viking*, 1993) 自出版发行以来，销售也很好。葛浩文译作除了获得大众读者的喜爱之外，也获得了专业书评家与研究者的认可。《纽约时报》《纽约客》《华盛顿邮报》等西方主流报刊媒体都登载发表了其译作书评，如《尘埃落定》《丰乳肥臀》《我的帝王生涯》等，因此打开了中国文学、中国作家与英语读者广泛交流对话的通道。不仅如此，莫言小说由于在国际上的推介也从正面影响了其在国内的声誉，葛浩文在《丰乳肥臀》英译本序言中称，"倘若莫言是名气较小的作家，缺乏那构成保护网的身份、才能和国际曝光率，则多半无法忍受《丰乳肥臀》所迎来的摧毁性批评。"② 可以说，葛浩文所具有的象征资本给莫言作品在西方的传播带来了极大的便利，而后来莫言在世界文学场域中的成功（获得诺贝尔文学奖）也给葛浩文带来了文化资本和社会资本，从而促进了莫言在翻译场域和文学场域的权力博弈。2012年诺贝尔奖获奖者宣布之前，葛浩文接受采访时称如果莫言获奖，他可能会翻译莫言一些以前的更为早期的作品。他说，"……我正在翻译《蛙》，如果周四诺贝尔文学奖公布的正是莫言的名字，我想我应该有机会去翻译一些此前未能触及的他较为早期的作品。"因此，莫言获诺奖的象征资本将影响到其英译者的选材标准，这时作品本身内容标准已经位居其次了。葛浩文与莫言在文学翻译场域内的象征资本不断彼此强化，莫言的作品帮助葛浩文建立了在翻译界的声望，反过来，葛浩文在文学和翻译界的地位也加强了莫言的国际文学地位。

---

① 季进. 我译故我在——葛浩文访谈录 [J]. 当代作家评论，2009(06)：46-57.
② [美] 葛浩文. 莫言作品英译本序言两篇 [M]. 吴耀宗，译. 当代作家评论，2010（02）：193-199.

4.3 小结：翻译促成莫言小说世界文学声誉

莫言小说在翻译中从民族文学成为世界文学，其阅读及影响力超出了自己本国文化范围，在西方主流媒体出版社以及汉学家的推介下为学者以及普通读者所接受和认可，在这个意义上，莫言小说如同达姆罗什所言"是作为世界文学积极存在于另一个文学体系里"。因此，莫言小说作品"具有作为世界文学的有效的生命"，是"在翻译中获益"的作品。陈安娜认为莫言获得诺贝尔文学奖不能忘记美国翻译家葛浩文，如果没有他把莫言的多部小说译成英文，莫言的影响力恐怕难以进入西方。顾彬认为自己经常会慕译者的名去选择阅读他们的作品，因此他认为莫言能获得诺贝尔文学奖，很大一部分是因为葛浩文的翻译，而他所了解到的很多国外的出版社也会因为译者的知名度而追随他的选择。所以，他认为"葛浩文"这样一个商标使得莫言在英语世界获得了空前的影响力[①]。在西方世界，其中在《今日世界文学》(*World Literature Today*)刊物中登载最多。葛浩文也曾表示是翻译让外国文学走向新的读者并使得作者获得国际声誉，他说"我是译者，我的同行与我一道让国外文学走向新的读者，就接触异域文化的文学而言，翻译虽然不是完美的方法，但却是作者获得国际声望的一种，甚至是唯一的方法。"[②] 莫言作品在世界上得到了多语种的广泛翻译，莫言也因此获得了一系列国际奖项，从而促成了其世界文学声誉的形成，《酒国》的法译本于 2001 获得儒尔·巴泰庸外国文学奖，莫言也被授予了"法兰西文化艺术骑士勋章"，《酒国》意大利语本于 2004 获意大利诺尼诺国际文学奖，《生死疲劳》日译本于 2006 年获日本福冈亚洲文化大奖，《生死疲劳》英译本于 2009 获美国纽曼华语文学奖。这些国际上重要文学奖项的授予，既是对莫言的文学成就的极大肯定，也扩大了莫言小说的海外影响力，2012 年，莫言因"很

[①] http://news.163.com/12/1020/02/8E7QIKU00001121M.html.
[②] 〔美〕葛浩文.作者与译者：交相发明又不无脆弱的关系[J].孟祥春，洪庆福，译.东吴学术，2014（03）：32-38.

好地将幻觉现实主义与民间故事、历史与当代社会融合在一起"获得诺贝尔文学奖，更使其成为具有世界性声誉的当代中国作家。哈佛大学东亚文明研究学者王德威认为，"莫言的作品就翻译水平来说非常高。应该说，他很幸运，因为他的作品翻译者是葛浩文。"莫言在法国成为阅读率最高的中国作家，其法语翻译者功不可没，这些法国资深汉学家投身中国文化传播，同时也致力翻译中国文坛优秀的文学作品，并在法国形成了完整的翻译、出版、发行及推销体系，法国是翻译外国小说最多的国家，而莫言小说在法国的法译本也最多。

另外，从葛浩文的翻译活动中，我们也可以清楚地发现，译者是嵌入在更广泛的社会、文化和政治背景中。译者在文化生产场的成功不仅取决于语言能力和翻译水平，同时还取决于其文化资本和社会资本在该场域的接受状况。翻译背后的很多因素，如社会场域，译者的个人文化资本，译者的习性等都将影响译者的活动。葛浩文的中国文化资本使他掌握目标语言和熟悉目标文化，这有助于他对源文本的良好的理解。作者与译者的惯习决定原文本与译本的质量，翻译本质上是一个社会行为，译者的翻译活动带着自身的特有的惯习以及各种翻译的资本在特定的翻译场域中进行，并不是孤立的文化活动。

第5章 莫言小说民族性与世界性因素英译

达姆罗什在《怎样阅读世界文学》一书中提出，读者必须用批判的眼光阅读翻译作品，明确译者在翻译过程中所做的选择和所持的偏见，这样就能意识到译作所存在的问题，有助于发现译者的贡献以及作品在翻译过程中如何受益与受益的多少[①]。在安德烈·勒菲弗尔看来，文学翻译并不是在真空中发生的，而是在两种文化传统的背景下两者语言发生碰撞。而原作者或者译者中至少有一方是带着自己主观目的的人。译者是在文学传统下进行着交流与周旋，译者与原作者都有各自不同的目的，译作绝不是在中立、客观的环境下"对原作的再现"。翻译并不是在一个绝对封闭的实验室环境下发生的。虽然原文确实可以再现，但是对于译者而言，只是为了产生出最贴切的译文[②]。对于文学翻译的改写现象，有学者曾对莎士比亚剧作在不同时期不同国家上演时所体现的差异做了有趣的统计[③]，据称，莎士比亚戏剧在中国从1914年就开始上演，然而几乎每次演出都有大大小小的改动。1980年在北京人民艺术剧院

[①] 尹星.阅读世界文学的挑战与对策——大卫·达姆罗什的《怎样阅读世界文学》[J].外国文学，2009（03）：118-123.
[②] Andre Lefevere. Translating Literature: Practice and Theory in a Comparative Literature Context[M]. New York: Modern Language Association, 1992: 6.
[③] 张辉.文学的民族性：面对世界意识的挑战[J].开放时代，1992（03）：38-42.

演出的《威尼斯商人》中，该剧导演觉得剧中所描写的西方人的宗教情绪、民族感情中国人难以理解，于是将之处理成抒情喜剧，原剧中两条线索变成一条线索。而法国近代启蒙运动领袖伏尔泰向法国人介绍莎士比亚戏剧时，竟然称莎士比亚是"喝醉酒的野人"，因为他认为莎士比亚戏剧中情节的发展不适合法兰西人的习惯，而德国的黑格尔嘲笑伏尔泰，认为"法国人最不了解莎士比亚，当他们修改他的作品时，他们所删去的，正是我们德国人最爱好的一部分"[1]。由此看来，在为不同民族、不同文化背景的读者或观众译介文学作品时，译者会根据自己所想象的译语读者的习惯而进行修改调整。那么葛浩文在对莫言小说作品翻译过程中所进行的删减，是否是中国人最爱好的一部分，或者说是原作者最爱好的一部分，或最有个性的一部分？

5.1 莫言小说民族性因素英译处理与体现

美国英语与人文学科教授 M. 托马斯·英吉曾对翻译过程中原文能够被"转译"的因素有所阐述，他认为作家的作品在翻译过程中必然会丧失一些韵味，比如原著语言的独特风格节奏，原著语言特有的外延和内涵，以及短语、修辞手法、习惯用语等一切由作家自如挥洒，用以创造独特声音的元素，而那些在任何语言中都能引起阅读兴趣的要素往往能够被转译，比如情节、人物塑造、对话、叙述节奏和视点等[2]。莫言小说作品以情节故事见长，叙事视点及节奏等都因受到西方现代派文学影响而具有强烈鲜明的个性特征。在英译过程中，葛浩文在多大程度上体现了原作主题、叙事及语言特点呢？

5.1.1 莫言小说民族性主题英译体现

小说是作者对一系列模仿现实世界事件的选择所创造的主题性结构

---

[1] 张辉. 文学的民族性：面对世界意识的挑战 [J]. 开放时代, 1992（03）: 38-42.
[2] M. 托马斯·英吉. 西方视野下的莫言 [J]. 长江学术, 2014（01）: 20-26.

体,作者选择事件素材形成文本,而写作素材中仍有大量事件是被剔除在文本之外。莫言在《红高粱家族》中以我爷爷和我父亲等在晨雾中出发去桥头伏击日本鬼子这一事件为开头,另外择取了罗汉爷爷被俘剥皮(伏击起因)、颠花轿、高粱地里野合(我爷爷和我奶奶浪漫爱情)、酿造高粱酒、高粱殡等一系列事件;在《丰乳肥臀》中以母亲上官鲁氏生产事件为开头,择取了樊三为驴接生、日本兵进村、黑驴鸟枪队进村、村民打伏击、三姐成鸟仙、日本兵投降、土改、饥荒、"文革"、雪集等事件,在《檀香刑》中以眉娘叙述自己亲爹被干爹抓入大牢为开头,择取了赵甲杀人、孙丙抗德、乞丐猫腔游行等事件。每部作品中都体现了民间、历史、乡土等民族性主题特征,这样的异质性吸引了英译者葛浩文的英译选择。在翻译过程中,译者首先作为读者,在阅读过程中往往会依据自己的常识和想象力,重现作品中的事件,在翻译过程中也往往会有意无意将素材中某些事件或细节重新挑选译入文本。出于多种原因,译者往往会采用一些变通的手段,如增译、省译、补充阐释,甚至改译等。葛浩文在英译莫言作品时自然也会运用这些手段,那么,其变通之后的英译文本呈现出怎样的状态,而译者的改译是缘于何种原因呢?

5.1.1.1 民间性主题特征英译保留与形象再现

莫言小说体现了崇尚强悍、粗朴原始生命本能的民间精神。葛浩文在英译时,显然很好地把握了这一主题特征。在《红高粱家族》第一章《红高粱》中,"我奶奶"出嫁途中被轿夫颠轿的情节很好地体现出了轿夫们强悍、粗朴、野性的民间精神。葛浩文在英译过程中译法灵活,在领会了原文主题精神之后,为凸显这种民间精神而做了从形式到内容上的改译。

例1:原文:轿子走到平川旷野,轿夫们<u>便撒了野</u>,这一是为了赶路,二是要折腾一下新娘。有的新娘,被轿子颠得大声呕吐,脏物吐满锦衣绣鞋;<u>轿夫们在新娘的呕吐声中,获得一种发泄的快乐。这些年轻力壮的男子,为别人抬去洞房里的牺牲,心里一定不是滋味,所以他们要折</u>

腾新娘。①

译文：When the sedan chair reached the plains, the bearers began to get a little sloppy, both to make up time and to torment their passenger. Some brides were bounced around so violently they vomited from motion sickness, soiling their clothing and slippers; the retching sounds from inside the carriage pleased the bearers as though they were giving vent to their own miseries. The sacrifices these strong young men made to carry their cargo into bridal chambers must have embittered them, which was why it seemed so natural to torment the brides.

在这段描写性议论中，原文中"撒了野""折腾""发泄"等语言表达了轿夫们的狂野，英译"get a little sloppy""torment""giving vent"能够重现原文意义，最后两句的英译在句法行文上，葛浩文按照英文行为习惯做了很大的改动，原文是以"轿夫们"和"这些年轻力壮的男子"为人称主体，而英文中则以"the retching sounds"以及"the sacrifices"为物称主体。虽然在形式上有如此大的变化，但在意蕴上，完全传递出了作者的意图。

例2：原文：我爷爷辈的好汉们，都有高密东北乡人高粱般鲜明的性格，非我们这些孱弱的后辈能比。当时的规矩，轿夫们在路上开新娘子的玩笑，如同烧酒锅上的伙计们喝烧酒，是天经地义的事，天王老子的新娘他们也敢折腾。②

译文：The young men of his generation were as sturdy as Northeast Gaomi sorghum, which is more than can be said about us weaklings who succeeded them. It was a custom back then for sedan bearers to tease the bride while trundling her along: like distillery workers, who drink the wine they make, since it is their due, these men torment all who ride in their sedan chairs – even the wife of the Lord of Heaven if she should be a passenger.

这一段仍然是颠轿时作者的插入式议论，这种插入式议论直抒胸臆，

---

① 莫言.红高粱家族[M].上海：上海文艺出版社，2012：65.
② 莫言.红高粱家族[M].上海：上海文艺出版社，2012：65.

点名题旨，但是与上下文结合来看的话，原文在语言使用上似乎有瑕疵，前文中用于修饰我爷爷辈的好汉轿夫是"年轻力壮"，而且后文中用于对比的是"孱弱"。"孱弱"一词虽然也有指性格上懦弱，但更多所指为身体上的虚弱，不结实。而原文中"高粱般鲜明的性格"却意义模糊含混，"鲜明"并不能体现出强悍的野性民间精神，然而，葛浩文英译文将"高粱般鲜明的性格"改译为"as sturdy as Northeast Gaomi sorghum"，其中"sturdy"（彪悍）与下文的"孱弱的后辈"（weakling）更好地形成对比。另外，这一段中，"天王老子的新娘他们也敢折腾"其英译文"even the wife of the Lord of Heaven"之后补充了"if she should be a passenger"，这样的补充凸显了意义的完整性，方便读者理解接受。

小说《丰乳肥臀》中"母亲"代表了中国文化中养育与奉献的原初生命的主题。而乳房则是母亲的物质象征，因此在《丰乳肥臀》中有许多有关乳房的议论或描写，直接揭示主题。

例3：原文：母亲把奶瓶递过来，用充满歉疚的眼睛殷切地望着我。我犹豫着接过奶瓶，为了不辜负母亲的期望，为了我自己的自由和幸福，果断地把那个蛋黄色的乳胶奶头塞进嘴里。没有生命的乳胶奶头当然无法跟母亲的奶头——<u>那是爱、那是诗、那是无限高远的天空和翻滚着金黄色麦浪的丰厚大地</u>——相比。①

译文：She twisted off the top and poured the milk in, then handed me the bottle and watched me eagerly and somewhat apologetically. Although I hesitated before accepting the bottle, I didn't want to let Mother down, and at the same time wanted to take my first step toward freedom and happiness. So I stuck the yolk-colored rubber nipple into my mouth. Naturally, it couldn't compare with the real things on the tips of Mother's breasts——<u>hers were love, hers were poetry, hers were the highest realm of heaven and the rich soil under golden waves of wheat.</u>②

---

① 莫言. 丰乳肥臀 [M]. 上海：上海文艺出版社，2012：285.
② Mo Yan. Big Breasts & Wide Hips [M]. New York：Arcade Publishing，2004：299.

这段文字中以上官金童的口吻对"母亲"的乳房做了崇高的歌颂，将母亲的奶头比作天空与大地，是爱、是诗。其中"高远的天空""丰厚大地"直接歌颂了母亲的伟大，而在葛浩文的英译文中也同样保留了这样的隐喻表达，"the highest realm of heaven""the rich soil"并未做任何删减，也是同样美好的语句歌颂了母亲，唤起读者对"母亲"的热爱。

5.1.1.2 历史性主题特征英译

莫言小说中传奇视角书写了高密东北乡百年间的历史战争事件。《红高粱家族》中村民抗日，《丰乳肥臀》中抗日战争、国共两党内战、土改运动，《檀香刑》中抗击德军。

《红高粱家族》中不少战争场面或者日军入侵村庄蹂躏老百姓的情节。由于书中的历史具有民间传奇性质，葛浩文对于历史主题的情节或细节描写做了选择性的删减或增添。

例4：原文：是那个秃头的中年男子硬把伏在你身上的瘦鬼子扳下去的。秃头鬼子狰狞的脸紧贴着你的脸，你厌恶地紧闭着眼睛……你的心里升起一股怒火，当日本兵油滑的面颊触到你的嘴上时，你有气无力地咬了一下他的脸，他脸上的皮肉柔韧如橡胶，有一股酸溜溜的味道，你厌恶地松了牙，与此同时，你紧绷着的神经和肌肉全部松弛了，瘫痪了。后来，她听到在非常遥远的地方，小姑姑发出一声惨叫。她困难地睁开眼皮，看到一幅梦幻般的景象：那个年轻的漂亮士兵站在坑上，用刺刀挑起了小姑姑，晃了两晃，用力一甩。小姑姑像一只展开翅膀的大鸟一样，缓缓地往炕下飞去。她的小红袄在阳光下展开，像一匹轻柔平滑的红绸，在房间里波浪般起伏着；小姑姑在飞行过程中头发像刺猬毛一样立着。

<u>那个年轻日本士兵端着枪，眼睛里流着青蓝色的泪珠。</u>[①]

译文：It was the balding, middle-aged soldier who dragged the skinny one off you.Then he pressed his savage up to yours....Anger festered in

---

[①] 莫言.红高粱家族[M].上海：上海文艺出版社，2012：326.

your heart, and when the Japanese soldier's greasy cheeks brushed up against your lips you made a feeble attempt to bite his face. His skin was tough and rubbery and had a sour taste.

The last one to mount Second Grandma was a short young soldier. Only shame showed on his face, and his lovely eyes were filled with the pain of a hunted rabbit. His body smelled like Artetnisia; the silvery glint of his teeth shone between trembling fleshy red lips. Second Grandma felt a rush of pity for him, as she recognized his tortured look of self-loathing and shame under a thin layer of beaded sweat. He rubbed against her body at first, but then stopped and didn't dare move any more. She felt his belt buckle press against her belly and his body quake.

在同一个场景中,葛浩文英译文对于原文有删减也有增添,删减的是原文中关于姑姑飞下炕的奇幻景象,"小姑姑像一只展开翅膀的大鸟一样,缓缓地往炕下飞去。她的小红袄在阳光下展开,像一匹轻柔平滑的红绸,在房间里波浪般起伏着;小姑姑在飞行过程中头发像刺猬毛一样立着",增添的是有关日本士兵强暴二奶奶的情节。在《红高粱家族》中,莫言在塑造人物形象时并没有将人物脸谱化、简单化,而是将人性的复杂性描述出来,对于侵略者日本士兵也赋予了合乎情理的性格和行为,体现了主题上的人性化特征。这个日本士兵本应是残暴之徒,但是莫言却让他流露出人性中柔软的一面。那个年轻日本士兵"眼睛里流着青蓝色的泪珠"。而且在描述几名死去的日本士兵被阉割丢进河里时,莫言是这样描述的,"……这些也许是善良的、也许是漂亮的,但基本上都年轻力壮的日本士兵……"这种一视同仁的态度是莫言人物塑造的创作特征,而葛浩文在英译本中却强化了日本士兵反面角色的可恶行为。从上下文看来,就清晰突出地表现抗日的历史主题来说,葛浩文似乎是调整了原文的"不一致"而将译文修改得比较符合情感逻辑,为之后与日本士兵惨烈的对抗埋下伏笔。

例5:原文:一个俊俏青年,站在队伍前,从挎包里掏出一张土黄色的纸片,挥着胳膊打着节拍,教唱一支歌曲:风在吼——俊俏青年唱——风在风在风在风在吼——队员们夹七夹八地唱——注意，看我的手，唱齐——马在叫——马在叫——黄河在咆哮黄河在咆哮黄河在咆哮黄河在咆哮——<u>河南河北高粱熟了河南河北高粱熟了青纱帐里抗日英雄斗志高青纱帐里抗日英雄斗志高端起土枪土炮端起土枪土炮挥起大刀长矛挥起大刀长矛保卫家乡保卫华北保卫全中国</u>。

译文：A handsome young man stepped forward, took a piece of yellow paper from his knapsack, and began teaching the men a song: "The wind is howling" —he began— "The wind is the wind is the wind is teh wind is howling" —the troops followed— "watch me, sing together—The horses are neighing—The Yellow River is roaring the Yellow River is roaring the Yellow River is roaring the Yellow River is roaring—<u>In Henan and Hebei the sorghum is ripe the sorghum is ripe—The fighting spirit of heroes in the green curtain is high the fighting spirit of anti-Japanese resistance heroes in the green curtain is high—Raise your muskets and cannon your muskets and cannon wield your sabres and your spears your sabres and your spears defend your homes defend North China defend the country.</u>"[①]

此段为《丰乳肥臀》中描写八路军青年教唱《保卫黄河》，歌词雄浑激昂，这段唱词以其未加任何标点之势展现了战士们各个声部混声唱歌、群情激奋的状态，歌曲一步步进入高潮，渲染了打击日军保家卫国的英雄豪情。葛浩文在英译文中尊重原作的风格，模仿了原文句式，英译歌词一气呵成，原来唱词中所有意义一并译出，"fighting spirit""anti-Japanese resistance heroes""defend North China"等等很好地再现了歌曲以及整个作品中的抗日战争历史主题。

5.1.1.3 乡土性主题特征英译

莫言在小说中展现了农民的世界，农村的生活场景几乎出现在莫言

---

① Mo Yan. Big Breasts & Wide Hips [M]. New York: Arcade Publishing, 2004: 315.

所有的作品中，高密东北乡的高粱地与农家宅院成为莫言作品中"地球上最美丽最丑陋、最超脱最世俗、最圣洁最龌龊、最英雄好汉最王八蛋、最能喝酒最能爱的地方"。这种乡土性体现在语言上表现为小说中的很多词汇大都是与农村生活相关的，如骡子、牛、驴、狗、苍蝇等。

例6：原文：罗汉大爷跟骡子一起，被押上了工地。高粱地里，已开出一截路胎子。墨水河南边的公路已差不多修好，大车小车从新修好的路上挤过来，车上载着石头黄沙，都卸在河南岸。河上只有一座小木桥，日本人要在河上架一座大石桥。公路两侧，<u>宽大的两片高粱都被踩平，地上像铺了层绿毡</u>。河北的高粱地里，在刚用黑土弄出个模样的路两边，有几十匹骡马拉着碌碡，从海一样高粱地里，压出两大片平坦的空地，破坏着与工地紧密相连的青纱帐。骡马都有人牵着，在高粱地里来来回回地走。<u>鲜嫩的高粱在铁蹄下断裂、倒伏，倒伏断裂的高粱又被带棱槽的碌碡和不带棱槽的石滚子反复镇压。各色的碌碡和滚子都变成了深绿色，高粱的汁液把它们湿透了。一股浓烈的青苗子味道笼罩着工地</u>。①

译文：Like the mules he was leading, Uncle Arhat was forced to work on the road that was taking shape in the <u>sorghum field</u>. The highway on the southern bank of the Black Water River was nearly completed, and cars and trucks were driving up on the newly laid roadway with loads of stone and yellow gravel, which they dumped on the riverbank. Since there was only a single wooden span across the river, the Japanese had decided to build a large stone bridge. <u>Vast areas of sorghum</u> on both sides of the highway had been levelled, until the ground seemed <u>covered by an enormous green blanket</u>. In the field north of the river, where black soil had been laid on either side of the road, dozens of horses and mules were pulling stone rollers to level <u>two enormous squares in the sea of sorghum. Men led the animals back and forth through the field, trampling the tender stalks, which had been bent double by the shod

---

① 莫言. 红高粱家族 [M]. 上海：上海文艺出版社，2012：326.

hooves, then flattening them with stone rollers turned dark green by the plant juices. The pungent aroma of green sorghum hung heavily over the construction site.①

在原文中，"骡子""高粱地""黑土"等带有浓烈的乡土特征，在葛浩文英译文本中，"mule""sorghum field""black soil"等这些名称依然散发着乡土性，而其中高粱又具有典型的象征意义，代表着东北乡不屈的乡亲们，"鲜嫩的高粱在铁蹄下断裂、倒伏，倒伏断裂的高粱又被带棱槽的碌碡和不带棱槽的石滚子反复镇压"，这段描写表面上写高粱，实际是影射乡亲们被日本人所欺凌，因此对于主题的表现是必不可少的。在这一段描写中，葛浩文英译"trampling""flattening""pungent"等忠实地再现了原文中高粱被碾压的情形，体现了原文精神，几乎没有做任何的删减与改写。

例7：原文：很快，队伍钻进了高粱地。我父亲本能地感觉到队伍是向着东南方向开进的。适才走过的这段土路是由村庄直接通向墨水河边的唯一的道路。这条狭窄的土路在白天颜色青白，路原是由乌油油的黑土筑成，但久经践踏，<u>黑色都沉淀到底层，路上叠印过多少牛羊的花瓣蹄印和骡马毛驴的半圆蹄印，马骡驴粪像干萎的苹果，牛粪像虫蛀过的薄饼，羊粪稀拉拉像震落的黑豆</u>。父亲常走这条路，后来他在日本炭窑中苦熬岁月时，眼前常常闪过这条路。②

译文：The troops turned quickly into the sorghum, and Father knew instinctively that they were heading southeast. The dirt path was the only direct link between the Black Water River and the village. During the day it had a pale cast; the original black earth, the colour of ebony, had been covered by the passage of countless animals: <u>cloven hoofprints of oxen and goats, semicircular hoofprints of mules, horses, and donkeys; dried road apples left by horses, mules, and donkeys; wormy cow chips; and scattered goat pellets like little black beans</u>. Father had taken

---

① Mo Yan. Red Sorghum[M]. Tr. By Howard Goldblatt, New York: Penguin Books, 1994: 49.
② 莫言. 红高粱家族[M]. 上海：上海文艺出版社，2012: 35.

this path so often that later on, as he suffered in the Japanese cinder pit, its image often flashed before his eyes.①

《红高粱家族》中这一段从"父亲"的视角仔细描写了一条"由村庄直接通向墨水河边的唯一道路",这条土路上叠印这牛羊骡马毛驴的蹄印,非常真实地体现了农村的乡土味,尤其是之后各种动物粪便干像"干萎的苹果""虫蛀过的薄饼""震落的黑豆"的比喻让人从嗅觉到视觉上都活脱脱感受到了乡土气息。在英译文中,除了在句式上做了有别于原文的调整,在原文主题意义上,葛浩文同样再现了原文的"土"味。

《丰乳肥臀》中主要讲述了高密东北乡上官家的家族历史,同样描写了高密东北乡以及生活在那片土地上人们的农村家中景象。

例 8：原文：他欲往南,经由横贯村镇的车马大道去樊三家,但走大街必走教堂门前,身高体胖、红头发蓝眼睛的马洛亚牧师在这个时辰,必定是蹲在大门外的那株遍体硬刺、散发着辛辣气息的花椒树下,弯着腰,用通红的、生着细软黄毛的大手,挤着那只下巴上生有三绺胡须的老山羊的红肿的奶头,让白得发蓝的奶汁,响亮地射进那个已露出锈铁的搪瓷盆子里。成群结队的红头绿苍蝇,围绕着马洛亚和他的奶山羊,嗡嗡地飞舞着。花椒树的辣味、奶山羊的膻气、马洛亚的臊味,混成恶浊的气味团膨胀在艳阳天下,毒害了半条街。上官寿喜最难忍受的是马洛亚那从奶山羊腚后抬起头来、浊臭逼人、含混暧昧的一瞥,尽管他的脸上是表示友好的、悲天悯人的微笑。②

译 文：Or he could head south, across the town's mainstreet, and get to Third Master Fan's that way. But that meant he would have to pass by the church, and at this hour, the tall, heavyset, red headed, blue-eyed Pastor Malory would be squatting beneath the prickly ash tree, with its pungent aroma, milking his old goat, the one with the scraggly chin whiskers, squeezing her red, swollen teats with large, soft, hairy hands, and sending milk so white it seemed almost blue splashing

---

① Mo Yan. Red Sorghum[M]. Tr. By Howard Goldblatt. New York: Penguin Books, 1994: 50.
② 莫言. 丰乳肥臀[M]. 上海：上海文艺出版社, 2012: 8.

into a rusty enamel bowl. Swarms of redheaded flies always buzzed around Pastor Malory and his goat. The pungency of the prickly ash, the muttony smell of the goat, and the man's rank body odor blended into a foul miasma that swelled in the sunlit air and polluted half the block. Nothing bothered Shangguan Shouxi more than the prospect of Pastor Malory looking up from behind his goat, both of them stinking to high heaven, and casting one of those ambiguous glances his way, even though the hint of a compassionate smile showed that it was given in friendship①.

这一段文字是《丰乳肥臀》中开头章节内容，由于上官家黑驴难产，上官寿喜被上官吕氏派去请樊三爷前来接生。在途中，上官寿喜由于并不喜欢马洛亚牧师，因而决定绕道走，然后在自己想象中，描绘了马洛亚牧师挤奶的情景，这幅景象如莫言所言，"浊臭逼人""辛辣""膻""臊""混成恶浊"，将最土的农村展现在读者面前。如此的描述体现了莫言强烈的个性特征，由于这段文字处于作品开端，其景物描写以及人物心理描写对于全书的主题基调的体现与塑造非常关键，因此译者葛浩文也并未对这些臭烘烘的农村景物描写做出删减的选择。虽然这段描述相当烦琐，但英译文却非常忠实地传递出了原文全部信息。

例9：原文：西厢房的石磨台上，点着一盏遍体污垢的豆油灯。昏黄的灯火不安地抖动着，尖尖的火苗上，挑着一缕盘旋上升的黑烟。燃烧豆油的香气与驴粪驴尿的气味混合在一起。厢房里空气污浊。石磨的一侧，紧靠着青石驴槽。上官家临产的黑驴，侧卧在石磨与驴槽之间。②

译文：The dim light of a filthy bean-oil lamp on a mill stone in the barn flickered uneasily, wisps of black smoke curling from the tip of its flame. The smell of lamp oil merged with the stink of donkey droppings and urine. The air was foul. The black animal lay on the ground between

---

① Mo Yan. Big Breasts & Wide Hips [M]. New York: Arcade Publishing, 2004: 315.
② 莫言. 丰乳肥臀 [M]. 上海：上海文艺出版社，2012: 10.

the mill stone and a dark green stone trough.①

这一段描写了上官家养驴的厢房内的布局与器物。其中"石磨""豆油灯""青石驴槽""上升的黑烟""空气污浊"等都体现了其乡村人家气息。英译文中对于这些器物等都进行了保留翻译,而对"厢房"与"临产的黑驴"分别作了省译与改译。原因在于,前文中"西厢房"已经有所提及"in the barn",虽然"barn"与"厢房"含义上有所差别,但在这里其功能都是一样的,而且"barn"更能显示出农村特征。

由此可以总结出,对于乡土性的主题描写或刻画,葛浩文十分尊重原作者的语言组织与搭配,极力还原作品的"中国乡土"特征。

5.1.2 莫言小说民族性叙事评述英译

5.1.2.1 莫言小说民族性细节描写英译处理

在英译莫言小说过程中,由于原作篇幅较长,美国出版社编辑为了译作"可读性"要求删减字数。在保证译作中原文情节不受影响情况下,葛浩文删除了许多原文中的细节和景物描写。

《红高粱家族》被认为是删改较多的文本,其中文文本共 23 万字,而其英译文只有大约 13 万字,可见其删减的幅度之大。其中多处的细节描写被改写或删节。

例 10:原文:余占鳌他们像兔子一样疾跑,还是未能躲过这场午前的雷阵雨。雨打倒了无数的高粱,雨在田野里狂欢,蛤蟆躲在高粱根下,哈达哈达地抖着颔下雪白的皮肤;狐狸蹲在幽暗的洞里,看着从高粱上飞溅而下的细小水珠。道路很快就泥泞不堪,杂草伏地,矢车菊清醒地擎着湿漉漉的头。轿夫们肥大的黑裤子紧贴在肉上,人们都变得苗条流畅。余占鳌的头皮被冲刷得光洁明媚,像奶奶眼中的一颗圆月。雨水把奶奶的衣服也打湿了,她本来可以挂上轿帘遮挡雨水,她没有挂,她不想挂,奶奶通过敞亮的轿门,看到了纷乱不安的宏大世界。②

---

① Mo Yan. Big Breasts & Wide Hips [M]. New York: Arcade Publishing, 2004: 315.
② 莫言. 红高粱家族 [M]. 上海:上海文艺出版社,2012: 44.

译文：The bearers ran like scared jack rabbits, but couldn't escape the prenoon deluge. <u>Sorghum crumpled under the wild rain. Toads took refuge under the stalks, their white pouches popping in and out noisily; foxes hid in their darkened dens to watch tiny drops of water splashing down from the sorghum plants.</u> The rainwater washed Yu Zhan'ao's head so clean and shiny it looked to Grandma like a new moon. Her clothes, too, were soaked. She could have covered herself with the curtain, but she didn't want to, for the open front of the sedan chair afforded her a glimpse of the outside world in all its turbulence and beauty.①

这一段是《红高粱》中余占鳌等轿夫们颠轿之后抬着轿子在雨中狂奔的情形。原文描写了雨中的高粱、蛤蟆、狐狸以及细小的水珠，原文中"雨打倒了无数的高粱，雨在田野里狂欢"动感十足的两小句在英译文中非常精炼地合并为"Sorghum crumpled under the wild rain"，符合英文静态的行文习惯，属于葛浩文在语言层面上的"重写（rewrite）"。而接下来的"道路很快就泥泞不堪，杂草伏地，矢车菊清醒地擎着湿漉漉的头。轿夫们肥大的黑裤子紧贴在肉上，人们都变得苗条流畅。"这一句在英译文中被删去，由于原文的描写展现了奶奶的内心压抑逐渐释放，前文中各种情形表现了狂欢的兴奋，而接下来"泥泞不堪""杂草伏地""黑裤子紧贴在肉上"等描写与上下文略有不符，因而删除之后，前文中"tiny drops of water splashing down..."与后文中"the rainwater"相互连贯，语气也顺畅。

例11：原文：（1）<u>白云坚硬的边角擦得奶奶的脸索索作响。（2）白云的阴影和白云一前一后相跟着，闲散地转动。</u>（3）一群雪白的野鸽子，从高空中扑下来，落在了高粱梢头。（4）鸽子们的咕咕鸣叫，唤醒了奶奶，奶奶非常真切地看清了鸽子的模样。（5）鸽子也用高粱米粒那么大的、通红的小眼珠来看奶奶。（6）奶奶真诚地对着鸽子微笑，鸽子用宽大的笑容回报着奶奶弥留之际对生命的留恋和热爱。（7）奶奶高喊：我的亲人，我舍不得离开你们！（8）鸽子们啄下一串串的高粱米粒，回

---

① Mo Yan. Red Sorghum[M]. Tr. By Howard Goldblatt. New York: Penguin Books, 1994: 50.

答着奶奶无声的呼唤。(9)鸽子一边啄,一边吞咽高粱,<u>它们的胸前渐渐隆起来,它们的羽毛在紧张的啄食中奋起</u>。(10)那扇状的尾羽,像风雨中幡动着的花絮。①

译文:(1)<u>White clouds dragging earthly shadows behind them brush leisurely against her face</u>.(2)A flock of white doves swoops down and perches on the stalks'tips, where their cooing wakes Grandma, who <u>quickly distinguishes their shapes</u>.(3)The doves' red eyes, the size of sorghum seeds, are fixed on her.(4)She smiles with genuine affection, <u>and they return her smile</u>.(5)<u>My darlings! she cries silently</u>.(6)I don't want to leave you!(7)<u>The doves peck at the sorghum grains, their chests slowly expanding, their feathers fanning out like petals in the wind and rain</u>.

这一段描写了"奶奶"弥留之际的情景,英译文对原文段落中句子进行了整合调整和删减,第1、2句合二为一,第9、10句也合二为一。而删去了"鸽子用宽大的笑容回报着奶奶弥留之际对生命的留恋和热爱"以及"回答着奶奶无声的呼唤,鸽子一边啄,一边吞咽高粱"。英文中两句合二为一主要是受英语语言习惯影响,用动名词来描写伴随情况。

例12:原文:奶奶是最后一个入土的,那一棵棵高粱,又一次严密地包裹了她的身体。父亲眼见最后一棵高粱盖住了奶奶的脸,心里一声唰响,伤疤累累的心脏上,仿佛又豁开了一道深刻的裂痕。这道裂痕,在他漫长的生命过程中,再也没有痊愈过。第一锹土是爷爷铲下去的。稀疏的大颗粒黑土打在高粱秸上,咚一响弹起后,紧跟着是黑土颗粒漏进高粱缝隙里发出的声响。恰似一声爆炸之后,四溅的弹片划破宁静的空气。<u>父亲的心在一瞬间紧缩一下,血也从那道也许真存在的裂缝里飞溅出来</u>。他的两颗尖锐的门牙,咬住了瘦瘦的下唇。②

译文:Grandma was the last to be interred. Once again her body was enshrouded in sorghum. As father watched the final stalk hide her face, his heart cried out in pain, never to be whole again throughout his

---

① 莫言.红高粱家族[M].上海:上海文艺出版社,2012:125.
② 莫言.红高粱家族[M].上海:上海文艺出版社,2012:125.

long life. Granddad tossed in the first spadeful of dirt. The loose clods of black earth thudded against the layer of sorghum like an exploding grenade shattering the surrounding stillness with its lethal shrapnel. Father's heart wept blood.①

  这一段是"奶奶"下葬的情景,"父亲"在看到第一锹土铲下去,听到土打在高粱缝隙里发出的声响后,内心受到很大触动,原文仔细描写了父亲压抑自己痛苦时克制的外在表现,然而在英译时仅仅保留了心在滴血的含义,英译文"Father's heart wept blood"(父亲的心哭出血来)堪称简洁有力,寥寥几个字就将父亲无声的痛苦展现出来,而莫言在原文中"血也从那道也许真存在的裂缝里飞溅出来"让人感觉不知所云,"真存在的裂缝"上下文中并没有任何交代。因此,葛浩文首先作为读者阅读原文,深刻领会了作者想要表达"父亲"痛苦的意图,然后用译文目的语语言习惯重新进行了改写。

  总体说来,《红高粱家族》中第四章"高粱殡"删减最多,遭遇删减的有:丑陋的骡子(P217),高粱地看起来像葬礼(P218),葬礼游行(P233),棺材出血(P241),奶奶的墓(P245)等。葛浩文在谈及对第四章删减时说,这是编辑参与所做的变通。编辑认为第四章"冒犯、多余和啰唆"(intrusive, superfluous and wordy)约有10页。于是建议删减,而葛浩文也在征求作者同意之后做了删减。

  《丰乳肥臀》原书共有50万字,而其最终英译本大约为24万字,按照英文中1∶1.25~1.5的比例,可以看出英译文对原文做了极大的删节,其中对叙事的细节进行了大量的调整与删减。

  例13:原文:一九三五年秋天,母亲在蛟龙河北岸割草时,被四个拖着大枪的败兵轮奸了。

  **面对着清凉的河水,她心里闪过了投水自尽的念头。但就在她撩衣欲赴清流时,猛然看到了倒映在河水中的高密东北乡的湛蓝色的美丽天空。天空中飘游着几团洁白的云絮,几只棕色的小鸟在云团下边愉快地鸣叫着。几条身体透明的小鱼儿,抖动着尾巴,在白云的影子上一耸一

---

① Mo Yan. Red Sorghum[M]. Tr. By Howard Goldblatt. New York: Penguin Books, 1994: 135-136.

耸地游动着。好像什么事情也没有发生，天还是这么蓝，云还是这么傲慢，这么懒洋洋，这么洁白。小鸟并不因为有苍鹰的存在而停止歌唱，小鱼儿也不因为有鱼狗的存在而不畅游。母亲感到屈辱的心胸透进了一缕凉爽的空气。她撩起水，洗净了被泪水、汗水玷污了的脸，整理了一下衣服，回了家。①

译文：In the fall of 1935, while Mother was on the bank of the Flood Dragon River cutting grass, she was gang-raped by four armed soldiers fleeing from a rout.

When it was over, she looked out at the river and decided to drown herself. But just as she was about to walk to her death, she saw the reflection of Northeast Gaomi's beautiful blue sky in the clear water. Cool breezes swallowed up the feelings of humiliation in her breast, so she scooped up handfuls of water to wash her sweaty, tear-streaked face, straightened her clothes, and walked home.②

原文中这一段描写了"母亲"遭受屈辱之后周围无忧无虑欢快的飞鸟、游鱼、蓝天、白云，这些物体的存在似乎给了"母亲"生存下去的理由。这种借景抒情或借景说理的写作手法归根结底还是受到中国古代传统的"托物言志"以及"情随景生"等的影响，然而在西方写作中更加崇尚直白客观、符合逻辑的描述，因此，在有字数限制的情况下，葛浩文译者选择删除了原文中这些带有情感的景物描写。但是为了逻辑上衔接得清晰明了，在第二段开头添加了"When it was over"在时间上更加连贯，而在翻译"撩衣赴清流"将原文中意义直接用"walk to her death"直白地表示出来，放弃了原文中隐晦委婉的说法，而遵循了英文写作的诗学特征。

小说《檀香刑》中文文本共27万字左右，其英文文本20多万字，按照英文中文比例1∶1.25~1.5，英译文与原作字数上相差不大，与《红高粱家族》23万中文原文到13万英文字相比，《檀香刑》在英译过程

---

① 莫言. 丰乳肥臀[M]. 上海：上海文艺出版社，2012：576.
② Mo Yan. Big Breasts & Wide Hips[M]. New York: Arcade Publishing, 2004: 72.

中明显没有进行大段的删节，而应该是做了些微调或改写。

例14：原文：<u>俺爹的头很有经验，</u>有好几次，马上就要让狗咬住了，但那脑后的辫子，<u>挺成一根鞭子，横着扫过去</u>，正中狗眼，狗怪叫着转起圈子来。摆脱了狗的追赶，俺爹的头，在院子里滚动，一个巨大的蝌蚪水里游泳，长长的大辫子拖在脑后，是蝌蚪的尾巴……

译文：<u>Experience has told Dieh's head</u> that when the dog gets too close—which it does several times—the queue in back <u>lashes</u> it in its eye, producing yelps of pain as it runs in circles. Now free of the dog, the head starts rolling again and, like a large tadpole, swims along, its queue trailing on the surface, a tadpole's tail...

这一段描写了眉娘梦见自己亲爹被砍头之后，其被砍掉的头颅与狗争斗的情形。在《红高粱家族》中，英译常常将与狗相关的冒犯性细节描写删减省略。而在《檀香刑》中非常残忍的细节描写仍然被保留下来，这一段也不例外。虽然原文"挺成一根鞭子，横着扫过去，正中狗眼"这一句中包含"挺""扫"几个动作，而英文将之合译成"lashes in the eye"，似乎省略了动作，其实正是符合了中英文语言的行为习惯，中文为动态语言，动词句多，擅长多个动词连用，而英文为静态语言，主要动词精炼。因此，葛浩文选择这样的翻译对于原文内容并没删减，而是更符合当代英语特点。原作第一句"俺爹的头很有经验"葛浩文将之处理成"Experience has told Dieh's head"体现了葛浩文地道的英语表现力，英文中多用抽象名词无灵主语，而中文中则多为有灵主语。由此可以看出葛浩文为了使译文符合译入语行文规范而在语言层面上所做的变通，而这也恰恰印证了葛浩文自己所理解的翻译是在用另一种语言在"写作"。

5.1.2.2 莫言小说英译个性化叙事语言改写——激情转为理性

莫言的小说语言"天马行空"，语言铺排不遗余力。也许这是由于他沉默许久后故乡经验被猛然激活的难以抑制的激情。他说："从此之后，我高高举起了'高密东北乡'这面大旗，就像一个草莽英雄一样，开始了招兵买马、创建王国的工作。在这个文学的王国里，我发号施令，气指颐使，手里掌握着生杀大权，饱尝了君临天下的幸福。"① 莫言小说语言激情四溢，带有一种"毛茸茸的感性"而缺乏脉络分明的理性。其写作呈现出一种"信口开河"的状态。在本研究第三章中详细分析了莫言个性化语言特点的成因，即受到"红色经典""文革文体"等影响，语言具有口号式成分，且多为排比句，作品中人物经常进行大段的酣畅、情绪饱满的煽动、渲情性独白或插入大段的评论，或为小说中人物心理独白，或为叙述者对人物心理的转述性独白。在英译文中，葛浩文根据自己对中国文学的理解，以及所受到的西方文学的诗学影响，对这种激情的语言依据不同场合进行了理性的弱化处理。

例 15：原文：奶奶剪完蝈蝈出笼，又剪了一只梅花小鹿。它背上生出一枝红梅花，昂首挺胸，在自由的天地里，正在寻找着自己无忧无虑、无拘无束的美满生活。我奶奶一生"大行不拘细谨，大礼不辞小让"，心比天高，命如纸薄，敢于反抗，敢于斗争，原是一以贯之。所谓人的性格发展，毫无疑问需要客观条件促成，但如果没有内在条件，任何客观条件也是白搭。正像毛泽东主席说的：温度可以使鸡蛋变成鸡子，但不能使石头变成鸡子。孔夫子说："朽木不可雕也，粪土之墙不可污也"，我想都是一个道理。②

译文：After cutting out the uncaged katydid, Grandma fashioned a plum-blossom deer. The deer, its head high and chest thrown out, has a plum tree growing from its back as it wanders in search of a happy life, free of care and worries, devoid of constraints...③

这一段是"我奶奶"嫁入单家，且单家父子被余占鳌杀死之后，"我奶奶"将原来单家的住所从里到外打扫消毒，清理之后便开始剪窗花贴窗户。这一段的描述，从上下文看主要讲述"我奶奶"春心荡漾，想念高粱地里遇到的轿夫余占鳌。而后半段中有关"客观条件与内在条件"

---

① 莫言. 奇死 [M]. 济南：山东大学出版社，1992：409.
② 莫言. 红高粱家族 [M]. 上海：上海文艺出版社，2012：79.
③ Mo Yan. Red Sorghum[M]. Tr. by Howard Goldblatt. New York: Penguin Books, 1994: 50.

的插入式评述明显是受到"文革"时期"红色经典"语言的影响,在语体上与小说语言不符,引用的毛泽东语录因具有太强的写作时代特征,而显得文意与全篇格格不入,葛浩文在英译中果断将其删去不译,实际上保留了全文语体的一致性。

例16:原文:奶奶剪纸时的奇思妙想,充分说明了她原本就是一个女中豪杰,只有她才敢把梅花树栽到鹿背上。每当我看到奶奶的剪纸时,敬佩之意就油然而生。我奶奶要是搞了文学这一行,会把一大群文学家踩出屎来。她就是造物主,她就是金口玉牙,她说蝈蝈出笼蝈蝈就出笼,她说鹿背上长树鹿背上就长树。①

译文:Only Grandma would have had the audacity to place a plum tree on the back of a deer. Whenever I see one of Grandma's cutouts, my admiration for her surges anew. If she could have become a writer, she would have put many of her literary peers to shame. She was endowed with the golden lips and jade teeth of genius. She said a katydid perched on top of his cage, and that's what it did, she said a plum tree grew from the back of a deer, and that's where it grew.②

原文中以上两段相互衔接,为前后段,同样也是插入式评论,但是语言风格恢复了原来的调侃、戏谑与口语化特征,属于莫言典型的个性化语言风格,葛浩文在英译文中保留了原文戏谑的口吻意义。在此,可以看出葛浩文对于莫言个性化语言风格的把握,以及为维护作品风格统一所做的努力。

例17:原文:父亲一把把拨开高粱棵子,露出了平躺着、仰面朝着幽远的、星光灿烂的高密东北乡独特天空的奶奶。奶奶临逝前用灵魂深处的声音高声呼天,天也动容长叹。奶奶死后面如美玉,微启的唇缝里、皎洁的牙齿上、托着雪白的鸽子用翠绿的嘴巴啄下来的珍珠般的高粱米粒。奶奶被子弹洞穿过的乳房挺拔傲岸、蔑视着人间的道德,表现着人

---

① 莫言.红高粱家族[M].上海:上海文艺出版社,2012:121.
② Mo Yan. Red Sorghum[M]. Tr. By Howard Goldblatt. New York:Penguin Book,1994:132.

的力量和人的自由、生的伟大爱的光荣，奶奶永垂不朽！①

译文：Father parted the sorghum to reveal the body of Grandma, lying on her back and facing the remote, <u>inimitable sky above Northeast Gaomi Township, filled with the spirits of countless stars</u>. Even in death her face was as lovely as jade, her parted lips revealing a line of clean teeth inlaid with pearls of sorghum seeds, placed there by the emerald beaks of white doves.②

此段为《红高粱家族》中"奶奶"被日军枪击身亡后，"父亲"带着"爷爷"回来找到"奶奶"时的情形。原文中"仰面朝着幽远的、星光灿烂的高密东北乡独特天空"以及下句在英译文中被译者巧妙改写，英译文中用"filled with the spirits of countless stars"将"奶奶"赋予星星的灵性从而表达出原作"奶奶临逝前用灵魂深处的声音高声呼天，天也动容长叹"相类似的魔幻意境，但用词用句更为简练。"奶奶"的这一句"生的伟大""爱的光荣""永垂不朽"很明显地带着"文革"时期红色经典的语言特征，而这样的言语对于一个农村妇女而言，明显具有不适当的夸张意味。葛浩文在英译文中将主观评述话语一概略去不译，仅保留了客观描写细节，体现出译者自觉纠正原作者语言上弱点的翻译策略。

作品《丰乳肥臀》中人物内心独白冗余拖沓，主人公的回忆独白等在英译文中被大量删除，另外有大量的细节描写也被删减，从而在段落上进行了合并。比如故事发展到20世纪80年代改革开放后，上官金童跟着耿莲莲参观东方鸟类中心经历，包括耿莲莲介绍鸟类中心的发展计划，参观孔雀饲养场、丹顶鹤饲养场等被删减。如"上官金童跟随着耿莲莲，参观了孔雀饲养场，上千只孔雀，拖着疲倦不堪的腿，在尼龙网罩起来的沙地上，麻木不仁地蹒跚着。几只白色的雄孔雀，见到耿莲莲，便献媚地开了屏……"等约2000中文字的内容完全删去。

例18：原文：趁着丈夫又一次探头进来的瞬间，她拼着全身的力气抬起一只胳膊，对他挥了挥手，一句冷冰冰的话从嘴里钻出来——她怀

---

① 莫言. 红高粱家族[M]. 上海：上海文艺出版社，2012：124.
② Mo Yan. Red Sorghum[M]. Tr. By Howard Goldblatt. New York: Penguin Books, 1994: 135.

疑这句话是不是自己说的——骂他"狗娘养的",实际上是在骂婆婆,婆婆是条狗,老狗……二十多年前在大姑姑家寄生时听到过的那个古老的关于傻女婿和丈母娘的故事油然浮上脑海:那是多雨又酷热的年代,高密东北乡刚刚开发,人烟稀少,大姑姑家是最早的移民,大姑父身躯高大,人送外号"于大巴掌",他的大巴掌攥起来,就是两只马蹄般的大拳头,一拳能打倒一匹大骡子……①

译文:When her husband stuck his head in the door a second time, she mustered the strength to raise an arm to signal him and say icily—she couldn't be sure if the words actually emerged from her mouth: "Come over here, you son of a bitch!" By this time, she'd forgotten her hatred and enmity toward her husband. Why take it out on him? He may be a son of a bitch, but it's my mother-in-law who's the bitch, an old bitch...②

这一段同样也是上官鲁氏(母亲)生产前的现实与回忆的交叉,由于临生产的痛苦与疲惫,上官鲁氏骂了丈夫一句,表达了自己对婆婆的怨愤。之后"母亲"回忆起有关姑父"于大巴掌"的相关内容,由于《丰乳肥臀》50多万字的长度,考虑到读者及销售,西方出版社编辑只能删节部分细节以控制篇幅。在这样的要求下,葛浩文在将中文译成英文的过程中,一直在进行原作文字价值的甄别,小心选择必须删减的内容,尽量保证了所删减的内容并不影响主题和情节发展。

例19:原文:我突然想起多年前樊三大爷高举着火把把我们从死亡中引导出来的那个夜晚。他高举着火把,像红色的马驹一样,在暗夜中跳跃着。那一夜,我沉浸在乳汁的温暖海洋里,搂抱着巨大的乳房几乎飞进天国。现在,可怕的迷幻又开始了,像有一道金黄光线洞穿了夜幕,像巴比特的电影机的光柱,成群小冰豆子像银甲虫,在这光柱里飞舞,一个长发飘拂的女人,披着云霞的红衣,红衣上镶嵌着千万颗珍珠,闪,闪,长长短短地闪烁着光芒。她的脸一会儿像来弟,一会儿像鸟仙,一

---

① 莫言. 丰乳肥臀 [M]. 上海:上海文艺出版社,2012:29.
② Mo Yan. Big Breasts & Wide Hips [M]. New York. Arcade Publishing, 2004:40.

会儿像独乳老金,突然又变成了那个美国女人。她柔媚地笑着,眼神是那么娇,那么飘,那么妖,那么媚,勾得人心血奔流,细小的泪珠迸出眼窝,挂在弯成弧线的睫毛上。她的洁白的牙齿轻轻咬着一点唇,猩红,后来又咬遍我的手指,咬遍我的脚趾。她的细腰,她的樱桃般的肚脐,都隐约可见。顺着肚脐往上看,我顿时热泪盈眶,大声地呜咽起来,那两只像用纯金打就、镶嵌着两颗红宝石的乳房,朦胧在粉红色的轻纱里。她的声音从高处传下来,礼拜吧,上官家的男孩,这就是你的上帝!上帝原来是两只乳房。上帝能变幻,变幻无穷,你醉心什么,他就变幻成什么给你看,要不怎么能叫上帝呢!我够不到你,你太高了,于是她便降落下来,对着我仰起的脸,撩开了轻纱,轻纱如水,在她周围流淌。她的身体飘浮不定,那对乳房,我的上帝,有时擦着我的额头,有时划过我的腮,但总也碰不到我的嘴。我几次跃起,宛若蹿出水面捕食的鱼,大张着嘴巴,但却总是落空,总是啄不准。我懊恼极了,焦灼极了,是幸福的懊恼,充满希望的焦灼。她的脸上,是狡猾妩媚的微笑,但我不反感这狡猾,这狡猾是蜂蜜,是乳房一样的紫红色花苞,是花苞形状的带着露水的草莓,是草莓一样沾着蜂蜜的乳头。她一个笑靥便让我沉醉,她嫣然一笑便感动得我跪在地上。你不要这样飘浮不定,我祈求你让我咬住你,我愿跟随你飞行,飞到九霄云外,去看喜鹊搭成的天桥,为了你我愿意弯曲我的嘴,狰狞我的脸,让身上生出羽毛,让双臂变成翅膀,让双脚变成趾爪,我们上官家的孩子,跟鸟有着特别的亲近感情。那你就生长你的羽毛吧,她说,于是我便体验到了生长羽毛的奇痛和高烧……

金童,金童!母亲在呼唤我。母亲把我从幻觉中唤醒。她和大姐,在黑暗中,搓着我的四肢,把我从生与死的中间地带拽了回来。[①]

译文:I was reminded of that night years before when Elder Fan Three had led us away from sure death, his torch held high, flames the red of a roan colt dancing in the air. That night I'd been immersed in a warm sea of milk, holding on to a full breast with both hands and feeling myself fly up to Paradise. But now the frightful apparition began, like a

---

① 莫言.丰乳肥臀[M].上海:上海文艺出版社,2012:265.

golden ray of light splitting the darkness, or like the beam of light from Babbitt's film projector; thousands of icy droplets danced in the light, like beetles, as a woman with long, flowing hair appeared, a cape like sunset draped over her shoulders, its embedded pearls glittering and casting shimmers of light, some long and some short. Her face kept changing: first Laidi; then the Bird Fairy; then the single-breasted woman, Old Jin; and then suddenly the American woman... "Jintong!" Mother was calling me. She brought me out of my hallucinations. In the darkness, she and First Sister were massaging my arms and legs to bring me back before I fell into the abyss of death.[①]

这一段内心独白是《丰乳肥臀》中上官金童在随着"母亲"大撤退过程中由于生病昏迷而产生的幻觉独白。原文作者不遗余力地竭尽自己想象,对于上官金童在电影中看到过的"美国女人"从眼神、牙齿、腰部,尤其是乳房以及其用乳房挑逗之态和上官金童的反应做了详尽的描述,整段话语滔滔不绝,语言描写极度夸张而显累赘,此段极致烦琐的描写仅仅是突出了上官金童的恋乳癖,而在《丰乳肥臀》全文中多处出现了乳房的意象,也在多处描写了上官金童对乳房的想象与渴望,中文读者在阅读过程中也往往会对此大段叙述快速略去。葛浩文在英译过程中将此独白删去了大半,仅仅保留迷幻开始时的事件叙述,而对于细节及心理反应描写完全删节。删节后的英译文将后一段落内容并入该段,似乎缩短了上官金童的昏迷与幻觉时间,但是由于全书其他各处的呼应与重复,此处的删减对于情节的展开与人物形象的塑造并无太多影响。

在《檀香刑》中莫言描写了敢于追求而有悖世俗情感的已婚女子孙眉娘。小说中县太爷钱丁为了移风易俗,让高密的女人不再缠足,给孙眉娘在南校场准备了秋千。于是孙眉娘在众目睽睽之下将秋千荡上了高空,这时候有一段孙眉娘火辣辣幸福的内心独白:

例20:原文:俺感到飘飘欲仙,鸟儿的翅膀变成了俺的双臂,羽毛长满了俺的胸膛。俺把秋千荡到了最高点,身体随着秋千悠荡,心里泅

---

① Mo Yan. Big Breasts & Wide Hips [M]. New York: Arcade Publishing, 2004: 759.

涌着大海里的潮水。一会儿涨上来，一会儿落下去。浪头追着浪头，水花追着水花。大鱼追着小鱼，小鱼追着小虾。哗哗哗哗哗……高啊高啊高啊，实在是高，再高一点，再高一点……俺的身体仰起来了，俺的脸碰到了飞翔着来看热闹的小燕子的嫩黄的肚皮，俺臭美地躺在了风编雨织的柔软无比的垫子上，荡到最高处时，俺探头从那棵最大的老杏树的梢头咬下了一枝杏花，周围一片喝彩……真恣悠啊，真舒坦啊，得了道啦，成了仙啦……然后让大堤决口，让潮水退落，浪头拖着浪头，水花扯着水花，大鱼拉着小鱼，小鱼拽着小虾，啦啦啦啦，退下去了。退到低谷又猛然地上升，俺就俯仰在那两根绷得紧紧、颤抖不止的绳子上，身体几乎与地面平行，双眼看到了新鲜的黄土和紫红色的小草芽苗，嘴里叼着杏花，鼻子里全是杏花淡淡的清香。①

译文：I was transported to a fairyland; I felt like a bird soaring aloft, my arms transformed into wings, feathers sprouting on my chest. At the summit, the swing and my body hung in the air together, while tides of ocean waves surged through my heart—swelling high, then falling low, one wave hard upon another, foam gathering in the air. Big fish chasing little fish, little fish chasing shrimp. Waa waa waa waa...higher higher higher, not yet high enough, just a little higher, a little more...my body laid out horizontally, my face bumped into the soft yellow belly of a curious swallow; I felt as if I were lying on a cushiony pad woven of wind and rain, and when I reached the highest possible point, I bit a flower off the tip of the highest branch of the oldest and tallest apricot tree around. Shouts erupted on the ground below. I was carefree, I was relaxed and at ease, I had achieved the Tao, I was an immortal...and then, a breach in the dam, the waters retreated, waves returning to sea, taking foam with them; big fish tugged on little fish, little fish dragged shrimps, la la la la, all in retreat. I reached bottom, and then flew up again. My head pitched back between the twin ropes as they

---

① 莫言.檀香刑 [M]. 武汉：长江文艺出版社，2012：15.

grew taut again and trembled in my hands, and I was nearly parallel to the ground. I could see fresh soil where purple sprouts of new grass were beginning to poke through. The apricot blossom was still between my teeth, its subtle fragrance filling my nostrils.①

在这一段中，孙眉娘得意扬扬地在秋千上享受众人艳羡的目光，感受干爹钱丁的爱恋，感受自己的幸福。原文中这一段内心独白带有感叹色彩，运用了陈述句的排比。在葛浩文英译文本中仍然沿袭了其以往理性的陈述句译法，将感叹句转变为语气略显平淡的陈述句，"真恣悠啊，真舒坦啊，得了道啦，成了仙啦"译为"I was carefree, I was relaxed and at ease, I had achieved the Tao, I was an immortal"，这样处理虽然一定程度上减弱了原文的激情成分，但在句式上保留了排比形式，在意义方面完全忠实地传达了原文含义，能够让译文读者也体会到眉娘酣畅淋漓的幸福感。这一段中，英译文中所做的改写较少，而且没有任何明显的删节，对于"水花追着水花"这一句没有用 foam chasing foam 而是译为"foam gathering in the air"，应为译者葛浩文用英语来描绘他所阅读到的原作的场景，因而直接摒弃了词对词的翻译，而是用另外的语言勾画出原作的情境。在这个意义上，葛浩文的译文是对于莫言作品内容的忠实。

例21：原文：一阵乱梆子，敲得黎明到。俺起身下了炕，穿上新衣服，打水净了面，官粉搽了脸，胭脂擦了腮，头上抹了桂花油。俺从锅里捞出一条煮得稀烂的狗腿，用一摞干荷叶包了，塞进竹篮。提着竹篮俺出了门，迎着西下的月亮，沿着青石板道，去县衙探监②。

译 文：With one last frenetic banging of the watchman's clappers, dawn broke. I climbed down off the kang, dressed in new clothes, and fetched water to wash up, then applied powder and rouge to my face and oiled my hair. After taking a well-cooked dog's leg out of the pot, I wrapped it in a lotus leaf and put it in my basket, then walked out the

---

① MoYan. Sandalwood Death[M]. Tr. by Howard Goldblatt. Oklahoma: University of Oklahoma Press, 2012: 25.
② 莫言. 檀香刑[M]. 武汉：长江文艺出版社，2012：5.

door and down the cobblestone road as the moon settled in the west. I was headed to the yamen prison, where I'd gone every day since my dieh's arrest.①

这一段原文中运用了一系列行为动词，描绘出孙眉娘干净利落又急切前往县衙探监的动感的人物形象。语言以第一人称独白叙述，富有节奏感。按照中英语言行文特点，中文动词句多，而英文应该以静态名词句为主导。然而葛浩文在英译这一段文字时紧贴原文词序与句序，非常贴切、忠实地将眉娘的一系列动作悉数译出。而且，这样保留原作句式结构特点的翻译在整本小说中多次出现。

5.1.3 莫言小说民族性叙事结构英译

在《红高粱家族》中，莫言大胆借鉴西方现代主义写作结构，采用意识流手法，叙事在时间与空间上跳跃。《丰乳肥臀》基本上是按照历史事件发展的顺序，但是在当中的叙述中仍然体现了时空的转换，尤其是第七章最后作为补叙回顾了"母亲"与不同男人结合的过程。而在《檀香刑》中莫言采用中国传统小说凤头—猪肚—豹尾结构，进而"将小说的结构技巧完美地转换成小说的本质，阅读起来既有贯穿而清晰的线索，又有丰盈而自由的空间"②。

《檀香刑》凤头部包括前四章，以主要人物第一人称独白叙述方式引出故事。这四章从眉娘、赵甲、小甲以及钱丁四个人的视角，引出了孙丙将被处以檀香刑的命运。"猪肚"部包括第5~13章，叙述采用第三人称，剧情错综复杂，围绕孙丙的案件牵扯到其他人物，交待了孙丙案件发生的前因。豹尾部分与凤头呼应，从赵甲、眉娘、孙丙、小甲、知县的视角再次以第一人称叙述了故事的最后结局。《檀香刑》英译文在篇章结构上，葛浩文完全尊重了原作的安排与措辞，章节顺序与内容与原文一一对应。凤头部、猪肚部、豹尾部分别译为：Book One：Head

---

① MoYan. Sandalwood Death[M]. Tr. by Howard Goldblatt. Oklahoma：University of Oklahoma Press，2012：8.
② 宋学清，赵茜，张宝林.从《檀香刑》的戏剧成分和色彩看莫言的民间立场[J]. 作家杂志，2012（14）：5-6.

of the Phoenix；Book Two：Belly of the Pig；Book Three：Tail of the Leopard。而其中第一部章节标题眉娘浪语、赵甲狂言、小甲傻话、钱丁恨声对应译为：Chapter One：Meiniang's Lewd Talk；Chapter Two：Zhao Jia's Ravings；Chapter Three：Xiaojia's Foolish Talk；Chapter Four：Qian Ding's Bitter Words。第二部章节标题斗须、比脚、悲歌、神坛、杰作、践约、金枪、夹缝、破城，译为：Battle of Beards，Competing Feet，Elegy，Divine Altar，Masterpiece，A Promise Kept，Golden Pistols，Crevice，A City Destroyed。第三部章节标题赵甲道白、眉娘诉说、孙丙说戏、小甲放歌、知县绝唱译为 Zhao Jia's Soliquy，Meiniang's Grievance，Sun Bing's Opera Talk，Xiaojia Sings in Full Voice，The Magistrate's Magnum Opus。

5.1.4 莫言小说民族性意象英译体现

5.1.4.1 莫言小说个性化色彩感官意象英译

莫言在小说创作中往往会调动全部感官感受，味觉、视觉、触觉、听觉以及所有与此相关的想象力。因为莫言认为"作家在写小说时应该调动起自己的全部感觉器官，你的味觉、你的视觉、你的听觉、你的触觉，或者是超出了上述感觉之外的其他神奇感觉。要让自己的作品充满色彩和画面、声音和旋律、苦辣和酸甜、软硬与凉热等丰富的可感受的描写"[1]。这样，小说作品就"不再是一堆没有生命力的文字，而是一个有气味、有声音、有温度、有形状、有感情的生命活体"[2]。

《红高粱家族》中色彩作为小说的构思而统一于整体意象。浓烈的红色给人以强烈的刺激。作品中红色的运用使读者无法回避一大片无边无际、红得如血的高粱世界，让人感受到一股股血腥气从高粱地里喷散出来。《红高粱家族》中的整体意象通过一系列具体、局部的意象构筑起来，如高粱地、高粱酒、残酷的剥人皮、战争与血、高粱地里的花轿等。

---

[1] 莫言. 莫言讲演新篇[M]. 北京：文化艺术出版社，2010：318.
[2] 莫言. 莫言讲演新篇[M]. 北京：文化艺术出版社，2010：3.

例22：原文：八月深秋，无边无际的高粱红成汪洋的血海。高粱高密辉煌，高粱凄婉可人，高粱爱情激荡。秋风苍凉，阳光很旺，瓦蓝的天上游荡着一朵朵丰满的白云，高粱上滑动着一朵朵丰满白云的紫红色影子。一队队暗红色的人在高粱棵子里穿梭拉网，几十年如一日。

译文：In late autumn, during the eighth lunar month, vast stretches of red sorghum shimmered like a sea of blood. Tall and dense, it reeked of glory; cold and graceful, it promised enchantment; passionate and loving, it was tumultuous. The autumn winds are cold and bleak, the sun's rays intense. White clouds, full and round, float in the tile-blue sky, casting full round purple shadows onto the sorghum fields below. Over decades that seem but a moment in time, lines of scarlet figures shuttled among the sorghum stalks to weave a vast human tapestry.

这一段中"深秋""红高粱""血海""阳光""蓝天""白云""红影"这一系列的带有颜色的意象组成了一幅美丽的乡村景致，由此可以看出莫言娴熟的色彩运用，成为莫言最突出的个性化描写特色，葛浩文也非常欣赏这样的色彩描写，因此，在英译文中也非常恰切地展现了"a sea of blood"一片血红的壮观景象。

例23：原文：七天之后，八月十五日，中秋节。一轮明月冉冉升起，遍地高粱肃然默立，高粱穗子浸在月光里，像蘸过水银，汩汩生辉。我父亲在剪破的月影下，闻到了比现在强烈无数倍的腥甜气息。那时候，余司令牵着他的手在高粱地里行走，三百多个乡亲叠股枕臂、陈尸狼藉，流出的鲜血灌溉了一大片高粱，把高粱下的黑土浸泡成稀泥，使他们拔脚迟缓。

译文：Seven days later, the fifteenth day of the eighth month, the night of the Mid-Autumn Festival. A bright round moon climbed slowly in the sky above the solemn, silent sorghum fields, bathing the tassels in its light until they shimmered like mercury. Among the chiseled flecks of moon-light Father caught a whiff of the same sickly odor, far stronger than anything you might smell today. Commander Yu was leading him by the hand through the sorghum, where three hundred fellow villagers, heads pillowed on their arms, were strewn across the ground, their fresh blood turning the black earth into a sticky muck that made walking slow and difficult.

本段所描写的同样是《红高粱家族》中的高粱地，但与上段相比，没有了"很旺的阳光"，仅有清冷的水银一样的月光，在这片"剪破的月影"下，乡亲们的鲜血浇灌了这片"黑土"。原文表现了凄冷的景象，感伤的心境。在英译文中"bright moon""chiseled flecks of moonlight""black earth""fresh blood"采用直译的方式同样体现了原文凄冷的意境。

5.1.4.2 莫言小说个性化新奇比喻意象英译处理

比喻可以泛指语言具有诗学理据的运用，是具有陌生化特点的文学性的表达。亚里士多德在他的《诗学》里说过，比喻是天才的标志。[①] 这种天才的比喻标志往往是独一无二的。如果文学翻译仍然具有原文独特的文学性，就应该还原出原文比喻的这种独特性，而不仅仅只是还原原文的信息内容，因此翻译时不应该重复使用被他人用过的熟悉话语来取代文学作品中的天才的标记。

莫言小说语言富有特色，给读者带来陌生化的效果，作品中充满了陌生化比喻。对于莫言这几部作品中的比喻意象，葛浩文尊重作品中这些意象带来的特殊艺术效果并试图尽量还原原作意象，在具体翻译中，在原文的基础上，葛浩文通过发挥自己的想象力创造性地再造了各种视觉、听觉意象，而对于比喻意象中的所有喻体，葛浩文并没有全部忠实地译出，而是采用了灵活的翻译策略，对于中西文化中都能共通的比喻意象，采用了保留喻体的方式，而对于某些粗俗的比喻，则采用了省译的方法。

例 24：原文：栅栏里臭气熏天，有人在打呼噜，有人往栅栏边角上那个铁皮桶里撒尿，尿打得桶壁如珠落玉盘。[②]

---

① 王东风.文学翻译：寻找天才的标志——《爱情故事》译后 [J]，外语与外语教学，2007（12）：45-47+57.
② 莫言.红高粱家族 [M].上海：上海文艺出版社，2012：17.

译文：The stench inside the enclosure was suffocating. Some of the men snored loudly; Others got up to piss in a tin pail, raising a noisy liquid tattoo, like pearls falling onto a jade plate.①

例25：原文：他费力地从石头下抽出手，站起来，腰半弓着，像一只发威的老瘦猫②。

译文：He strained to pull his hands out from under the rock, stood up, and arched his back like a threatened, skinny old tomcat.③

以上两例原文中喻体"珠落玉盘"以及"发威的老瘦猫"均采用了保留原来形象的译法。虽然"珠落玉盘"为典型的中国形象，但是"pearls falling onto a jade plate"其意义仍不难想象，而第二例则为比较普遍的可以共通的形象。因而，葛浩文采用直译的方式并不影响读者阅读理解。

例26：原文：墨水河盛产的白鳝鱼肥的像肉棍一样，从头到尾一根刺。它们呆头呆脑，见钩就吞④。

译文：The white eels of the Black Water River, like plump sausages, with tapered ends, foolishly swallow every hook in sight⑤。

这句当中喻体"肉棍"（meat stick）不便理解，因此，英译文中用"plump sausages"替代，虽然换了名称，但形状相似，仍然保留了其形似的比喻意义。

例27：原文：几十只乌鸦在柳树上跳来跳去，树冠像个沸腾的汤锅。

译文：A flock of crows hopped around on the branches, making the canopy of foliage come alive.

本句中喻体"沸腾的汤锅"在中国农村是个普遍常见的事物，而英译文将喻体省略，直接用"come alive"表达出"热闹"之意，弱化了

---

① Mo Yan. Red Sorghum[M]. Tr. by Howard Goldblatt. New York: Penguin Books, 1994：20.
② 莫言. 红高粱家族 [M]. 上海文艺出版社，2012：18.
③ Mo Yan. Red Sorghum[M]. Tr. by Howard Goldblatt. New York: Penguin Books, 1994：21.
④ 莫言. 丰乳肥臀 [M]. 上海：上海文艺出版社，2012：6.
⑤ Mo Yan. Big Breasts & Wide Hips [M]. New York: Arcade Publishing, 2004：9.

常见意象，但是更加明确地表达出原文意义。

例28：原文：罩夫们围着棺材，像一群蚂蚁围绕着一具猪的尸体。

译文：The sixty-four soldiers who had borne the great canopy rushed up to the coffin like bees.

此句中喻体"蚂蚁围绕着一具猪的尸体"较为粗俗，英译文用"like bees"替代弱化了其粗俗特征。

例29：原文：河堤南正挑着单旗的绿高粱坦坦荡荡，像阔大浩渺的瓦蓝的死水湖面。爷爷骑着骡子沿着河堤一直往东走。

译文：Green tipped sorghum on the southern bank waved in the wind as Granddad rode eastward along the riverbank.

原文中比喻没有任何粗俗含义，仅仅为景色描写，但是英译文中这一句进行了省略翻译，直接删除多余的比喻不译，这样方便凸显信息。英译文回译为"爷爷沿着河堤向东骑过来时，河堤南绿高粱在风中舞"，与原文相比，英译文仅保留了原文的核心信息。而葛浩文也曾批评过中国作家"啰唆"，这里显示出了他对原文弱点的把握。

在《丰乳肥臀》中莫言运用了许多比喻意象，在第一卷中就用了五六十个。其中的大部分，译者保留了原文明喻的特点。许多比喻与乳房有关，而乳房正是小说篇名中一个重要组成，因此对于乳房的比喻，在英译中大都保留下来。

例30：原文：等我醒来时，第一眼便看到母亲的一只秀挺的乳房，乳头像一只慈爱的眼睛，温柔地注视着我。另外一只乳头在我嘴里，它主动地撩拨着我的舌尖，摩擦着我的牙床，甘美的乳汁小溪般注入了我的口腔。我嗅到了母亲乳房上有一股浓郁的香气。

译文：When I awoke, the first thing I saw was one of Mother's wonderfully erect breasts, its nipple gently observing me like a loving eye. The other one was already in my mouth, taking pains to tease my tongue and rub up against my gums, a veritable stream of sweet milk filling my mouth. I smelled the heavy fragrance of Mother's breast.

例31：原文：我的眼前，只有两只宝葫芦一样饱满油滑、小鸽子一样活泼丰满、瓷花瓶一样润泽光洁的乳房。她们芬芳，她们美丽，她们自动喷射这淡蓝色的甜蜜浆汁，灌满了我的肚腹，几百万、几千亿、几亿兆颗飞快旋转着的星斗，转啊转，都转成了乳房。天狼星的乳房，北斗星的乳房，猎户星的乳房，织女的乳房，牛郎的乳房，月中嫦娥的乳房，母亲的乳房……

译文：In front of my eyes were two gourd-sized breasts, over flowing with rich liquid, lively as a pair of doves and sleek as porcelain bowls. They smelled wonderful and looked beautiful; slightly blue-tinged liquid, sweet as honey, gushed from them, filling my belly and drenching me from head to toe. I wrapped my arms around the breasts and swam in their fountains of liquid...overhead, millions and billions of stars swirled through the sky, round and round to form gigantic breasts: breasts on Sirius, the Dog Star; breasts on the Big Dipper; breasts on Orion the Hunter; breasts on Vega, the Girl Weaver; breasts on Altair, the Cowherd; breasts on Chang'e, the Beauty in the Moon, Mother's breasts...

在以上两例中，"母亲的乳房"既是主题意象，又是比喻意象。例30中母亲的"乳头像一只慈爱的眼睛"，而乳房本身就成了母亲的喻体。对这个比喻或借代，译文如实地翻译了出来，并把后文的"主动地"一词译成"taking pains"，更加强了以乳房喻人的效果。乳房是母亲的代名词，之后作者不厌其烦地列举满天星斗的名称，一次次重复了乳房的意象，而葛浩文英译文中一个不漏地完全译出来。葛浩文曾经意识到莫言小说中多有重复的地方，而且也提到出版社经常要他进行删节。但是葛浩文却保留了这段文字中如此多的乳房的重复描写，可见葛浩文对于主题意象的准确把握。

例32：原文：当他们骑墙扬威时，那五条像从墨池里捞上来一样遍体没有一根杂毛的黑狗，总是慵懒地卧在墙根，眯缝着眼睛，仿佛在做梦。孙家的哑巴们和哑巴们的狗对同住一条胡同的上官寿喜抱着深深的成见，他想不清楚何时何地如何得罪了这十个可怕的精灵。只要他碰到人骑墙头、狗卧墙根的阵势，坏运气便要临头。尽管他每次都对着哑巴们微笑，但依然难以避免五条箭一般扑上来的黑狗们的袭击。

译文：While the boys were in their saddles, their five jet black dogs, which could have been scooped out of a pond of ink, sprawled lazily at the base of the wall, eyes closed to mere slits, seemingly dreaming peaceful dreams.The five mutes and their dogs had a particular dislike for Shangguan Shouxi, who lived in the same lane, although he could not recall where or when he had managed to offend these ten fearsome demons. But whenever came across them, he was in for a bad time. He would flash them a smile, but that never kept the dogs from flying at him like five black arrows, and even though the attacks stopped short of physical contact, and he was never bitten, he'd be so rattled his heart would nearly stop.

《丰乳肥臀》中这一段出现了两个比喻，第一个比喻的本体实际上是指黑狗的颜色，由于中文语音模糊的特点，因此这样的比喻出现在原文中并不觉得有错误，但是在英译文中，葛浩文删去了喻词"像"，而代之以"could have been"表示推测，实为妙译。第二个比喻将狗比喻成"黑箭"以形容其快，属于常见意象英译，因此保留了原来意象。

例33：原文：他一时不知应该如何回答孙大姑的询问，仿佛有千言万语涌到口边，却连一句话也说不出口。他满脸窘态，支支吾吾，像被人当场捏住手脖子的小偷。

译文：He was stuck for a good answer; there was so much he wanted to say, and not a word would come out. As his face reddened, he just stammered, like a thief caught in the act.

《丰乳肥臀》中这一段讲述了上官寿喜被上官吕氏派去请孙大姑为母驴接生时的窘态，由于原文中比喻意象具有普遍共通性，因而保留了"被抓的小偷"意象，但是原文用的是方言土语"捏住手脖子"，而英文仅用了"caught"，在生动性上不如原文，但是更加简洁，节省了字数。

《檀香刑》中有多处对于狗的描写，孙眉娘是狗肉西施，而且还梦见其爹的头与狗争斗，《檀香刑》中的比喻也有包含狗的喻体。由于"狗"的形象在中英文化中有着极大的反差，英译者对此作了相应的灵活处理。

例34：原文：一听这话，俺干爹扔下铁锹，抖抖马蹄袖，弯腰钻进了轿子。轿夫们抬起轿子飞跑，一群衙役，跟在轿后，跌跌撞撞，活活就是一窝丧家狗。(《檀香刑》)

译文：Without a word, my gandieh dropped the shovel, shook his sleeves, and climbed back into his palan-quin.The bearers picked it up and ran with it on their shoulders, followed by a contingent of yayi, who stum-bled along like a pack of homeless curs.

"丧家狗"在中文里有强烈的贬损意义，原作者在这里用来形容"衙役"刻意让读者产生蔑视和厌恶的感觉。而如果译者将"丧家狗"译为"homeless dogs"，由于 dog 在英语文化中往往没有贬义，译文读者因此不会产生负面的厌恶感觉，反而会引起英文读者对"衙役"们的同情。这样无疑就会使两种语言的审美发生冲突，因此，译者在此用"cur（杂种）"这一带有贬义的词来准确表达眉娘对"衙役"的蔑视之意。

5.1.5 莫言小说民族性语言英译处理

莫言小说具有强烈的民间性与幽默性，其小说语言从以往人们认为的优雅艺术降格为下里巴人，小说语言从"圣坛"还原为"厚土"[1]，从一鸣惊人的《红高粱家族》到引起轩然大波的《丰乳肥臀》以及后来具有"中国特色"的《檀香刑》，莫言以多样杂糅的语言形式、灵活多变的叙述角度、奇异超人的感觉方式勾勒小说中的人、事、物，创建出中国文学史上独一无二的"文学共和国"，表现出了莫言独特的语言个性与深厚的力量感。莫言语言具有"毛茸茸的感觉"——粗俗、肆无忌惮、酣畅淋漓，带有强烈的个人性。但是莫言的语言带有激情状态下的慌不择路。由于在激情状态下，人们理智分析能力往往受到抑制，同时自我控制能力减弱，这样就造成言语上的超常表现，如语言表达多有与逻辑事理相悖，经不起理智的分析与推敲。[2]对于这一点，葛浩文在英译过程中在适当的地方，依据自己的敏锐文学判断，对原作相关文字进行了

---

[1] 陈媛媛.莫言的世界与世界的莫言[D].苏州：苏州大学，2013.
[2] 吴礼权.修辞心理学[M].昆明：云南人民出版社，2002：107.

回归理性的调整。

5.1.5.1 莫言小说民族性语言——民间谚语俗语书面语杂糅英译处理

莫言作品中民间口语与书面语杂糅使用，广场话语特色与正式语体交替狂欢。《红高粱家族》中，人物会话语言用了许多谚语、顺口溜、快板等民族性语言形式，这类语言具有乡土气，往往通俗易懂，末尾押韵，读起来朗朗上口。在小说中，人物会话等都是为了推动情节发展，因此在英译时，译者更多地保留了能够揭示情节的内容而舍弃了音韵。而在篇章之初县志记载的内容则用比较文气的书面文言语言，显示了莫言语言中的杂糅特点。

例35：原文：县志载：民国二十七年，日军捉高密、平度、胶县民夫累计四十万人次，修筑胶平公路。毁稼禾无数。公路两侧村庄中骡马被劫掠一空。农民刘罗汉，乘夜潜入，用铁锹铲伤骡蹄马腿无数，被捉获。翌日，日军在拴马桩上将刘罗汉剥皮零割示众。刘面无惧色，骂不绝口，至死方休。

译文：In county records I discovered that in 1938, the twenty-seventh year of the Republic, four hundred thousand mandays were spent by local workers from Gaomi, Pingdu, and Jiao counties in the service of the Japanese army to build the Jiao-Ping highway. The agricultural loss was incalculable, and the villages bordering the highway were stripped clean of draught animals. It was then that Arhat Liu, a conscript himself, took a hoe to the legs of our captured mule. He was caught, and the next day the Japanese soldiers tied him to a tethering post, skinned him alive, and mutilated him in front of his compatriots. There was no fear in his eyes, and a stream of abuse poured from his mouth up until the moment he died.

《红高粱家族》中以文言形式叙述了县志里记载的罗汉爷爷事件起因结果，语言有如《战国策》般简洁且达意。葛浩文在英译时没有对其语体进行调整，以释意的方式将文本意义译出。对于原文中的时间与人物背景做了必要的补充说明，使得英译文更加清晰明确，方便读者阅读。

例36：原文：曹县长一拍桌子，说："各位听着，本县长判决：戴氏女子，弱柳扶风，大度端庄，不卑不亢，一听到亲夫罹难，大痛攻心，吐血半斗，乌云披散，为亲示孝。这样的良善女子，怎能勾通奸夫，杀害亲夫？庄长单五猴子，我看你满面菜色，定是烟鬼赌棍，身为庄长，带头违犯本县律令，已属不赦，诬陷清白，更是罪上加罪。本县长明察善断，任何奸邪之徒，也难逃法眼。单廷秀父子被杀，定是你所为。你一慕单家财产，二贪戴氏芳容，所以巧设机关，哄骗本官。"①

译文：Magistrate Cao banged the table again. "Listen, everyone, to my verdict. When the woman Dai, a gentle willow bent by the wind, magnanimous and upright, neither humble nor haughty, heard that her husband had been murdered, she was stricken with overpowering grief, spitting a mouthful of blood. How could a good woman like that be an adulteress who plotted the death of her own husband? Village Chief Five Monkeys Shan, I can see by your sickly pallor that you are an opium smoker and a gambler. How can you, as village chief, defy the laws of the county? That is unforgivable, not to mention your tactics to defile someone's good name, which adds to your list of crimes. I am not fooled in my judgements. No disciples of evil and disorder can evade the eyes of law. It must have been you who murdered Shan Tingxiu and his son, so you could get your hands on the Shan family fortune and the lovely woman Dai. You schemed to manipulate the local government and deceive me." ②

这一段是《红高粱家族》中曹县长审问单廷秀父子被害一案，其语言铿锵有声，节奏分明，多用四字格词语，具有文言戏曲官话特点，与老百姓口头语表达方式迥异，对中文读者来说，这段审判词让人联想起京剧"包青天"义正词严、字正腔圆的断案情景。这种人物语言在全文

---

① 莫言. 红高粱家族 [M]. 上海：上海文艺出版社，2012：112.
② Mo Yan. Red Sorghum[M]. Tr. by Howard Goldblatt. New York: Penguin Books, 1994: 117.

中的风格变异体现了莫言小说语言杂糅狂欢的拼盘特点，语言风格不太统一。而葛浩文在英译文中并没有采用相应的英语。

例37：原文：我们村里一个九十二岁的老太太对我说："东北乡，人万千，阵势列在墨河边。余司令，阵前站，一举手炮声连环。东洋鬼子魂儿散，纷纷落在地平川。女中魁首戴凤莲，花容月貌巧机关，调来铁耙摆连环，挡住鬼子不能前……"①

译文：An old woman of ninety-two sang to me, to the accompaniment of bamboo clappers: "Northeast Gaomi Township, so many men; at Black Water River the battle began; Commander Yu raised his hand, cannon fire to heaven; Jap souls scattered across the plain, ne'er to rise again; the beautiful champion of women, Dai Fenglian, ordered rakes for a barrier, the Jap attack broken..."

这一段是《红高粱》中主人公"我"采访同村的老太太关于"我爷爷"和"我奶奶"事迹时，老太太用山东快板的形式讲述了他们的英雄事迹。其内容与小说后面发展情节及内容相呼应，因此，葛浩文选择了保留其意义。

例38：原文：奶奶站在他们二人当中，奶奶左手按着冷支队长的左轮枪，右手按着余司令的勃郎宁手枪。父亲听到奶奶说"买卖不成仁义在么，这不是动刀动枪的地方，有本事对着日本人使去。"

译文：Grandma stood between them, her left hand resting on Leng's revolver, her right hand on Commander Yu's Browning pistol.Father heard Grandma say, "Even if you can't agree, you mustn't abandon justice and honour. This isn't the time or place to fight. Take your fury out on the Japanese."

例39：原文：这一双娇娇金莲，这一张桃腮杏脸，千般的温存，万般的风流，难道真要由一位麻风病人去消受？

译文：Were these tapered golden lotuses, a face as fresh as peaches and apricots, gentility of a thousand kinds, and ten thousand varieties

---

① 莫言.红高粱家族[M].上海：上海文艺出版社，2012：3.

of elegance all reserved for the pleasure of a leper?

例 40：原文：他知道我奶奶年纪虽小，肚里长牙，工于心计，绝不是一盏省油的灯。

译文：She might be young, but she had teeth in her belly and could scheme with the best of them. A woman to be reckoned with, certainly no economy lantern.

例 41：原文：嫁鸡随鸡嫁狗随狗。

译文：If you marry a chicken, you share the coop, marry a dog and you share the kennel.

以上各例包含了民间谚语、顺口溜、民间俗语等，葛浩文对于以上谚语、顺口溜、俗语等采用了转译、增补、释义等翻译策略。如"a woman to be reckoned with"与"you share the coop, you share the kennel"如此补充，使得原来隐含的意义更加显现，这就方便了读者理解，减轻了读者的阅读负担，否则，如果通篇都是无法理解的方言土语俗语，读者将会丧失阅读兴趣。从这里可以看出葛浩文译作体现了以读者为中心的西方翻译规范。

莫言在《丰乳肥臀》中语言达到了毫无节制的程度，其主人公顺口拈来快板、顺口溜、谚语、习语、歇后语等，既体现了民间朴实的智慧，也表现出调侃语气。葛浩文在英译过程中对于这一特点的语言采取了陌生化与可读性相结合的原则。

例 42：原文：旧社会，好比是，黑格咙咚的枯井万丈深，井底下压着咱们的老百姓，妇女在最底层，最呀么最底层。新社会，好比是，亮格咙咚的日头放光明，金光照着咱庄稼人，妇女解放翻了身，翻呀么翻了身。[1]

译文：In the old society, this is how it was: A dark, o so dark dry well, deep down in the ground. Crushing the common folk, women at the bottom, at the very, very bottom. In the new society, this is how it is: A bright, o so bright sun shines down on the peasants. Women have

---

[1] 莫言. 丰乳肥臀 [M]. 上海：上海文艺出版社，2012：226.

been freed to stand up, at the very, very top."①

原文中顺口溜是上官金童在上学时纪琼枝所教歌曲的唱词,土改之后,高密东北乡的老百姓分了地主家田地与家产,歌词内容反映了当时的政治状况,原词具有口语大白话的特点,末尾押韵,中间重复,读起来朗朗上口。"黑格咙咚""亮格咙咚"意义为"黑""亮"而"格咙咚"纯粹为唱词中为了音韵节拍而补充的对称押韵,葛浩文英译时采用了歌曲中常用的重复唱词特点,"A dark, o so dark""A bright, o so bright",以及用"at the very, very bottom""at the very, very top"来照顾原来唱词中"最呀么最""翻呀么翻"重复语音特点,在语言特点上体现了顺口溜特点,而且英译文在内容上完全忠实译出,俏皮语言特色得以在英文中传递。

例43:原文:"我该了你们的?"母亲恼怒地吼叫着:"你们生出来就往我这儿送,连狗都不如!"

"娘,"上官盼弟说,"我们走运时,您没少跟着沾光。现在我们走背字,连我们的孩子也不吃香了是不是?娘,一碗水要端平!"

译文:"Am I this family's babysitter?" Mother replied just as angrily. "You no sooner have your babies than you hand them over to me. Not even dogs do that!"

"Mother," Pandi said, "when the good days came around, you shared in our good fortune. Now that we've run into a spell of bad luck, not even our children are spared, is that it? A bowl has to be held straight so the water won't spill."

此段对话发生在抗战结束后,上官盼弟与鲁立人及其爆炸大队队伍被司马库军队赶出了村镇,上官盼弟在离开前希望将女儿留给"母亲"抚养。"母亲"的女儿们的孩子几乎都留给"母亲"抚养,因此这段对话中"母亲"吼叫的"我该了你们的?"实则是质问女儿自己不尽养育子女的义务。葛浩文在英译"我该了你们的?"时,实际上是体会出"母亲"当时的心情,而依据此情此景译者自己代替"母亲"所发出的

① Mo Yan. Big Breasts & Wide Hips [M]. New York: Arcade Publishing, 2004: 341.

感慨。英译文"Am I this family's babysitter?"表面上与原文"我该了你们的？（Did I owe you anything?）"意义不符，却更加清晰连贯地将母亲质问的内涵表述出来，这样方便译语读者理解。"连狗都不如（no better than a dog）"在中文中是具有强烈斥责含义的咒骂语言，而葛浩文将之略加改动，译为"Not even dogs do that!"更加突出了不"养育子女"此行为非常人所为。

例44：原文：姓沙的，你癞蛤蟆想吃天鹅肉，做梦去吧！

译文："You there, Sha," she said, "like the toad who wants to feast on a swan, you can just dream on!"

例45：原文：高密东北乡的茂腔，俗称"拴老婆的橛子"，茂腔一唱，乱了三纲五常；茂腔一听，忘了亲爹亲娘。①

译文：Our Northeast Gaomi "cat's meow" form of singing was called by some "tying up your old lady's peg." When the cat's meow was sung, the three cardinal values of social relations were turned inside out; when you heard the cat's meow, you forgot even your own mother and father.

例46：原文：白刀子进去，红刀子出来，俺的丈夫赵小甲是杀狗宰猪的状元，高密县里有名声。他人高马大，半秃的脑瓜子，光溜溜的下巴，白天迷迷糊糊，夜晚木头疙瘩。

译文：The knife goes in white and comes out red! No one is better at butchering dogs and slaughtering pigs than my husband, Zhao Xiaojia, whose fame has spread throughout Gaomi County. He is tall and he is big, nearly bald, and beardless. During the day he walks in a fog, and at night he lies in bed like a gnarled log.

葛浩文在英译文中极力表现原作语言文化的特色，尤其是在《檀香刑》中，如例45完全忠实于原文意义的表达，将"乱了三纲五常"译为"the three cardinal values of social relations were turned inside out"。而例46中"白刀子进去，红刀子出来"也基本采取直译，保留了原文形象

---

① 莫言.檀香刑[M].武汉：长江文艺出版社，2012：105.

且沿用了原文的并列句式。

《檀香刑》中莫言在凤头部和豹尾部采用了独白叙事方式,主人公眉娘、赵甲、小甲、钱丁和孙丙以第一人称发出自己的声音,将同一件事情从五个不同视角进行讲述,构建了立体的叙事模型,语言上使用大量谚语、俗语、俚语、民歌等,有着极强的广场话语特色。多声部的叙事方式产生了众声喧哗效果,令作品中的人物表现出多种层次的特征。

例47:原文:你意气用事,棍打德国技师,惹下了弥天大祸。德国人,皇上都怕,你竟然不怕。你招来祸殃,血洗了村庄,二十七条人命,搭上了弟妹,还有小娘。闹到这步,你还不罢休,跑到鲁西南,结交义和拳,回来设神坛,扯旗放炮,挑头造反,拉起一千人马,扛着土枪土炮,举着大刀长矛,扒铁路,烧窝棚,杀洋人,逞英雄,最终闹了个镇子破亡,百姓遭殃,你自己,身陷牢狱,遍体鳞伤……

译文:You succumbed to your anger and clubbed a German engineer to the ground, bringing a monstrous calamity down on your head. Even the Emperor fears the Germans, but not you. So, thanks to you, the village was bathed in blood, with twenty-seven dead, including your young son and daughter, even their mother, your second wife. But you were not finished, for you ran to Southwest Shandong to join the Boxers of Righteous Harmony, then returned to set up a spirit altar and raise the flag of rebellion. A thousand rebels armed with crude firearms, swords, and spears sabotaged the foreigners' rail line with arson and murder. You called yourself a hero. Yet in the end, a town was destroyed, civilians lay dead, and you wound up in a jail cell, beaten black and blue...

《檀香刑》这一段文字中,孙眉娘挂念自己亲爹孙丙的处境,又恨又气,以一个乡下妇人视角从侧面叙述了孙丙遭遇牢狱之灾的起因及其抗德行动,埋怨指责之气溢于言表,语言具有戏曲口语特征,句子简短有气势,尤其是"扒铁路,烧窝棚,杀洋人,逞英雄"三字动宾短语,铿锵有力。而"招来祸殃,血洗了村庄"中"殃""庄"以及"百姓遭殃,遍体鳞伤"中"殃""伤"押"ang"韵,读来富有节奏感,体现了莫言小说语言的"声音"特性,具有"可用耳朵听的小说"的特性。葛浩文在英译文中很好地体现了原文爱恨交织、咄咄逼人的指责语气,如"So, thanks to you, the village was bathed in blood",而后文中"in the end, a town was destroyed, civilians lay dead"基本上也以三字为单位句,以"d"音为结尾押韵,形象生动地再现了原文的神韵。

例48:原文:俺的个猪油蒙了心的糊涂爹,你是中了哪门子邪?是狐狸精附体还是黄鼠狼迷魂?就算德国人修铁路,坏了咱高密东北乡的风水,阻了咱高密东北乡的水道,可坏的也不是咱一家的风水,阻的也不是咱一家的水道,用得着你来出头?这下好了,让人家枪打了出头鸟,让人家擒贼先擒了王。这就叫"炒熟黄豆大家吃,炸破铁锅自倒霉"。

译文:My poor benighted dieh, with what did you coat your heart? What possessed you? A fox spirit? Maybe a weasel phantom stole your soul. So what if the Germans wanted to build a railroad that ruined the feng shui of Northeast Gaomi Township and blocked our waterways? The feng shui and waterways are not ours alone, so why did you have to lead the rebellion? This is what it has come to: the bird in front gets the buckshot; the king of thieves is first to fall. As the adage has it, "When the beans are fried, everyone eats; but if the pot is broken, you suffer the consequences alone."

这一段中孙眉娘以大杂烩、大染缸式的民间俗语、谚语、口语语言指责埋怨亲爹孙丙因抗击德国人而为自己招来牢狱祸端。原文中"猪油蒙了心""中了哪门子邪""狐狸精附体""黄鼠狼迷魂"为地地道道民间土话俚语,而"枪打了出头鸟,擒贼先擒了王""炒熟黄豆大家吃,炸破铁锅自倒霉"则为流传广泛的民间谚语或俗语语言,中文读者能从中读出农家妇女那种泼辣、直率以及女儿对父亲刀子嘴豆腐心肠的爱与恨。葛浩文在《檀香刑》英译本译者序中曾称这是一部非常"中国"的作品,而其中许多很"中国"的语言很难翻译,这里的民间土话俚语则是一大难点,对此,葛浩文则尽可能地选择译出原文内涵意义,而选择放弃原语中所用词汇的所指意义,如"猪油蒙了心"英译为"with what did you coat your heart?"舍弃原文形象而保留原文中"心被蒙蔽"

之意。而后文中的两句谚语与俗语,由于其所指意义与内涵意义相吻合,直译之后仍然可以被理解从而具有一定的可读性,葛浩文对此采用了保留原文中"出头鸟""bird in front"以及"炒黄豆""fried beans"的形象,在句式上"枪打出头鸟"这一句基本沿袭了原文平行句特征,从形式到含义再现了原文谚语特征,而后一句则按照英文语言行为特点,补充表示逻辑关系的语法结构词"When..."以及"but if...",使译文将原文"意合"特点自然转变为英文的"形合"特征。

5.1.5.2 莫言小说民族性专有名词英译处理

对于莫言小说中民族性专有名词,葛浩文在英译时不采用脚注形式,而是大多采用音译,有时是释译,在行文中辅以必要的解释性译文。但是,对于具有特殊意义的名字,葛浩文没有进行简单音译,而是根据原作所体现的具体含义而翻译,因此并未忽略一些专有名词中所包含的重要信息。在这三部作品中,对于有些能够表现某些人特征的名字,葛浩文在翻译时采取了意译的方法,这样就把原作人物自身的某些身体特征忠实地翻译出来,能够体现原作者的初始意图。

《红高粱家族》主要人物名称采用异化方式音译,如余占鳌译成 Yu Zhanao,戴凤莲译成 Dai Fenglian,王文义译成 Wang Wenyi,单廷秀译成 Shan Tingxiu,保持了一定的人名异质性,而对于有特殊含义的别名则采用译意的方法,将人名中包含的意义在英文名中明晰化,如哑巴译为 Mute,刘吹手译为 Bugler Liu,花脖子译为 Spotted Neck,痨痨四译为 Consumptive Four,倩儿译为 Beauty,安子译为 Harmony,刘罗汉译为 Arhat Liu,方六译为 Fang Six,孙五译为 Sun Five,余大牙译为 Big Tooth Yu,王虎译为 Tiger Wang,九儿译为 Little Nine,路喜译为 Road Joy,曹梦九译为 Nine Dream Cao,江小脚译为 Little Foot Jiang。另外在行文中,为了更加清晰地阐明人物之间的关系和身份,葛浩文往往会补充说明性文字,如:

例49:原文:单廷秀那天挎着粪筐子到我曾外祖父村里转圈,从众多的花朵中,一眼看中了我奶奶。

译文: Shan Tingxiu, the groom's father, was walking around Great-Granddad's village, dung basket in hand, when he spotted Grandma among the other local flowers.

例50: 原文: 轿夫身上散发出汗酸味, 奶奶有点痴迷地呼吸着这男人的气味, 她老人家心中肯定漾起一圈圈春情波澜。

译文: The men's bodies emitted the sour smell of sweat. Infatuated by the masculine odour, Grandma breathed in deeply-this ancestor of mine must have been nearly bursting with passion.

第一例中英译文补充了"the groom's father"更加清晰地点明其身份, 而第二例中"她老人家"原本是尊称, 英译"this ancester of mine"明确了原文中"奶奶"与"我"的关系。

在《丰乳肥臀》中, 英译者葛浩文对于地名及人物名称多采用意译与直译相结合的方式, 如蛟龙河译为 The Flood Dragon River, 墨水河桥译为 Black Water River Bridge, 福生堂译为 Felicity Manor, 日本鬼子译为 the Japs / Jap Devils, 小日本译为 little Nips, 红毛鬼子译为 redheaded devil, 观音菩萨译为 Guanyin / Bodhisattva Guanyin, 天公地母译为 Father of Heaven、Mother of Earth, 而对于黄仙狐精则译为 yellow spirits and fox fairies, 完全是直译的方式, 重现了原文的魔幻色彩, 如果译成其名称实指黄鼠狼则魔幻色彩大减。《丰乳肥臀》中主要人物名字则多采用异化方式及音译, 如"上官寿喜"Shangguan Shouxi, "司马库"Sima ku, "司马亭"Sima Ting, "沙月亮"Sha Yueliang, "纪琼枝"Ji Qiongzhi。而对于带有称谓与姓氏的名字则保留原来称谓与其姓氏, 如"于大巴掌"Big Paw Yu, "樊三爷"Third Master Fan, "孙不言"Speechless Sun, "孙大姑"Aunty Sun。在保持原文中人名异质性的同时, 葛浩文在英译时还兼顾了可读性, 可理解性, 在行文中常常对音译的人物名字辅以解释说明其名字含义。如:

例51: 原文: 上官家的七个女儿——来弟、招弟、领弟、想弟、盼弟、念弟、求弟——被一股淡淡的香气吸引着……[①]

[①] 莫言. 丰乳肥臀[M]. 上海: 上海文艺出版社, 2012: 13.

译文：The seven daughters of the Shangguan family—Laidi（Brother Coming）, Zhaodi（Brother Hailed）, Lingdi（Brother Ushered）, Xiangdi（Brother Desired）, Pandi（Brother Anticipated）, Niandi（Brother Wanted）and Qiudi（Brother Sought）– drawn by a subtle fragrance...①

文章中上官家七个女儿的名字都表现了上官家对于男丁的渴望，因此，如此多的"来弟、招弟、领弟、想弟、盼弟、念弟、求弟"等名称如果不将其含义译出，对于全文的主题即对女性的歌颂将失去支撑意义。而葛浩文在此非常巧妙地用"brother coming/hailed/ushered/desired/anticipated/wanted/sought"的模式在不添加烦琐的背景说明的脚注的情况下，直接将意义补充在音译之后。让读者边读边理解，而阅读却并没被打断，很好地体现了译者为读者而译的思想。

在《檀香刑》中，译者在后记中附上了未翻译的词汇表，将每个专有名词都做了英文解释。而在正文中则直接用音译名称，如爹 dieh，干爹 gandieh，干儿子 ganerzi，干娘 ganniang，公爹 gongdieh，老太爷 laotaiye，老爷 laoye，少爷 shaoye，亲家 qinjia，娘 niang，师傅 shifu，衙门 yamen，衙役 yayi，员外郎 yuanwailang，状元 zhuangyuan。

例 52：原文：那天早晨，俺公爹赵甲做梦也想不到再过七天他就要死在俺的手里；死得胜过一条忠于职守的老狗。俺也想不到，一个女流之辈俺竟然能够手持利刃杀了自己的公爹。俺更想不到，这个半年前仿佛从天而降的公爹，竟然真是一个杀人不眨眼的刽子手。俺公爹头戴着红缨子瓜皮小帽、穿着长袍马褂、手捻着佛珠在院子里晃来晃去时，八成似一个告老还乡的员外郎，九成似一个子孙满堂的老太爷。但他不是老太爷，更不是员外郎，他是京城刑部大堂里的首席刽子手，是大清朝的第一快刀、砍人头的高手，是精通历代酷刑、并且有所发明、有所创造的专家。②

译文：That morning, my gongdieh, Zhao Jia, could never, even in his

---

① Mo Yan. Big Breasts & Wide Hips [M]. New York: Arcade Publishing, 2004: 17.
② 莫言. 檀香刑 [M]. 武汉：长江文艺出版社，2012: 1.

wildest dreams, have imagined that in seven days he would die at my hands, his death more momentous than that of a loyal old dog. And never could I have imagined that I, a mere woman, would take knife in hand and with it kill my own husband's father. Even harder to believe was that this old man, who had seemingly fallen from the sky half a year earlier, was an executioner, someone who could kill without blinking. In his red-tasseled skullcap and long robe, topped by a short jacket with buttons down the front, he paced the courtyard, counting the beads on his Buddhist rosary like a retired yuanwailang, or, better yet, I think, a laotaiye, with a houseful of sons and grandsons. But he was neither a laotaiye nor a yuanwailang—he was the preeminent executioner in the Board of Punishments, a magician with the knife, a peerless decapitator, a man capable of inflicting the cruelest punishments, including some of his own design, a true creative genius.①

在《檀香刑》开头眉娘浪语中,原文以村姑眉娘的口吻对七天之后发生的事件,并主要对自己的公爹进行描述,其中,对于涉及人名称谓的地方,葛浩文在第一次提及时运用了"异化"的翻译方法,之间用译音的方式,而之后的再次提及,则采用了英语段落连贯的替代手法。因此"gongdieh"带给读者异质性的保留,而后文中的"my own husband's father"以及"this old man"则符合英语中的避免重复的语言习惯。另外,原文从自我称谓"俺"的使用到"女流之辈""八成""九成""告老还乡""子孙满堂"等用词都是地道的口头语言,十分生动形象地体现了一个山东乡村女子的口吻。而译文中"I""a mere woman""better yet""retired"等却并没有体现出乡村特点。但是"gongdieh""yuanwailang""laotaiye"的音译保留了原文的异质性。对于西方读者而言,作品能够表现其异国特征。

莫言小说中的叙述或人物对话偶尔也引用历史文化典故,其作品中的主人公引经据典,说话戏谑,具有嘲讽特征,这其中涉及典故中人名的英译。

---

① Mo Yan. Sandalwood Death[M]. Oklahoma: University of Oklahoma Press, 2012: 1.

例53：原文：曹梦九牧高密三年，已被称为"曹青天"，风传他断案如神，雷厉风行，正大光明，六亲不认，杀人不眨眼。①

译文：After having overseen Gaomi County for three years, Cao had earned the sobriquet "Upright Magistrate". People talked about how he dispatches cases with the wisdom of gods, the vigor of thunder, and the speed of wind; about how he was just and honorable, never favoring his own kin over others; and about how he meted out death sentences without batting an eye.②

原文中"曹青天"一词有互文含义，"青天"源于"包青天"，代表公正的执法者。葛浩文非常好地理解了原文的含义,将其内涵"upright"表现出来，而非译为"blue sky（青天）"。

例54：原文：你简直是鲁班门前抡大斧，关爷面前耍大刀，孔夫子面前背"三字经"，李时珍耳边念"药性赋"。③

译文：like someone wielding an axe at the door of master carpenter Lu Ban, or waving his sword at the door of the swordsman Lord Guan, or reciting the Three Character Classic at the door of the wise Confucius, or whispering the "Rhapsody on the Nature of Medicine" in the ear of the physician Li Shizhen……④

"鲁班""关老爷""孔圣人""李时珍"在中国历史人物中代表其行业中的顶尖职业专家，中国老百姓耳熟能详，葛浩文在音译的同时也传递了其名字所含的信息，直接在行文中补充了揭示其人物身份职业特征的"master carpenter, wise, the physician"。从以上两例中可以看出葛浩文翻译策略的灵活性，以及对待相类似情形时所做的选择，在第一例中"曹青天"并非是一个历史人物，而仅仅是"青天"与"包青天"具有互文意义，因而无须介绍此绰号的来源出处，而下例中历史人物系

---

① 莫言．红高粱家族[M]．上海：上海文艺出版社，2012：105．
② Mo Yan. Red Sorghum[M]. Tr. by Howard Goldblatt. New York: Penguin Books, 1994：115．
③ 莫言．红高粱家族[M]．上海：上海文艺出版社，2012．
④ Mo Yan. Red Sorghum[M]. Tr. by Howard Goldblatt. New York：Penguin Books, 1994．

列出场，足以显示其重要性。

例55：原文：父亲对我说过，任副官八成是个共产党，除了共产党里，很难找到这样的纯种好汉。

译文：Father told me that Adjutant Ren was a rarity, a true hero.

莫言小说中的历史是从民间的视角而非官方角度来书写和叙述，在其战争书写中涉及了不同背景的抗日队伍，如共产党、国民党以及民间土匪队伍。在《红高粱家族》英译文中，葛浩文对于涉及"共产党"以及"中共"等表示党派区分的名称略去不译，而是改译为"a rarity（稀罕）"，这样修改之后，英译文弱化了原作中党派之争的政治含义，而强化了"a true hero（真英雄）"的含义，从而突出了历史的民间性。

例56：原文：八路军胶高大队的八十多个队员，从高粱棵子里猫着腰钻出来。

……父亲昨天下午看到过这伙八路军，他们躲在高粱地深处，对着进攻村庄的鬼子放过冷枪。

八路军的队伍开到围子上来。

译文：The eighty soldiers of the Jiao-Gao regiment emerged from the sorghum field in a crouch... The previous afternoon, Father had seen this group of men hiding deep in the sorghum field and sniping at the Japs who were attacking the village.

The troops made their way up to the wall.

《红高粱家族》中余占鳌的土匪军、江队长的八路军以及冷支队的国民党军队在抗日过程中互有支援又互有矛盾相互制衡，中国读者对于那段历史都有清晰了解，因此，对于这三支队伍的同时出现完全可以理解，然而，对于西方读者而言，若要弄清原文中八路军的来历则会造成阅读障碍。因此，葛浩文在英译文中将"八路军"这一名称省略不译，仅仅保留"Jiao-Gao regiment（胶高大队）"称呼。再如：

例57：原文：江队长有点尴尬地缩回手，笑笑，接着说："我受中国共产党滨海特委的委托，来与余司令商谈。中共滨海特委对余司令在这场伟大民族解放战争中表现出的民族热忱和英勇牺牲精神，表示十分赞赏。滨海特委指示我部与余司令取得联系，互相配合，共同抗日，建设民主联合政府……"①

译文：The embarrassed Commander Jiang pulled back his hand, smiled, and continued, "I've been asked by the special committee of the Binhai area to talk to you. They're so impressed with your fervent nationalism and heroic spirit of self-sacrifice in this great war of national survival that they have ordered me to propose that we join forces in a coordinated move to resist the Japanese..."

原文中江队长受中国共产党委托，而在葛浩文英译文中将"中国共产党"以及后文中"中共"省略不译，而仅译出"the special committee of the Binhai area"。

将原文中政治派别区分简单化，一则淡化党派之争，二则为读者减轻阅读背景负担，更加突出情节的发展。

莫言小说作品民族性特色鲜明，一些中国文化中特有的物质名称往往都有来历或典故，如"八仙桌""花轿""黄泉"等，但在英译文中，葛浩文基本没有用添加脚注的方式解释此类名称的来龙去脉，而是根据上下文，灵活地采用不同策略使其英译名称与上下文中的文意吻合妥帖。

例 58：原文：八仙桌上，明烛高悬，余司令和冷支队长四目相逢，都咻咻喘气。

译文：Candles burned brightly on the table, around which Commander Yu and Detachment Leader Leng were glaring at each other and breathing heavily.

例 59：原文：三个月后，一乘花轿就把我奶奶抬走了。

译文：Three months later, a bridal sedan chair would come to carry her away.

例 60：原文：罗汉大爷说：兄弟，一刀捅了我吧，黄泉之下不忘你的恩德。

译文："Brother," Uncle Arhat said, "finish me off quickly. I won't forget your kindness down in the Yellow Springs."

---

① 莫言. 丰乳肥臀 [M]. 上海：上海文艺出版社，2012：185.

例61：原文：让被放的人回村报信，送来多少张卷着鸡蛋大葱一把粗细的两榨多长的大饼。吃大饼时要用双手卡住往嘴里塞，故曰"抖饼"。

译文：keeping one and sending the other into the village to demand flatbreads with eggs and green onions rolled inside. Since they stuffed the rolled flatbreads into their mouths with both fists, they were called 'fistcakes'.

例62：原文：那天夜里，俺心里有事，睡不着，在炕上翻来覆去烙大饼。（《檀香刑》）

译文：My thoughts kept me awake that night, as I tossed and turned on the brick kang, like flipping fried bread.

以上物质文化词的英译译法各不相同，第一例"八仙桌"采用了省译，将"八仙"含义去除，保留"table"，"花轿"采用译意方式，将其功能"bridal"译出，意义清晰，而"黄泉"则采用了音译"yellow spring"，保留了异质文化意象，而"抖饼"则采用了意译，将"用双手卡住"简化为"with both fists"，因而译为"fistcakes"，其英译在逻辑上显得非常顺畅。葛浩文在接受季进采访时曾说："我觉得最重要的是要对得起读者，而不是作者。"那么如何才能对得起读者，葛浩文并没有详细解释，但是从他的灵活译法可以看出其英译的认真程度。

5.1.5.3 莫言小说个性化粗俗词汇英译处理

莫言的小说中，浑话、俚语、猥亵、辱骂的语言比比皆是，而这些大都是与身体密切关联，有的直指身体下部，带有猥亵、侮辱女性的意味，且与性器官、性行为、排泄相关。这些语言在文明社会的日常生活中是作为禁忌而受到排斥的，因为它们显露出了人性的丑陋本质[①]。而莫言小说写作背景是农村，其作品主要人物也是农民，人物对话中粗俗俚语运用较多，还原了农民说话的强调与口吻。在英译过程中这些粗俗词汇采取了灵活处理的方式。

---

① 程春梅，于红珍. 莫言研究硕博论文选编[M]. 济南：山东大学出版社，2013：31.

例63：原文：余司令怒冲冲地骂："舅子，你打出王旅的旗号也吓不住我。老子就是这地盘上的王，吃了十年拤饼，还在乎王大爪子那个驴日的！"

译文：Commander Yu spat out angrily,"You can't scare me with the Wang regiment's flags and bugles, you prick. I'm king here. I ate fistcakes for ten years, and I don't give a damn about that fucking Big Claw Wang!"

例64：原文：爷爷咬牙切齿地骂道："老狗！你给我滚下来！"老头子从货堆上蹲起，友善地说："哎，兄弟，别眼红吆，俺这是不惧生死从火堆里抢出来的！""你给我下来，我操死你活妈！"爷爷怒骂。"你这人好没道理，我一没招你，二没惹你，你凭什么骂人？"老头宽容地谴责着我爷爷。"骂你？老子要宰了你！老子们抗日救国，与日本人拚死拚活，你们竟然趁火打劫！畜生，老畜生！豆官，你的枪呢？"

译文："You old dog!" Granddad growled through clenched teeth. "Get the hell out of here!" The old man rose up on his haunches and said amiably, "Ah, my brother, let's not be envious. I risked my life to drag this stuff out of the flames!" "I'll fuck your living mother! Climb down from there!" Granddad lashed out angrily. "You have no right to talk to me like that. I didn't do anything to you. You're the one who's asking for trouble. What gives you the right to curse me like that?" he complained. "Curse you? I'll goddamn kill you! We're not in a desperate struggle with Japan just so you can go on a looting binge! You bastard, you old bastard! Douguan, where's your gun?"

例65：原文：他几乎要扣动扳机了。余司令按住他的手说："小鳖羔子！你想干什么？"

译文：'What the hell do you think you are doing, your little turtle egg?'

例66：原文："你少给我啰唆，老子不尿你这一壶，有种就从日本人手里夺去！"

译文：'I've heard enough! Don't expect me to piss in your bottle. If you had any balls, you'd find your weapons in the hands of the

Japanese!'

以上四例都出自余占鳌土匪直率粗野之口，其中"小鳖羔子""老子""有种""地盘""驴日的"等活脱脱地再现了仗义执言的粗俗的民间农民土匪形象。而英译文中称谓"I"难以体现出自称"老子"的强烈的语气，而以"here"来对应"地盘"也弱化了土匪的霸道之气。

例67：原文："我要偷人借种，反倒成了正人君子。姑夫，我这船，迟早要翻，不是翻在张家沟里，就是翻在李家河里。姑夫，"她冷笑着道，"不是说'肥水不落外人田'吗？"姑夫惶惶不安地站起来，她却像一个撒了泼的女人一样猛地把裤子脱了下来。

译文："So what must I do to gain their respect? Get pregnant by other men! Sooner or later, Uncle, my boat is going to capsize, if not here, then somewhere else." A wry smile twisted her mouth. "What is it they say, Uncle...Do not fertilize other people's fields?" Her uncle stood up anxiously. She reached out, unladylike, and jerked his pants down.

原文中"偷人借种"实则是比较粗俗的村姑语言，在这里葛浩文并没有使用英文"adultery"而采用"get pregnant by other men（由他人受孕）"比较委婉文雅的说法，将原文粗俗的语言转换为文明克制的表述，另外像"撒了泼的女人"译为"unladylike（不太淑女的）"使得原文中"母亲"泼辣粗俗的形象得到了弱化缓解。

例68：原文：俺的亲爹孙丙，被县太爷钱丁这个拔屌无情的狗东西抓进了大牢。千不好万不好也是爹啊，俺心烦意乱，睡不着。越睡不着心越烦，越烦越睡不着。

译文：My dieh, Sun Bing, had been arrested and locked up by County Magistrate Qian, that pitiless son of a bitch. Even if he were the worst person in the world, he would still be my dieh, and my mind was in such turmoil I could not sleep, foretalling any possibility of rest.

《檀香刑》中眉娘与钱丁本为情人，但是由于自己亲爹被抓入大牢，眉娘也由爱转恨，不顾自己女人身份，骂脏话以解心头之恨。英译文"that pitiless son of a bitch"中以"son of bitch"来译狗东西可说对等，但是葛浩文仍然将"拔屌无情"中"拔屌"这骂人的方言去除，削弱了原文的粗俗性。

5.1.5.4 莫言小说中个性化非常规搭配英译处理

莫言小说中非常规陌生化搭配显示了作者独特的想象力。葛浩文英译时十分尊重这种超常规语汇所带来的特殊效果，力求在译文中再现同等艺术效果。其次，译者通过逻辑化、常规化等手段，在某种程度上减弱了叙述语言的极端主观色彩，使之趋于一种更加客观的叙述特征。

例69：原文：王文义幽蓝色的惊惧不安的眼睛里，飞迸出几点感激与委屈。

译文：Aggrieved gratitude filled Wang's deep blue, frightened eyes.

例70：原文：刘大号对着天空吹喇叭，暗红色的声音碰得高粱棵子索索打抖。

译文：Bugler Liu sounded his horn once more; the scarlet blast struck the sorghum tips and set them shaking.

在以上两例中，"感激与委屈"飞迸出来，喇叭里"飘"出"暗红色的声音"，而"暗红色的声音"能够"碰得高粱棵子索索打抖"。这些反常规搭配运用了通感手法，"声音"原本是看不见摸不到的，而作者却用"暗红色"来修饰，因此增强了画面感，此处译者保留了原文中陌生化搭配，英译为"scarlet blast"，这样译者便传递出了原作者个性化的创作手段，让目标读者感受中国文学中的这种陌生化效果。

5.2 莫言小说世界性因素英译处理与体现

5.2.1 莫言小说世界性主题英译

5.2.1.1 人类性主题英译体现

莫言站在人类的立场上创作了他的小说，体现出了作者对人类前途的焦虑或担忧，描绘了人类复杂的人性以及生命存在的本质。

例71：我曾对高密东北乡极端热爱，曾经对高密东北乡极端仇恨，长大后努力学习马克思主义，我终于领悟到：高密东北乡无疑是地球上最美丽最丑陋、最超脱最世俗、最圣洁最龌龊、最英雄好汉最王八蛋、最能喝酒最能爱的地方。①

I had learned to love Northeast Gaomi Township with all my heart, and to hate it with unbridled fury. I didn't realize until I'd grown up that Northeast Township is easily the most beautiful and most repulsive, most unusual and most common, most scared and most corrupt, most heroic and most bastardly, hardest-drinking and hardest-loving place in the world.②

原文为《红高粱家族》第一章《红高粱》开篇，表达了叙述者"我"对高密东北乡的极端感情，系列的排比重复的句式点明了作品所要体现的人类存在主题。而其中"最美丽最丑陋、最超脱最世俗、最圣洁最龌龊"这一系列形容词对比的使用又让人联想到狄更斯《双城记》的开头"It was the best of times, it was the worst of times, it was the age of wisdom, it was the age of foolishness, it was the epoch of belief, it was the epoch of incredulity, it was the season of light, it was the season of darkness, it was the spring of hope, it was the winter of despair"。英文读者容易产生熟悉感进而乐于接受而继续阅读下去。然而，原文中"长大后努力学习马克思主义"这一句突如其来，与上下文格格不入。在英译文中，葛浩文体现了其敏锐的审美意识，准确地把握了凸显主题的词语，因此在译语选择上十分贴近原文，"the most beautiful and most repulsive, most unusual and most common, most scared and most corrupt, most heroic and most bastardly"，而删除了"长大后努力学习马克思主义"这一句表现强烈的政治意识形态的话语，弱化了政治性，但却彰显了文学性。

例72：原文：他们杀人越货，精忠报国，他们演出过一幕幕英勇悲壮的舞剧，使我们这些活着的不肖子孙相形见绌，在进步的同时，我真

---

① 莫言. 红高粱家族[M]. 上海：上海文艺出版社，2012：3.
② Mo Yan. Red Sorghum[M]. Tr. by Howard Goldblatt. New York: Penguin Books, 1994: 4.

切感到种的退化。①

译文：They killed, they looted, and they defended their country in a valiant, stirring ballet that makes us unfilial descendants who now occupy the land pale by comparison. Surrounded by progress, I feel a nagging sense of our species' regression. ②

这一段文字点明了《红高粱家族》中人类性的主题，一方面歌颂了"我爷爷""我父亲"那一辈民间英雄的野性与顽强，另一方面则表达了对人类"种的退化"的担忧。葛浩文在英译文中遵循原文语序，在意义上层层递进"they killed, they looted, and they defended their country"，甚至保留了"使……相形见绌"中原文句式"make...pale by comparison"而并未直接使用英文中词化程度更高的"dwarf"一词。英译文展现了中文原文的精神与气韵。

例73：原文：四十六年后。爷爷、父亲、母亲与我家的黑狗、红狗、绿狗率领着的狗队英勇斗争过的地方。那座埋葬着共产党员、国民党、普通百姓、日本军人、皇协军的白骨的"千人坟"，在一个大雷雨的夜晚，被雷电劈开坟顶，腐朽的骨殖抛洒出几十米远，雨水把那些骨头洗得干干净净，白得全都十分严肃……

裂开的大坟周围站着一些人，一个个面露恐怖之色。我挤进圈里，看见了坟坑里那些骨架，那些重见天日的骷髅。他们谁是共产党、谁是国民党、谁是日本兵、谁是伪军、谁是百姓，只怕省委书记也辨别不清了。各种头盖骨都是一个形状，密密地挤在一个坑里，完全平等地被同样的雨水浇灌着。稀疏的雨点凄凉地敲打着青白的骷髅，发出入木三分的刻毒声响。③

译文：The time: forty-six years later. The place: the spot where Grandad, Father, and Mother had fought a heroic battle against a pack of dogs led by the three from our family—Blackie, Red, and Green. On one

---

① 莫言. 红高粱家族 [M]. 上海：上海文艺出版社，2012：2.
② Mo Yan. Red Sorghum[M]. Tr. by Howard Goldblatt. New York: Penguin Books, 1994：4.
③ 莫言. 红高粱家族 [M]. 上海：上海文艺出版社，2012：192.

stormy night lightning split open a mass grave where Communists, Nationalists, commoners, Japanese, and puppet troops were buried—a site called All-Souls Grave—spreading rotting bones over a ten-yard area, where they were washed clean by the rain and time ...

People stood fearfully around the exposed graveyard. I squeezed among them until I could see the skeletons at the bottom of the pit, piles of bones exposed to the sun for the first time in all those years. I doubt that even the provincial party secretary could have told which of them belonged to Communists, which to Nationalists, which to Japanese soldiers, which to puppet soldiers, and which to civilians. The skulls all had the exact same shape, and all had been thrown into the same heap. The scattered raindrops beat a desolate rhythm on the white bones, forceful and fiendish.①

在《红高粱家族》第三章《狗道》中，以"我"为视角客观地描写了"千人坟"被雷电劈开时的情形。时间已经冲淡了当时的爱恨情仇，所有的头盖骨都被雨水冲刷，洗刷掉了原来的政治身份、阶级地位，还原成人类的本来面目。在这两段中原作表达了超越阶级的人性关怀，"谁是共产党、谁是国民党、谁是日本兵、谁是伪军、谁是百姓，只怕省委书记也辨别不清了"，所有的遗骨"完全平等地被同样的雨水浇灌着"，葛浩文对此主题把握准确，在他处省略不译的"共产党"等党派称谓在这里照实译出，"Communists""Nationalists""Japanese soldiers""puppet soldiers""civilians"，如原作一样清晰地罗列出不同政治派别的名称，从而准确再现了原文超越党派阶级的人类性主题。

葛浩文对于莫言小说中人类性主题意图的领会在其《丰乳肥臀》英译本序言中表现出来，他认为《丰乳肥臀》故事自然是虚构的，但是认为作者在选择性处理历史事件的同时，探讨暴露社会与人性更广的层面，

---

① Mo Yan. Red Sorghum[M]. Tr. by Howard Goldblatt. New York: Penguin Books, 1994: 213.

从而超越和驳斥了那些特定事件或对历史的经典化政治解读[1]。

5.2.1.2 自由生命主题英译体现

莫言小说中奔涌着原始的生命气息，这种生命气息以生命意识、生命强力为内核。自由奔放的生命状态在莫言小说中以现实、真切、虚幻、荒诞等形式集合在一起以汪洋恣肆的感觉呈现出来。

例74：原文：奶奶感到疲乏极了，那个滑溜溜的现在的把柄、人生世界的把柄，就要从她手里滑脱。这就是死吗？我就要死了吗？再也见不到这天，这地，这高粱，这儿子，这正在带兵打仗的情人？枪声响得那么遥远，一切都隔着一层厚重的烟雾。豆官！豆官！我的儿，你来帮娘一把，你拉住娘，娘不想死，天哪！天……天赐我情人，天赐我儿子，天赐我财富，天赐我三十年红高粱般充实的生活。天，你既然给了我，就不要再收回，你宽恕了我吧，你放了我吧！天，你认为我有罪吗？你认为我跟一个麻风病人同枕交颈，生出一窝癞皮烂肉的魔鬼，使这个美丽的世界污秽不堪是对还是错？天，什么叫贞节？什么叫正道？什么是善良？什么是邪恶？你一直没有告诉过我，我只有按着我自己的想法去办，我爱幸福，我爱力量，我爱美，我的身体是我的，我为自己做主，我不怕罪，不怕罚，我不怕进你的十八层地狱。我该做的都做了，该干的都干了，我什么都不怕。但我不想死，我要活，我要多看几眼这个世界，我的天哪……

译文：Grandma is exhausted: the handle of the present, the handle of the world of men, is slipping from her grasp. Is this death? Will I never again see this sky, this earth, this sorghum, this son, the lover who has led his troops into battle? The gunfire is so far away beyond a thick curtain of mist. Douguan! Douguan! Come help your mom. Pull your mom back. Your mom doesn't want to die. My heaven...you gave me a lover, you gave me a son, you gave me riches, you gave me

---

[1] [美]葛浩文.莫言作品英译本序言两篇[J].吴耀宗译.当代作家评论,2010(2): 193-199.

thirty years of life as robust as red sorghum. Heaven, since you gave me all that, don't take it back now. Forgive me, let me go! Have I sinned? Would it have been right to share my pillow with a leper and produce a misshapen, putrid monster to contaminate this beautiful world? What is chastity then? What is the correct path? What is goodness? What is evil? You never told me, so I had to decide on my own. I loved happiness, I loved strength, I loved beauty; it was my body, and I used it as I thought fitting. Sin doesn't frighten me, nor does punishment. I'm not afraid of your eighteen levels of hell. I did what I had to do, I managed as I thought proper. I fear nothing. But I don't want to die, I want to live. I want to see more of this world...

这段独白是《红高粱家族》中"奶奶"在被日本兵击中之后，心生幻觉，内心开始拷问老天以及自己的灵魂，原文采用了一连串问句质问老天的不公，表现了"我奶奶"强烈的"生"的欲望。"奶奶"的情爱在常人看来是不合礼法的，但是"奶奶"热切追求自由，如红高粱般富有生命力而充实的生活正是作者所要赞颂的，因此，这里尽管这样的内心独白原本不是一个乡村农妇的口吻，倒像是倡导自由恋爱的"五四"青年发出的呼声，是叙述者"我"或隐含作者因感慨颇多而强行介入的直抒胸臆。叙述者将"我奶奶"对老天的诅咒与对个人生活的反省和辩护交织在一起，展现她作为"个性解放的先驱"所经受的反叛传统道德伦理的挣扎，以及突然面对死亡时对现世的留恋。奶奶一生敢作敢为，在死的一瞬间，对生命仍然采取主动。在英译文中，虽然这样的莎士比亚剧人物演讲式的语言在整篇小说中略显突兀，但由于它渲染了主题，体现了最核心的自由与生命精神，葛浩文在处理这一段时没有做任何的删减或改写。

例75：原文：大姐愣住了，说："娘，你变了。"

母亲说："我变了，也没变。这十几年里，上官家的人，像韭菜一样，一茬茬的死，一茬茬的发，有生就有死，死容易，活难，越难越要活。越不怕死越要挣扎着活。我要看到我的后代儿孙浮上水来那一天，你们都要给我争气！"①

译文：First Sister was stunned. "Mother," she said, "You've changed."

"Yes, I've changed," Mother said, "and yet I'm still the same. Over the years, members of the Shangguan family have died off like stalks of chives, and others have been born to take their place. Where there's life, death is inevitable. Dying's easy; it's living that's hard. The harder it gets, the stronger the will to live. And the greater the fear of death, the greater the struggle to keep on living."

这一段中大姐与"母亲"的对话在葛浩文《丰乳肥臀》英译本中单独挑出来置于扉页上，扉页第一页中对应原文致敬语"谨以此书献给母亲在天之灵"，葛浩文译为"To the spirit of my mother"，"spirit"一词双关，既有灵魂之意又有精神之意，凸现了母亲生生不息顽强活着，并持续地养育后代生命的精神。上文中这段对白出现在致敬语的第二页中间位置，文末尾辅以"—from *Big Breasts and Wide Hips*（摘自《丰乳肥臀》）"。这样提纲挈领地突出展现往往体现了译者所要向读者传达的小说主旨，对读者阅读有先入为主的指导作用，由此可见，葛浩文在此英译本中希望传达出一种坚韧的生命意识。而这段对白在中文原作中并没有给予特殊的重视，扉页除了致敬语"谨以此书献给母亲在天之灵"之外，并无任何主题句。由此可见译者葛浩文对于全篇精髓主旨把握的精准，他认为"母亲"的回答体现了全书的核心主旨，体现了母亲顽强生存下去的勇气与毅力，体现了强烈的生命意识，同时也体现了本书家族史的特征。葛浩文英译并没有用"Dying is easy, while living is hard"这样的平行结构，而是用"Dying's easy; it's living that's hard"，后半句"it's living that's hard"采用强调句型传神地译出了原文中母亲所说"活难"的沉痛而坚定的意蕴。

5.2.1.3 宗教主题英译体现

莫言小说作品中体现出显性的或隐性的宗教情节。《丰乳肥臀》中

---

① 莫言. 丰乳肥臀[M]. 上海：上海文艺出版社，2012：342.

开篇圣母与圣子的油画预示着小说中母亲渴望怀孕生子。而"母亲"因为进入教堂看到圣母圣子的画像而深受打动,认为自己的心愿终于能够被理解,因而便选择跟随了马洛亚牧师信了上帝。在全书各处,有将"母亲"端庄、圣洁的神情与圣母相比,也有当母亲遭遇苦难,便引用马洛亚牧师讲解《圣经》中道理鼓励家人活下去的描写。在葛浩文英译过程中,对此都一一译出,还原了原作中的宗教内涵。

例76:原文:马洛亚牧师静静地躺在炕上,看到一道红光照耀在圣母玛利亚粉红色的乳房和她怀抱着的圣子肉嘟嘟的脸上。去年夏季房屋漏雨,在这张油画上留下了一团团焦黄的水渍;圣母和圣子的脸上,都呈现出一种木呆的表情。

译文:From where he lay quietly on the brick-and-tamped-earth sleeping platform, his kang, Pastor Malory saw a bright red beam of light shining down on the Virgin Mary's pink breast and on the pudgy face of the bare-bottomed Blessed Infant in her arms. Water from last summer's rains had left yellow stains on the oil tableau, investing the Virgin Mary and Blessed Infant with a vacant look.

此段原为中文版《丰乳肥臀》中第一卷第一章第一段开头,上海文艺出版社2012修订版出版时删除了第一段。直接以后文的"马洛亚牧师提着一只黑色的瓦罐上了教堂后边的大街……"作为全书开篇。葛浩文英译本底本是莫言以2003年工人出版社版本基础上修改删减之后直接电脑打印底稿,当时第一段并未删除,因此其英译文中仍然保留了具有西方宗教文化特色的第一段。原文描述呈现出一幅静态的室内画面,其中"马洛亚牧师""圣母玛利亚""圣子"为西方读者熟悉的与宗教相关的名称,而在英译文中,除了"brick-and-tamped-earth sleeping platform, his kang"能够体现出为英译的文字之外,其他部分与英文原版作品毫无差异,在西方读者看来"Pastor Malory""Virgin Mary and Blessed Infant"为他们再熟悉不过的文化象征,因此一开头便将西方读者置于熟悉的阅读语境中。由于西方读者往往在西方文学脉络里用自己熟悉的语言阅读莫言的作品,他们带着自己的接受传统和预期,用熟悉的习惯、工具去理解外国文学作品,而莫言的作品,由于在主题与创作手法上所具有的世界性特征,因而在译成英文后,与西方读者的阅读经验和预期在很大程度上相吻合。

例77:原文:老天爷爷,主上帝,圣母玛丽亚,南海观世音菩萨,保佑我的念弟吧,保佑我的孩子们吧,把天上地下所有的灾难和病痛都降临到我的头上吧,只要我的孩子们平安无事……

译文: Old Man in heaven, Dear Lord, Blessed Virgin Mary, Guanyin Bodhisattva of the Southern Sea, Please protect our Niandi and all the children. Place all the heavenly and worldly miseries, pains, and illnesses on my head. So long as my children are well and safe.

在《丰乳肥臀》中,有些情节被删去,原文中比较繁复的辞藻得以简化,而葛浩文对祷言中的称谓,"老天爷爷,主上帝,圣母玛丽亚,南海观世音菩萨"等非常忠实地进行了最详尽的翻译。

例78:原文:这天正是礼拜日。马洛亚牧师捧着一部《圣经》,站在落满灰尘的讲台上,对着台下十几个白发苍苍的老太太,诵读这《马太福音》的有关章节:

他母亲马利亚已经许配了约瑟,还没有迎娶,马利亚就从圣灵怀了孕。她丈夫约瑟是个义人,不愿意明明地羞辱她,想要暗暗地把她休了。正思念这事的时候,有主的使者向他梦中显现,说:"大卫的子孙约瑟,不要怕,只管娶过你的妻子马利亚来,因她所怀的孕是从圣灵来的。她将要生一个儿子,你要给他起名叫耶稣,因他要将自己的百姓从罪恶里救出来。"

母亲听到这里,泪水落满了胸襟。她扔掉拐棍,跪在了地上。仰望着悬挂在铁十字架上的干裂的枣木耶稣那木呆呆的脸,泣不成声地说:"主啊,我来晚了……"

马洛亚牧师放下《圣经》,走下讲台,双手扶起鲁璇儿。他的温柔的蓝眼睛里饱含着透明的泪水。他说:

"我的妹子,我一直在等待着你。"①

译文: It was a Sunday. Pastor Malory stood at the dusty pulpit, Bible

---

① 莫言. 丰乳肥臀[M]. 上海:上海文艺出版社,2012:579.

in hand, intoning a passage from Matthew for the benefit of a handful of gray-haired old women:

"When as his mother Mary was espoused to Joseph, before they came together, she was found with child of the Holy Ghost. Then Joseph her husband, being a just man, and not wanting to make her a public example, was minded to divorce her privately. But while he thought on these things, behold, the angel of the Lord appeared unto him in a dream, saying, 'Joseph, son of David, fear not to take unto thee Mary thy wife, for that which is conceived in her is of the Holy Ghost. And she shall bring forth a son, and thou shall call His name Jesus; for He shall save his people from their sins.'"

This passage brought tears to Mother's eyes, tears that fell on her collar. She tossed away her cane and fell to her knees. Looking up into the face of the cracked jujube Jesus on the iron cross, she sobbed, "Lord, I've come to You late…"

Pastor Malory laid down his Bible and stepped down off the raised platform to lift Lu Xuan'er up off her knees. Crystalline tears filled his gentle blue eyes. "Little sister," he said, "I have been waiting for you for a very long time." [1]

《丰乳肥臀》作品中自始至终贯穿了宗教意识，全书中多处出现教堂做礼拜施洗礼等的描写，对于教堂中富有宗教色彩的物质描写也相当详尽。这一段文字在中文原著中属于小说结尾之后的第七章节，用于补充说明，中文读者读后有恍然大悟之感，而且对于"母亲"的遭遇赋予深深的同情。而按照英译本的章节编排，原文本中第七章说明"母亲"几个子女来历的章节在英译本中调整至第二章。因此在英译本故事发展开始便已经交代"母亲"与多人发生关系并怀孕生女的经历，本段落主要讲述母亲再次生女之后，遭遇其丈夫上官寿喜用烙铁烫伤下体，在情绪极度悲痛绝望之时，来到了村里的教堂，正好这时马洛亚

---

[1] Mo Yan. Big Breasts & Wide Hips [M]. Tr. by Howard Goldblatt, New York: Arcade Publishing, 2004: 75.

牧师在讲述《圣经》中圣母玛利亚经由圣灵怀孕的事迹,这给予"母亲"心灵极大的触动,认为自己希望"借种生子"的愿望原来能够在基督教经文中找到相通的情感,由己及人,与玛利亚生子一样,违背中国传统妇道的"母亲"借种生育的行为在这里得到了"合法化"。葛浩文将原文第七章节内容提前,让西方读者一开始就知道"母亲"及其八个子女的来历,对于有基督教背景的西方读者而言,比较容易接受,并由于"母亲"的皈依基督教而更有认同感。在英译文中,那一段经文葛浩文直接采用了英文版圣经文字,保留了英文圣经语言中用词古雅的特点,如"sister""behold""unto""fear not to take unto thee Mary thy wife""thou shall call His name Jesus"这种原汁原味的英文圣经语言镶嵌在葛浩文《丰乳肥臀》英译本中让西方读者一下子有恍若阅读英文原著一般。葛浩文在英译原文中具有宗教特征之处时往往选择了回译的方式,即直接用英文中已经存在的文字来替代,既体现了原作中中国农村所受到的西方宗教文化影响,也完美地还原了西方宗教文化语言本来的面目。

5.2.2 莫言小说蒙太奇叙事结构英译

莫言小说中现在与过去穿梭的蒙太奇式叙事结构给英译或者说给译作读者阅读带来很大不便。莫言小说中打乱了叙述的时间顺序,当中随意插入回忆内容而未做任何明显的言语标识,而中文读者因为熟悉汉语"意合"的逻辑思维,在阅读过程中原文中的逻辑关系能够很容易在阅读中填补。然而,西方英文读者习惯了"形合"的语言,在语篇上也习惯各种明显的语言标记号来标识其逻辑意义,因此,虽然莫言小说中这种颠倒时空的创作手法受西方现代派文学影响,但是并不表示西方读者就能够很容易地阅读在结构上颠来倒去的作品。由于莫言小说中叙述视角跳荡、结构交错等,葛浩文在英译莫言小说作品时调整了原作叙事时间,将叙事结构回归到常规顺序,易化了读者阅读思路,使其叙述具有更高的一致性。

《红高粱家族》是在时空结构上跳跃性最大的作品,葛浩文在英译时调整了原来段落顺序，进行了结构重组，凸显了逻辑性。

例 79：原文：（1）父亲现在趴的地方，那时候堆满了洁白的石条和石块，一堆堆粗粒黄沙堆在堤上，像一排排大坟。去年初夏的高粱在堤外忧悒沉重地发着呆。被碌碡压倒高粱闪出来的公路轮廓，一直向北延伸。那时大石桥尚未修建，小木桥被千万只脚、被千万次骡马蹄铁踩得疲惫不堪、敲得伤痕累累。压断揉烂的高粱流出的青苗味道，被夜雾浸淫，在清晨更加浓烈。遍野的高粱都在痛哭。

（2）父亲和奶奶听到那声枪响不久，就和村里的若干老弱妇孺被日本兵驱赶到这里。那时候日头刚刚升上高粱梢头，（3）父亲和奶奶与一群百姓站在河南岸路西边，脚下踩着高粱残骸。父亲们看着那个牛棚马厩般的巨大栅栏，一大群衣衫褴褛的民夫缩在栅栏外。后来，（4）两个伪军又把这群民夫赶到路西边，与父亲他们相挨着，形成了另一个人团。在父亲们和民夫们的面前，就是后来令人失色的拴骡马的地方。人们枯枯地立着，不知过了多久，终于看到，一个肩上佩着两块红布、胯上挂着一柄拖地钢刀、牵着一匹狼狗、戴着两只白手套、面孔清癯的日本官儿从帐篷那边走过来。在他的身后，狼狗垂着鲜艳的舌头，在狼狗身后，两个伪军抬着一具硬梆梆的日本兵尸体，两个日本兵在最后，押着被两个伪军架着的血肉模糊的罗汉大爷。

译文：(2) Shortly after he and Grandma heard the gunfire, they were herded over to the dike, along with a number of villagers – elderly, young, sick, and disabled – by Japanese soldiers. (1) The polished white flagstones, boulders, and coarse yellow gravel on the dike looked like a line of grave mounds. Last year's early-summer sorghum stood spellbound beyond the dike, sombre and melancholy. The outline of the highway shining through the trampled sorghum stretched due north. The stone bridge hadn't been erected then, and the little wooden span stood utterly exhausted and horribly scarred by the passage of tens of thousands of tramping feet and the iron shoes of horses and mules. The smell of green shoots released by the crushed and broken sorghum, steeped in the night mist, rose pungent in the morning air. Sorghum everywhere was crying bitterly.

（3）Father, Grandma, and the other villagers – assembled on the western edge of the highway, south of the river, atop the shattered remnants of sorghum plants–faced a mammoth enclosure that looked like an animal pen. A crowd of shabby labourers huddled beyond it. Two puppet soldiers herded the labourers over near Father and the others to form a second cluster. The two groups faced a square where animals were tethered, a spot that would later make people pale with fright. They stood impassively for some time before a thin-faced, white-gloved Japanese officer with red insignia on his shoulders and a long sword at his hip emerged from the tent, leading a guard dog, whose red tongue lolled from the side of its mouth. Behind the dog, two puppet soldiers carried the rigid corpse of a Japanese soldier. Two Japanese soldiers brought up the rear, escorting two puppet soldiers who were dragging a beaten and bloody Uncle Arhat.

原文中这两段文字实现了时间上的穿梭，原文中第一句"父亲现在趴的地方……"所引出的段落叙述时间是现在，是父亲和爷爷以及众乡亲伏击的地方，而第二段则是过去，是讲述罗汉爷爷逃跑以及打死了骡子被日本兵发现后，日本兵召集全村乡亲们集合在一起的情形。在英译文中，葛浩文重新安排了顺序，调整过后呈现出来的都是过去的情形，这样上下两段内容都是对于过去事件的回顾，译者对这两段内容在时间上进行的整合凸显了叙事时间上的逻辑性与合理性。《红高粱家族》中相似的叙事时间与结构的调整比较普遍，第五章《奇死》中段落的重新组织尤为突出。

例80：原文：父亲跟着队伍进了高粱地后，由于心随螃蟹横行斜走，脚与腿不择空隙，撞得高粱棵子东倒西歪。他的手始终紧扯着余司令的衣角一半是自己行走，一半是余司令牵扯着前进，他竟觉得有些瞌睡上来，脖子僵硬，眼珠子生涩呆板，父亲想，只要跟着罗汉大爷去墨水河，就没有空手回来的道理。父亲吃螃蟹吃腻了，奶奶也吃腻了。食之无味，弃之可惜，罗汉大爷就用快刀把螃蟹斩成碎块，放到豆腐磨里研碎，加盐，装缸，制成蟹酱，成年累月地吃，吃不完就臭，臭了就喂罂粟[①]。

译文：As Father followed the troops into the sorghum field, he moved sidewalks, crablike, overshooting the spaces between the stalks and bumping them hard, which caused them to sway and bend violently. Still gripping tighlty to Commander Yu's coattail, he was pulled along, his feet barely touching the ground. But he was sleepy. His neck felt stiff, his eyes were growing dull and listless, and his only thought was that as long as he could tag along behind Uncle Arhat to the Black Water River he'd never come back empty-handed.

Father ate crab until he was sick of it, and so did Grandma. But even though they lost their appetite for it, they couldn't bear to throw the uneaten ones away. So Uncle Arhat minced the leftovers and ground them under the bean-curd millstone, then salted the crab paste, which they ate daily, until it finally went bad and became mulch for the poppies.

在原文中，这一段的内容包括前半段父亲跟随队伍进入高粱地夜行，以及后半段父亲回忆吃螃蟹的情形，原本是因为父亲困了，因而模模糊糊地想起了吃螃蟹。在中文读者看来，这样放在一个自然段中，虽然逻辑上衔接不够紧密，但是阅读起来也毫无障碍。而英译文中，译者将"Father ate crab until…"另起一段，这样形成了时空清晰可辨的两个次节。也就是说，英译文中的自然段落是依据故事事件以及事件的时空转换来划分。原文中不同时空的两个事件为一个段落，而译者则根据自己的判断将原文的自然段一分为二，这样一来，两个事件的时间关系便显得更加清晰，原作中时空跳跃与转换的创作手法因此便被弱化了。葛浩文译者在翻译时对时空关系的处理体现了其十分敏锐的文学审美观点。

《丰乳肥臀》故事横跨整个20世纪，但叙事的重点在抗战期间（1937—1945）。叙事主要按时间顺序进行，共分七章，小说始于中日战争前夕，主人公上官金童诞生。第二章闪回到20世纪初，上官家族

---

① 莫言.红高粱家族[M].上海：上海文艺出版社，2012：5.

的神秘过去被置于清朝消亡和外国帝国主义开始侵略中国的背景中。第二章也叙述了上官鲁氏如何挣扎着生了七个女儿和一个儿子，其余各章主要按照时间顺序和重大事件如中日战争、解放战争、土地改革、"大跃进"、"文化大革命"、新时期的经济改革展开。葛浩文英译本对其中的章节安排进行了调整，原著中第七章有关母亲与不同男人的经历调换成英译本的第二章。《丰乳肥臀》由于原著篇幅较长，50万字，而其英译文本仅为24万字，其中有量的段落删节，比如原本第一、二章中描写母亲家莲香斋、长篇的《放示足文》、姑姑家的历史、赊小鸭和医术高明等情节都被译者大刀阔斧地省略了。《丰乳肥臀》英译本在经过葛浩文与英译本出版社编辑共同选择判断删减之后，读来比原著更显得前后照应和连贯。可见，在对小说整体把握基础上的翻译让作品更容易为英语国家的读者接受。

5.2.3 莫言小说中幻觉叙述英译体现

莫言在小说中描写人物借用心灵感应来追求自己的愿望，因此人物的独白与自我表达呈现出神秘而不可捉摸的幻觉意义或无法用理性解释的魔幻色彩。莫言以心灵相通的感应建构了人物心理，这一人物心理的建构主要体现了人物之间的亲情或爱情，表现了一种超越理性的宿命情感沟通。

例81：原文：奶奶躺着，沐浴着高粱地里清丽的温暖，她感到自己轻捷如燕，贴着高粱穗子潇洒地滑行。那些走马转蓬般的图像运动减缓，单扁郎、单廷秀、曾外祖父、曾外祖母、罗汉大爷……多少仇视的、感激的、凶残的、敦厚的面容都已经出现过又都消逝了。奶奶三十年的历史，正由她自己写着最后一笔，过去的一切，像一颗颗香气馥郁的果子，箭矢般坠落在地，而未来的一切，奶奶只能模模糊糊地看到一些稍纵即逝的光圈。只有短暂的又黏又滑的现在，奶奶还拼命抓住不放。奶奶感到我父亲那两只兽爪般的小手正在抚摸着她，父亲胆怯的叫娘声，让奶奶恨爱潓灭、恩仇并泯的意识里，又溅出几束眷恋人生的火花。奶奶极力想抬起手臂，爱抚一下我父亲的脸，手臂却怎么也抬不起来了。奶奶正向上飞奔,她看到了从天国射下来的一束五彩的强光,她听到了来自天国的、用唢呐、大喇叭、小喇叭合奏出的庄严的音乐。

译文:Grandma lies there soaking up the crisp warmth of the sorghum field. She is as light as a house swallow gracefully skimming the tips of the plants. The fleeting images begin slowing down: Shan Bianlang, Shan Tingxiu, Great-Granddad, Great-Grandma, Uncle Arhat…so many hostile, grateful, savage, sincere faces appear and disappear. She is writing the final page of her thirty-year history. Everything in her past is like a procession of sweet, fragrant fruit falling rapidly to the ground. As for her future, she can only dimly see a few holes of light, which are quickly extinguished. She is holding on to the fleeting present with all her might. Grandma feels Father's little paws stroking her. He calls out 'Mom!' timidly. All her hate and her love evaporate. She longs to raise her arm and stroke Father's face, but it won't do her bidding. Rising into the air, she sees a multicoloured ray of light streaming from above, and hears heaven's solemn music, played by horns and woodwinds, large and small.

《红高粱家族》中"我奶奶"临逝前有一段穿越生死与时空界限的幻觉描述,由于"我奶奶"意识开始模糊,觉得自己"轻捷如燕,贴着高粱穗子潇洒地滑行",在生死交叉之间,"我奶奶"回顾了出现在自己生命中且与之交往的人物"单扁郎、单廷秀、曾外祖父、曾外祖母、罗汉大爷",然后由"生"步入"死后"的天国,看到了"从天国射下来的一束五彩的强光",听到了"来自天国的、用唢呐、大喇叭、小喇叭合奏出的庄严的音乐"。这段文字体现了莫言小说独特的幻觉特征。译者在英译过程中完全保留了原文的想象,将"multicoloured ray of light streaming from above""heaven's solemn music, played by horns and woodwinds, large and small"几乎是用直译的手法将这种幻觉中"所见"的绚丽色彩与"所听"的各种音响如实还原。

例82:原文:看看上官家儿媳妇,刚生完孩子,拖着个血身子,就上了场,头顶着洒火的毒日头翻麦子。而她的公公和丈夫,两个小男人,却坐在树阴凉里磨牙斗嘴。查遍三千年的皇历,也查不到这样的苦日子哇。她自己把自己感动得泪水滚滚,忍不住呼噜呼噜地哭起来。泪眼朦胧,五彩的云烟从麦穗中升起。高得没有顶的天上,响起叮叮咚咚的金铃声。天老爷的车驾动了,笙管齐鸣,金龙驾车,凤凰起舞。送子娘娘骑着麒麟,抱着大胖孩子。在上官鲁氏昏倒在打麦场的一瞬间,她看到送子娘娘把那个粉团一样的、生着美丽的小鸡鸡的男孩投了下来。那男孩叫着娘钻进了她的肚子。她跪在地上、感激涕零地喊叫着:谢谢娘娘!谢谢娘娘!……①

译文: Feast your eyes on this member of the Shangguan family, working on a threshing floor with the sun blazing overhead, after just giving birth, the blood not even dry on my legs. And what about my husband and father-in-law? Those two little men are resting in the shade. Pore over three thousand years of imperial history, and you'll not find more bitter suffering! Finally, as tears slid down her cheeks, she passed out, overcome by the heat and her own emotions.②

《丰乳肥臀》中这一段前半段叙述了上官鲁氏自己的遭遇及其心理,后半段描写了上官鲁氏临产前的幻觉。对于之前的现实情况,英译文做了完整的翻译,而后半段的幻觉描写则被完全删除。由于《丰乳肥臀》原作将近50万字的篇幅,迫于美国出版社编辑控制字数的压力,葛浩文选择将这段"送子娘娘骑着麒麟"前来送大胖孩子的幻觉景象删除。这段幻觉是基于中国佛教中送子观音的传说故事发挥而成,旨在突出"母亲"期盼生儿子的急迫的心情,而"母亲"的这种生子愿望在"母亲"入教堂时听到马洛亚牧师念及《圣经》中圣母由圣灵怀孕而感动得涕泪横流时已经显现。在《丰乳肥臀》中,主要表现出了基督教的宗教精神,而其宗教人物形象突出表现了圣母玛利亚与圣子耶稣,这与文章中"母亲"与"上官金童"相映衬,而且在后面的章节中对母亲的描写多次以"圣母"形象来类比。因此,从全书宗教形象统一性方面考虑,葛浩文将西

---

① 莫言. 丰乳肥臀 [M]. 上海:上海文艺出版社,2012:570.
② Mo Yan. Big Breasts & Wide Hips [M]. New York: Arcade Publishing, 2004: 67.

方人不太熟悉的中国佛教中"送子娘娘"这一形象及其"声势浩大的送子活动"删除，确实是明智之举，为西方读者减少了阅读过程中不必要的障碍。

5.3 莫言小说三部作品英译策略特征

葛浩文英译文体现了作品的可读性，但同时其英译文所表现出的是原作者与译者不同的诗学理念。由于自古以来，抒情就是中国文学的主要传统①，唐诗、宋词、元曲、历代散文等，古代文人往往或借景抒情、或借物抒情、或直抒胸臆，总而言之，作品中景物描写往往伴随大量的议论抒发情感。然而，英语文学往往注重客观事实。因此，葛浩文在英译过程中，往往将主观议论删除不译，体现了西方主流诗学对中国文学的边缘化操控。据王克非②考察，汉译英文学翻译中，常见英汉词、字数比例范围为1∶1.25~1.5，即1000个英文单词对应1250~1500个汉字。根据这一比例，《檀香刑》英译本字数20.44万，对应的中文原文字数为25.55万，而《檀香刑》中文本则有27.33万字。与《红高粱家族》和《丰乳肥臀》相比，在这三部作品中所做的删减最少。

《红高粱家族》（23.06万字），当代世界出版社，2004年	Red Sorghum（13.4万字），Penguin Books，1993
《丰乳肥臀》（40.72万字），当代世界出版社，2004年	Big Breasts and Wide Hips（24.09万字），Methuen，2005
《檀香刑》（27.33万字），长江文艺出版社，2012	Sandalwood death（20.44万字），University of Oklahoma，2012

关于删节部分，葛浩文在一次自我访谈中进行过说明，承认莫言的"《丰乳肥臀》删了不少文字"③。而葛浩文在《檀香刑》英译本译者序中表示，《檀香刑》是一部非常"中国"的小说，是莫言独特的小说

---

① 陈世骧.陈世骧文存[M].沈阳：辽宁教育出版社，1998：3.
② 王克非.英汉/汉英语句对应的语料库考察[J].外语教学与研究，2003（6）：410-416.
③ [美]葛浩文.我行我素：葛浩文与浩文葛[J].史国强，译.中国比较文学，2014（1）：37-43.

创作尝试，有些地方难以阅读，更不用说翻译了。但是葛浩文认为，这些难译或者难以阅读之处具有纯粹的美感，对于作品有着不可分割的意义。(This is a long, very "Chinese" novel, both part of and unique to Mo Yan's impressive fictional oeuvre. There are places that are difficult to read (imagine how difficult they were to translate), but their broader significance and their stark beauty are integral to the work.) 由此，可以看出，译者在翻译这部作品过程中，并非仅仅考虑"易化"原则而去尽量简化读者的阅读难点，而是尽量保留原作的艺术特色。究其原因，首先就原作者语言特点而言，《丰乳肥臀》在语言上体现了毫无尺度的宣泄以及心血来潮式的语言撒欢，这样就导致原作中言语冗长累赘甚至重复现象严重，在英文版字数的限制下，译者葛浩文在英译过程中只好大量删减心血来潮的插入式评论。而到了《檀香刑》，莫言体现了语言和情节、人物的圆融结合。因此，《檀香刑》英译文所做的删减少，原作本身在语言上进行了调整，累赘重复现象有所收敛改善，随意性的废话式评论少，而紧扣主题的语言文字比较多，这也可能是葛浩文在英译文中所做删减较少的原因之一。莫言在创作《檀香刑》时语言回归平实，收住了极度感性毫无尺度宣泄的语言撒欢。文本中多余累赘文字较少。而另一个原因则可能是由于《檀香刑》英译在 2012 年出版，是莫言获诺奖这样的世界声誉之后，作家的声誉影响到原作的地位，因此，尽管编辑对译作做出了删减的决定，而对于《檀香刑》莫言获诺奖后出版的第一部小说也有了更高的尊崇。由于象征资本能够带来经济资本，因此，编辑所考虑的便不是篇幅长短是否能吸引读者，而是"诺贝尔文学奖"获得者这样的头衔能够吸引读者了。

5.3.1 莫言小说英译本对原文内容情节取舍

正如莎士比亚剧作在各国上映时遭遇不同程度删减与更改一样，葛浩文对于莫言小说作品的英译也不是字字对应的完全忠实的对译。在这三部小说中，葛浩文选择删减最多的有作者插入式的评论，由于这些评论实则是隐形作者借主人公之口俏皮发泄的言论或者是批判现实的言论，或与意识形态和消极文化相关联，大多与上下文文气不符，因此葛浩文应编辑要求删去。其删去的内容实乃莫言个性化语言的极端体现。也正是其作品在国内遭遇诟病的部分，由此可见译者葛浩文敏锐的文学价值判断力。而某些评论或者主人公的内心独白虽然在语言上依然气势汹涌，滔滔不绝，极尽夸张与铺排，但是葛浩文却将此保留下来，完全忠实地传递出原文含义甚至句式特点，其选择判断的标准很大程度上都是因为这些评论或独白有利于小说的主题渲染。除了插入式评论之外，作品中的粗俗语言或者容易冒犯的描写也往往被弱化或者省译。在三部作品中，《丰乳肥臀》在这些方面删减最多，究其原因也许是因为原作本身的累赘语言多，而且篇幅过长所导致的。对于能够渲染或烘托其民族性或世界性主题的内容，译者予以保留，因此在这一方面，原作的优势得到发挥，而原来的缺陷与弱点则被掩盖。葛浩文在对于《红高粱家族》与《丰乳肥臀》的删改中，有语言层面的变通，也有审美层面上为了再现原作文学性（民族性与世界性）的变通。葛浩文对于长篇的议论性的评述所做的较多删减凸现了原作文学性，因而提高了译入语读者对译作的认可度。

5.3.2 莫言小说英译本对原文叙事结构取舍

《红高粱家族》运用时空交错编织跌宕起伏的小说情节，这一结构特点在小说第一章《红高粱》中体现尤为明显，作品中时空变换的叙事结构模式体现了莫言试图通过借鉴西方现代小说艺术形式来改变传统叙事模式。然而葛浩文在英译文中的结构调整与事件重组弱化了作者自以为新颖的叙事结构。译者通过分段、事件重组、次节划分等手段，使译本的时空关系更加清晰化，事件安排也更加逻辑化。也可以说，其叙事结构上时空变换这一世界性因素并没有在英译本中得到很好的传递，说明葛浩文认为读者还是愿意阅读正常语序的作品，更加关注故事情节的有序发展，而不是去欣赏创作的高超技巧。由于叙述结构是影响读者阅读心理感受的因素之一，英译者葛浩文在小说结构上的改变无疑使得更多的西方英美读者更容易接受。《檀香刑》在叙事结构上回归民间戏曲，沿用了凤头、猪肚、豹尾的结构，葛浩文在英译过程中却体现了更多对原文叙事结构与叙事模式的跟从。从这个意义上，可以看出译者葛浩文认可了这种传统的叙事结构，中国民间传统戏曲模式结构清晰，因此反而具有普适性。

莫言小说作品中，作者经常进行插入式评论，而这样的议论给予了莫言极大空间发泄自己的激情语言，极尽铺陈之能事。其叙述情感高昂、激荡，叙事强烈、奔腾跳跃。而在英译文中，译者葛浩文弱化了《红高粱家族》及《丰乳肥臀》中叙述话语的个性色彩，使其叙述更加常规化，相对缓解了原作叙述语气中的焦躁不安，逐渐使得小说的叙述节奏趋于温和平稳。葛浩文在英译过程中通过在语言叙述中加强逻辑性，使得语言表述更加常规化，这样一来，在某种程度上减弱了原作叙述语言的极端主观色彩，使之趋于一种更加客观的叙述特征。葛浩文一次自我访谈中谈及他翻译作品的程序，认为自己读原作的目的是体验原作的感觉和神韵，并注意原作的结构，从而在动手翻译之前心里便有个底，然后才开始翻译。翻译过程中并非一气呵成，而是在第一稿时着重翻译出词汇和句子，之后再修改成较为完美的译稿[①]。相比起原作者一日千里的写作速度（《丰乳肥臀》莫言用了三个月时间完成），译者这种精雕细琢、慢慢琢磨的态度给了译者冷静理性的思考空间，因此对于原著中出现的叙事结构上可能引起读者不解的地方进行了更加符合逻辑的易化调整。

5.3.3 莫言小说英译本对原文民族性语言取舍

莫言小说作品通常运用极其主观的个性化语言塑造极端的感性世界。对于莫言作品中体现的主观的个性化语言包括粗俗语、顺口溜、陌生化比喻等，葛浩文采用了灵活的翻译手段，在大部分情况下都是尊重这些个性化语汇所带来的特殊效果，力所能及地在译文中再现同样的艺术效果，即使对于十分棘手的方言问题也能作出较为理想的译文。三部作品中对于民族性文化词汇的翻译采用了保留原文化异质性—陌生化翻

[①] [美]葛浩文.我行我素：葛浩文与浩文葛[J].史国强，译.中国比较文学，2014（1）：37-43.

译，即使是《红高粱》与《丰乳肥臀》，这两部被公认为删改幅度最大的文本，其中涉及文化词的内容翻译也相当忠实，这样的翻译方法，极大地保留了原作文化的异质性，让读者一看就知道是外国作品，故事是发生在外国的，这样就让读者具有了解的好奇心。就作品中人物名称而言，可以看出，葛浩文在《红高粱家族》与《丰乳肥臀》这两部作品中采用译音与译意相结合的方式，而在《檀香刑》中在文中则完全采用译音的方式，辅之以在作品末尾补充对未译名称的阐释列表。这样一来，完全保留了《檀香刑》很"中国"的特征。

一般来说，译者考虑读者对译文语言的感受可能会有三种情况：熟悉—完全像本族语—可读性最佳（听起来不像翻译作品）；可接受—以规范本族语为主，带来一些外来表达方式（包括词汇和句子特征）—可读性良好（通顺、易懂）；不可接受—充斥着外来表达方式、多处违背译语规范的混合体—可读性差（佶屈聱牙，难以理解）。就以上这三点而言，第一种是完全归化，第三种是完全异化，而第二种是两者完美的平衡结合，葛浩文的译文在语言表达上属于第二种类型，以规范的英语表达为主，但是带有强烈的异族风情—外来表达方式。由于译文以规范英语为主，因此可读性高，其译文并不拘泥于原文，而是对原文进行了适当的删减或增厚翻译，使译文前后衔接紧密，叙述自然流畅。原文的信息、思想、感情以及角色形象等在葛浩文英译文中得以恰到好处地表达出来。

5.4 莫言小说三部作品英译策略变化影响因素

在翻译过程中，译者的翻译策略会发生历时的变化，其中有个人惯习改变原因，也有外界因素，包括所在翻译文学场域中各个行动者的影响因素。与20世纪初中国译介西方文学时对于西方文学中人名的归化相比，葛浩文对于莫言作品中的人名基本上一律采取异化态度，而对于莫言小说中很多比喻以及个性化搭配都采取异化翻译。而对莫言三部作品中叙事结构与插入性评论的处理方法略有差异，2012年出版的《檀香刑》中采用了异化的方式,保留了原文的结构与评论,而之前的两部作品则对篇章结构以及段落结构都进行了很大的调整与重组。这种策略变化的原因在外部也可以归于同一场域中行动者(原作者、译者、编辑)资本累积的变化以及场域中西方读者阅读兴趣以及对中国了解和接受的程度变化。

5.4.1 原作者与译者及编辑文化地位身份变化因素

在葛浩文译莫言作品场域中,原作者、译者、编剧(编辑)之间进行权力争斗,谁拥有更大的权势(power)谁将具有决定翻译选择的权力。莫言的小说作品初次被译成外文时,莫言还是一位名不见经传的作家,他所采取的态度即放弃自己在这个场域中的主导地位,而将选择决定权给予了译者或者编辑。正如当初名不见经传的他将自己的作品给予张艺谋进行剧本改编一样。当初在剧本改编时,莫言对张艺谋未作任何要求:"我不是鲁迅,也不是茅盾,你爱怎么改就怎么改。你要'我爷爷''我奶奶'在高粱地里实验原子弹也与我无关。非但无关,我还要欢呼你的好勇气。拍好了是你张艺谋的光荣,拍砸了也不是我的耻辱。"[①] "鲁迅""茅盾"由于其作家作品在中国文学史上的经典化地位,其作品语言虽并非"字字珠玑",但读者一般以为是绝不能随意更改其作品内容的。而莫言认为自己与两位文学大家相比,作品远远没有达到经典作品的地位,因此莫言当时象征资本的缺乏导致其作品在美国翻译场域中受到译者与编辑权力主导。《南方周末》报曾在几年前采访过葛浩文,其中提及葛浩文与莫言的合作,认为葛浩文与莫言的合作最愉快的原因在于根本不用"合作"。因为莫言不太在乎葛浩文怎么译,莫言曾多次对葛浩文说他自己不懂外文,把书交给葛浩文翻译,就是葛浩文的书了,葛浩文可以做主想怎么弄就怎么弄。而葛浩文作为译者,又是美国圣母大学东亚语言文学的教授,在西方文学批评界享有一定的影响,经他所翻译的作品自然也会引起同行的关注与研究。而且,作为评论家,葛浩文也撰写了多篇有关莫言小说作品的评论,这些评论在一定程度上也促

---

① http://www.nbweekly.com/news/special/201210/31489.aspx.

进了美国相关学界对莫言作品的研究热潮。从翻译社会学的观点来看，这正体现出了译者与原作者在翻译场域中所体现的权力的博弈关系，译者带着自身的惯习在翻译场域中从事翻译实践，在经过一段时期的实践之后，译者会在某一时间点上形成翻译规范，翻译规范的形成会促使译者形成新的惯习并积累新的文化资本，带着新的惯习与新的文化资本，译者与原作者会继续在翻译场域中进行权力斗争，随后旧的翻译规范也被打破而形成新的规范。①

中国当代作家王安忆的《长恨歌》在美国出版时遭到出版社编辑很大的改动，就此，作为《长恨歌》英译者的美国汉学家白睿文也曾提出质疑，认为《长恨歌》是有文学名声的经典文学作品，不应该改变其原来的面貌，而他也表示自己愿意尽量使得它原来的面貌在英美读者面前出现。但是最终翻译场域中编辑的权势地位迫使他对原作做出更改。而白睿文认为如果是《百年孤独》这样的西方经典，编辑想来是不太敢做大的改动②。由此我们可以看出，如果原作所携带的象征资本足够丰富，在世界文学场域中占据很高的地位，那么在翻译文学场域中的其他行为者包括编辑便会约束自己的改编权力，而会尽可能遵从原作，让原作的象征资本反过来成为自己出版社的象征资本。莫言获得诺贝尔文学奖之后，其原作者地位有所上升，在翻译场域中权势加大，而译者或编辑则会更多地遵从原作者，从而更少地发挥自由选择翻译策略的权力。

5.4.2 西方翻译文学场内中国当代文学地位变化因素

季进③对1949年以来中国当代文学英译与对外传播做了系统研究，归纳出了英语世界对中国当代文学的态度以及中国当代文学在西方翻译文学场中地位的变化特征。结果发现中国当代文学英译及对外传播大致呈现出三个方面的变化：一是西方英语世界在译介选材与态度上从政治

---

① 邵璐.翻译社会学的迷思——布迪厄场域理论释解[J].暨南学报，2011，33（3）：124-130.
② 吴赟.中国当代文学的翻译、传播与接受——白睿文访谈录[J].南方文坛，2014（6）：48-53.
③ 季进.作为世界文学的中国文学——当代文学的英译与传播为例[J].中国比较文学，2014（1）：27-36.

性向审美性的转变,二是中国当代文学在西方翻译文学场中地位从边缘向热点转移,三是中国当代文学在西方英语世界译介途径从单一性向多元性转变①。20世纪80年代以前,由于中国当代文学作品本身受制于"文以载道"影响,其作品具有很强的政治性,因此西方英语世界对中国当代文学的译介选择往往着眼于政治意识形态的意涵,将当代文学作品作为了解中国社会和政治的社会学文献来阅读,因而许多中国当代作家的作品翻译在大学里从属于"中国研究"专业。20世纪80年代后期,由于中国当代文学开始积极借鉴模仿西方现代派文学创作手法,使得中国当代文学本身开始具有艺术审美内涵,因而西方英语世界翻译文学场对中国当代文学的译介也开始更多地基于文学与审美层面的考虑,开始较为全面地关注与译介一些中国知名作家及代表作品,如王安忆的"三恋"(《小城之恋》Love in a Small Town、《荒山之恋》Love on a Barren Mountain 和《锦绣谷之恋》Brocade Valley)、张洁的《沉重的翅膀》(Heavy Wings)、莫言的《天堂蒜薹之歌》(Garlic Ballads)、张贤亮的《男人的一半是女人》(Half a Man Is Woman)、刘索拉的《蓝天绿海》(Blue Sky Green Sea and Other Stories)、苏童的《妻妾成群》(Raise the Red Lantern)等②。美国汉学家胡志德(Theodore Huters)曾对葛浩文译《生死场》与《呼兰河传》有这样的评论:"在向英语读者介绍中国现代文学的过程中,这两部小说的翻译与出版可谓是一次标志性的事件。因为长期以来,中国现代小说都被视为单纯的政治宣传品,正是通过萧红的这些作品,读者对于中国现代作家不得不面对的问题以及他们面对这些困境时所取得的成就有了完整的认识。"随着中国当代作家作品持续地译介进入西方英语世界,中国当代文学英译传播开始冲出原本狭小的大学东亚系的学术圈子,其影响扩大至西方主流报刊媒体。由于中国在政治经济上的影响力的不断增加以及文学交流的愈加频繁,中国当代文学越来越成为西方翻译文学场中热议的话题。莫言、余华、阎连科、苏童、毕飞宇、王安忆等中国当代作家的作品评论经常刊发在《纽约时报》《纽

---

① 季进.作为世界文学的中国文学——当代文学的英译与传播为例[J].中国比较文学,2014(1):27-36.
② 同上。

约客》《芝加哥论坛报》《华盛顿邮报》等重要报刊上。2008年5月4日《纽约时报》曾于书评版以整版篇幅刊登了一组有关中国当代小说的评论，包括《生死疲劳》《长恨歌》《为人民服务》《狼图腾》等英译本，表现了西方主流媒体对中国当代文学的集体关注。在对中国当代文学译介的模式上从中国官方向外推介转向经由商业化操作。之前官方主导的"熊猫丛书"和《中国文学》刊物由于翻译质量等其他原因，几乎没有在西方翻译文学场产生真正的影响。而现在的当代文学翻译经由商业化途径，作品包罗万象，译介的作品来自各种流派、具有不同的层次与风格，中国当代文学作品成为展现中国文化、中国现实的载体，承载了多向度的复杂意涵。[①]从三方面的转变可以看出，中国当代文学开始走出被冷落、被边缘的困境，成为世界文学不容忽略的组成部分。西方对中国当代文学开始逐渐关注与熟悉，中国文化因此逐渐为西方所了解，为更加"忠实"（保留民族性和异质性）提供了条件。

　　中国当代作家的作品开始在海外传播与中国国家的综合实力增强有着较为微妙的关系。而中国国家综合实力的增强必然会引起中国文学在西方翻译文学场域中的地位。刘江凯引用美国华盛顿大学学者伯佑铭教授的观点认为，"中国国际综合实力、意识形态差异、政府文化活动、影视传播、学术推动、作家交流、中国当代文学中的民俗特色、地域风情、传统和时代的内容，以及独特文学经验和达到的艺术水平等，都是推动当代文学海外传播的重要因素。"[②]白睿文也认为由于从大的趋势来说，中国已经崛起，出版公司对中国越来越感兴趣，在英语世界能够出版中国文学的平台逐渐增多，同时一些美国的著名文学刊物，比如《路灯》（Pathlight）、《译丛》（Renditions）、《今日中国文学》（Chinese Literature Today）等，也逐渐愿意刊登中国文学作品[③]。中国作家余华在《纽约时报》开有专栏，这种现象在十几年前的美国翻译文学界是不可想象的。因此

[①] 季进.作为世界文学的中国文学——当代文学的英译与传播为例[J].中国比较文学，2014（1）：27-36.
[②] 刘江凯.本土性、民族性的世界写作——莫言的海外传播接受[J].当代作家评论，2011（4）：20-33.
[③] 吴赟.中国当代文学的翻译、传播与接受——白睿文访谈录[J].南方文坛，2014（6）：48-53.

在中国综合国力增强以及各项文化活动、影视传播等的推广下，西方受众对中国的关注度日益提高，他们之前在主流意识形态影响下对中国持怀疑态度，但是现在却十分关注中国经济的发展，以及中国对国际政治经济社会的影响，因此必然就会对"中国模式"下的国家与社会以及民生也极为关注。

5.4.3 西方文学阅读场域中读者群及读者接受变化因素

对于西方文学阅读场域中读者群而言，汉学家白睿文曾提到以前在美国校园问鲁迅是谁，没有一个学生知道，但是现在美国人已经意识到中国对他们的重要性，因此越来越多的美国家长让孩子到中国去留学[1]。这样无形中培养了中国文学潜在的读者群。澳大利亚汉学家杜博妮曾把中国文学英译的读者分为三类："忠诚读者"（committed reader），"兴趣读者"（interested reader）及"公允读者"（disinterested reader）。她认为"忠诚读者"大多是有明确意愿希望了解中国文化的，"兴趣读者"大多为汉语文学和翻译研究专业人士，而"公允读者"是对文学价值之普世性有期待的读者[2]。杜博妮将前两类读者归于"受制读者"（captive reader）类型，认为他们喜欢异化翻译，但是他们数量有限，而"公允读者"则数量庞大，他们是一般的大众读者，阅读小说时追求快乐的体验，充满了对异域文化的好奇，因此比较会在乎译文的可读性与文体风格，这些读者一般不会拿译文与原文来做比较，但是可能会将译文与其他用英语写成或译自其他外语的作品进行比较。这些文学读者经验丰富，能够理解隐藏在字里行间的意义并能应对陌生化情景。因此，对于他们而言，译文的文学性和可读性很重要。这样可以看出，如果是面向小众的前两类学者型读者，可能"深度翻译"（Thick Translation）或者说是"异化"的翻译能够满足读者的文化了解需求，而面对大众读者，普及翻译（Popular Translation）或者"归化"则更能够突出译作的可读性。葛浩

---

[1] 吴赟. 中国当代文学的翻译、传播与接受——白睿文访谈录[J]. 南方文坛，2014（6）：48-53.
[2] 覃江华，刘军平. 澳大利亚汉学家杜博妮的文学翻译思想探析[J]. 湖北大学学报（哲学社会科学版），2013（1）：132-135.

文在翻译莫言这三部小说时其翻译策略逐渐呈现出明显的"异化"倾向，这从一个侧面反映了读者群体的变化，及对中国文学更感兴趣的"兴趣读者"群的增长。

一般而言，民族的审美趣味一旦形成，就具有相对的稳定性和持续性。一个民族共同的生活方式、地理环境、心理素质以及语言等因素共同形成了该民族的审美趣味。而一个民族读者阅读兴趣的取向则是该民族接受群体整体的文化修养、心理素质、价值观念等诸多因素在阅读过程中的反映[①]。但是这种阅读取向也会受到外在各种因素影响而发生变化，20世纪80年代，英美读者在阅读"熊猫丛书"所代表的中国现当代文学时采取的是政治审美视角。这些读者或青睐小说主题与政治或"文革"叙事相关的作品，忽略了作品形式上的文学性，或者是钟情小说中的"苦难叙事"。他们以西方文学典律为标准来衡量中国文学在美学上的表现，认为中国现当代文学并不成熟[②]。莫言在一次与德国作家的对话[③]中也曾提到，20世纪80年代国外的读者阅读中国小说时，主要是想从中国文学作品中了解中国社会、经济等情况，而比较少地从纯文学艺术角度来欣赏作品。但现在，德国的一些读者和一些作家同行们已经开始从文学阅读与鉴赏的角度来品味作品。在参加德国的某次书展后，莫言了解到德国专家马丁·瓦尔泽对《红高粱家族》作品的纯文学角度的看法，马丁认为《红高粱家族》这部作品与德国文学迥然不同，德国文学重视思辨，而《红高粱家族》则更多地"展示了个人精神世界，以及广阔的、立体化的生活画面，和人类本性的心理、生理感受等"[④]。德国读者能够对作品有这样的理解，说明现在西方的学者型读者已经能够抛开政治或经济角度，摒弃以往对中国文学的偏见，从文学艺术审美的角度来品读中国文学作品。

---

① 张辉.文学的民族性：面对世界意识的挑战[J].开放时代，1992（3）：38-41.
② 耿强.文学译介与中国文学"走向世界"——"熊猫丛书"英译中国文学研究[D].上海：上海外国语大学，2010.
③ 魏格林.沟通和对话：德国作家马丁·瓦尔泽与莫言在慕尼黑的一次面谈[J].上海文学，2010（3）：78-81.
④ http://book.people.com.cn/GB/69362/136569/136573/10103123.html.

5.5 莫言小说三部英译作品形象建构

在莫言总共 100 多部短篇、中篇以及长篇作品中，葛浩文选择翻译了其 9 部长篇以及 1 部中篇。从葛浩文所选择翻译的作品来看，大都是讲述历史战争主题或是批判现实社会主题，从这一点体现了译者背后的文化意识形态的操纵。而莫言的历史战争小说，在其作品出版早期，在社会上引起广泛争议，其中一个原因是因为作品中大量正面书写国民党或者土匪的抗日行为，这一点在当时官方立场上很难让人接受，尤其是《丰乳肥臀》中意识形态上有美化国民党而丑化共产党之嫌。《丰乳肥臀》中国民党军队司令司马库在"母亲"眼里是真正的男子汉，而共产党的孙不言却行为猥琐，让人生厌。葛浩文在翻译过程中，有意识地弱化了不同背景的党派之争，对于出现"共产党"以及"中共""马克思主义"等字眼采用省略或改译的方式，这样译文读者所读到的作品中政治争议性减弱了，而作品本身的文学性、故事性得以加强和凸显。从本书所探讨的《红高粱家族》《丰乳肥臀》以及《檀香刑》来看，一方面，葛浩文在英译本中淡化了政治意识形态色彩，强化了民间历史传奇色彩，其英译本建构了历史、战争中的中国乡村农民的生存状态，让西方读者去感知带有传奇色彩的民间英雄人物的强烈的爱恨情仇。葛浩文深知美国读者喜欢"历史"类的作品，因此《红高粱家族》(*The Clan of Red Sorghum*)其英文标题补充了中国作为历史背景，为 *Red Sorghurn: A Novel of China*。莫言《红高粱》原本仅仅以山东高密县农村为文学原乡，这里发生的一切原本也仅仅代表着山东农民所经历的历史变迁，但是葛浩文在标题上添加了"A Novel of China"，让西方读者误以为这就是整个中国的缩影，而小说中的人物形象就是所有中国人的代表。而葛浩文英译的其他作品如阿来的《尘埃落定》译为 "*Red Poppies: A Novel of Tibet*"。

季进[①]认为,"在现实世界中,中西方的文化流是永远的'不平流',而这种不平等、不相称在某种程度上透露出西方读者长期以来的偏见。中国文学也成为被想象的'另类'(alternative)之一,在'东方主义'式的凝视中,中国文学不可避免地被想象、被审视、被阅读,甚至被认为是与西方截然不同的存在。"有学者认为葛浩文以"市场"作为翻译中国文学的准则,其本身就是一种文化霸权主义思想在发挥作用,因为中国人在欧美国家的翻译文学阅读场域中,"东方主义"长期以来积淀下的是负面的中国形象。从葛浩文所选择翻译的莫言的这三部小说来看,由于莫言在小说作品中往往将描写丑当作表现民族意识的一个重要手段,而在这三部小说中描写并刻画出负面战争的残酷、主人公的懦弱或残暴(如《丰乳肥臀》中的上官金童、《檀香刑》中的小甲、《檀香刑》中的刽子手赵甲)、中国农村的落后与肮脏、中国农民的粗俗,因此,葛浩文对于中国历史、中国农村、中国农民的写作主题的偏好往往会容易阻碍西方读者对于中国社会历史以及其他阶层人群的全面的了解。

5.6 小结

世界文学的动态的文学关系构成"文学场域"(literary field),这个产生世界文学的文学场域具有"椭圆形折射"(elliptical refraction)特征,世界文学存在于以译入语文化与译出语文化分别为两个焦点所建构的两个完整椭圆之间的交叉部分。如此产生出的文学虽与两种文化相关联,但却不受制于任何一方[②]。而经由葛浩文翻译的莫言小说作品,便是这样一种分别与东西方文化相互关联,但却并不受制于任何一方的世界文学。莫言小说的英译作品最终所呈现的方式以及其存在方式和形态,是在"文学场域"中受到两种文化共同交织作用的结果。因此,这样的作品在内容和形态上已发生了变化,是既有原初民族文学特质,又

---

① 季进.异邦的荣耀与尴尬——新世纪文学反思之五[J].上海文学,2011(5):104-112.
② 季进.异邦的荣耀与尴尬——新世纪文学反思之五[J].上海文学,2011(05):104-112.

带有译入语民族文学的色彩的作品。

　　谢天振认为文学翻译是一种在本土文学语境中的文化改写或文化协商行为。两种不同文化的遇合际会，必然经历碰撞、协商、消化、妥协、接受等过程。译者作为两种文化的中介，经过他解读、价值评判、改造、变通等文化协商的结果——译作，已不复是原来意义上的外国文学作品。葛浩文对于莫言小说作品经过解读、价值评判之后对于原作主题方面历史、民间与乡土的民族性因素特征基本上进行了异化，即保留原作文化的传递，对于民族性的个性化评论与独白语言通过价值判断进行了改造与变通，对于原作一泻千里的激情演讲式的语言予以了理性的叙述，而对于民族性的词汇等大多进行了异质性的保留，然而对其中粗俗与冒犯之处仍然进行了弱化色彩的处理，对于原作中民族性的色彩意象与比喻意象根据上下文，在进行价值评判之后多数采用了异化方式，传递出了原作中的"中国味"或者说是"莫言味"。而莫言小说中被认为是借鉴了西方创作技法的时空穿梭这一世界性创作特征却经过了葛浩文很大程度上的改造，将原作中跳跃性思维弱化或常规化，遵循了事件发展的时间顺序。从葛浩文对于莫言作品英译及其英译作品所获得的成功来看，葛浩文对于文本的理性选择以及对原作文本准确的价值判断、对于目标读者以及市场的准确理解和把握促成了其译作的成功与传世。因此可以说，一个成功的译本并非来自原著不加改写地移植过来。译作的成功与否取决于对于原著整体的忠实度，而要实现这样的忠实度，就需要首先充分体会、认识并遵从作家小说中体现出来的文化精神、民族性与世界性特征以及作家本人的气质。由于译作的读者并不是在译作源语文化中阅读作品，而是要受到其他许多作品的影响，而它们可能来自截然不同的文化与时代，因此，译者也应该考虑到接受环境，从而对译本进行合理的可读性处理。

第6章　世界文学语境下莫言小说读者接受

文学翻译读者可以大致分为四类：第一类是普通大众（the masses），这类读者是最广义的一般读者，中等文化程度，非专业读者群，具有不同的性别、年龄、职业等，这群读者阅读外国文学作品的目的主要是为了消遣，属于非专业鉴赏。第二类是知识界（intellectuals），这类读者具有一定文化教育程度以及一定的外国文学接受与审美能力。对于所阅读的文学作品有选择，对于译文译笔有鉴别力，能够评判译文好坏。第三类读者是译界人士（translation circle），这类读者包括翻译家、翻译评论家等，能够对译文译作进行专业性的评论和鉴赏。第四类读者是评论家（criticizer），包括作家、批评家、外国文学评论家以及文艺理论家等专业人士。由于他们具有专业的审美修养与鉴赏能力，他们对于译者或译作的评论意见价值较大。为了论述方便，下文将主要把读者类型分为大众读者以及学界读者两类，大众读者的评论意见主要以美国亚马逊网站上读者留言为分析研究依据，而学界读者评论意见主要依据国外学者、作家、评论家在西方（美国）学术刊物或主流报刊媒体上的评论。

6.1 世界文学语境下莫言小说读者接受评价

一般而言，读者对于外国翻译小说的接受度会不同程度地受到小说作品中某些因素制约，比如题材、主题、故事背景、小说语体特点、作者个人风格以及作者的意图等。莫言小说作品在题材与故事背景方面具有强烈的民族性特征，其故事带有明显的"中国味"，在主题上表现出世界性、普适性特征，但是莫言作品的语言具有极端的个性化特色，尽管某些特点在葛浩文英译过程中已经被弱化，但仍然是莫言作品区别于其他作家的显著特点。那么，对于莫言独特的小说作品，西方尤其是英语界的读者是如何评价或接受的呢？不同的读者类型，出于不同的阅读目的，对于文学作品会有不同的喜好倾向。葛浩文曾提及美国评论家喜欢看悲苦的作品，而一般读者喜好看幽默、轻松的作品。学界专业读者与大众读者对于莫言作品的评价存在哪些相同或相异之处呢？

6.1.1 世界文学语境下莫言小说学界读者接受评价

6.1.1.1 对莫言小说主题评价

莫言小说中主题显示了其民间历史性与人类性特征，而对这一点，评论家对此都有非常准确的把握。美国当代著名小说家约翰·厄普代克在 2005 年 5 月《纽约客》(*New Yorker*) 上发表《苦竹：两部中国小说》一文，其中评价了苏童的《我的帝王生涯》和莫言的《丰乳肥臀》，认为莫言"借助残忍的事件、魔幻现实主义、女性崇拜、自然描述及意境深远的隐喻，构建了一个令人叹息的平台"[①]，认为莫言的小说"充满了杀戮、折磨、饥荒、洪水和脸朝黄土背朝天的农民大众"[②]。《世界报》评论说："《红高粱》是一次对莫言记忆天地的探寻，这是个野蛮、神秘

---

① http://www.douban.com/group/topic/33416188/.
② http://news.ifeng.com/gundong/detail_2012_10/19/18365776_0.shtml.

的地方，弥漫着沼泽地的雾气，土匪和鳝鱼频繁出没。"这样的评价对于《丰乳肥臀》异常贴切中肯，与国内业内评论不谋而合，由此可以看出葛浩文英译本对于原作主题与艺术创作手段的忠实再现。法兰西文学与艺术骑士勋章授予莫言时颁奖词为："您以有声有色的语言，对故乡山东省的情感，用反映农村生活的笔调和富有历史感的叙述，将中国的生活片段描绘成了同情、暴力和幽默感融成一体的生动场面。"日本静冈大学中国文学专家和翻译家桑岛道夫认为，"莫言的历史观，以及富有神话性、传奇性的叙述文体是世界文学中的一朵奇葩。我感到莫言文学的起点，那就是对在挫折中却顽强生活下去的人的关注。莫言依然是属于相信'文学'力量的作家。"[①] 这些学界专业人士的评论从艺术角度对于莫言小说的主题加以了肯定。

6.1.1.2 对莫言小说叙事手法评价

对于莫言小说的叙事手法，许多西方学者已经认同其中西方作家叙事特征的影响，主要是荒诞以及魔幻现实主义叙事特征。《纽约时报》称，"莫言在长篇和短篇小说中描绘了中国纷乱而复杂的农村生活，常常采用丰富的想象——动物叙事者、地下世界、神话故事元素——让人联想起南美魔幻现实主义的手法。"《华尔街日报》称，"他（莫言）运用了大胆前卫的想象，使故事具有了神话般的荒诞色彩，这体现出了福克纳和马尔克斯对他的影响。"[②] 美国《时代周刊》曾发表评论：莫言由于英译短篇小说集《师傅越来越幽默》的问世，可以判定他是诺贝尔大奖的遗珠。莫言说故事的神奇天分，让西方读书界几乎为之倾倒。在获得诺贝尔文学奖实力方面，莫言可以说是中国内地当代作家中的首要人选。美国《华盛顿时报》报道说：莫言小说对中国乡村的描述有一种魔幻般的抒情诗情调，讽刺与黑色幽默相融合，即使对不熟悉中国作品的读者来说，这8个故事也能让他的眼睛为之一亮。在法国，莫言被认为与拉伯雷气质相通，法国各界对《酒国》和《丰乳肥臀》赞誉有加，法国汉

---

① http://www.infzm.com/content/82027.
② http://book.sina.com.cn/cul/c/2012-10-12/1118345047.shtml.

学家和文学评论界在莫言作品中看到了鲜明的民族特色、对西方现代文学技巧的娴熟运用、在叙述形式上的创新探索，因此认为这是他们所期待的具有世界水准、与西方文学相通，同时又是"中国式"的文学[1]。托马斯·英奇注意到莫言小说中叙事的现代性，他说："莫言的小说不是按照年代顺序来叙写的，而是忽前忽后，需要读者自己进行联系并根据合理的顺序来理解事件，甚至根本无法了解事件的真相。"[2] 托马斯·英奇认为这是一种全新的现代叙事方法，因为它打破了传统上认为的事实真相终将为人所知的观念，从而引导读者自己把所有的故事联系在一起。托马斯·英奇还对莫言大加赞赏，不吝赞誉之词："很明显，莫言就是这样一位多才多艺、想象力奇谲、才智聪慧的作家。似乎他能给传统的文学艺术带来无限的变化与惊奇。他的每部书都不同于以往的作品，从审美的意义上促进了中国文学乃至世界文学的发展。这一点他很像福克纳，由于自己的多种灵活的创作方式和试验带给几代作家的是多种小说创作的可能性。如同福克纳一样，可以毫不夸张地把莫言称之为文学创作界的真正的天才。"[3] 他还认为莫言很显然吸收了不少外国作家的影响，包括加夫列尔·加西亚·马尔克斯、威廉·福克纳、古斯塔夫·福楼拜、詹姆斯·乔伊斯等。正因为此，莫言能够创造出在读者看来似乎远远超出中国大陆疆界的作品[4]。杜迈克（Michael S. Duke）也曾评价说，莫言"展露了成为一位真正伟大作家的巨大潜力"[5]，据M.托马斯·英奇考证，此言得到诸多评论家的赞同[6]。

6.1.2 世界文学语境下莫言小说大众读者接受评价

莫言小说英译本在全球最大网上书店亚马逊得以销售，而美国亚

---

[1] 杭零.莫言作品在法国译介传播[J].东方翻译，2012（06）：9-13.
[2] 同上.
[3] [美]M.托马斯·英吉.西方视野下的莫言[J].长江学术，2014（01）：20-26.
[4] 同上.
[5] 同上.
[6] Michael S. Duke. Past, Present, and Future in Mo Yan's Fiction of the 1980s Ellen Widmer, David Der-wei Wang(eds.). From May Fourth to June Fourth: Fiction and Film in Twentieth-Century China. Cambridge: Harvard University Press，1993：392.

马逊网站上大众读者对莫言小说英译本评论也清晰地在网站上有据可循。大众读者一般是亚马逊网站上购书者的读后感,有的评论洋洋洒洒,有的言简意赅,大多有表明作者喜好的关键词为评论留言的标题。作者一般有署名与评论发表日期,并对所评论的书籍进行5分制的评分。网站上统计出所有评论者的平均分以及从1分到5分五个不同等级评分的评论者所占的百分比。网站还根据评论内容划分为积极肯定评论(positive review)与批判评论(critical review)两大类,并分别统计出"喜欢"与"不喜欢"的百分比情况。因此,本书对于世界文学语境下莫言小说大众读者接受评价主要基于美国亚马逊网站上读者对《红高粱》《丰乳肥臀》《檀香刑》三部作品英译本读者评分以及读者评论(表6-1)。

表 6-1 莫言小说大众读者接受评价

小说作品	评论时间	评分	积极肯定评论(positive)	批判评论(critical)
《红高粱家族》 Red Sorghum 1993	1999年—2015年5月	3.7分 70条评论 39% 5分 65% 喜欢	44条正面评论 beautiful, tragic and superb! 难以忘却的历史小说!(Unforgettable historic fiction!)	23条批判评论 写得很差,非常无聊!(very badly written and unbelievably boring!)
《丰乳肥臀》 Big Breasts & Wide Hips 2004	2004—2015年	3.1分 47条评论 23% 5分 53% 喜欢	20条正面评论 悲伤、有趣、奇幻(Wild, Energetic, and Miserable – A Chinese Family's 20th Century)	27条批判评论 看不明白(can't make head and tail of it) 太长,太无聊,不感兴趣(too long and boring and did not hold my interest)
《檀香刑》 Sandalwood Death 2013	2012—2015年	4.1分 10条评论 40% 5分 85% 喜欢	8条正面评论 扣人心弦(Intensive read) 名副其实的诺贝尔获奖小说(A novel worthy of Nobel Prize)	2条批判评论 不值得我推荐(Not something I would recommend)

由以上可以看出，就大众读者评论留言的数量而言，《红高粱家族》由于出版时间较早，比起其他两部小说在读者中影响更大，因此有较多的大众读者留言评论，为70条。而《丰乳肥臀》英译本虽然自2004年出版迄今已经10多年，但普通大众读者对此关注度仍然不够。而《檀香刑》英译本由于2012年底才出版，尽管由于诺贝尔文学奖的光环吸引了读者，在这两年时间内，大众读者选择阅读的人数仍然有限。而从评分来看，诺贝尔文学奖之后出版的《檀香刑》英译本读者评分为4.1分，10人评分中有4人评价为满分5分，虽然总人数有限，但仍可看出读者的满意程度。这部作品是莫言所有小说中"中国戏曲味"最浓的小说，也是葛浩文英译莫言作品中最具有异化特征、翻译最完整的、最有"中国味"的作品，从读者的评分与评论来看，似乎读者能够接受并理解其中所要传达的含义。《红高粱家族》读者评分为3.7分，而对这部作品的正面评论远多于负面评论，更加说明了这部作品的接受程度。《丰乳肥臀》是三部作品中评分较低的一部，而就学界专家而言，恰恰是这部作品吸引专业期刊及专业媒体的视线，而诺贝尔文学奖评委会给予很高评价，说明大众读者与学界专家阅读欣赏的差异。

6.1.2.1 莫言小说《红高粱家族》英译本接受评论

《红高粱家族》英译本读者留言为70条[①]，其总体评分为3.7，其中39%的读者评分为5分，对比亚马逊网站上《红高粱》电影DVD观众评分为3.9分，其中61%的人评分为5分。无论是电影还是小说，在亚马逊网站观众或读者评论中，正面评价多于负面评价。其正面积极评价多涉及总体主题印象，如认为电影"犀利、赋予感官刺激、残酷（Cute, sensual, breathtaking and brutal）""野蛮而炫丽（Barbaric and beautiful）"等，认为小说语言"难以置信的生动"（Incredibly vivid），语言"色彩丰富"（The language he uses is also extremely colorful），且语言所描写出的画面"令人惊奇的美丽"（Terrifyingly beautiful），因

---

① http://www.amazon.com/Red-Sorghum-Novel-Mo-Yan/dp/0140168540/ref=sr_1_1_twi_5_unk?ie=UTF8&qid=1431259634&sr=8-1&keywords=red+sorghum#customerReviews.

此作者在作品中展现出了"闪耀的"(Glittering)、"惊奇、感性而发自内心的意象"(His imagery is astounding, sensual and visceral),是一部"色彩斑斓的作品"(A painted book),一部"不可思议的艺术作品"(An incredible work of art!),一部"大师级杰作"(A masterpiece),认为作品中讲述的故事"刺激,如同史诗一般"(His story is electrifying and epic!),作品体现了"残忍的暴行、魔幻现实主义与爱情"(Horrific atrocities, magic realism and love),因此是一部"难以忘却的历史小说"(Unforgettable historical fiction)。而负面的评价主要是关于小说中难以忍受的残酷,因此认为小说"令人厌恶而残酷"(Disgusting and brutal),有读者认为作者写作"无聊且重复"(Boring and repetitious),"包含了太多的暴力"(Contained too much violence)。而对于小说中详细刻画的"红高粱"主题意象,有读者认为描写过多,"It had far too many descriptions of red sorghum fields"。而对于小说中闪回的叙事结构,与托马斯·英奇非常欣赏的"全新的叙事方式"以及认为这种跳跃闪回能够"引导读者自己把所有的故事联系在一起"的观点完全相反的是,有读者抱怨太多的时空跳跃令人迷惑,"I did find the chopping and changing from time eras a little bit confusing at times",认为"时间的转换有时候不和谐(The time shifts are sometimes jarring)"。

从以上普通大众读者对《红高粱家族》英译本的正负面评价可以窥见美国读者的阅读喜好以及英译者对原作作品特征的传递程度。美国读者对于作品中"残酷、真实"的历史主题大都表示欣赏、认可与接受,对于油画一般、色彩丰富的语言也表达了难以掩饰的欣喜,而对于某些读者难以接受的是对于"血腥"场面过于细节的描述。这些评论与国内读者对《红高粱家族》中文本的评论大致吻合。由此,我们可以看出译者葛浩文在传递原作作品主题、意象以及语言特征方面体现出的极大的忠实,因此能够让译语读者在阅读译作时感受到本国读者对原作的感受。然而在对作品的叙事结构以及细节英译过程中,译者确实考虑到美国读者的阅读习惯,在英译本中适当的地方调整了原文过度跳跃的时空结构,而且也尽量删减了让美国读者感到"厌倦"的"重复""冗长"的某些细节描述,从而使得英译本便于译语读者阅读与接受。

6.1.2.2 莫言小说《丰乳肥臀》英译本接受评论

对于《丰乳肥臀》英译本读者评论为47条[①]，就读者评分来看，评价满分5分人数与评价最低分1分人数相当，评分5分为11人，评分1分为9人，另外评分2分为10人。就读者评论留言内容来看，完全正面评论不太多，多为有争议且较负面的评论。正面积极的多涉及莫言讲故事的技巧高超，认为小说中"痛苦的喜悦与恐怖的故事让读者欣喜不已"（The stories of anguish joy and horror force you to remain fascinated），另外还涉及《丰乳肥臀》小说中庞大的家族史诗般的历史叙事（An amazing family journey through turbulent times. Outstanding, essential literature, An Epic Novel）。有读者称"莫言讲故事有迷人的魅力且大胆，不断地展现人物角色性格特征的另一面"（Mo Yan is a mesmerizing storyteller and a daring one, constantly showing the other side of characters you thought you knew）。另有读者认为《丰乳肥臀》中莫言语言有时候异常幽默（Heartwarming and often, strangely humorous）。负面评价大多是因为内容冗长、重复，且里面人物复杂，故事中人物关系难以理清（Can't make head or tail of it），因而导致读者阅读困难，很难继续阅读下去（Never finished this book—after the first couple of chapters just got too long and boring and did not hold my interest）。有读者留言认为《丰乳肥臀》"对于热爱亚洲小说的人来说令人失望"（A disappointing book for one who loves Asian fiction），由于故事涉及内容太多，时间跨越太大，以至于后面章节有些让人厌倦（It covers so much ground, that it gets a bit tiresome）。另外有读者对于《丰乳肥臀》中语言用词表达了强烈的反感，认为小说中许多词汇"令人厌恶"（Distasteful）。

从《丰乳肥臀》英译本的读者评论留言中同样也可以看出美国读者的阅读习惯或喜好。肯定的评论多为有关史诗般的家族历史题材，宏大

[①] http://www.amazon.com/Big-Breasts-Wide-Hips-Classics/dp/1611453437/ref=sr_1_1?ie=UTF8&qid=1431259760&sr=8-1&keywords=big+breasts+and+wide+hips#customerReviews.

的社会背景，堪比《百年孤独》。而厌恶者所抱怨的多为故事的冗长与某些细节或事件的重复。这一点与对《红高粱家族》的负面评价相一致。与《红高粱家族》相比，《丰乳肥臀》为鸿篇巨制，原著浩浩荡荡50余万字，其中冗长与重复不可避免。而从大众读者的评价亦可以看出葛浩文在英译《丰乳肥臀》时应编辑要求做出大量文字删减的必要性。

6.1.2.3 莫言小说《檀香刑》英译本接受评论

对于《檀香刑》英译本的读者评论留言10条[①]，虽然数量不多，但大多为正面肯定评论，仅有2条负面评论。肯定者认为此书"有力度"（A powerful novel），其肯定评论仍然是有关作品的历史、农村与生命的主题（It is remarkable in its focused descriptiveness of rural China during the late years of the Qing Dynasty），并肯定了作者莫言小说中人物出于对生命的渴望而表现出的活下去的欲望（Going far beyond the physicality of day to day life, Mo Yan's chronicling delves intensively into the individual subjectivity of those destined to live it）。肯定的还有莫言一贯的感性意象（Mo Yan's imagery reaches into your gut and twists），以及莫言在小说中出色展现的语言艺术风格，包括地方戏曲唱腔以及具有历史时代感的地方习语等（*Sandalwood Death* brilliantly exhibits a range of artistic styles, from stylized arias and poetry to the antiquated idiom of late Imperial China to contemporary prose）。读者还对葛浩文高超的翻译能力给予了肯定，认为原文精彩的语言得以巧妙地译成了英语（Its starkly beautiful language is here masterfully rendered into English by renowned translator Howard Goldblatt）。对于《檀香刑》的负面评价主要是对于小说中主人公的缺乏认同感（I am having a very hard time developing any sympathy for the first character），因而认为此书不值得推荐阅读（Not something I would recommend）。

从读者对《檀香刑》英译本的评分（80%的留言者表示喜欢，其

[①] http://www.amazon.com/Sandalwood-Death-Novel-Chinese-Literature/dp/0806143398/ref=sr_1_1?ie=UTF8&qid=1431259847&sr=8-1&keywords=sandalwood+death#customerReviews.

中4人评5分,4人评4分)可以看出美国读者对于具有浓烈"中国味"的作品并没有强烈的排斥,相反,读者却被小说中人物命运深深地打动(His characters make you enjoy every moment)。虽然有读者注意到葛浩文在英译《檀香刑》时所采取的保留原作异族风格的"异化"翻译所显示出的异样,但是并没有引起读者的反感,读者反而能够理解译者为保留原语文化所做的努力(It is not that Mr Howard Goldblatt is not a good translator but the complexities of the story with its deep county culture make it not easy)。一般来说,从译者的角度来看,对于目的语读者而言,译作的文化可接受性可能会影响译作中原语文化特色的再现程度。对于译作中涉及的原语文化,读者凭自己的传统观念和对原语文化的态度及熟悉情况,可能产生以下四种感觉:熟悉——译语文化中也很常见;可接受——奇怪,新鲜,但考虑到这是外国的事情,可以理解;不可接受——与译语文化习俗相抵触;产生反感(如直译)、困惑或误解——译语文化中无此习俗。而从大众读者对于《檀香刑》英译本读后评论来看,读者对于《檀香刑》中体现的猫腔戏曲等"中国味"所产生的应该是虽然"奇怪",但考虑到是中国作品,因此会感到"新鲜"而且可接受。

6.2 世界文学语境下莫言小说英译评价

在世界文学语境下,国际国内学界对于莫言作品及其翻译予以了极大的关注,发表了各种形形色色的观点:有人认为再忠实的翻译也是对原著的一种改写,凭翻译将诺贝尔奖授予莫言在一定程度上带有盲目性;有的人认为莫言的作品之所以获奖,在很大程度是靠了"美化"的译文;也有的认为,翻译是莫言作品产生世界影响的必经之路,原作与翻译之间呈现的是互动的关系[①]。更多的研究者开始对葛浩文英译本与莫言中文原作进行对照,查找其中的字词或者文化典故方面漏译与否。

---

① 许方,许钧.翻译与创作——许钧教授谈莫言获奖及其作品的翻译[J].小说评论,2013(02):1-10.

总的来说,学术界对于葛浩文的翻译与原作相对比而言大致有三种看法。

6.2.1 自由发挥且连译带改

第一种看法是认为葛浩文对莫言原作的翻译进行了极大的"改译",甚至用"连译带改"来形容。谢天振也认为"如果说莫言获奖,他作品的翻译功不可没。那么在一定程度上,他的获奖还得归功于翻译对其作品的改动和删节。这并不只是因为如传言中所说的,翻译可能删去了他作品中血腥、暴力等有争议的语言或情节,更在于经过适当改变原文,尤其是开头部分,译本符合西方读者的阅读习惯,也就更容易为其接受和理解。这和我们眼下所遵循的全译、直译原则显然有所背离"[1]。谢天振教授的这一观点与德国汉学家顾彬不谋而合,顾彬认为葛浩文在翻译中是进行整体翻译,不是逐字、逐句,也不是逐段的翻译。由于如此巧妙的译法将作者的弱点加以整理之后才翻成英文,因此语言比原来的中文更好。他甚至认为"在中国有许多更好的作家,他们在欧美不那么著名,是因为他们的作品没有被翻译成英文,也没有葛浩文这样的译者"[2]。具有顾彬这样看法的学者有不少。谢天振对于莫言在对待他作品外译者所表现的宽容与大度表示赞赏,认为莫言给予译者充分的理解和尊重,没有把译者当作自己的"奴隶"。谢天振表示,"正是由于莫言对待译者的这种宽容大度,所以他的译者才得以放开手脚,大胆地'连译带改'以适应译入语环境读者的阅读习惯和审美趣味,从而让莫言作品的外译本顺利跨越了'中西方文化心理与叙述模式差异'的'隐形门槛',并成功地进入了西方的主流阅读语境"[3]。因此许多媒体认为,是翻译者翻云覆雨,让原来的文本超越语言的局限而扣人心弦,发人深省,是翻译者让汉语文字产品进入世界阅读市场,获得诺奖,引发了汉语文学热。[4]

但批评之声也不绝于耳,乔纳森·亚德利(Jonathan Yardley)在《华盛顿邮报》书评版头条撰文称,"尽管葛浩文盛名在外,但他在翻

---

[1] 谢天振. 中国文学走出去:问题与实质 [J]. 中国比较文学,2014(01):1-10.
[2] http://book.sina.com.cn/cul/c/2012-10-12/1111345045.shtml.
[3] 谢天振. 中国文学走出去:问题与实质 [J]. 中国比较文学,2014(01):1-10.
[4] http://www.confucianism.com.cn/html/A00030004/18252150.html.

译此书时，或许在信达雅之间搞了些平衡，其结果便是莫言的小说虽然易读，但行文平庸，结构松散……"（Goldblatt appears to be near-universally regarded as the leading English-language translator of fiction from the Chinese, so presumably he has struck that difficult balance between fidelity to the original and readability in translation. The result is a novel with clear if rather uninspired prose, loose narrative structure and a profusion of characters...）(*Washington Post*, 2004)；索菲·哈里森（Sophie Harrison）在《星期日泰晤士报》刊文指出，"尽管葛浩文译笔出众，但读者还是能感觉到'有某种东西迷失在翻译中了'。"（His empire is a dreamlike, beautiful, brutal place, which gives the reader the familiar sensation of something having been lost in translation.）（*The Sunday Times*, 2005）①。葛浩文曾谈及他人对他译作删减过多的批评，在《我行我素：葛浩文与浩文葛》自我访谈文章中他提到，"大会上（北京一次学术会议）那个批评者把我比喻成外科医生，小心翼翼地（或相反）删除我不满意的文字。有人如此批评我的翻译，这也不是第一次。另外，一位不懂汉语的法国批评者在互联网上发文说，用英语翻译的中文小说一般要经过删减，不像法语的翻译那么忠于原著……他批评的对象自然是我。"②由此可以看出，葛浩文译作在国际国内均遭到名为"不忠实"的批判。

6.2.2 认真严谨而准确传神

莫言曾盛赞葛浩文的严谨作风，"他（葛浩文）写给我的信大概有一百多封，他打给我的电话更是无法统计……教授经常为了一个字、为了我在小说中写到他不熟悉的一件东西，而与我反复磋商，我为了向他说明，不得不用我的拙劣的技术为他画图。由此可见，葛浩文教授不但是一位才华横溢的翻译家，而且还是一个作风严谨的翻译家，能与这

---

① http://blog.sina.com.cn/s/blog_4e276d2c0102eqsc.html.
② [美]葛浩文.我行我素：葛浩文与浩文葛[J].史国强，译.中国比较文学，2014（01）：37-50.

样的人合作，是我的幸运。"①对于葛译的文体风格，美国汉学家胡志德评论说："葛氏的翻译清晰、准确，最重要的是它捕捉到了原作的神韵。如果有什么小小不足的话，我觉得在好几个地方，尤其是小说的起始部分，英语译本读起来比原作还好。实际上，这是我们对译者所表现出来的出色英语文体风格的敬意。"②胡安江认为，葛浩文以"准确性""可读性"和"可接受性"作为他的翻译理念③。吕敏宏在其博士论文中通过对《呼兰河传》《红高粱》《荒人手记》三部小说英译叙事研究认为，葛浩文的翻译字字句句落到实处，直译的信度和意译的灵活相融合，从而呈现出不落俗套的译笔。他持有读者本位的翻译理念，但始终坚持认真严谨的翻译态度，从来不会为了迎合读者而随意"归化"原文④。吕认为葛浩文凭其对中国现当代文学研究的精深功底，以学者的判断力解读中国现当代小说，又用文学重写的翻译策略，以作家般的译笔，延续了中国现当代小说的文学性，以尽可能原汁原味地表现中国文化和中国当代社会的状况。

6.2.3 改写与忠实之间的平衡

M.托马斯·英吉认为莫言能够遇见葛浩文是非常幸运的，他对葛浩文褒奖有加，认为葛是"一位拥有逸群之才的译者"，其译文"广受好评"，"甚至让读者误以为原本就是用英语创作的"⑤。作为资深翻译家，葛浩文处理文本经验丰富，他理解好的忠实的翻译并不等于好的接受度，知道在中国被视为理所当然的事物，未必在其他国家会被接受，因此在得到作者莫言完全放手让他翻译的首肯之后，葛浩文为了使其译作为西方受众接受，对莫言作品的翻译做了一些调整改写，然而葛浩文所做的改写并非肆意篡改，而是在创造与忠实之间求得平衡，体会作者的原意，照顾读者的喜好，考量编辑的建议并加之以自己的文学评论家的专业眼

---

① 莫言.我在美国出版的三本书[J].小说界，2000（05）：170-173.
② 胡安江.中国文学"走出去"之译者模式与翻译策略研究——以美国翻译家葛浩文为例[J].中国翻译，2010（06）：10-16.
③ 同上.
④ 同上.
⑤ M.托马斯·英吉.西方视野下的莫言[J].长江学术，2014（01）：20-26.

光进行判断,葛浩文称,"在其中寻求平衡,我受到的限制可比作家多。"①美国格林奈尔大学中国语言文学教授冯进教授曾指出在美国许多中国文学课本都采用葛浩文的英译本,而且美国学生觉得莫言作品中情节魔幻炫目,人物"疯狂"神奇,相比起鲁迅的沉郁、郁达夫的感伤、巴金的直白,或丁玲早期作品的"小资",莫言的《红高粱》更能激发他们的热情,调动他们的想象。而美国当代大学生能够和莫言作品发生共鸣,正是因为葛浩文的翻译贴近美国人的审美情趣,引人入胜②。葛浩文作为一位文学专业的教授,利用欧美惯用的"整体翻译"的方法,将莫言作品以欧美读者能够接受的语言和方式表达了出来,促进了莫言作品在美国的传播,也引起了研究者的广泛关注。

翻译,尤其是文学翻译,其行为具有再创造意义,然而翻译终究不是原创,无论外界如何评论葛浩文译文是"改写"也好,"重写"也好,其英译文受到翻译本质决定,即,原文对于译文的约束性,因此,译文永远不可能完全叛逆原文,仅仅是在某些细小的方面有条件的创造性叛逆。葛浩文就在这种"创造性"与"忠实于原著"之间找到了平衡和妥协。

6.3 小结

对于外界对其译文的批评与评价,葛浩文希望能够从更宽的视角评论他的译作,从宏观上剖析整部作品的忠实度(fidelity),以此来判定作品的成功度(degree of success),如语调、语域、清晰度、魅力、优美的表达,等等,而不仅仅拘泥于某个文化或历史的指称有没有加上脚注进行明确阐释③,他认为翻译批评仅仅拘泥于细小的解释不当或文化历史上所指的阐释不完全是没有益处的。由此可以看出,葛浩文认为自己的译作在传递原作的精神上来说是忠实的,而这有时是他牺牲一些细

---

① 段雷宇.译者主体性对文学作品翻译的"操控"——以葛浩文译莫言作品为例[J].名作欣赏,2013(33):8-10.
② http://www.confucianism.com.cn/html/A00030004/18252150.html.
③ 葛浩文.我行我素:葛浩文与浩文葛[J].史国强,译.中国比较文学,2014(01):37-50.

枝末节的语词上的忠实所达到的。对于本书所研究的莫言的三部小说而言，除去评论者数量的差异，被莫言誉为从西方现代派文学创作大踏步撤退，而转向中国民间传统寻找资源的小说《檀香刑》得到了美国大众最高的评价，而其英译手段相比《红高粱家族》与《丰乳肥臀》而言，在文化、语言与叙事结构上更为忠实于原作。其原因可能如第5章中所分析的，包括原作者在创作语言上的收敛，读者对于中国文化更多的了解使其具有了阅读中国文学作品的更好的文化准备，另一方面也可能是因为诺贝尔文学奖的名声无形中对莫言作品声誉的影响。而基于本书，从葛浩文对莫言三部作品的文本对比分析结果来看，葛浩文对于《红高粱家族》与《丰乳肥臀》的英译确有删减、调整等的改译行为，但是其调整与改译往往是基于译语文字表述规范，以及译语文学规范需求，所做的删减重写均是出于译者对于原作文学性的敏锐判断能力，而绝非是随意的"连改带译"。即使是被学界认为经过大刀阔斧删改的《红高粱家族》与《丰乳肥臀》仍然在很大程度上忠实于原文文字，尤其是在突出原作的世界性与民族性主题、意象以及语言特征方面，译者极力地传递了原作者的个性化艺术特征，从而使得译作达到了"改写"与"忠实"之间的平衡。

第7章 结 论

7.1 本研究的回顾

  莫言及其作品自20世纪80年代以来一直是文学研究热点，然而，将莫言文学现象及文学创作特征放入世界文学语境中考察其民族性与世界性因素及其英译的论文并不多。由于本书涉及翻译在世界文学语境中的作用，因此，本书首先对于世界文学进行了概念的界定，采用了达姆罗什关于世界文学的三个维度，即：是对各民族文学椭圆形折射；是能够在翻译中获益的文学；是一种阅读模式。基于这三个维度，本书认为莫言小说因其特有的民族性而代表了中国的民族文学，然而由于在世界范围内多种语言版本尤其是英译本的大量发行及馆藏，使其成为在翻译中获益的文学，从而实现了全球的世界性阅读模式。
  本书详细归纳分析了莫言小说作品在主题、叙事及语言方面所体现出的民族性与世界性特征，分析认为，莫言小说主题方面所体现的民间、历史以及乡土性是其民族性主要特征，而其世界性主题主要表现为人类性、生命意识以及宗教意识；莫言小说在叙事技巧方面其民族性主要表现在民间艺术形式与传统故事讲述方式，而其小说叙事手法的世界性因素则反映在对西方现代文学派创作手法的借鉴上，包括狂欢化荒诞叙事、复调多声部叙事、蒙太奇时空结构；莫言小说在语言方面典型的民族性特征表现为对民间戏曲、俗语谚语及方言的使用，另外，莫言极具个性化的新奇比喻与反常规搭配也构成了其语言民族性特征的典型体现。

在对莫言小说民族性与世界性因素特征的归纳分析基础上，本书就莫言小说在主题、叙事结构、意象与语言四个方面的可译性进行了分析。从可译性的哲学层面，探讨了莫言小说在译语文化中具有"来世生命"的可译性程度，认为莫言小说主题中对于人类最基本的活动包括生存、死亡、爱情等的深刻反映，体现了世界性的普适价值观念，这样的小说主题在经过翻译之后在译入语文化中也能够为读者所理解和接受，因此具有很高的可译性。而在叙事结构方面，由于受到西方现代派文学创作技巧的影响，小说呈现出时空交叉以及复调等叙事结构和方式，时间与空间的来回穿梭导致读者对于情节的理解有些困难，因此在叙事结构上可译性程度受到限制，在具体的翻译过程中，译者可能考虑到译作的可读性而对此加以调整。莫言小说意象鲜明并突出小说主题，其意象表达具有普遍性，容易为他国读者接受和理解，因此可译性程度较高。莫言小说语言由于带有浓烈的地域方言及戏曲特征，在方言词的处理上可译性程度受到限制，但是由于莫言小说整体是以讲述传奇故事的方式，其语言直白而较少隐晦意义，在这个意义上，莫言小说语言仍然具有较高的可译性。

在讨论分析影响和推动莫言小说世界文学化的因素过程中，运用了布迪厄社会学理论中场域、资本和惯习三个主要概念分析考察了处于作品生产过程中原作者莫言惯习的生成以及莫言小说译作生产过程中的葛浩文译者惯习的生成，并对原作者莫言与译者葛浩文带着不同象征资本在共同的西方翻译文学场域中的权力博弈进行了分析。分析指出，莫言作品中体现的民族性与世界性特点是莫言创作的特有惯习，而这些惯习的形成离不开莫言创作时期国内文学场域的影响，莫言小说英译者葛浩文对于莫言小说的英译也有独特的翻译惯习，而这种惯习的形成受到译者本人对原作文化的态度、西方翻译文学场域中翻译规范、西方读者阅读习惯以及西方主流出版社编辑等的影响，由于原作者莫言最初在国内文学界的地位与获得的学界的认可所带来的象征资本使其受到了英译者葛浩文的关注，因而开始逐步经由翻译而步入西方读者的视野。随着被翻译的作品的增多，其在西方翻译文学场域中即在世界文学界的地位和认可又加深了其原有的象征资本，这样反过来，莫言的象征资本能够帮助葛浩文译者及译作获得在西方翻译文学场域中更高的地位及象征资本。于是原作者与译者互相增加象征资本，促成了莫言小说在文学与翻译场域中获得最高的荣誉——诺贝尔文学奖。

在莫言小说世界文学化过程中，英译者葛浩文对其作品所采用的翻译策略也出现变化，体现为从最初的《红高粱家族》英译过程中大量改译与结构调整到《檀香刑》中原作民族性结构的保留，反映了原作者诺奖之后在西方翻译文学场域中地位的提高对于场域中其他行动者，如译者及出版社编辑等的影响，译者与出版社编辑由于原作者的诺奖获得者身份所带来的其作品的世界文学经典化，而表现出了对原作者创作方式的更大的尊重，而减弱了西方读者阅读习惯的需求。本书还详细举例分析了葛浩文译作中莫言原作民族性与世界性因素的体现。对原文与译本进行对比，但并不仅仅止于原文与译文的差异，而是进一步分析了这些差异背后所隐藏的译者与原作者惯习相互作用的原因，由于葛浩文中国文学研究者的身份，其对于中国文学及其原作者的诗学缺陷及弱点有着清晰了解，因而在翻译过程中会对原作进行诗学方面的改写。

在进行原作与译作对比的过程中，本书发现，葛浩文对于莫言三部小说中具有民族文化意义的小说中人物的人名、称谓等基本上都采用了音译策略，即异化翻译，保留了原作独特的中国风情，译作在这个方面体现了强烈的"异质性"，然而在整体叙事结构以及细节描写及人物内心独白及评述性议论的处理上，三部译作体现了不同的翻译特点，对于原作在突出民族性与世界性主题方面的细节描写或独白，译者大多采用了保留原文内容，但在行文语言上使用了最地道的英文表达方式，在译者认为是重复、啰唆或冒犯性质的独白或细节描写上，葛浩文作了删减或改译的处理。从葛浩文对于小说中不同部分所采取的不同策略可以看出译者对于原作本身文学性的敏锐的判断能力，其判断标准以是否有损作品文学性表达以及译作可读性为依据。但 2012 年在莫言获得诺贝尔文学奖之后出版的《檀香刑》英译本与前两部相比，其所做的删减部分比例明显减少，英译内容几乎与原作等量。而在叙事结构上，《檀香刑》英译本也完全遵从了原文的结构而未做任何调整，对于这一翻译策略的变化，本书也从西方翻译文学场域、读者阅读习惯、原作者地位等多个因素进行了分析，认为西方翻译文学场域受到中国综合实力增长的影响，因而中国文学作品在西方译介明显增多，而西方读者受众由于对中国更加了解而接受度更高，因此逐渐具有了"异化"翻译的读者基础，而莫言诺奖的获得使得其文化象征资本增强，而其作品被置于经典的位置因而译作最大程度上展现了原作的内容结构与风格。

7.2 本研究意义

本书结合了文学、比较文学、社会学以及翻译研究多个学科，具有跨学科研究意义。一般针对翻译文本的研究主要从语言学切入，探讨原作与译作语言表面的对应与忠实程度，而往往忽视了文学作品作为文学的特性。本书以诺贝尔文学奖得主莫言作品英译本为研究对象，研究从文学作品的主题、叙事、语言等方面探讨原作的民族性与世界性，突出了原文作为文学作品的特性，探讨了莫言小说的民族性与世界性特性如何在翻译文本中体现出来，使得翻译研究具有文学研究的特性。另外，本研究运用比较文学视野中世界文学概念分析翻译在译者的惯习、译本的场域以及译者自身的文化资本、社会资本纳入翻译研究的范围，将翻译视为一种社会活动，不再局限于对翻译文本本身的研究，而是把目光投射到译作在新的文化语境中的传播与接受，拓展了翻译研究视野。以往的文学翻译研究中，对于翻译方法和技巧的研究居多，这些研究往往只存在于技的层面，对于翻译主体的作用少有涉及。

对于研究对象的选择，选择了莫言三部不同时期代表作译本对译者进行历时译作比较研究。一般译者研究往往对同一部原作的几个不同译本进行比较，本书则以莫言三部不同时期代表作品以及其英译作为研究对象，从三部作品写作与翻译时间的差异来考察译者在不同阶段以及原作者不同象征资本之下翻译策略的变化，可以对原有的葛浩文译者研究进行补充。

另外，本翻译研究关注英译本中的叙事策略变化，为翻译研究拓展了新的视角。传统语言学视角的翻译研究往往会拘泥于语言符号局部的对等，从而忽视了原作的语篇性，因而无法解释文学语篇内在的问题。本书对原作与译作的叙事手段加以考察，从叙事结构、衔接、连贯、逻辑发展等方面进行多层次研究，使得文学翻译研究兼顾了篇章与词句。

最后，由于全球化的加剧凸显了通过文学译介将中国文学推向世界的重要性和迫切性，而本书以莫言小说英译为个案，追根溯源地探寻了莫言作品在西方为诺贝尔文学奖评委所接触从而接受的原因，从宏观原因方面，考察分析了莫言小说作为民族文学经过翻译进入世界文学全球阅读与流通的领域过程及其推动因素，从微观原因方面上考察了具体原作文本的民族性与世界性因素特征及其翻译。因此，本研究对"中国文学走出去"具有实际指导意义。

7.3 本研究局限与改进空间

本研究涉及文学、比较文学等学科，具有跨学科特征，然而由于作者有限的翻译专业知识背景，对于文学领域的研究不够深入，而中国文学作品中民族性与世界性因素概念本身的复杂性使得本书在概念上难以清晰界定，因此本研究在对于文学作品中民族性与世界性因素的界定难免有失全面。

另外，本研究出于对莫言小说英译出版时间的考虑，因而忽略了莫言在西方比较有影响且最能反映中国文化特色的作品。比如《生死疲劳》被认为是莫言小说中最具有魔幻现实主义的代表，而且其中民族性因素更加凸显，对其的研究更能反映葛浩文对于中国文化的态度，但是本书基于历时研究原因，而未对其进行选择分析，因而可能未能完全反映原作者的创作特色以及译者的翻译风格与翻译策略。

对于原作中的译例分析，由于篇幅限制，未能对于三部作品所有章节进行一一对应举例说明，如果能够借用语料库，对于这三部作品的相关词汇、句子等进行总体的统计分析，可能结论会更有说服力。

最后，由于作者语种限制，没有对莫言小说作品其他语种译本情况进行了解分析，比如日译本和法译本，莫言曾表示对于日文译本非常满意，理由是在与日本读者见面时，发现日本读者对其作品的领悟非常深刻到位，认为翻译得非常传神。由于法国是中国文学外译的乐土，其选择翻译的中国文学作品比其他语种都多，而且，由于法国翻译文学场域中翻译规范更加尊重原作的文学性，因而更多地保留了原文内容与风格，并没有进行大肆删改，因此，对于莫言作品法译本与英译本的比较也将是一个重要的值得研究的课题。

附　录

附录1：2012年瑞典文学院授予莫言诺贝尔文学奖授奖词：

尊敬的国王和皇后陛下，尊敬的诺贝尔奖得主们，女士们先生们，莫言是个诗人，他扯下程式化的宣传画，使个人从茫茫无名大众中突出出来。他用嘲笑和讽刺的笔触，攻击历史和谬误以及贫乏和政治虚伪。他有技巧地揭露了人类最阴暗的一面，在不经意间给象征赋予了形象。

高密东北乡体现了中国的民间故事和历史。在这些民间故事中，驴与猪的吵闹淹没了人的声音，爱与邪恶被赋予了超自然的能量。

莫言有着无与伦比的想象力。他很好地描绘了自然；他基本知晓所有与饥饿相关的事情；中国20世纪的疾苦从来都没有被如此直白地描写：英雄、情侣、虐待者、匪徒，特别是坚强的、不屈不挠的母亲们。他向我们展示了一个没有真理、常识或者同情的世界，这个世界中的人鲁莽、无助且可笑。

中国历史上重复出现的同类相残的行为证明了这些苦难。对莫言来说，这代表着消费、无节制、废物、肉体上的享受以及无法描述的欲望，只有他才能超越禁忌试图描述。

莫言的故事有着神秘和寓意，让所有的价值观得到体现。莫言的人物充满活力，他们甚至用不道德的办法和手段实现他们的生活目标，打破命运和政治的牢笼。

莫言生动地向我们展示了一个被人遗忘的农民世界，虽然无情但又充满了愉悦的无私。每一个瞬间都那么精彩。作者知晓手工艺、冶炼技术、建筑、挖沟开渠、放牧和游击队的技巧并且知道如何描述。他似乎用笔尖描述了整个人生。

在莫言的小说世界里，品德和残酷交战，对阅读者来说这是一种文学探险。曾有如此的文学浪潮席卷了中国和世界么？莫言作品中的文学力度压过大多数当代作品。

瑞典文学院祝贺你。
请你从国王手中接过 2012 年诺贝尔文学奖。

附录 2：西方对莫言作品的评价：

莫言的作品定义为魔幻现实主义，会很容易让人联想到南美大文豪马尔克斯，联想到他是在模仿马尔克斯的作品。但实际上，莫言不是模仿马尔克斯，莫言对发生在中国的故事有自己的表现形式，在结合幻想和现实方面他甚至超越了马尔克斯。

——【谢尔·埃斯普马克】诺奖评委会主席

您以有声有色的语言，用反映农村生活的笔调和富有历史感的叙述，将中国的生活片段描绘成了同情、暴力和幽默感融成一体的生动场面。

——法兰西文学与艺术骑士勋章

莫言的历史观，以及富有神话性、传奇性的叙述文体是世界文学中的一朵奇葩。我感到莫言文学的起点，那就是对在挫折中却顽强生活下去的人的关注。莫言依然是属于相信"文学"力量的作家。

——【桑岛道夫】（日本静冈大学副教授、中国文学专家和翻译家）

对我而言没有更幸运的候选人了,他的获奖毋庸置疑,他是我们时代最重要的作家,可与福克纳比肩。然而,莫言也让德国文学界见识到中国文人自相矛盾、难以捉摸的特性,也有论者认为这再次表明中国超过想象的复杂面向,德国社会需要改变对中国的陈词滥调和刻板印象。

——【马丁·瓦尔】德国当代文坛大家

莫言的文学作品令我们想起两位熟悉的作家,我们仿佛是在同时阅读卡夫卡和加西亚·马尔克斯的作品。

——【安赫尔·费尔南德斯】西班牙凯拉斯出版社创始人

莫言在长篇和短篇小说中描绘了中国纷乱而复杂的农村生活,常常采用丰富的想象——动物叙事者、地下世界、神话故事元素——让人联想起南美魔幻现实主义的手法。

——【纽约时报】

莫言的作品在很多方面来讲都是独一无二的,并将其与威廉·福克纳、狄更斯和拉伯雷相媲美。莫言的文学作品从一个独特的视角透视了一个独特的环境。

——【Peter Englund】瑞典文学院终身秘书

一九五五年出生于中国北方一个农民家庭的莫言,借助残忍的事件、魔幻现实主义、女性崇拜、自然描述及意境深远的隐喻,构建了一个令人叹息的平台。

——【约翰·厄普代克】美国当代著名小说家

附录3:《红高粱》英译版本封三

Spectacular reviews for *Red Sorghum*

Red Sorghum creates the backdrop for mythic heroism and primitivist vitality through the exotically portrayed setting of Shandong's lush sorghum fields.

———The Boston Globe

[Yan's] style is vibrant, alternating between lyrical passages and an oddly conversational tone. This historical tale has a remarkable sense of immediacy and an impressive scope."

———Los Angeles Times

Having read *Red Sorghum*, 1 believe Mo Yan deserves a place in world literature. His imagery is astounding, sensual and visceral. His story is electrifying and epic. I was amazed from the first page. It is unlike anything I've read coming out of China in past or recent times. I am convinced this book will successfully leap over the international boundaries that many translated works face... This is an important work from an important writer.

———Amy Tan

Mo Yan spares us nothing...*Red Sorghum* fixes our attention on a series of exquisite images...[as] he paints his pictures of a world in chaos, where every day is a struggle to preserve life, if not honor, and there is no safety even in death

———New York Magazine

Red Sorghum is so unlike any other piece of contemporary Chinese literature that, were it not so clearly set in China, one might imagine it to be a product of another place and time....With this work Mo Yan has helped his country find a new and powerfully convincing literary voice.

———Orville Schell

A masterful translation...The appearance of *Red Sorghum* is an important event for English-language literature, one which bids well for the power and influence of Chinese fiction in the 21st century.

——*Richmond Times Dispatch*

Mo Yan tempers his brutal tale with a powerfully evocative lyricism...A powerful new voice on the brutal unrest of rural China in the late 20s and 30s.

——*Kirkus Reviews*

附录4：1996年文坛对《丰乳肥臀》的评论

《大家》文学奖评委对《丰乳肥臀》的评语：

从黄河里舀起一碗水，不难看到碗底的泥沙。不过我们站在河边，首先感到的是扑面而来的冲击力和震撼力。《丰乳肥臀》是一道艺术想象的巨流，即或可以指出某些应予收敛之处，我仍然认为是长篇创作的一个重要收获，五十万言一泻而下，辉映出了北方大地近一个世纪的历史风云。苦难重重的战争年代，写得尤为真切凝重，发人深思。书名似欠庄重，然作者刻意在追求一种喻意，因此在我看来不是不能接受的。

——徐怀中（签名）

这是一部严肃的、诚挚的、具有象征意义的作品，对中国的百年历史具有很大的概括性。

这是莫言小说的突破，也是对中国当代文学的一次突破。

书名不等于作品，但是书名也无伤"大雅"。"丰乳""肥臀"，不应该引起惊愕。

——汪曾祺（签名）

大地和母亲的永恒的颂歌，作家的执着相当感人。

这篇小说在历史的纵深感、内容的涵括性，以及展现生活的丰富性方面，标志着莫言创作的新高度。

题名嫌浅露，是美中不足。

——谢冕（签名）

作者以丰富的想象，丰沛淋漓的笔触叙述出一个百年中国的大传奇。在这个传奇中没有任何具体的"事件的真实"，但却深刻地表达了生命对苦难的记忆，表达了人面对灾难和种种困境不屈的生命力。我认为这部长篇小说是中国当代文学中的一部杰作。特此郑重推选《丰乳肥臀》当选首届"大家·红河文学奖"。

——李锐（签名）

我欣赏此作所保持的莫言一贯的泥沙俱下的激情，这种激情中有金子的闪光，有对民族、人类、社会的宽阔的审视角度，尤其众多的女性形象所投注的母子之爱，这种爱经过变形、夸张，但仍然是有深度的，富有诗意的。

小说篇名在一些读者中会引起歧义，但这不应影响对小说本身的价值判断。

——苏童（签名）

《丰乳肥臀》以浑浊而堂皇的笔触展现了近百年来中国社会的历史进程，文风恣肆汪洋，时出规范，是一部风格极端个性化的作品。

鉴于莫言对中国近十年小说创作的突出贡献以及对同辈人的影响，建议将本届大奖授予他。

——王干（签名）

鉴于《丰乳肥臀》是一部在浅直名称下的丰厚性作品，是莫言在文学情感与世界通道上极富总结性和伸展性的并富于大家气派的作品，我同意将首届"大家·红河文学奖"颁予莫言。

——刘震云（签名）

《丰乳肥臀》是一部在浅直名称下的丰厚性作品，莫言以一贯的执着和激情叙述了近百年来中国社会的历史进程，深刻地表达了生命对苦难的记忆，具有深邃的历史纵深感。文风时出规范，情感诚挚严肃，是一部风格鲜明的优秀之作。小说篇名在一些读者中可能会引起歧义，但并不影响小说本身的内涵。（评委七人签名）

（原载《大家》1996年第1期）

《云南当代文学》上刊载对《丰乳肥臀》的评语：

陈荒煤（著名作家、中国作家协会副主席、《中国作家》主编、中央文化部原副部长）：看了你们的会刊（整张都看了），实在吃惊！现在的文学圣坛到了这种地步，真是可悲。

刘白羽（著名作家、《人民文学》主编、总政文化部原部长）：《中国航空报》除发表莫言那篇文章，还登了一批捧场摘语。世风如此，江河日下，我们浴血奋斗创造了一个伟大的国家，竟培养了这些蛀虫，令人悲愤。

朱光亚（著名作家、兰州军区创作室主任）：对《丰乳肥臀》的批评非常好，非常必要。现在文学界的确有股歪风，香的香不了，臭的臭不了；良莠不分，甚至黑白颠倒。

肖玉（著名作家、广州军区创作室原主任）：从抗日战争至今已经半个世纪有余，文学如何把这一段惊天动地、可歌可泣，又是曲折复杂、众说纷纭的历史，通过各种不同的、真实的、丰满的艺术形象反映出来，确是广大文学工作者值得重视的大题目。作家应当努力，评论家应当支持，评奖的诸君尤应正确引导。因此，我觉得《丰乳肥臀》获大奖是可悲的。

叶知秋（著名诗人、《战士文艺》主编）：看了《云南当代文学》上面的文章，很高兴，也很感激！你们对《丰乳肥臀》的评论，代表了广大官兵的看法，说出了大家的心里话，很好！

程代熙（《文艺理论与批评》主编）：《丰乳肥臀》被"炒"起来，是《大家》的"功劳"（中央电视台《东方时空》也有"功"）。云南正直的、有良知的文艺工作者站出来对它进行评析，对它品头论足，是有眼光、有勇气的。

纪鹏（部队著名诗人）：我和李瑛同志（总政文化部原部长）读了你们会刊后，颇为惊讶。听说总参有关部门最近在批此书，新闻出版署已不准书店出售。但书摊上还有盗版书，流毒匪浅。

柯原（部队著名诗人）：读《云南当代文学》上的文章，我才意识到莫言这部小说的严重性，以及《大家》为之颁发大奖所造成的恶劣影响。我觉得这些评论文章充满正气，充满对社会对群众的责任感，我十分佩服你们的正义感和批评的勇气。如果让这一类的作品充斥文坛（其实已经不少了），我们社会主义文学事业就会变色了。我非常支持你们的做法。我建议对《丰乳肥臀》的讨论和批评，要造成更大的声势，像"严打"一样，刹一刹这股歪风。

寒风（部队著名作家）：像《丰乳肥臀》这样的小说，过去早就是大毒草了，但现在除了云南的老同志们敢于开批判会，并把发言公诸报端外，其他地方还很少见到批评文章。是不是我们文坛自由化太泛滥？怕批评引起相反的效果。总之，你们会刊说出了广大读者想说的话，这是让人很高兴的事。

夏川（八一电影制片厂原副厂长、西藏军区原副政委）：会刊收到，我便全部看了一遍，对几位同志的文章，感到很好，对你们这种举措尤其感到满意。遗憾的是这位媚俗低下的作者竟是我们部队的专业作家。

杨霄彤（贵州省都匀军分区原政委、现贵州省军区老年大学校长）：关于《丰乳肥臀》的讨论文章，我认为彭荆风的写得最好，汪德荣的文章我最欣赏的是："试看今日之中国，竟是谁家的天下？"我反复地想这个问题，现在中国究竟是谁家的天下？个别坏人写了坏文章不应该大惊小怪，因为现在的确还存在着人们不承认存在的阶级斗争。可这种坏文章还有那么多人叫好，还给评大奖，这竟是谁家的天下？

方萌（湖南省株洲市文联原主席）：看到诸篇评论文章后，我非常气愤，这样的作品竟然在社会主义的中国有发表园地，而且还获得重奖，给奖的这些评委先生可能都是……

陆宁（中共中央宣传部宣传局顾问）：你们的会刊使我大吃一惊，我们的文人（且不说还是个军人）竟堕落到如此（包括政治上的堕落）地步。

端木蕻良（著名作家）：《丰乳肥臀》这部大奖作品，我因病和忙无暇顾及。这次看了你们的会刊，使我有瞠目结舌之感，就像听见《废都》作者自己划框框删节一样。《金瓶梅》是后人作的删节，作者本人自己删节也确实费解，你不写就行了，这不是故弄玄虚吗？说故弄玄虚还是褒词，实际是故意引诱青少年想入非非。现在有些所谓文学作品简直没法说。

李龙年（福建《闽北日报》文艺部主任）：近在《文学报》头版看到你们批评莫言发在《大家》上的长篇小说的消息，非常痛快，颇切我心！确实如此，作家也要讲良心，讲政治！

（摘自《云南当代文学》1996年8月第32期）

附录5：纽曼文学奖葛浩文推荐词

Nominating Statement for the 2009 Newman Prize[①]

Howard Goldblatt

At the risk of offending readers and critics, I want to begin by stating that no one reads a literary text more closely than a translator, who must deal with every single word and how that word relates to other

---

① Howard Goldbatt. Mo Yan's Novels Are Wearing Me Out: Nominating Statement for the 2009 Newman Prize[J]. *World Literature Today*, 2009, 83（4）: 28-29.

words. I have translated novels and stories by dozens of writers from China and Taiwan, and while some of those writers would make fine Newman Prize candidates, Mo Yan stands out as the most accomplished and creative novelist of his era. I venture to say that no literate urban Chinese and few foreigners who read about China will be unfamiliar with his name. They will likely have read *Red Sorghum* (1985) or seen the movie. Widely referred to as post-Mao China breakthrough novel, it is often linked with Gabriel Garcia Marquez's *One Hundred Years of Solitude* as a creative milestone. Since then Mo Yan has published prolifically. But numbers tell only part of the story. The quality and diversity of his fictional output, by any literary and popular measure, is extraordinary.

In 1988 Mo Yan followed *Red Sorghum* with a passionate metafiction that exposed a heart of darkness represented by corrupt, venal local officials in *The Garlic Ballads*. Then came the most uproarious and biting satire in the history of modern Chinese literature, *The Republic of Wine*.

In true Rabelaisian fashion, Mo Yan launched an attack against and parodied aspects of Chinese society (most notably, gourmandism, here including cannibalism, and an obsession with alcohol as a cultural commodity).

Among Mo Yan's more recent novels are *Death by Sandalwood*, a love story amid savage cruelty during the Boxer Rebellion, and *Thirteen Paces*, his venture into high modernism. The author's success with satire in *The Republic of Wine* was followed by *Forty-one Bombs*, a novel in which meat replaces liquor as the vehicle for an examination of contemporary society; it is filled with puns, allusions, and varying prose styles, common features of much of Mo Yan's fiction. These early novels differ from one another in style, content, and effects. Recently, he has undertaken the ambitious project of chronicling twentieth-century Chinese history in two blockbuster novels. Cited as "Mo Yan's grab for the brass ring, i.e., the Nobel Prize in Literature", (*Washington Post*), *Big Breasts and Wide Hips* focuses on a family of women in a generally unflattering romp through the first half of the twentieth century, and a bit beyond. His latest novel, *Life and Death Are Wearing Me Out*, narrates the second half of the century, with all its tragic absurdities (and absurd tragedies). Characterized as a "wildly visionary and creative novel" (*New York Times*), it puts a human (and frequently bestial) face on the revolution, and is replete with the dark humor, metafictional asides, and fantasies that Mo Yan's readers have come to expect and enjoy.

Most good novelists have difficulty maintaining a consistently high standard in their writing, but not Mo Yan. Each of his novels has been universally praised, and each demonstrates the depth and breadth of his exceptional talent. He is a master of diverse styles and forms, from fable to magic realism, hard-core realism, (post) modernism, and more. His imagery is striking, his tales often bewitching, and his characters richly appealing. He is, quite simply, one of a kind.

附录6:《檀香刑》未翻译词汇表

Glossary of Untranslated Terms

dan 旦: a female role in Chinese opera

dieh 爹: dad (father), especially popular in northern China

gandieh 干爹: a benefactor, surrogate father, "sugar daddy"

ganerzi 干儿子: the "son" of a gandieh

ganniang 干娘: a surrogate mother

gongdieh 公爹: father-in-law

jin 斤: a traditional unit of weight with sixteen

kang 炕: a brick sleeping platform, often heated by a fire beneath laotaiye 老太爷: a respectful term of address for a man of advanced age or high status

laoye 老爷: a more common form of laotaiye

niang 娘: mom (mother), especially popular in northern China

qinjia 亲家: related as in-laws; the parent(s) of a married couple

shaoye 少爷: a young "laoye"

sheng 生: a male role in Chinese opera

shifu 师傅: a teacher, master of a trade

yamen 衙门: an official government office and residence in dynastic China

yayi 衙役: yamen clerks, runners, minor functionaries

yuanwailang 员外郎: an official who has retired to his native home; an official title

zhuangyuan 状元: the top scholar in the Imperial Examination; the best in a field

附录 7:《丰乳肥臀》主要人物表中英文版本对比

主要人物表		List of Principal Characters	
母亲	上官鲁氏。乳名璇儿。自幼丧母,随姑父于大巴掌和姑姑长大,嫁给铁匠儿子上官寿喜。晚年信仰基督教,寿九五而终。	Mother	Shangguan Lu; childhood name Xuan'er. Motherless from childhood, raised to adulthood by aunt and uncle, Big Paw. Married to blacksmith Shangguan Shouxi. A convert to Christianity in her late years.
大姐	上官来弟。母亲与姑父于大巴掌所生。先嫁沙月亮,生女沙枣花。新中国成立后被迫嫁给残疾军人孙不言。后来爱上了从日本归来的鸟儿韩,生子鹦鹉韩。在搏斗中打死孙不言,被处决。	Eldest Sister	Laidi, daughter of Mother and Big Paw. Married to Sha Yueliang, mother of Sha Zaohua. After the founding of the People's Republic, forced to marry crippled mute soldier Speechless Sun. Later has a son with Birdman Han, named Parrot Han.

续表

附录

	主要人物表		List of Principal Characters
二姐	上官招弟。生父亦为于大巴掌。嫁给抗日别动大队的司令司马库,生女司马凤、司马凰。在与独立纵队十六团的割据战中,中弹身亡,不久,一对女儿也被那位倡导极左"土改"政策的大人物密令处死。	Second Sister	Zhaodi, daughter of Mother and Big Paw. Married to commander of anti-Japanese forces Sima Ku; mother of twins, Sima Feng and Sima Huang.
三姐	上官领弟,人称"鸟仙"。生父为一个赊小鸭的(土匪密探)。她深爱鸟儿韩,韩被日寇抓了劳工后,神经错乱,设立鸟仙神坛禳解。后嫁给爆炸大队战士孙不言,因练习飞翔摔死在悬崖下。生子大哑、二哑,俱被飞机炸弹炸死。	Third Sister	Lingdi. Also known as Bird Fairy, daughter of Mother and a peddler of ducklings. First wife of Speechless Sun, mother of Big Mute and Little Mute.
四姐	上官想弟。生父乃一个走街串巷的江湖郎中。在生活最困难的时候,为了救全家,她自卖自身进了妓院。后流落它乡,音信全无。后被遣返还乡,多年积攒的财物被洗劫,并遭受残酷批斗,后旧病复发而死。	Fourth Sister	Xiangdi, daughter of Mother and an itinerant herb doctor.
五姐	上官盼弟。生父乃杀狗人高大膘子。少年时自愿参加爆炸大队,后嫁给爆炸大队政委鲁立人,生女鲁胜利。曾经当过卫生队长、区长、农场畜牧队长。改名马瑞莲。后自杀身亡。	Fifth Sister	Pandi, daughter of Mother and a dog butcher. Married to Lu Liren, political commissar of the Demolition Battalion, mother of Lu Shengli. Holds several official positions, changing her name to Ma Ruilian after the founding of the People's Republic.

主要人物表		List of Principal Characters	
六姐	上官念弟。生父乃天齐庙智通和尚。爱上了被日机击落后为司马库的部队收容的美国飞行员巴比特，结婚后的第三天即与巴比特一起被鲁立人领导的独纵十六团俘虏。逃亡后被一寡妇诱至山洞与巴比特同归于尽。	Sixth Sister	Niandi, daughter of Mother and wise monk of the Tianqi Monastery. Married to American bomber pilot Babbitt.
七姐	上官求弟。母亲被四个败兵强暴所生。早年被卖给白俄罗斯托夫伯爵夫人做养女。后改名乔其莎，毕业于省医学院，被打成右派，到农场劳动改造。因饥饿，暴食生豆饼胀死。	Seventh Sister	Qiudi, offspring of a rape of Mother by four deserters. Sold to a Russian woman as an orphan, changes her name to Qiao Qisha.
八姐	上官玉女。与金童为双胞胎，生父乃瑞典籍传教士马洛亚。生而失明。生活困难时期，因不忍心拖累母亲，投河自尽。	Eighth Sister	Yunu, a twin born to Mother and Swedish missionary Malory. Born blind.
我	上官金童。母亲唯一的儿子。患有恋乳症。一生嗜乳，以至精神错乱。中学毕业后去农场劳动。后因"奸尸罪"被判刑十五年。改革开放后刑满还乡，曾在外甥鹦鹉韩夫妇开办的"东方鸟类中心"任公关部经理，后在司马粮投资的"独角兽乳罩大世界"任董事长，因被炒、被骗而失败，终至穷愁潦倒，一事无成。	I (narrator)	Jintong, Mother's only son, born together with Eighth Sister.
上官寿喜	铁匠，母亲的丈夫，因无生殖能力，迫使母亲借种生子。后为日寇所杀。	Shangguan Shouxi	Blacksmith; Mother's impotent husband.
上官福禄	铁匠，上官寿喜之父，后为日寇所杀。	Shangguan Fulu	Shangguan Shouxi's father.

续表

主要人物表		List of Principal Characters	
上官吕氏	上官福禄之妻。铁匠,上官家的当家人。专横凶悍,晚年痴呆,因欲加害玉女被母亲失手打死。	Shangguan Lü	Shangguan Fulu's wife, Mother's mother-in-law.
司马亭	大栏镇首富,"福生堂"大掌柜。当过镇长、维持会长。后随担架队参加淮海战役,立过大功。	Sima Ting	Dalan Town's Felicity Manor; later serves as mayor.
司马库	司马亭之弟,"福生堂"二掌柜,上官招弟之夫。抗日别动大队司令。被捕后逃脱,后自首,被公审枪毙。	Sima Ku	Younger brother of Sima Ting, husband of Zhaodi (Second Sister). A patriot, linked to the Nationalists during the War of Resistance (1937–1945).
司马粮	司马库与三姨太之子。司马家遭难后,由母亲将其抚养成人。后出走,流落他乡,成为韩国巨商。改革开放后回乡投资建设,花天酒地,惹是生非,后逃匿。	Sima Liang	Son of Sima Ku and Zhaodi.
沙月亮	上官来弟的丈夫。抗战时期为黑驴鸟枪队队长。后投降日寇,任伪渤海警备司令、"皇协军"旅长。被爆炸大队击败后自杀。	Sha Yueliang	Husband of Laidi (Eldest Sister), commander of the Black Donkey Musket Band during the War of Resistance (1937–1945). Goes over to the Japanese as a turncoat.
沙枣花	沙月亮与上官来弟之女。出生后即由母亲抚养,与金童、司马粮等一起长大,与司马粮感情很深,后流落江湖,成为神偷。司马粮还乡后,因求婚不成而跳楼殉情。	Sha Zaohua	Daughter of Sha Yueliang and Laidi (Eldest Sister). Grows up together with Jintong and Sima Liang.

主要人物表		List of Principal Characters	
鸟儿韩	上官领弟的意中人,懂鸟语,善捕鸟,通武术,是使用弹弓的高手。被日寇掳至日本国做劳工,后逃至深山,穴居十五年始归国还乡。在上官家居住期间,与被孙不言虐待的大姐上官来弟发生了恋情。因来弟失手打死孙不言,他作为同案犯被判刑,押赴青海劳改途中,跳车身亡。	Birdman Han	Lingdi (Third Sister)'s lover
马洛亚	瑞典传教士,因战乱频仍而滞留在高密东北乡,主持大栏镇基督教堂的教务,能说流利的汉语,与当地老百姓相处融洽。与上官鲁氏发生恋情,乃上官金童与上官玉女的生身父亲。后因不堪黑驴鸟枪队的凌辱从钟楼上跳下身亡。	Pastor Malory	Swedish missionary; has illicit affair with Shangguan Lu, and father of twins Jintong and Yünü.
鹦鹉韩	鸟儿韩与上官来弟之子。改革开放后,与其妻耿莲莲合办"东方鸟类中心",骗取银行巨款,挥霍浪费,穷奢极欲,后被判刑。	Parrot Han	Son of Birdman Han and Laidi.
鲁立人	即蒋立人。后又改名李杜。先后担任过抗日爆炸大队政委、独纵十六团政委、高东县县长、副县长、农场场长,在生活困难时期因心脏病发作而死。	Lu Liren	Also known as Jiang Liren and, later, Li Du. Serves in many official capacities for Communists.
鲁胜利	鲁立人与上官盼弟之女。幼时曾经由母亲抚养,后被其父母接回县城读书。改革开放后,担任过工商银行大栏市分行行长、大栏市市长。因贪污受贿被判死刑。	Lu Shengli	Daughter of Lu Liren and Shangguan Pandi (Fifth Sister). Becomes mayor of Dalan.

主要人物表		List of Principal Characters	
孙不言	上官家邻居孙大姑之长孙,生来即哑。曾经与上官来弟订婚。上官来弟与沙月亮私奔后,他参加了八路军爆炸大队。后与"鸟仙"上官领弟结婚。新中国成立后他参加了抗美援朝,荣立大功,身体残疾。在政府的帮助下,与孀居在家的上官来弟结婚。当他发现了上官来弟与鸟儿韩的恋情后,愤而搏斗,被上官来弟打中要害死亡。	Speechless Sun	Eldest son of Aunty Sun, neighbor of the Shangguan family. Born a mute. Engaged to Laidi (Eldest Sister), is crippled in battle, and returns to marry Laidi.
纪琼枝	上官金童的启蒙老师,57年被错划成右派。改革开放后,曾任大栏市首任市长,是铁骨铮铮的共产党人。	Ji Qiongzhi	Jintong's inspiring teacher

附录 8:《檀香刑》目录中英对照

凤头部 第一章 眉娘浪语 第二章 赵甲狂言 第三章 小甲傻话 第四章 钱丁恨声	Book One: Head of the Phoenix Chapter One: Meiniang's Lewd Talk Chapter Two: Zhao Jia's Ravings Chapter Three: Xiaojia's Foolish Talk Chapter Four: Qian Ding's Bitter Words
猪肚部 第五章 斗须 第六章 比脚 第七章 悲歌 第八章 神坛 第九章 杰作 第十章 践约 第十一章 金枪 第十二章 夹缝 第十三章 破城	Book Two: Belly of the Pig Chapter Five: Battle of the Beards Chapter Six: Competing Feet Chapter Seven: Elegy Chapter Eight: Divine Altar Chapter Nine: Masterpiece Chapter Ten: A Promise Kept Chapter Eleven: Golden Pistols Chapter Twelve: Crevice Chapter Thirteen: A City Destroyed

豹尾部 第十四章 赵甲道白 第十五章 眉娘诉说 第十六章 孙丙说戏 第十七章 小甲放歌 第十八章 知县绝唱	Book Three: Tail of the Leopard Chapter Fourteen: Zhao Jia's Soliloquy Chapter Fifteen: Meiniang's Grievance Chapter Sixteen: Sun Bing's Opera Talk Chapter Seventeen: Xiaojia Sings in Full Voice Chapter Eighteen: The Magistrate's Magnum Opus

附录9：葛浩文英译中国现当代作家作品

莫言

《红高粱》Mo Yan. Red Sorghum. New York: Viking, 1993.

《天堂蒜薹之歌》Mo Yan. The Garlic Ballads. New York: Viking, 1995.

《酒国》) Mo Yan. The Republic of Wine. London: Hamish Hamilton, 2000.

《师傅越来越幽默》Mo Yan. Shifu, You'll Do Anything for a Laugh. London: Methuen, 2002.

《丰乳肥臀》Mo Yan. Big Breasts and Wide Hips. New York: Arcade, 2004.

《生死疲劳》Mo Yan. Life and Death Are Wearing Me Out. New York: Arcade Publishing, 2008.

《变》Mo Yan. Change. London: Seagull Press, 2010.

《四十一炮》Mo Yan. POW! London: Seagull Press, 2012.

《檀香刑》Mo Yan. Sandalwood Death. Oklahoma: The University of Oklahoma Press, 2012.

《蛙》Mo Yan. Frog. New York: Viking, 2015.

萧红

《生死场》及《呼兰河传》Xiao Hong. The Field of Life and Death

（Ellen Yeung, co-tr.）and Tales of Hulan River. Bloomington: Indian University Press, 1979.

《萧红短篇小说选集》Xiao Hong. Selected Stories of Xiao Hong. Beijing: Chinese Literature Press, 1982.

《商市街》Xiao Hong. Market Street: A Chinese Woman in Harbin. Seattle: University of Washington Press, 1986.

《染布匠的女儿》Xiao Hong. The Dyer's Daughter: Selected Stories of Xiao Hong（bilingual）. Chinese University Press of Hong Kong, 2005.

苏童

《米》Su Tong. Rice. New York: William Morrow, 1995.

《我的帝王生涯》Su Tong. My Life as Emperor. New York: Hyperion East, 2005.

《碧奴》Su Tong. Binu and the Great Wall. Edinburgh & New York: Canongate, 2007.

《河岸》Su Tong. The Boat to Redemption. London: Doubleday, 2010.

王朔

《玩的就是心跳》Wang Shuo. Playing for Thrills. New York: William Morrow, 1997.

《千万别把我当人》Wang Shuo. Please Don't Call Me Human. New York: Hyperion, 2000.

毕飞宇

《青衣》Bi Feiyu. Moon Opera.（Sylvia Li-chun Lin, co-tr.）. New York: Houghton Mifflin Harcourt, 2009.

《玉米》Bi Feiyu. Three Sisters.（Sylvia Li-chun Lin, co-tr.）. New York: Houghton Mifflin Harcourt, 2010.

王安忆

《流逝》Wang Anyi. The Lapse of Time. Beijing: Chinese Literature Press & Foreign Language Teaching and Research Press, 1999.
《富萍》Wang Anyi. Fuping, 2012.

李昂

《杀夫》Li Ang. The Butcher's Wife（Ellen Yeung, co-tr.）. Berkeley: North Point Press, 1986.
《迷园》Li Ang. Mi Yuan（Sylvia LI-chun Lin, co-tr.）, 2012.

阿来

《尘埃落定》Alai. Red Poppies（Sylvia Li-chun Lin, co-tr.）. Boston: Houghton Mifflin, 2002.
《格萨尔王》Alai. The Song of King Gesar.（Sylvia Li-chun Lin.co-tr.）. New South Wales: Allen & Unwin, 2013.

陈若曦

《尹县长》Chen Jo-hsi. The Execution of Mayor Yin.（Nancy Ing, co-tr.）. Bloomington: Indiana University Press, 1978.

黄春明

《溺死一只老猫》Hwang Chun-ming. The Drowning of an Old Cat. Bloomington: Indiana University Press, 1980.

杨绛

《干校六记》Yang Jiang. Six Chapters from My Life "Downunder". Seattle: University of Washington Press, 1984.

端木蕻良

《红夜》Duanmu Hongliang. Red Night. Beijing: Chinese Literature Press, 1988.

张洁

《沉重的翅膀》Zhang Jie. Heavy Wings. New York: Grove Weidenfeld, 1989.

白先勇

《孽子》Pai Hsien-yung. Crystal Boys. San Francisco, Calif.: Gay Sunshine Press, 1990.

艾蓓

《红藤绿度母》Ai Bei. Red Ivy. Green Earth Mother. Salt Lake City: Peregrine Smith Books, 1990.

贾平凹

《浮躁》Jia Pingwa. Turbulence. Baton Rouge: Louisiana State University Press, 1991.

刘恒

《黑的雪》Liu Heng. Black Snow. New York: Grove Press, 1993.

马波

《血色黄昏》Ma Bo. Blood Red Sunset. New York：Viking，1995.

古华

《贞女》Gu Hua. Virgin Widows. Honolulu：University of Hawai Press，1996.

李锐

《旧址》Li Rui. Silver City. New York：Metropolitan Books，1997.

王祯和

《玫瑰玫瑰我爱你》Wang Chen-he. Rose，Rose，I Love You. New York：Columbia University of Press，1998.

虹影

《饥饿的女儿》Hong Ying. Daughter of the River. New York：Grove Press，1998.

朱天文

《荒人手记》Chu Tien-wen. Notes of a Decadent Man.（Sylvia Li-chun Lin，co-tr.）. New York：Columbia University Press，1999.

巴金

《第四病室》Ba Jin. Ward Four.（Haili Kong，co-tr.）. San Francisco：China Books and Periodicals，1999.

黄春明

《苹果的滋味》Huang Chun-ming. The Taste of Apples. New York：Columbia University Press，2001.

刘恒

《苍河白日梦》Liu Heng. Green River Daydreams. New York：Grove Press，2001.

李永平

《吉陵春秋》Li Yung-ping. Retribution：The Jiling Chronicles.（Sylvia Li-chun Lin，co-tr.）. New York：Columbia University Press，2003.

春树

《北京娃娃》Chun Sue. Beijing Doll. New York：Riverhead Books，2004.

施叔青

《香港三部曲》Shih Shu-ching. City of the Queen.（Sylvia Li-chun Lin，co-tr.）. New York：Columbia University Press，2005.

朱天心

《古都》Chu T'ien-hsin. The Old Capital. New York：Columbia University Press，2007.

端木蕻良

《紫鹭湖的忧伤》Duanmu Hongliang. The Sorrows of Egret Lake：Selected Stories.（Haili Kong，co-tr.）. Hong Kong：The Chinese

University Press, 2007.

姜戎

《狼图腾》Jiang Rong. Wolf Totem. New York: Penguin Press, 2008.

张炜

《古船》Zhang Wei. The Ancient Ship. Harper Collins Publishers, 2008.

贝拉

《魔咒钢琴》Bella. A Jewish Piano. (Sylvia Lin Li-chun, co-tr.). 上海译文出版社, 2009.

老舍

《骆驼祥子》Lao She. Rickshaw Boy. New York: Harper Collins Publishers, 2010.

附录 10：英美网络报刊评论莫言及莫言作品文章索引

网络

Atlantic, http://www.theatlantic.com/ (October 29, 2012), Nick Frisch," Mo Yan: Frenemy of the State."

BBC, http://www.bbc.com/ (October 11, 2012), "Beginners' guide to Mo Yan."

China.org.cn, http://www.china.org.cn/ (December 21, 2008), "Novelist Mo Yan Takes Aim with *Forty-one Bombs*."

Guardian, http://www.theguardian.com (October 12, 2012), Howard Goldblatt, "My Hero: Mo Yan."

Kenyon Review, http://www.kenyonreview.org/ (fall, 2012), Anna Sun, "The Diseased Language of Mo Yan."

New York Review of Books, http://www.nybooks.com/ (December 6, 2012), Perry Link, "Does This Writer Deserve the Prize?"

New York Times, http://www.nytimes.com/ (October 11, 2012), Richard Bernstein, "In China, a Writer Finds a Deep Well"; (October 12, 2012), Didi Kirsten Tatlow, "The Writer, the State and the Nobel."

Norman Transcript, http://www.normantranscript.com/ (March 13, 2009), Adam Scott, "Chinese author first recipient of Newman Prize."

University of Oklahoma Web site, http://www.ou.edu/ (December 21, 2008), "Mo Yan Wins Newman Prize for Chinese Literature."

报纸

Booklist, March 1, 2008, Allison Block, review of *Life and Death Are Wearing Me Out*, p.47.

Kirkus Reviews, February 15, 2008, review of *Life and Death Are Wearing Me Out*.

Library Journal, April 1, 2008, Shirley N. Quan, review of *Life and Death Are Wearing Me Out*, p. 77.

New Statesman & Society, July 7, 1995, Ruth Pavey, review of *The Garlic Ballads*, pp. 40-41.

New York, May 3, 1993, Rhoda Koenig, "Savage Grace," review of *Red Sorghum*: A Novel of China, p. 79.

New York Times, June 12, 1995, Richard Bernstein, "A Rural Chinese 'Catch-22' You Can Almost Smell," p. C13.

New York Times Book Review, April 18, 1993, Wilborn Hampton, "Anarchy and Plain Bad Luck," review of *Red Sorghum*, p. 28; July 30, 1995, Tobin Harshaw, "In Short: Fiction," review of *The Garlic Ballads*; May 4, 2008, Jonathan Spence, "Born Again," review of *Life and Death Are Wearing Me Out*, p. 1.

Pacific Affairs, winter, 1992, Michael S. Duke, review of *Explosions and Other Stories*, pp. 601-602.

Publishers Weekly, March 27, 2000, review of *The Republic of Wine*, p. 53; July 16, 2001, review of *Shifu, You'll Do Anything for a Laugh*, p. 157.

Time, February 14, 2005, Donald Morrison, "Holding Up Half the Sky."

Time International, December 24, 2001, Annie Wang, review of *Shifu, You'll Do Anything for a Laugh*, p.74.

Times Literary Supplement, June 9, 2000, Frances Wood, "A drift in Liquorland," review of *The Republic of Wine*, p. 24.

Wall Street Journal, April 28, 2000, Yu Wong, "Message in a Bottle," review of *The Republic of Wine*, p. W6.

期刊

Anon: "Mo Yan" *Chinese Literature Today* (3: 1/2) 2013, 6-7.

Goldblatt, Howard: "Mo Yan in Translation: One Voice among Many" *Chinese Literature Today* (3: 1/2) 2013, 8-9, 4.

Davis-Undiano, Robert Con: "A Westerner's Reflection on Mo Yan" *Chinese Literature Today* (3: 1/2) 2013, 21-25, 5.

Yu, Ouyang: "Mo Yan, My China, Self-Colonization and Hallucination" *Antipodes* (Columbia)(27: 1) Jun 2013, 99-104.

Huang, Alexander C. Y.: "Mo Yan as Humorist" *World Literature Today*: a literary quarterly of the University of Oklahoma (Norman)

(83: 4) Jul/Aug 2009, 32-35.

Qinghua, Zhang: "The Nobel Prize, Mo Yan, and Contemporary Literature in China" *Chinese Literature Today* (3: 1/2) 2013, 17-20, 5.

Yan, Mo: "Sandalwood Death: Tanxiang xing ..." *Chinese Literature Today* (3: 1/2) 2013, 26-33.

Yan, Mo: "After Reading Selected Short Stories of South Choson" *Azalea* (6) 2013, 209-219, 397-398.

Yan, Mo: "Nobel Prize Banquet Speech" *Chinese Literature Today* (3: 1/2) 2013, 10.

Yan, Mo: "Storytellers: Nobel Lecture, December 7, 2012" *Chinese Literature Today* (3: 1/2) 2013, 11-16.

Lee, Haiyan: "Mo Yan: Laureate of the 2009 Newman Prize for Chinese Literature" *World Literature Today*: a literary quarterly of the University of Oklahoma (Norman) (83: 4) Jul/Aug 2009, 24-25.

Yan, Mo: "Sandalwood Death: Tanxiang xing" *Chinese Literature Today* (2: 1) 2011, 106-111, 5.

Yan, Mo: "A Writer Has a Nationality, but Literature Has No Boundary" *Chinese Literature Today* (1: 1) Summer 2010, 22-24, 6.

Goldblatt, Howard: "Mo Yan's Novels Are Wearing Me Out" *World Literature Today*: a literary quarterly of the University of Oklahoma (Norman) (83: 4) Jul/Aug 2009, 28-29.

Yan, Mo: "Inside Out" *World Literature Today*: a literary quarterly of the University of Oklahoma (Norman) (83: 4) Jul/Aug 2009, 36-37.

Yan, Mo: "Learning from Pu Songling" *World Literature Today*: a literary quarterly of the University of Oklahoma (Norman) (83: 4) Jul/Aug 2009, 30-31.

Yan, Mo: "Wolf" *World Literature Today*: a literary quarterly of the University of Oklahoma (Norman) (83: 4) Jul/Aug 2009, 35.

Hongtao, Liu: "Mo Yan's Fiction and the Chinese Nativist

Literary Tradition" *World Literature Today*: a literary quarterly of the University of Oklahoma (Norman)(83: 4) Jul/Aug 2009, 30-31.

Inge, M. Thomas: "Mo Yan through Western eyes" *World Literature Today* (74: 3) Summer 2000, 501-506.

Anon: "pacific bridge" *Chinese Literature Today* (3: 1/2) 2013, 180.

Stalling, Jonathan: "Editor's Note" *Chinese Literature Today* (3: 1/2) 2013, 3, 5.

Qian, Chen: "Frog" *Chinese Literature Today* (2: 2) 2012, 99-100.

Michael S. Duke, "Walking toward the World," *World Literature Today*, summer, 1991, 389-394.

Fatima Wu, review of Explosions and Other Stories, *World Literature*, Today summer, 1992, 579.

Jeffrey C. Kinkley, review of Red Sorghum, *World Literature Today*, spring, 1994, 428-429.

Yan, Mo, "My Three American Books," *World Literature Today*, summer, 2000, 473-476.

Goldblatt, Howard, "The 'Saturnicon' Forbidden Food of Mo Yan," *World Literature Today*, summer, 2000, 477-486.

Wang, David Der-Wei, "The Literary World of Mo Yan," *World Literature Today*, summer, 2000, 487-494.

Chan, Shelley W., "From Fatherland to Motherland: On Mo Yan's Red Sorghum and Big Breasts and Full Hips," *World Literature Today*, summer, 2000, 495-500.

Jeffery C. Kinkley, review of The Republic of Wine, *World Literature Today*, summer, 2000, 581.

附录11:《红高粱家族》《丰乳肥臀》《檀香刑》英译本译者序言(有删节)

1.《红高粱家族》译者序

Tanslator's note

At the request of the author, this translation is based upon the Taipei Hong-fan book Co. 1988 Chinese edition, which restores cuts made in the Mainland Chinese edition, published in 1987 by the People's Liberation Army Publishing House in Beijing. Some deletions have been made, with the authors approval, and minor inconsistencies, particularly in dates and ages, have been corrected.

Thanks to Joseph S. M. Lau, Haili Kong, Chu Chiyu, and Sandra Dijkstra for responding to my occasional cry for help. The translation was made possible in part by a grant from the National Endowment for the Arts, whose support is gratefully acknowledged.

2.《丰乳肥臀》译者序

Introduction

No writer in recent memory has contributed more to the imagination of historical pace in China or are evaluation of Chinese society, past and present, than Mo Yan, whose *Red Sorghum* changed the literary landscape when it was published in 1987, and was the first Chinese film to reap critical and box-office rewards in the West. In the process of probing China's myths, official and popular, and some of the darker corners of Chinese society, Mo Yan has become the most controversial writer in China; loved by readers in many countries, he is the bane of China's official establishment, which has stopped the sale of more than one of his novels, only to relent when they are acclaimed outside the country.

Born in 1955 into a peasant family in northern China, where a hardscrabble existence was the norm, Mo Yan received little formal schooling sent out into the fields to tend livestock and then into factories during the disastrous decade of the Cultural Revolution (1966—1976). His hometown, in quasi-fictional Northeast Gaomi County, is the setting for virtually all his novels; the stories he heard as a child from his grandfather and other relatives stoked his fertile imagination, and have found an outlet in a series of big, lusty, and always controversial novels, the earliest of which, in a delicious quirk of irony, were written while Mo Yan was serving as an officer in the People's Liberation Army.

Mo Yan styles himself as a writer of realist, often historical fiction, which is certainly true, as far as it goes. Like the Latin American creators of magic realism (whose works Mo Yan has read and enjoyed, but, he insists, have exerted no influence on his own writing), he stretches the boundaries of "realism" and "historicism" in new, and frequently maligned, directions. Official histories and recorded "facts" are of little interest to this writer, who routinely blends folk beliefs, bizarre animal imagery, and a variety of imaginative narrative historical realities — national and local, official and popular — to create unique and uniquely satisfying literature, writing of such universally engaging themes and visceral imagery that it easily crosses national borders.

Following the success of *Red Sorghum*, a fictional autobiography of three generations of Gaomi Township freedom fighters during the War of Resistance against Japan (1937—1945), Mo Yan wrote (in less than a month) a political, if not polemical, novel in the wake of a 1987 incident that pitted impoverished garlic farmers against the mendacity of corrupt officials. And yet the unmistakable rage that permeates the pages of The Garlic Ballads (1988; 1995) is tempered by traces of satire, which will blossom in later works, and a lacerating parody of official discourse. Viewed by the government as likely to stir up emotions during the vast popular demonstrations in 1989 that led to the Tiananmen massacre, the novel was pulled from the shelves for several months. That the peasant uprising was crushed, both in the real world and in Mo Yan's novel, surely gave the in a little comfort as they faced students, workers, and ordinary citizens in the square where a million frenzied citizens once hailed the vision of Chairman Mao.

Mo Yan's next offering was Thirteen Steps (1989), a heavily sardonic novel whose insane, caged protagonist begs for chalk from his listeners to write out a series of bizarre tales and miraculous happenings; in the process, the reader is caught up in the role of mediator. In narrative terms, it is a tour de force, a tortuous journey into the mind of contemporary China.

In a speech given at Denver's The Tattered Cover bookstore in 2000, Mo Yan made the following claim: "I can boast that while many contemporary Chinese writers can produce good books of their own, no one but me could write a novel like The Republic of Wine (1992; 2000)". Compared by critics to the likes of Lawrence Stern's Tristram Shandy, this Swiftian satire chronicles the adventures of a government detective who is sent out to investigate claims that certain provincial city are raising children for food, in order to satisfy the jaded palates of local officials. The narrative, interrupted by increasingly outlandish short stories by one of the novel's least sympathetic characters, gradually incorporates "Mo Yan" into its unfolding drama, until all the disparate story lines merge in a darkly carnivalesque ending. Indeed, no other contemporary novelist could have written this satirical masterpiece, and few could have gotten away with such blatant attacks on China's love affair with exotic foods and predilection for excessive consumption, not to mention egregious exploitation of the peasantry.

As the new millennium approached, Mo Yan once again undertook to inscribe his idiosyncratic interpretation of China's modern history, this time in corporating nearly all of the twentieth century, a bloody century in China by any standard. Had he been a writer of lesser renown, one bereft of the standing, talent, and international visibility that served as a protective shield, he might well not have been able to withstand the withering criticism that followed the 1996 publication of his biggest novel to date (nearly a half million words in the original version, a "book as thick as a brick" in his own words), *Big Breasts and Wide Hips*. This novel, with its eroticism and, in the eyes of some, inaccurate portrayal of modern China's political landscape, would have sparked considerable controversy had it simply appeared in the bookstores. But when, after its serialized publication (1995) in a major literary magazine, Dajia, it was awarded the first Dajia Prize of 100,000 renminbi (roughly $12,000), the outcry from conservative critics was immediate and shrill. The judges for this nongovernmental prize had the following to say about a novel that its supporters have called a "somber historical epic":

Big Breasts and Wide Hips is a sumptuous literary feast with a simple, straightforward title. In it, with undaunted perseverance and passion, Mo Yan has narrated the historical evolution of Chinese society in a work that covers nearly the entire twentieth century ... It is a literary masterpiece in the author's distinctive style.

The judges took note of the author's skillful alternation of first-and third-person narration and his use of flashback and other deft writing techniques. As for the arresting title, Mo Yan wrote in a 1995 essay that the "creative urge came from his deep admiration for his mother and...The inspiration [for] the title was derived from his experience of seeing an ancient stone sculpture of a female figure with protruding breasts and buttocks." That did not still his critics, for whom concerns over his evocation of the female anatomy were of lesser consequence than his treatment of China's modern history.

While the novel opens on the eve of the Sino-Japanese War (1936), with the birth of the central male character, Shangguan Jintong, and his twin sister, the narration actually begins in time (chapter 2) at the turn of the century, in the wake of the failed Boxer Rebellion, in which troops from eight foreign nations crushed an indigenous, anti-foreign rebellion and solidified their presence in China. As in Mo Yan's earlier novel, *Red Sorghum*, and in many ways defining, events occur during the eight years of war with Japan, all on Chinese soil. For Mo Yan, the earlier decades, while not peaceful by any means, are notable for personal, rather than national, events. It is the time of Mother's childhood, marriage, and the birth of her first seven children—all daughters and all by men other than her sterile husband. The national implications become clear when Mother's only son, Jintong, arrives, the offspring of Swedish Malory, the alien "Other."

The bulk of the novel then takes the reader through six turbulent decades, from the Sino-Japanese War, in which two defending factions (Mao's Communists and Chiang Kai-shek's Nationalists) fought one another almost as much as they fought, and usually succumbed to, the Japanese. It is here that Mo Yan has particularly angered his critics, in that he has created heroes and turncoats that defy conventional views, resulting in a "sycophantic, shameless work that turns history upside down, fabricates lies, and glorifies the Japanese fascists and the Land lords [groups of landed individuals who went over to Nationalist-controlled areas after the War when their land was redistributed by the Communists]," in the words of one critic. Of the several male figures in the novel, excluding the foreigner, whose "potency" cannot save him and stigmatizes his offspring, one is a patriot-turned-collaborator, another is a leader of Nationalist forces, and two are Communists (a commander and a soldier); all marry one or more of Mother's daughters, but only one, the Nationalist, earns Mother's praise: "He's a bastard," she says, "but he's also a man worthy of the name. In days past, a man like that would come around once every eight or ten years. I'm afraid we've seen the last of his kind."

Big Breasts and Wide Hips is, of course, fiction, and while it deals with historical events (selectively, to be sure), it is a work that probes and reveals broader aspects of society and humanity, those that transcend or refute specific occurrences or canonized political interpretations of history. Following Japan's defeat in Asia in lipped into a bloody civil war between Mao's and Chiang's forces, ending in 1949 with a Communist victory and the creation of the People's Republic of China. Unfortunately for the Shangguan family, as for citizens throughout the country, peace and stability proved to be as elusive in "New China" as in the old. The first seventeen years of the People's Republic witnessed a bloody involvement in the Korean War (1950—1953), a period of savage instances of score-settling and political realignments, the disastrous "Great Leap Forward," which led to three years of famine that claimed millions of lives, and the Cultural Revolution. In defiance of more standard historical fiction in China, which tends to foreground major historical events, in Mo Yan's novel they are mere backdrops to the lives of Jintong, his surviving sisters, his nieces and nephews, and, of course, Mother. It is here that the significance of Shangguan Jintong's oedipal tendencies and impotence become apparent. In a relentlessly unflattering portrait of his male protagonist, Mo Yan draws attention to what he sees as a regression of the human species and a dilution of the Chinese character (echoing sentiments first encountered in *Red Sorghum*); in other words, a failed patriarchy. Ultimately, it is the strength of character of (most, but not all) the women that lends hope to the author's gloomy vision.

In the post-Mao years (Mao died in 1976), Jintong's deterioration occurs in the context of national reforms and an economic boom. Weaned of the breast, finally, he represents, to some at least, a "manifestation of Chinese intellectuals' anxiety over the country's potency in the modern world." Whatever he may symbolize, he remains a member of one of the most intriguing casts of characters in fiction, in a novel about which Mo Yan himself has said: "If you like, you can skip my other novels [I wouldn't recommend it — tr.], but you must read *Big Breasts and Wide Hips*. In it I wrote about history, war, politics, hunger, religion, love, and sex."

Big Breasts and Wide Hips was first published by Writers Publishing House (1996); a Taiwan edition (Hong-fan) appeared later the same year. A shortened edition was then published by China Workers Publishing House in 2003. The current translation was undertaken from a further shortened, computer-generated manuscript supplied by the author. Some changes and rearrangements were effected during the translation and editing process, all with the approval of the author. As translator, I have been uncommonly fortunate to have been aided along the way by the author, by my frequent co-translator, Sylvia Li-chun Lin, and by our publisher and editor, Dick Seaver. An English translation appeared in 1993. Dates of subsequent translations appear after the original publishing date. This was the film that launched director Zhang Yimou's international career. Mo Yan further noted "that his purpose in creating the novel [was] to explore the essence of humanity, to glorify the mother, and to link maternity and earth in a symbolic representation."

3.《檀香刑》译者序

Translator's Note

The challenges for the translator of Mo Yan's powerful historical novel begin with the title, Tanxiang xing, whose literal meaning is "sandalwood punishment" or, in an alternate reading, "sandalwood torture." For a work so utterly reliant on sound, rhythm, and tone, I felt that neither of those served the novel's purpose. At one point, the executioner draws out the name of the punishment he has devised (fictional, by the way) for ultimate effect: "Tan—xiang—xing!" Since the word "sandalwood" already used up the three original syllables, I needed to find a short word to replicate the Chinese as closely as possible. Thus: "Sandal—wood—death!"

Beyond that, as the novelist makes clear in his "Author's Note," language befitting the character and status of the narrators in Parts One and Three helps give the work its special quality of sound. Adjusting the register for the various characters, from an illiterate, vulgar butcher to a top graduate of the Qing Imperial Examination, without devolving to American street lingo or becoming overly Victorian, has been an added challenge. Finally, there are the rhymes. Chinese rhymes far more easily than English, and Chinese opera has always employed rhyme in nearly every line, whatever the length. I have exhausted my storehouse of rhyming words in translating the many arias, keeping as close to the meaning as possible or necessary.

As with all languages, some words, some terms, simply do not translate. They can be defined, described, and deconstructed, but they steadfastly resist translation. Many words and terms from a host of languages have found their way into English and settled in comfortably. Most of those from Chinese, it seems, date from foreign imperialists' and missionaries' unfortunately misread or misheard Chinese-isms: "coolie," "gung ho," "rickshaw" (actually, that comes via Japanese), "godown," "kungfu," and so on. I think it is time to update and increase the meager list, and to that end, I have left a handful of terms untranslated; a glossary appears at the end of the book. Only one is given in a form that differs slightly from standard Pinyin: that is "dieh," commonly used for one's father in northern China. The Pinyin would be "die"!

This is a long, very "Chinese" novel, both part of and unique to

Mo Yan's impressive fictional oeuvre. There are places that are difficult to read (imagine how difficult they were to translate), but their broader significance and their stark beauty are integral to the work.

I have been the beneficiary of much encouragement in this engrossing project. My gratitude to the John Simon Guggenheim Foundation for its generous support, and to Ed, Mike, Jonathan, and David for writing for me. Jonathan Stalling has been in my corner from the beginning, as have representatives of the University of Oklahoma Press, for whose new and important series this is the inaugural work of fiction. Thanks to Jane Lyle for her meticulous editing. Finally, my thanks to the author for making clear some of the more opaque passages and for leaving me on my own for others. And, of course, to Sylvia, my best reader, sharpest critic, and, from time to time, biggest fan.

HOWARD GOLDBLATT

参考文献

[1] Bassnett, Susan & Lefevere, Andre. Translation, Rewriting & the Manipulation of Literary Fame[M]. Shanghai: Shanghai Foreign Language Research Press, 2008.

[2] Bourdieu, Pierre & Wacquant, Loic J. D. An Invitation to Reflexive Sociology [M]. Chicago: University of Chicago Press, 1992.

[3] Bourdieu, Pierre. Choses dites. Tr by Mattew Adamson. Standford: Standford University, 1990.

[4] Bourdieu, Pierre. The Logic of Practice [M]. Cambridge: Polity Press, 1990.

[5] Damrosch, David. What is World Literature? [M]. Princeton and Oxford: Princeton University Press, 2003.

[6] Goldblatt, Howard. Nominating Statement for the 2009 Newman Prize.

[7] Goldblatt, Howard. "Mo Yan in Translation: One Voice among Many" [J]. Chinese Literature Today, 2013, 3.

[8] Gouanvic, Jean-Marc. A Bourdieusian Theory of Translation, or the Coincidence of Practical Instances: Field, 'Habitus', Capital and 'Illusio' [J]. The Translator, 2005, 11 (2): 147-166.

[9] Halsey, A. H. et al. (eds). Education: Culture, Economy, and Society[M]. Oxford & New York: Oxford University Press, 1997.

[10] Inge, M. Thomas. "Mo Yan through Western Eyes" [J]. World

Literature Today. 2000,06.

[11] Itamar, Even-Zohar. The Position of Translated Literature within the Literary Polysystem[J]. Poetics Today,1990（11）:45-51.

[12] Liu, Hongtao. "Mo Yan's Fiction and the Chinese Nativist Literary Tradition" [J].World Literature Today,2009,08.

[13] Lovell, Julia. Great Leap Forward[N]. The Guardian,2005, Jun.11.

[14] Mo, Yan. Big Breasts & Wide Hips [M]. Tr. by Howard Goldblatt. New York:Arcade Publishing,2004.

[15] Mo, Yan. Red Sorghum[M]. Tr. by Howard Goldblatt. New York:Penguin Books,1994.

[16] Mo, Yan. Sandalwood Death[M]. Tr. by Howard Goldblatt. Oklahoma:University of Oklahoma Press,2012.

[17] Schulte, Rainer & Biguenet, John. Theories of Translation:An Anthology of Essay from Drydon to Derrida[M]. Chicago and London:The University of Chicago Press,1992.

[18] Swartz, David. Culture & Power, The Sociology of Pierre Bourdieu[M]. Chicago:University of Chicago Press,1997.

[19] Venuti, Lawrence. The Scandals of Translation:Towards an Ethics of Difference[M]. New York:Routledge Press,1998.

[20] 鲍晓英."中学西传"之译介模式研究——以寒山诗在美国的成功译介为例 [J].外国语,2014（01）.

[21] 白杨,刘红英.民族性·世界性·人类性:莫言小说的核心质素与诗学启示 [J].同济大学学报(社会科学版),2013（05）.

[22] 毕飞宇.找出故事里的高粱酒 [J].钟山,2008（05）.

[23] 段雷宇.译者主体性对文学作品翻译的"操控"——以葛浩文译莫言作品为例 [J].名作欣赏,2013（33）.

[24] 程光炜.魔幻化、本土化和民间资源 [J].当代作家评论,2006（06）.

[25] 陈淳,孙景尧,谢天振.比较文学 [M].北京:高等教育出版社,1997.

[26] 陈思和.20世纪中外文学关系研究中的"世界性因素"的几点思考 [J].中国比较文学,2001（01）.

[27] 陈思和.中国文学中的世界性因素 [M].上海:复旦大学出版社,2011.

[28] 陈思和.民间的还原——"文革"后文学史某种走向的解释 [J].文艺争鸣,1994(01).

[29] 陈思和.当代文学与文化批评书系陈思和卷 [M].北京:北京师范大学出版社,2012.

[30] 黄发有.莫言的启示 [J].东岳论丛,2012(12).

[31] 洪子诚.中国当代文学史 [M].北京:北京大学出版社,2010.

[32] 范武邱.解读中国文学的诺贝尔奖语言瓶颈 [J].学术界,2010(06).

[33] 付艳霞.莫言的小说世界 [M].北京:中国文史出版社,2012.

[34] 高行健.现代小说技巧初探 [M].广州:花城出版社,1981.

[35] 郭小东等.为什么是莫言 [M].广州:花城出版社,2013.

[36] 高玉.论中国现代文学的民族性 [J].广东社会科学,2004(03).

[37] 耿强.文学译介与中国文学"走向世界"——"熊猫丛书"英译中国文学研究 [D].上海:上海外国语大学,2010.

[38] 杭零.莫言作品在法国的翻译与接受 [J].东方翻译,2012(06).

[39] 何媛媛.莫言的世界和世界的莫言——世界文学语境下的莫言研究 [D].苏州:苏州大学,2013.

[40] 何明星.莫言作品的世界影响地图——基于全球图书馆收藏数据的视角 [J].中国出版,2012(21).

[41] 黄幸平.莫言作品中的基督教意识 [J].天风,2012(05).

[42] 胡兆云.美学理论视角中的文学翻译研究 [M].北京:中国书籍出版社,2013.

[43] 季进.我译故我在——葛浩文访谈录 [J].当代作家评论,2009(06).

[44] 姜智芹.中国新时期文学在国外的传播与研究 [M].济南:齐鲁书社,2011.

[45] 孔范今,施战军.莫言研究资料 [M].济南:山东文艺出版社,2012.

[46] 雷达.莫言是个什么样的作家 [J].百家评论,2012(01).

[47] 雷健.莫言小说中的重复现象研究 [D].金华:浙江师范大学,2009.

[48] 吕敏宏.手中放飞的风筝——葛浩文小说翻译叙事研究[D].天津：南开大学，2009.

[49] 罗屿.中国好作家很多，但行销太可怜[J].新世纪周刊，2008（10）.

[50] 刘意.从莫言获奖谈跨文化传播的符号塑造与路径选择[J].中国报业，2012（20）.

[51] 刘江凯.认同与"延异"：中国当代文学的海外接受[M].北京：北京大学出版社，2011.

[52] 刘广远.论莫言小说的复调叙事模式[J].沈阳师范大学学报（社会科学版），2007（03）.

[53] 刘再复.百年诺贝尔文学奖和中国作家的缺席[J].北京文学，1999（08）.

[54] 林建法，徐连源.中国当代作家面面观——灵魂与灵魂的对话[M].杭州：浙江文艺出版社，2004.

[55] 刘洪涛，张珂.全球化时代的世界文学理论热点问题评析[J].清华大学学报（哲学社会版），2014（06）.

[56] 李茂民.莫言小说的情爱模式及其文化内涵[J].理论与创作，2003（04）.

[57] 李洁非.莫言小说里的"恶心"[J].当代作家评论，1988（05）.

[58] 程春梅，于红珍.莫言研究硕博论文选编[M].济南：山东大学出版社，2013.

[59] 孟昭毅.从民族文学走向世界文学[J].中国比较文学，2012（04）.

[60] 莫言.红高粱家族[M].北京：当代世界出版社，2004.

[61] 莫言.檀香刑[M].武汉：长江文艺出版社，2012.

[62] 莫言.丰乳肥臀[M].上海：上海文艺出版社，2012.

[63] 莫言.莫言讲演新篇[M].北京：文化艺术出版社，2010.

[64] 莫言.美国演讲两篇——福克纳大叔，你好吗？[J].小说界，2000（05）.

[65] 莫言.我的丰乳肥臀[M].海口：南海出版公司，2002.

[66] 莫言.莫言散文[M].杭州：浙江文艺出版社，2000.

[67] 杨守森，贺立华.莫言研究三十年[C].济南：山东大学出版社，2013.

[68] 莫言. 莫言对话新录 [M]. 北京: 文化艺术出版社, 2012.

[69] 莫言, 王尧. 从《红高粱》到《檀香刑》[J]. 当代作家评论, 2002 (01).

[70] 杨守森, 贺立华. 莫言研究资料 [C]. 济南: 山东大学出版社, 1992.

[71] 莫言. 我在美国出版的三本书 [J]. 小说界, 2000 (05).

[72] 莫言. 恐惧与希望——演讲创作集 [M]. 深圳: 海天出版社, 2007.

[73] 莫言. 说说福克纳这个老头 [J]. 当代作家评论, 1992 (05).

[74] 张清华. 中国当代作家海外演讲集 [C]. 北京: 北京大学出版社, 2012.

[75] 南志刚. 叙述的狂欢与审美的变异 [D]. 苏州: 苏州大学, 2005.

[76] 牛运清, 丛新强, 姜智芹. 民族性·世界性: 中国当代文学专题研究 [M]. 济南: 山东大学出版社, 2010.

[77] 蒯舒. 文学的民族性与世界性 [J]. 语言教学与研究, 2013 (25).

[78] 宁明. 莫言小说中的"'自由'人物谱"[J]. 求索, 2012 (06).

[79] 宁明. 世界文学视阈下莫言创作特色研究 [J]. 甘肃社会科学, 2013 (06).

[80] 宁明. 莫言文学语言与中国当代小说的文学流变 [J]. 求索, 2013 (06).

[81] 舒晋瑜. 中国文学走出去, 贡献什么样的作品 [N]. 人民日报海外版, 2013-02-26.

[82] 苏艳. 回望失落的精神家园: 神话—原型视阈中的文学翻译研究 [D]. 天津: 南开大学, 2009.

[83] 邵璐. 翻译社会学的迷思——布迪厄场域理论释解 [J]. 暨南学报(哲学社会科学版), 2011 (03).

[84] 陶东风. 博言天下 [M]. 合肥: 安徽文艺出版社, 2012.

[85] 王德威. 当代小说二十家 [M]. 北京: 三联书店, 2006.

[86] 王宁. 翻译与文化的重新定位 [J]. 中国翻译, 2013 (02).

[87] 王宁. "后理论时代"的文学与文化研究 [M]. 北京: 北京大学出版社, 2009.

[88] 王宁. 世界主义、世界文学以及中国文学的世界性 [J]. 中国比较文学, 2014 (01).

[89] 王宁."世界文学"与翻译[J].文艺研究,2009(03).

[90] 王宁.翻译研究的文化转向[M].北京:清华大学出版社,2009.

[91] 王宁.文化翻译与经典阐释[M].北京:中华书局,2006.

[92] 王春林.莫言小说的世界性[J].名作欣赏,2013(01).

[93] 王春林.莫言小说创作与中国文学传统[J].山西大学学报(哲学社会科学版),2013(01).

[94] 王克非.英汉/汉英语句对应的语料库考察[J].外语教学与研究,2003(06).

[95] 王志勤,谢天振.中国文学文化走出去:问题与反思[J].学术月刊,2013(02).

[96] 汪曾祺.汪曾祺(中国当代作家选集丛书)[M].北京:人民文学出版社,1992.

[97] 王悦晨.从社会学角度看翻译现象:布迪厄社会学理论关键词解读[J].中国翻译,2011(01).

[98] 闻慧.谈文学的民族性与世界性[J].北京社会科学,1990(01).

[99] 吴越.如何叫醒沉睡的'熊猫'[N].文汇报,2009-11-23.

[100] 吴礼权.修辞心理学[M].昆明:云南人民出版社,2002.

[101] 谢天振.中国文学走出去:问题与实质[J].中国比较文学,2014(01).

[102] 许方,许钧.翻译与创作——许钧教授谈莫言获奖及其作品的翻译[J].小说论坛,2013(02).

[103] 徐则臣.在美国爱荷华大学的演讲[J].语文教学与研究(教研天地),2013(09).

[104] 叶淑媛,程金城.新时期文学民族性建构之反思[J].陕西师范大学学报(哲学社会科学版),2011(05).

[105] 杨慧仪.呼唤翻译的文学:贾平凹小说《带灯》的可译性[J].当代作家评论,2013(05).

[106] 杨扬.莫言作品解读[M].上海:华东师范大学出版社,2012.

[107] 杨明琪,杨乐.生活感受的张力场:一种新的文学观阐释[M].西安:陕西人民出版社,2008.

[108] 杨鸥.莫言——不倦的探索者[N].人民日报(海外版),2012-10-13.

[109] 叶淑媛,程金城.新时期文学民族性建构之反思[J].陕西师范

大学学报(哲学社会科学版),2011(05).

[110] 许钧等.文学翻译的理论与实践——翻译对话录[M].南京:译林出版社,2001.

[111] 杨武能.与格拉斯一起翻译格拉斯[J].译林,2004(06).

[112] 鄢佳.布迪厄社会学视角下葛浩文翻译惯习研究[D].济南:山东大学,2013.

[113] 尹星.阅读世界文学的挑战与对策——大卫.达姆罗什的《怎样阅读世界文学》[J].外国文学,2009(03).

[114] 袁行霈.中国诗歌艺术研究[M].北京:北京大学出版社,1996.

[115] 张辉.文学的民族性:面对世界意识的挑战[J].开放时代,1992(03).

[116] 张寅德.叙述学研究[M].北京:社会科学出版社,1989.

[117] 张学军.莫言小说与西方现代主义文学[J].齐鲁学刊,1992(04).

[118] 张闳.莫言小说的基本主题与文体特征[J].当代作家评论,1999(05).

[119] 张闳.感官王国——先锋小说叙事艺术研究[M].上海:同济大学出版社,2008.

[120] 张南峰.多元系统翻译研究——理论、实践与回应[M].长沙:湖南人民出版社,2012.

[121] 张清华.莫言小说解读[M].上海:华东师范大学出版社,2012.

[122] 张清华.选择与回归——论莫言小说的传统艺术精神[J].山东师大学报(社会科学版),1991(02).

[123] 张清华.关于文学性与中国经验的问题[J].文艺争鸣,2007(10).

[124] 张运峰.从艺术语言学视角看莫言小说语言的变异[J].西安社会科学,2009(05).

[125] 郑晔.国家机构赞助下中国文学的对外译介——以英文版《中国文学》(1951—2000)为个案[D].上海:上海外国语大学,2012.

[126] 赵奎英.规范偏离与莫言小说语言风格的生成[J].山东师范大学学报(人文社会科学版),2013(06).

[127] 查明建. 比较文学视野中的世界文学：问题与启迪 [J]. 中国比较文学, 2013（04）.

[128] 查明建. 从互文性角度重新审视20世纪中外文学关系——兼论影响研究 [J]. 中国比较文学, 2000（02）.

[129] 张隆溪选编. 比较文学译文集 [M]. 北京：北京大学出版社, 1982.

[130] 张运峰. 从艺术语言学视角看莫言小说语言的变异 [J]. 西安社会科学, 2009（05）.

[131] 周景雷. 红色冲动与历史还原——对莫言小说的一次局部考察 [J]. 当代文坛, 2003（01）.

[132] 朱永富. 论莫言小说的叙事策略与审美风格——以《红高粱家族》《丰乳肥臀》《檀香刑》中英雄形象为中心的考察 [J]. 甘肃社会科学, 2013（02）.

[133] 朱宾忠. 跨越时空的对话——福克纳与莫言比较研究 [D]. 武汉：武汉大学, 2006.

[134] 朱向前. 天马行空——莫言小说艺术评点 [J]. 小说评论, 1986（02）.

[135] 朱德发, 贾振勇. 现代的民族性与民族的现代性——论中国现代文学的价值规范 [J]. 福建论坛, 2000（04）.

[136] [美] 葛浩文. 中国文学如何走出去？[N]. 林丽君, 译. 文学报, 2014-7-3.

[137] [美] 葛浩文. 从翻译视角看中国文学在美国的传播 [J]. 中国社会科学报, 2010（07）.

[138] [美] 葛浩文. 作者与译者：交相发明又不无脆弱的关系——在常熟理工学院"东吴讲堂"上的讲演 [J]. 孟祥春, 洪庆福, 译, 东吴学术, 2014（03）.

[139] [美] 葛浩文. 葛浩文随笔 [M]. 北京：现代出版社, 2014.

[140] [美] 葛浩文. 莫言《丰乳肥臀》英译本译者序 [J]. 吴耀宗, 译. 当代作家评论, 2010.

[141] [美] 葛浩文. 弄斧集 [M]. 台北：学英文化出版事业公司, 1984.

[142] [美] 葛浩文. 我行我素：葛浩文与浩文葛 [J]. 史国强, 译. 中国比较文学, 2014（01）.

[143] [美]M．托马斯．英吉．西方视野下的莫言[J]．长江学术,2014（01）．

[144] [美]大卫·达姆罗什．世界文学理论读本[M]．北京：北京大学出版社,2013．

[145] [美]大卫·达姆罗什．世界文学是跨文化理解之桥[J]．李庆本译．山东社会科学,2012（03）．

[146] [美]M．托马斯·英奇．比较研究：莫言与福克纳[J]．金衡山编写,当代作家评论,2001（02）．

[147] [俄]别林斯基．别林斯基论文学[M]．梁真,译．上海：新文艺出版社,1958．

[148] [俄]巴赫金．陀思妥耶夫斯基诗学问题[M]．顾亚铃,译．北京：三联书店,1988．

[149] [英]苏珊·巴斯勒特．21世纪比较文学反思[J]．黄德先,译．中国比较文学,2008（04）．

[150] [法]布吕奈尔．什么是比较文学[M]．葛雷,张连奎,译．北京：北京大学出版社,1989．

[151] [法]皮埃尔·布迪厄．反思社会学导论[M]．华康德,译．北京：中央编译出版社,1998．

[152] [法]布吕奈尔．什么是比较文学[M]．葛雷,张连奎,译,北京：北京大学出版社,1989．

[153] http：//book.sina.com.cn/cul/c/2012-10-12/1118345047.shtml.

[154] http：//www.chinanews.com/cul/2012/12-08/4392599.shtml.

[155] http：//news.ifeng.com/gundong/detail_2012_10/19/18365776_0.shtml.

[156] http：//sh.eastday.com/qtmt/20080815/u1a463989.html.

[157] http：//book.sina.com.cn/cul/c/2012-10-12/1118345047.shtml.

[158] http：//www.chinawriter.com.cn.

[159] http：//news.sina.com.cn/c/2012-10-12/140925345842.shtml.

[160] http：//www.chinadaily.com.cn/hqgj/jryw/2012-10-21/content_7297754.html.

[161] http：//japan.people.com.cn/95917/206391/index.html.

[162] http：//news.hsw.cn/system/2012/10/13/051498683.

[163] http：//cul.sohu.com/20061111/n246328745.shtml.

[164] http：//culture.ifeng.com/huodong/special/2012nuobeierwenxuejiang/content-3/detail_2012_10/11/18191206_0.shtml.

[165] http：//book.sina.com.cn/cul/c/2012-10-12/1118345047.shtml.

[166] http：//www.chinadaily.com.cn/hqgj/2008-03/12/content_6528946.html.

[167] http：//news.xinhuanet.com/book/2008-03/23/content_7841379.html.

[168] http：//culture.ifeng.com/wenxue/detail_2014_03/17/34833407_0.shtml.

[169] http：//news.163.com/12/1020/02/8E7QIKU00001121M.html.

[170] http：//www.confucianism.com.cn/html/A00030004/18252150.html.

[171] http：//history.sina.com.cn/cul/zl/2014-04-23/105389105.shtml.

[172] http：//www.chinadaily.com.cn/hqgj/jryw/2012-12-11/content_7737536.html.

[173] http：//book.ifeng.com/yeneizixun/detail_2012_10/23/18505123_0.shtml.

[174] http：//book.ifeng.com/yeneizixun/detail_2012_10/19/18378826_0.shtml.